현대문학과 종교

신익호 저

박문사

신익호

한남대 국문과, 전북대 대학원(문학박사)

University of Alabama, University of the Philippines 교환 교수 역임

현 한남대 국문과 교수

저서:『기독교와 한국 현대시』,『기독교와 현대소설』,『문학과 종교의 만남』,『한국 현대시
　　　연구』,『현대문학과 패러디』,『현대시의 구조와 정신』,『현대시론』 외

역서:『일본 문학 속의 성서』

현대문학과 종교

초판인쇄　2015년 08월 21일
초판발행　2015년 09월 10일

저　　　자　신익호
발 행 인　윤석현
발 행 처　도서출판 박문사
책임편집　김선은
마 케 팅　권석동
등록번호　제2009-11호

우편주소　서울시 도봉구 우이천로 353 성주빌딩 3F
대표전화　(02)992-3253
전　　　송　(02)991-1285
전자우편　bakmunsa@daum.net
홈페이지　http://www.jncbms.co.kr

ⓒ 신익호, 2015. Printed in KOREA.

ISBN 978-89-98468-69-9　93810　　　　　정가 24,000원

　이제 곧 정년을 맞이하는 시점에서 지난 몇 년 동안 써 놓은 글들을 한데 묶어 책으로 내놓게 되니, 무엇보다도 결과물을 마무리한다는 차원에서 홀가분한 느낌이 든다. 여기에 실린 내용들은 그동안 '현대문학과 종교'라는 과목을 강의하면서 준비했던 내용을 정리한 논문과 평론 성격의 글들이다. 필자는 지난 30여 년 동안 '기독교와 문학'을 강의해 오면서 관심을 갖고 연구해 온 분야를 교양과목으로 강의할 수 있다는 데에 말할 수 없는 자부심과 행복을 느꼈다. 이런 자족감은 필자가 학제 간 연구 차원에서 꾸준히 관련 자료들을 모으며 연구 논문을 쓸 수 있게 한 원동력이 되었다.

　그러던 중 5년 전부터 우연찮게 기독교 문학에 국한하지 않고 좀 더 보편적이고 포괄적인 종교 문학에 관심을 갖게 되면서 온라인 강의로 '현대문학과 종교'라는 과목을 개발할 기회를 갖게 되었다. 오늘날 인류 사회에는 수많은 종교가 존재하지만, 우리 역사의 문화와 전통에 걸맞게 주류를 이루며 적절하게 문학적 상상력으로 형상화된 종교문학은 무속·도교·불교·기독교 등으로 제한될 수밖에 없다. 기독교를 제외한 여타의 종교문학은 고전문학에서는 양적·질적 면에서 좋은 작품을 유산으로 많이 남겼지만, 현대문학에서는 짧은 역사 속에서도 기독교 문학이 다양한 장르 분야에서 활발한 실정이다.

　본 과목의 대상이 현대문학에 국한되는 만큼 이러한 실정을 감안해서라도 총체적으로 종교문학론을 다룬다는 차원에서 각 종교의 본질적인 교리와 진리를 중심으로 문학 작품을 분석하였다. 그러나 종교학자가 아닌 필자로서 갈등 구조를 공통인자로 한 문학과 종교의 학제 간 연구에서 얕은 종교적 이론 적용이 표피적인 연구 결과를 초래하지 않았는지 부끄러움을 느낀다. 그렇지만 한 종교에 편중되지 않고 총체적으로 다양한 종교 문학작품을 대상으로 다각적인 관점에서 접근함으로써 종교 간의 공통성과 변별성을 조금이나마 이해할 수 있다는 데에 위안을 삼고자 한다.

　이 책이 나오기까지 워드 작업을 맡아준 송이 양과 교정 및 편집을 맡아준 안현심 선생에게 고마움을 느끼며, 어려운 경제 여건 속에서도 흔쾌히 이 책을 출판해준 박문사 윤석현 사장님께 감사를 드린다.

2015. 9.
저자 씀

차례

5

제 1부
기독교적 구원의식과 상상력

—

제 1장

신학적 신정론神正論의 관점에서 본 문학
— 최인훈의 「라울전」과 송우혜의 「고양이는 부르지 않을 때 온다」

___1 서론

신정론은 이 세상의 고통과 악을 전지전능하고 선하신 하나님과 어떻게 연관시킬 수 있는가의 물음을 다루고 있다. 이 용어는 라이프니츠가 성서 구절(『로마서』 3:5~6)을 인용해 처음 사용하면서 헬레니즘 철학자들에 의해 신정론의 문제가 제기된 후, 그 답을 찾고자 본격적인 논쟁이 이루어진 것은 계몽주의 시대였다. 철학적 신정론(라이프니츠, 칸트 등)은 이성을 통해 '무엇 때문에 고난과 악이 존재하는가'에 대해 답을 찾고자 했다면, 신학적 신정론(루터, 몰트만, 바르트, 메츠 등)은 전지전능하고 선한 하나님에 대한 신앙 속에서 고난의 의미를 발견하려고 하였다. 따라서 신학적 답변은, 죄의 결과에 따른 고통과 죽음을 피할 수 없는 인간이 유한적 존재로서 신정론의 문제를 해결할 수 없기에 오직 자기 칭의를 통한 하나님의 사랑만이 해결할 수 있다는 것이다.

문학이 현실에 직면한 다양한 실존 문제를 극복하는 치열한 과정을 다루었다면, 종교문학은 이런 보편적 현상을 형이상학적인 차원의 신앙 문제로 고양시킨다. 신앙에서 신정론과 '신의 숨어 있음'의 존재론적 물음은 누구나 쉽게 해명할 수도, 피할 수도 없는 어려운 문제이다. 인간은 이런 문제에 직면했을 때 확고한 믿음을 통해 회의와 고통을 극복하는 경우가 있고, 혹은 절망과 허무 속에서 신을 원망하며 저항하는 경우가 있다. 이런 대립적 양상은 신앙과 불신앙의 차원을 떠나 우리 모두에게 공존할 수 있는 유전인자이다. 따라서 종교문학은 유한적 존재로서의 인간이 불가해한 신의 섭리에 의문을 갖고 도전하면서 절망하거나 극복하려는 몸부림과 표피적인 신앙이 현실의 고통에 처한 인간을 구원하지 못한다는 실존적 상황을 치열하게 보여주고 있다.

본고에서는 이런 신앙의 양태 중 신정론의 문제가 문학 작품 속에 어떻게 구현되고 있는지 최인훈의 「라울전」과 송우혜의 「고양이는 부르지 않을 때 온다」를 중심으로 신학적 이론을 바탕으로 학제 간 연구의 관점에서 접근해 보고자 한다. 오늘날 많은 기독교 소설이 있지만 이 두 작품은 다른 작품에 비해 신학적 신정론의 관점에서 제기되는 물음을 문학적 상상력을 통해 충분히 반영하고 있기 때문이다. 따라서 소설 속에 나타난 신의 섭리에 대한 의문과 회의에 대한 신앙적 갈등 양상을 비판적 시각으로 살펴보고, 이를 통해 성숙된 신앙관을 정립하여 올바른 신앙 태도를 갖는 데 그 목적을 둘 것이다.

__2 신학적 '신정론'의 개념과 전개 양상

신정론theodicy, 辯神論은 '하나님의 의로움'이란 뜻으로, 하나님의 정당성에 대한 문제 제기로서 하나님의 속성을 어떻게 이해해야 하는가에 초점을 둘 수밖에 없다. 신정론은 악의 존재의 명확성과 신의 존재의 불명확성이란 이중적 난관에 직면하여, 신의 존재와 악의 존재가 양립 가능한 것임을 변증하는 시도이다. 즉 명백한 악의 존재에도 불구하고 하나님이 또한 존재한다는 것을 옹호하는 것이다.[1] 이 신학적 이론은 불가해한 신의 섭리에 대한 의문점, 즉 하나님은 선하고 공의로운 존재인데 '왜 선한 사람이 고통당하고 불행해지며, 악한 사람이 행복한 삶을 누리는가?'에 대한 회의적 물음에서 출발한다. 인간은 의롭고 전능하신 하나님이 스스로 창조한 세계 속에 왜 악과 고통을 허용하는가에 대해 의문점을 가질 수밖에 없다. 하나님의 정당성을 변호하는 전통신학은 이런 신정론적 물음에 대해 이 세상의 악과 고난이 인간의 자유의지에 따른 계약 파기로 타락해 죄가 발생해서, 그 대가로서 인간이 고통을 겪게 된다고 설명한다. 이처럼 고통을 정당화하는 신정론적 답변은 인간의 죄에 대한 벌, 혹은 연단을 위한 시련이라는 도덕적 문제로 귀결시킨다.

그러나 이런 답변은 선한 사람들이 고통당하고 악한 사람들이 오히려 잘 사는 현실상황에서는 설득력을 얻지 못한다. 특히 순진무구한 어린아이들이 겪는 고통을 시련이나 연단이라고 설명하기에는 쉽게 납득이 되지 않는다. 이런 논리적 적용은 고통 받는 자에게 위로보다는 이중의 고통을 부과하여 인간의 실존적 상황을 간과한 느낌이 들 수 있다. 그러나 신정론에 대한 또 다른 성서적 관점은 세상 죄를 대신 짊어진 '고난받는 종'의 모습에 나타난다. 이 고난은 죄에 따른 벌罰로써의 정당성이 주어지는 것이 아니라 부당한 고난을 의미한다(『이사야』 40~55장). 그

---

1 손호현, 『하나님, 왜 세상에 악이 존재합니까? -화이트헤드의 신정론』, 열린서원, 2005, p.25.

는 고난 때문에 죄인 취급당했지만 사실 인간의 죄악으로 인해 인간 죄를 대신해 고통당하는 '대속'의 존재로 상징화된다.

인간이 악하고 죄를 지었지만 그래도 살아갈 수 있는 것은 악을 극복하기 위해 고난당하고 대신 희생한 의인이 있기 때문이다. 이것은 십자가상의 그리스도 피 안에서 새로운 관계가 형성되는 것으로, 인간은 하나님의 칭의에 의하지 않고는 결코 의롭게 될 수 없는 것이다. 인간이 믿음으로 의롭다고 칭함을 받는 것은 하나님이 그리스도 안에서 자신의 의로움을 보여주었기 때문이다. 고난과 십자가 속에서 보이고 인식되는 하나님은 그 속에 감추어진 존재로[2] 숨어 있음 속에서 아픔을 느끼며 자신을 계시하는 것이다. 하나님은 인간에게 악과 고난을 극복할 수 있는 권한을 부여하기 위해 고난당하는 인간 예수를 통해 고난을 함께 나눈다. 이 고난에는 하나님의 뜻이 담겨 있듯, 야훼는 선민의식적인 이스라엘 민족을 정화시키기 위해 바벨론 포로가 되는 굴욕적인 '고난의 풀무'(『이사야』 48:10)로 몰아넣었다. 즉 고난을 통해 세상을 통치하며 역사를 주관한다는 역설적 구조이다. 이것은 인류의 죄를 대속한 하나님의 사랑을 뜻한다. 하나님의 전능은 그의 피조물을 위해 기꺼이 고난을 당할 수 있는 사랑의 능력인 것이다.

그러나 이런 신정론은 20세기 세계 1·2차 대전을 전후해 '전지전능한 하나님으로부터의 결별'을 선언하게 되는 심각한 회의에 직면한다. 잔혹한 세계 2차 대전의 아우슈비츠 경험은 기존의 신학이 간과한 인간 내면의 악성을 노출시켜 1960년대 인간의 자율성을 강조하는 인간 중심의 세속화 신학 중 가장 급진적인 '신 죽음의 신학(死神神學)'을 배태시켰

---

2 김용성, 『하나님, 이성의 법정에 서다 - 신정론』, 한들출판사, 2010, p.114.

다. 행동하는 신학자 '본회퍼'의 사상에서 영향 받은 사신신학은 인간의 합리적 이성과 경험을 바탕으로 한 실증주의적 태도에서 출발한 것으로, 하나님 상실의 경험과 예수의 윤리적 교훈을 토대로 현실에서 일어나는 부조리한 상황에 대한 해답과 현대인에게 복음이란 어떤 의미가 있는가를 찾으려고 한 급진주의적 신학 운동이다.[3]

이런 급진주의적 경향은 선한 자가 '고통과 죽음을 당하는가'에 대해 의문점을 제기했던 기존의 신정론이 '하나님은 고통의 현장에서 무엇을 하며, 자녀들이 죽음으로 신음할 때 그 기도를 듣고 있는가?'에 대한 물음의 현대 신정론으로 발전하는 데 주요 요인이 되었다.[4] 세계 경험으로부터 추론하려고 했던 현대 신정론적 물음에 대한 신학적 답변은 ① 이유 없는 고통과 죽음의 현장에서 하나님도 함께 죽음의 고통을 겪었고, ② 십자가상의 예수 죽음은 어둠과 악에 대한 저항이므로 기독교인은 현실의 고난을 감내하며 다가올 부활의 희망을 위해 고통에 참여하는 것이고, ③ 큰 고통 속에서도 은총을 체험하는 자는 자신의 고난 속에 하나님의 임재하심을 확신하기에 별 문제가 되지 않는다는 입장이다. 그러나 비 크리스천이나 믿음이 약한 자에게는 그 고통이 해소되기 전에는 어떤 설명으로도 답변이 되지 않는다. 따라서 신정론 같은 의문점에 대한 해답은 진정한 회개와 겸손한 헌신이 뒤따를 때 신의 은총을 받아들이는 통로가 되는 것이다.

---

3 목창균, 『현대신학 논쟁』, 두란노, 1995, pp.306~308 참조.
4 최재선, 「현대소설에 나타난 신정론 연구」, 『문학과 종교』 제13권 2호, 한국문학과종교학회, 2008, p.4.

__3__ 은총을 향한 삶의 치열성과 진정성 ─「라울전」

최인훈의 「라울전」은 나사렛 예수의 활동시대를 배경으로 성서의 실제적 인물인 사도 '바울'과 그의 친구요 경쟁자인 '라울'이라는 허구적 인물을 설정하여 신의 공의와 섭리에 대한 문제를 제기하면서, 그것을 어쩔 수 없이 수용할 수밖에 없는 인간의 한계를 나타내고 있다. 이 작품은 라울의 1인칭 시점에서 바라보고 생각하는 서술 형태로 그의 일대기를 다루고 있지만, 한편으로는 하나님의 아들인 예수의 죽음과 승천, 예수를 핍박했던 바울이 다메섹으로 가는 길 위에서 변모되어 예수를 주主로 받드는 내용의 이야기를 라울의 시점에서 해석, 전개해 간다.

라울과 바울은 대제사장의 집안에서 태어나 석학 가마리엘 문하에서 공부하고 교법사가 된 죽마고우이다. 라울은 신중하고 소명의식에 따른 깊은 신앙심이 있지만 매사에 조심스러우며 우유부단한 반면에, 바울은 성격이 활달하며 조급하고 매사에 임기응변식으로 신실함이 부족한 편이다. 그는 로마인이 아니라는 이유로 장군이 못되어 가업의 계승으로 교법사가 된다. 라울은 어렸을 때부터 바울을 합리적인 이성과 지식으로 판단할 수 없는 두려운 존재로 생각하였다. 자신의 능력이나 나태함과는 전혀 상관없는 숙명적인 그 '무엇'에 고뇌가 따르는 것이다. 선택받은 자로서의 사명감과 소명의식에 따른 믿음의 긍지가 바울보다 자신에게 하나님의 은총이 내려져야 한다는 당위성에도 불구하고 언제나 승리와 행운은 바울에게 돌아갔다. 그래서 그는 바울이 자신보다 더 하나님의 사랑을 받고 있다는 운명적인 열등감에 불안을 느낀다. 그것은 어린 시절부터 바울과의 경쟁에서 우연한 패배를 거듭해 왔기 때문이다. 가령 라울은 시험에 대비해 열심히 최선을 다하고 바울은 적당히 문제만을 찍어 공부하는데도 시험 문제는 언제나 바울이 공부한 대로 출제되었다. 그러나 이것은 단지 운이 좋아서 바울이 찍었던 시험 문제가 맞았고, 그가 절친한 로마 장군으로 인해 좋은 자리를 차지했을 뿐이다.

바울에 대한 라울의 열등감은 크게 두 가지 측면에서 볼 수 있다. 첫째는 모든 면에서 정석대로 신실하게 원칙을 지켜온 라울보다, 불성실하면서도 요령껏 살아온 바울의 행보가 우위를 점한다는 것이다. 최선을 다했는데도 최선을 다하지 않는 자보다 결과론적으로 불이익을 당한다는 점에서 라울은 오랫동안 박탈감을 느껴왔다. 둘째는 '까닭 없이 진다'는 것에 있다. 노력의 차이나 어떤 실수로 인한 패배라면 납득하기 쉽겠지만, 바울의 승리와 라울의 패배는 항상 인위성이 게재되지 않는다. 라울은 이것을 '어떤 운명적인 열등함'이라고 표현한다. 운명은 인간의 노력으로 얻을 수 없고, 극복할 수 없다는 패배적인 가치관의 합리화이다. 라울은 신의 영역이라고 할 수 있는 이 운명이 항상 바울의 편을 들어주었다는 것에서 불안과 열등감을 가졌다. 매사에 성실했던 자신보다 요행과 운수로 선택받은 바울에게 신의 은총은 불합리하고 부당하게 느껴질 수밖에 없었던 것이다. 그래서 자신이 바울보다 못하다는 것을 극복하려는 어떠한 노력도 하지 않고 그저 하나님이 바울에게만 은총을 내린다고 체념한다. 라울은 이런 열등감과 바울에 대한 질투의 반작용으로 항상 바울과 다른 대척점에 서 있게 된다.

사실 대제사장 안니스가 예수를 모함하는 구실로 라울을 끌어들이려고 압박을 가할 때, 라울이 단호하게 거절한 것은 예수가 메시아라는 사실에도 수긍이 갔지만, "랍비 라울은 틀림없이 찬성할 것이라고 나는 믿습니다."라는 바울의 추측에 무의식적인 반발에서 기인한 것이다. 그리고 바울이 예수를 부인하고 있었기 때문에 라울은 그 반대 입장을 확고히 견지할 수 있었다.

바울을 비롯한 종교 지도자들은 예수를 따르는 자가 점차 많아지자 그들을 이단으로 단정 짓고 박해하기 시작한다. 그러나 라울은 그런 상황을 신중히 생각한 나머지 경전과 사료를 뒤져 계보학적인 검토 후 예수가 다윗왕의 후손이며 메시아라는 결론을 얻는다. 그렇지만 그런 확신 속에서도 매사에 신중하면서 우유부단한 그였기에 반신반의하여 정작 예수를 찾아가 그 진위를 확인하려고 하지 않는다. 자신의 지위와 할 일들을 핑계 삼아 단지 그렇게 생각할 뿐이지 행동으로 옮기지 못한다. 그가 번민과 갈등 속에서 고민하는 것은, 만일 예수가 신의 아들이 틀림없다면 그가 자신 있게 나서지 못한 채 망설일수록 자신의 공로가 그만큼 줄어든다는 점이다. 이는 진정한 믿음의 발로라기보다 기회주의적 태도이자 인정받고자 하는 마음, 즉 바울보다 앞서 메시아를 알아보고 그 공로를 인정받고자 하는 태도이다. 이러한 라울의 모습은 성서 속에서 예수가 예루살렘에 입성해 만왕의 왕이 되었을 때 제자들이 누구의 공로를 더 크게 치하할 것인가를 두고 고민했던 것과 닮은 모습이다.

시바는 라울의 아름다운 여종이다. 라울은 시바의 아름다운 모습에 호감이 가지만 자신의 위치와 노예인 그녀의 신분 탓에 애정을 표현하지 못한다. 그러나 시바가 총독이 베푼 연회 자리에서 눈을 피해 다른 노예와 밀회를 즐기는 것을 보고 그는 탐탁지 않게 여긴다. 그는 그녀가 노예인데도 인격적 대우를 해주었지만 자신을 떠나 다른 남자의 아내로 가겠다는 사실에 분노를 느낀다. 그래서 혹독하게 문책하지만, 그녀는 바울을 따라 그의 곁을 떠나버린다. 그는 자신의 좁은 소견에 비해 시바의 사정에 귀 기울이고 그녀를 데리고 떠난 바울에게 또 한 번 열등감을 느끼게 된다. 그리고 그 일로 인해 충성스런 종 나단을 잃고 만다. 그가 정작 예루살렘에서 출발하려고 할 때 예수는 이미 처형된 뒤였다. 그는 바울이 예수의 기적을 체험하고 그의 추종자가 되었다는 소식을 듣고 또 다시 절망과 충격에 빠진다. 바울의 그런 전향에 자신이 은연중 생각했던 예수가 메시아라는 믿음을 확신하면서 또 한 번 바울에게 졌다는 사실에 절망하는 것이다.

> 신은, 왜 골라서, 사울 같은 불성실한 그리고 전혀 엉뚱한 자에게 나타났느냐? 이 물음을 뒤집어 놓으면, 신은 왜 나에게 주를 스스로의 힘으로 적어도 절반은 인식했던! 나에게, 나타나지를 아니하였는가 하는 문제였다. 그 나머지 절반, 신이 라울에게 모습을 나타내 보인다는 나머지 절반으로써, 라울의 믿음은 이루어졌을 것이 아닌가? 애를 쓰지도 않은 사울에게 그처럼 큰 은혜를 내린 것은, 무엇 때문인가? 성전의 예언자들은 모두 신의 사랑을 받을 만한 값있는 바른 사람들이 아니었던가?

그는 자신이 알았으면서도 용기와 결단력이 부족해 실천에 옮기지 않아 뒤졌다는 사실을 생각하지 않고 단지 바울이 먼저 했다는 것에 좌절한다. 자신에게 먼저 기회가 왔어야 했는데, 다른 사람에게 기회가 간 것에 대해 불평할 뿐이다. 지금까지 수없이 바울과의 경쟁에서 패배하면서도 자신을 견딜 수 있게 해주었던 진리, 즉 여호와 하나님을 인정하는 것까지도 바울에게 우선권을 빼앗겨 더 이상 견딜 수 없게 된 것이다. 예수에 대한 학문적 연구로 얻은 믿음이 바울에게 또 한 번 뒤처지자 그는 지금까지 자신을 지탱해 왔던 지성은 쓸모없는 것이라고 인식한다. 바울의 전향으로 예수의 존재를 확신하게 된 라울은 '예수가 신이냐 아니냐'라는 문제를 학문적으로 연구해 답을 얻었다고 믿었던 것이 오해에 불과했음을 깨닫는다.[5] 그의 지적인 측면이 현실의 불합리성에 의해 좌절된 것이다.

라울은 전도 여행 중 만난 바울의 온화하면서도 위엄 있는 모습과 다메섹으로 가는 길 위에서 체험했던 그의 기적 소식을 듣고 번민에 휩싸인다. 그는 번민과 절망감으로 인해 반미치광이 상태가 되어 다메섹으로 가는 길 위에서 엎드린 채 죽게 된다. 이때 온화하고 단정한 그의 얼굴이 악마의 추악한 모습으로 비쳐진다. 그의 '뒤집힌 눈알'의 충격적인 모습은 자기 신념의 좌절과 배신감의 척도를 반영한다. 이처럼 라울의 파멸은 절대적 신앙에 자신을 맡기기보다 운명적 열등감을 합리화한 지성 중심의 가치와 신앙관에 따른 결과이다.

하나님은 바울을 사랑해서 변화시키려고, 라울을 미워해서 예수를 만나지 못하게 한 것이 아니다. 처음부터 운명을 정해 놓은 것도 아니다. 인간은 살아가면서 자신에게 유리하고 좋은 일을 당할 때만 신의 축복이라 하고, 불이익이나 자신의 뜻대로 되지 않을 때 신에게 불평하고 불신감을 갖는다. 하나님은 누구를 선별적으로 미워하는 것이 아니라 잘못된 행동이나 시기 질투를 미워하는 것이다. 하나님은 우리 모두를 사랑하지만 인간은 그 축복을 크고 작음에 비유한다. 인간은 부유하고 건강한 것만이 축복이고 병들고 고통스러운 일은 저주라 생각한다. 그렇지만 고난을 통해 의지할 신을 찾게 되고, 그 가운데서 생명의 소중함이나 축복을 발견할 수 있는 것이다.

하나님의 은총을 받고, 받지 못하는가에 대한 결정 기준은 인간의 이성적·합리적 차원에서는 수긍하기 어렵다. 하나님은 매사에 진지하고

---

5 이수형, 「신과 대면한 인간의 한계와 가능성」, 『인문과학연구논총』 제31호, 명지대인문과학연구소, 2010, p.231.

경건한 라울보다 경건하기는커녕 기회주의적이며 요령껏 살면서 가혹하게 기독교를 박해했던 바울 같은 자에게 왜 은총을 베푸는가? 이런 상황에서 인간은 합리적 판단 기준에서 신정론을 비판하기도 하지만, 성서 속의 초월적 하나님의 공의와 섭리는 이런 이성적 사고의 판단을 거부한다. 하나님은 인간 구원의 구속사를 위해 인간의 야망, 열정, 모험 등을 활용하는 중에 속된 마음과 악한 반항과 죄책감까지도 사용하여 그 목적을 이루는 것이다. 그래서 믿음의 조상이었던 아브라함도 애굽왕 앞에서 아내를 누이라고 속이는 나약한 모습을 보였지만 축복을 받았고, 눈이 어두운 아버지에게 팥죽 한 그릇으로 속여 장자 상속권의 축복을 받은 야곱이 이스라엘의 조상이 되는 축복을 받은 것이다. 이처럼 나약하고 결점 투성이인 이들이 축복을 받은 것은 믿음에서만은 어떠한 타협 없이 우선권을 두어 행동으로 옮기는 치열성 때문이다.

하나님이 아브라함에게 이삭을 제물로 바치라고 할 때 그는 무조건 순종하였고, 야곱은 귀향 도중 얍복 강가에서 천사와 씨름해 환도뼈가 부러질 정도로 악착같은 모습을 보인다. 이처럼 신의 은총은 불쌍한 자에게, 피해자에게 동정적 차원에서 내려주는 것이 아니라 신의 자유의지에 따라 진심으로 하나님을 섬기고 치열한 삶을 산 자에게 베풀어주는 것이다. 라울의 시점에서 쓰인 이 작품에서도 바울에 대한 정보는 미약하지만 그가 좋은 방향에서든 나쁜 방향에서든 라울보다 훨씬 적극적이고 치열한 삶을 살아간 인물이라는 것을 확인할 수 있다.[6] 자신의 입장에서 고난과 어려움을 극복하기 위해 신을 섬기는 것이 아닌, 신 자체를 마음으로 섬기는 자에게 은총이 돌아간다.

---

6 이동하, 『신의 침묵에 대한 질문』, 세계사, 1992, p.43.

라울은 말로는 여호와를 믿고 그를 위해 사는 것이 최고의 기쁨이라고 했지만 결단력과 실천이 부족했다. 그가 제사와 예배를 드리는 것은 정해진 일과일 뿐이다. 그는 다른 사람이 자신보다 앞서 했던 일들에 대해 무조건 자신이 했어야 했는데 하지 못했다고 불평한다. 그러면서도 다른 사람이 자신이 했어야만 했던 일들을 먼저 하게 되더라도 어떤 점에서는 자신이 우월하다고 생각하기 때문에 개의치 않겠다는 태도이다. 그는 여호와가 결국 자신과 함께 하리라는, 즉 자신의 성실성에 따른 기대감과 지적 우월감으로 하나님께 전적으로 매달리며 간구하지 않고 단지 '하나님의 쓰임 받는 것'에만 신경을 쓴다. 라울의 이성적 사고 중시의 지식인적 성격은 '운명적인 열등감'으로 인한 불안감에 의해 형성된 것이다. 그의 지성적인 삶 추구는 바울에게 주어진 행운이 단지 우연이나 불합리한 것에 지나지 않는다고 판단한 산물의 결과이다.

예수는 자신의 부활을 의심하는 도마에게 보지 않고 믿는 믿음이 진짜 큰 믿음이라고 했다. 라울은 예수의 신성을 체험하기 전에도 그가 메시아라고 예감했다. 그러나 바울은 예수를 사기꾼으로 생각했고, 라울의 편지에도 마음을 돌이키지 않았다. 바울은 '보지 않고는 믿지 못한' 것이고, 라울은 '보지 않고도 믿은' 것이다. 하나님은 바울 같은 사람을 돌이켜 주님의 사람으로 삼기 위해선 라울처럼 온건한 방법이 아닌, 직접 눈으로 보여주고 체험하는 방법이 최선이었던 것이다. 그래서 바울은 다메섹으로 가는 길 위에서 기적을 체험한 후 즉각적인 부름에 응답하고 자기를 부인한 후 하나님에게 헌신하였다. 이때 바울은 기회를 무조건적인 헌신으로 붙잡았다. 그는 랍비로서 부귀영화를 누리고 편안히 살 수 있었는데도 예수를 택해 피신하는 처지가 되었다. 바울은 자신의 신념에 따라 과감히 행동하고 노예에게도 사랑을 베푼다. 그러나 라울은 지적 능력에는 자신이 있었지만 용기와 결단력이 부족했다. 그가 용기가 있었다면 예수가 죽기 전에 만날 수 있었고, 바울보다 먼저 예수를 따르게 되었을 것이다. 그러면 자신도 사랑받는 존재라는 것을 인식했을 것이고, 바울에 대한 열등감도 사라졌을 것이다. 바울이 예수를 따르게 되었을 때 배신감을 느끼지 않고 예수를 더욱 인정하려 했으면 절망감의 충격에도 휩싸이지 않았을 것이다.

신학자 포사이스는 신앙의 형태를 '인간 중심적 신앙'과 '하나님 중심적 신앙'으로 구분하는데,[7] 전자가 '에서'라면, 후자는 '야곱'으로 대변된다. 이런 모습은 이 작품에서도 전자 쪽이 라울이라면, 후자 쪽은 바울로 비유할 수 있다. '인간 중심적 신앙'은 인간을 도와주는 하나님으로서 하나님의 사랑과 축복만을 추구하며 온정을 강조하는 소박한 마음 형태의 신앙으로 하나님과 함께 살려고 하는 인간이 중심이 된다(『시편』 23편). 이에 반해 '하나님 중심적 신앙'은 하나님의 거룩함과 절대성에 중점을 두어 신앙에 의한 칭의와 은총을 추구하며 오직 하나님께 영광을 돌리며 그의 이름을 높이고 찬양하는 삶이다(『시편』 51편).[8] 전자가 아버지의 사랑과 축복만을 기대하는 경건하고 온정적 입장을 강조한다면, 후자는 믿음에 의한 칭의의 은총으로 사는 거룩함을 강조하는 것이다.

라울의 비참한 죽음을 전해들은 바울은 『로마서』 9장의 '토기장이 비유'를 들어 신의 뜻을 대변한다. 라울의 신정론적 항변이 바울의 비유를

---

7 고만송, 『포사이스의 신정론』, 기독교연합신문사, 2007, pp.157~158 재인용 참조.

8 『시편』 23편은 '시편 중의 진주'라 부르는 시로 여호와를 목자와 잔칫상의 주인으로 비유해 그의 보호 아래 있기를 간구하는 내용이고, 『시편』 51편은 다윗이 밧세바와 간음한 후 그녀의 남편 우리야를 죽게 해 범죄를 은폐하려 했을 때 하나님이 나단 선지자를 통해 그의 죄를 질책하자 철저히 참회함으로써 하나님의 무한한 용서를 발견하는 내용이다.

통해 피조물로서의 한계를 반영한다. 모든 것은 신의 뜻, 신의 섭리일 뿐 그것에 대해 피조물인 인간이 무어라 할 말이 없는,[9] 즉 전지전능하고 선한 신의 몫으로 남겨둘 수밖에 없다는 순환론적 결론에 이르는 것이다. 인간의 합리적인 판단과 기준을 넘어서는 하나님의 법은 우리에게 계시되지 않았기 때문에 이해할 수 없다. 그래서 칼빈은 하나님의 숨겨진 의지와 계시된 의지를 구분하면서, 계시된 의지는 의에 대한 우리의 기준에 표준이 되지만, 동시에 계시된 의지에 의해 적용되는 기준보다 더 높은 기준, 곧 하나님이 모든 것을 결정한다는 기준이 있음을 기억해야 한다고 보는 것이다.[10]

옹기가 옹기장이더러 나는 왜 이렇게 못나게 빚었느냐고 불평을 한들 무슨 소용이 있으랴. 옹기장이는 자기가 좋아서 못생긴 옹기도 만들고 잘생긴 옹기도 빚는 것이니.

위 인용 부분은 바울이 작품 마지막 부분에서 언급한 내용으로 성서(『로마서』 9:20~21) 구절을 인용한 것으로, 이 비유에서 옹기장이는 '하나님', 잘생긴 옹기는 '바울', 못생긴 옹기는 '라울'이다. 옹기장이인 창조주 하나님이 당신의 뜻대로 옹기를 만들었는데, 피조물인 옹기가 어떻게 잘못 빚었느냐고 불만을 토로할 수 있느냐는 것이다. 옹기장이인 하나님은 모든 피조물을 창조할 때, 즉 옹기를 빚을 때 각각 쓸모에 따라 만들었다. 하나님은 라울의 생각과 달리 1, 2등을 따지지 않는다. 탈무드

---

9 차봉준, 「현대소설에 형상화된 신의 공의와 섭리」, 『문학과 종교』 제14권 2호, 한국문학과종교학회, 2009, p.120.
10 데이빗 그리핀, 이세형 역, 『과정신정론』, 이문출판사, 2007, p.148.

에 따르면, 공주가 못생긴 부대에 담겨진 포도주를 예쁜 금그릇과 은그 릇에 담아 놓자 그 맛이 변해 왕이 노했다는 일화가 있다. 금그릇에는 금그릇의 용도가, 은그릇에는 은그릇의 용도가 있는 것처럼 못생긴 부대 에도 그 나름의 용도가 있는 것이다. 어느 정신분석학자는 인간에게 가 장 불행한 것이 하나 있다면 그것은 '비교'라고 했다. 이것만 없더라도 아마 인간은 현재보다 반만큼 행복해질 수 있을 것이다. 모든 존재에는 각자의 쓰임이 있고, 또한 최선을 다할 때 신의 축복이 따른다. 문제는 신의 세심한 부르심에 응하는 인간의 자유 의지에 있다.

4 부조리한 현실 속의 신의 침묵에 저항 ─「고양이는 부르지 않을 때 온다」

송우혜의 「고양이는 부르지 않을 때 온다」는 거식증에 걸린 소녀와 관절염을 심하게 앓고 있는 할머니, 그들의 고통을 위로하며 구원받게 하려는 이강석 목사, 그의 친구 목사가 등장한다. 정민과 할머니는 과거 에 성실히 교회에 다녔지만 고등학생인 오빠가 동네 불량배의 폭력으로 죽게 된 후 고통으로 병을 얻게 되고, 더구나 그 범인이 출옥한 후 제과점 을 차리고 행복한 가정을 이루었을 뿐만 아니라 크리스천이라는 사실에 큰 충격을 받는다. 정민은 이런 현실의 부조리와 신의 섭리에 대해 회의 하면서 심방 온 목사에게 냉소를 보낸다. 교통사고를 당한 친구의 부탁 으로 대신 주일 설교를 마치고 심방 온 '그'에게 소녀의 냉소적인 태도는 당혹감을 줄 뿐만 아니라 자존심을 상하게 한다. '슬픈 독경'을 하면서까 지 출세지향적인 목회자의 길을 걷는 그에게 이 당혹스런 경험은 귀경 중에서뿐만 아니라 설교 원고를 준비하는 중에도 내내 불안감으로 엄습한다.

이러한 스토리로 구성된 이 작품은 기도와 예배로 시작된 이야기가 슬픈 독경에 얽힌 과거의 학창시절 회상으로 전개되면서 교회 목회자로서의 고뇌와 갈등을 암시하고 있다. 즉 부조리한 현실에 직면한 인간의 실존 상황과 고통 받는 신자에게 도움을 주지 못하는 성직자의 고뇌, 현실지향적인 성직자의 삶의 양태를 은연중 비판하고 있다. 작품이 제시한 단락대로 구체화해보면, ① 심방 온 목사의 기도를 거절하며 냉소짓는 정민의 태도, ② 학창시절의 '슬픈 독경' 일화를 회상하며 정민의 냉소에 엄습하는 불안감, ③ 귀경 중에 이강석 목사와의 학창시절 회상, ④ 거식증을 앓게 된 정민의 가정사와 교역자로서 이강석 목사의 자괴감, ⑤ 거식증에 관련된 에피소드(정보부 고문 사건과 배멀미 일화), ⑥ 방화 후 정민의 거식증 치유와 설교 원고에 대한 불안감 엄습 등으로 요약할 수 있다. 특히 ⑤ 단락에서는 당숙의 환갑날에 모인 주변 인물들의 대화 속에 거식증과 현실 적응에 관련된 여러 에피소드가 연결고리로 이어져 주변의 실제적인 이야기로 비쳐진다.

이강석 목사는 관절염과 거식증으로 고생하는 할머니와 정민을 위해 석 달 동안 거의 매일 심방하여 기도한다. 물론 자발적인 의지라기보다 신도들의 부탁에 따른 것이다. 그는 그들의 병에 뚜렷한 차도가 없자 신도들이 자신을 성직자로서의 능력을 시험한다고 생각하기에 이른다. 그들의 심적 고통을 영험한 성직자의 능력으로 어떻게 치유하나 지켜보기 위한 것이라 판단한다. 생명체가 식욕을 가지는 것은 살아가는 데 가장 본능적인 욕구로서 삶의 의지이다. 그런데 이런 본능적 욕구를 거부하는 것은 병적인 심리적 증후라 할 수 있다.

기도가 거식증에 효험이 있다 해도 그래요. 우리 할머니 같은 분의 기도로도 안 된다면, 생전 처음 보는 목사님이 한 마디 삐죽 기도해준다고 해서 내 거식증에 대체 무슨 효험이 있겠어요. 우리 할머니가 어떤 분인 줄 아세요? 세상에서 가장 착한 사람이에요. 그런데, 그런 분이 드리는 기도조차 전혀 효험이 없단 이야기예요.

정민의 거식증은 자신의 가족에게 불행을 가져다준 장본인이 출옥해 제과점을 냈을 뿐만 아니라 행복한 가정을 이루고, 또한 신실한 기독교 신자라는 사실에 충격을 받았기 때문이다. 정민은 심방 온 목사에게 매일 할머니가 자신을 위해 기도하는데도 차도가 없는데 기도로 거식증을 고칠 수 있겠느냐고 비아냥거린다. 소녀의 냉소적 태도는 전도유망한 대형 교회 부목사로서 은혜로운 설교를 잘 한다는 '그'에게 당혹감을 느끼게 한다. 정민의 거식증은 삶에 대한 거부행위로서 부조리한 현실에 대해 신에게 저항하는 행위이고, 범인을 전혀 용서하지 못하는 마음으로, 오빠를 죽인 범인에 대한 복수심의 발로이다.

사건 후 할머니와 정민은 열심히 신앙생활을 하며 지내왔지만, 범인이 출옥한 후 병을 앓게 된 것이다. 그들은 범인이 죄의 대가로 감옥에 갔다는 사실에 위로를 받았을 뿐이지 신앙적으로 용서한 것은 아니다. 단지 그들이 징벌해야 할 몫을 국가가 해주었다는 사실에 위로받으며 자신의 평안과 수양을 위해 교회에 나간 것이다. 정민과 할머니는 신앙에 의지하며 평온을 찾으려 했지만 범인의 행복한 삶에서 신체적 고통을 느끼고, 정민은 밥까지 거부한다. 즉 고통스런 마음이 육체를 지배한 것이다. 아마 세상이 가혹하게 살인범을 심판했거나, 범인이 불행한 처지에 있었다면 정민의 거식증은 발생하지도, 아니 발생했더라도 쉽게 극복되었을 것이다.

정민이 범인의 제과점에 방화한 후 심한 화상을 입고서야 밥을 먹을 수 있는 것은 신에게 의지하는 것보다 자신의 힘으로 어려움을 극복하려는 인간의 모습이다. 이 방화는 신에 대한 불만, 더 나아가서는 사회의 부조리에 대한 반항의 표출로 복수심이 끓어올라 폭발한 것이다. 신의 섭리와 인간 의지 사이에서 신의 뜻을 따르기보다 인간의 의지대로 저항하며 고통을 극복하려는 고독한 인간의 모습이다. 많은 신도들이 감동하고 칭송했던 목사의 기도가 아닌, 즉 신이 심판하지 못한 것을 대역자로 심판했기에 거식증을 치유했다는 논리이다. 그렇다면 과연 심리적인 분노와 고통이 사라졌기에, 아니면 자신의 행동에 따른 만족감보다 허탈감에 기인한 것은 아닐까?

정민의 반항적 행동은 그가 겪었을 고통의 상처로 볼 때 보편적 인간의 입장에서 충분히 공감이 간다. 그래서 성서의 『욥기』에서 욥은 '왜 피조물은 계속 고난을 받아야 하는가', '왜 선한 길에 들어선 인간에게조차 파멸의 길을 허락하시는가' 하며 의문을 제기한다. 『하박국』에서 선지자 하박국도 '왜 하나님은 이 세상에 불의와 악인의 존재를 묵고하고, 선하신 하나님이 통치하는데 왜 이 세상에 악이 존재하느냐'는 신정론적 물음을 제기하며 답을 듣고자 한다. '왜'라고 묻는 것은 비극을 당한 직후에 느끼는 말할 수 없는 고통과 슬픔을 표현하는 한 방법으로,[11] 주위와 하나님으로부터 소외되어 있다는 것을 자각하는 실존 상태이다.

그러나 이런 질문에 직접적인 대답은 주어지지 않고 '의는 그 믿음으로 말미암아 살리라'(『하박국』 2:14)는 확신만 주어진다. 이런 의문은

---

11 호레이스 O. 듀크, 김영호·호소훈 역, 『그때 하나님은 어디 계셨을까?』, 쿰란출판사, 2003, p.41.

'고난 받는 자는 악한 자이다'라는 현실 세계의 고난을 악의 징벌로 해석하는 교리적 단순화를 거부하는 항변이다. 이런 회의적 물음 속에서 욥과 하박국이 얻게 되는 답은 결국 인간 중심이 아닌 하나님 중심주의에서 하나님께 영광을 돌려야 한다는 신뢰감이다. 예수의 십자가상의 죽음이 하나님으로부터 버림받음을 경험한 것 속에 하나님과 긴밀하게 연결되어 있다는 경험도 함께 일어난다.[12] 고난 받는 자는 하나님이 멀리 있다는 절망을 경험하면서 동시에 자신에게 가까이 있다는 역설적 사실을 인식하는 것이다. 즉 거룩한 하나님 앞에 서 있는 죄 많은 인간이 예수의 십자가의 구속으로 말미암아 용서 받는다는 구속사인 것이다.

이 속죄의 거듭남은 원초적 창조(『창세기』)보다 훨씬 경이적이며 신비적인 제2의 창조로서 영적이면서 거룩한 자유의 영역이라 할 수 있다.[13] 인간은 전적으로 믿음으로 인해 의인이 된다. 하나님이 인간을 의롭게 하는 것은 하나님 자신이 의로운 존재라는 '자기칭의自己稱義'에서 출발한다. 따라서 정민이 가해자를 용서해야 하는 것은 이런 성서적 원리에 따라 그 자신이 이미 '용서받은 그리스도인'이기 때문이다. 그러나 확고한 믿음 없이는 이런 진리를 체험화해 실천에 옮긴다는 것이 어려운 일이다. 이런 상황에서 영적, 심리적으로 보살펴 줄 수 있는 것은 그가 경험한 일들에 대한 자신의 느낌과 그것으로 야기된 현실상황을 받아들이고 존중함으로써 점차 극복할 수 있도록 도움을 주는 일이다. 그는 자신의 느낌 너머에 있는 믿음과 새로운 선택과 행동을 향하여 나아갈 수 있도록 도움이 필요하며, 그가 처한 현실 이해와 이에 대한 대응 방향을 개선해 나갈 수 있도록 인도받아야 한다.[14] 그런데도 작품 속 교역자

---

12 김용성, 앞의 책, p.107.
13 고만송, 앞의 책, p.84.

들은 정민에게 아무런 도움을 주지 못하고 있다.

한편, 갈등 속에서 고뇌하는 중에 이 목사는 우발적인 교통사고로 병원에 입원하게 되자 고문처럼 여겨지는 고통스런 기도를 벗어날 수 있다는 해방감에 다행으로 생각한다. 그는 자신의 신념과 의로움으로써 초월적 존재성의 능력을 갈망하는 순수한 목회자이다. 그렇기에 현실의 벽을 넘어서야 하는 정민의 가족에게 큰 힘이 되어주지 못하자 한계를 느낀다. 교회 성도들은 그들의 고통을 안타까워하며 병의 치유를 위해 기도를 청하고 목사의 능력까지 시험하는 것이다. 그러자 이 목사는 자신의 한계에 따른 탈출구로서 궁여지책으로 친구 목사인 '그'에게 설교와 심방을 부탁함으로써 그의 능력을 시험해 보고자 한다. 그 전에는 아예 친구의 목회 방식에 거부감을 가졌지만 상황이 이런 만큼 정민의 가족에게 도움이 되었으면 하는 바람으로 현실주의자의 모습으로 바뀌어 친구에게 부탁한 것이다. 자신은 고통스런 정민의 가족에게 어떻게 해줄 수 없다는 한계에 이르자 단순한 위로와 기도로 일관하며 그 상황을 피할 궁리를 했지만, '그'는 어떠한 시도조차 하지 않고 피해버린 것이다. 하지만 많은 이들에게 슬픈 독경으로 감동과 눈물을 흘리게 하면서도 바라지 않는 이에게 기도하지 않는 것이 신념이라며 고통 받는 한 신도를 피하는 것은 자신을 합리화하기 위한 핑계에 지나지 않는다. 좀 더 소녀에게 거식증이 나을 수 있다는 확신을 심어주고 마음을 위로해 주었어야 하지 않았을까?

'그'는 대학원에 다니며 대형교회 부목사로 재직하고 있는 현실적이고 출세지향적인 인물이다. 그래서 감정에 실어 설교하는 것을 못마땅해

---

14 호레이스 O. 듀크, 김영호·호소훈 역, 앞의 책, p.63.

하면서도 때로는 주위의 감동과 찬사를 받기 위해 성도의 감정에 호소하는 슬픈 독경도 마다하지 않는다. 슬픈 독경은 성도들의 마음을 얻기 위해 일부러 슬픈 사연과 감동을 자아낼 수 있는 내용의 설교를 뜻한다. 신도들은 자신의 처지를 이해하고 받아주기를 바라기 때문에 슬픈 독경이 더욱 가슴에 와 닿았는지도 모르는 일이다. 인간은 슬픈 감정을 가지고 있을 때 가장 선하고 헌신할 수 있기 때문에 슬픈 독경으로 성도들의 마음을 자극해 물질을 얻어낼 뿐만 아니라, 더욱 위로하고 고통을 덜어 줄 수 있다면 가능한 방법이 될 수 있다는 것이다. 마치 마취제처럼 환자의 고통을 덜어주고 치료와 회복에 도움이 될 수 있다면 반드시 나쁘다고만 할 수 없다는 논리이다. 이에 반해 이 목사는 불순물이 섞여 있는 슬픈 독경은 하지 말아야 한다는 입장이다. 그것은 눈물의 동정을 일으키는 감정에 휩싸이므로 진실성이 결여될 수 있다고 보기 때문이다. 그에게 슬픈 독경을 택하는 것은 가식적이고 인위적인 방법으로서 현실에 순응하고 타협해가는 신앙인의 모습이다. 그럼에도 불구하고 이 목사는 목회자의 한계에 따른 탈출구로써 '그'에게 설교와 심방을 부탁했던 것이다.

그러나 우리가 알아야 할 것은, 성직자란 고통 받는 자에게 위로가 될 수 있고 신앙심을 통해 고통을 극복할 수 있도록 진리의 말씀을 깨닫게 해주고 최선의 길로 인도하는 안내자가 되어야 하는 것이지, 직접적으로 병을 낫게 해주고 어떤 문제를 해결해주는 해결사가 아닌 것이다. 슬픈 독경으로 성도의 마음을 현혹시킬 것이 아니라 맑은 독경으로 어려움을 이겨낼 수 있는 힘을 길러주어야 한다. 그런데 두 목사들은 신자들의 잘못된 신앙관이나 무속적 기복신앙의 태도에 대해 시정해주고 질책하기보다 형식적인 위로와 기도로 목회자로서의 역할을 합리화하고 있는 것이다. 이강석 목사는 성도들의 부탁으로 석 달 동안 거의 매일 정민의 집을 심방해 기도하지만, 그런 일과가 고문처럼 고통스럽게 느껴질 즈음 교통사고로 병원에 입원하게 되자 홀가분하게 생각한다.

두 목회자들은 성서적 근거에 바탕을 둔 기독교인의 용서와 사랑에 대해 일절 언급하지 않고, 신자의 냉담함이나 악에 대해 꾸짖기보다는 단순한 위로나 형식적인 기도로 그들의 상처를 덮고자 했다.[15] 목회자에 대한 신도들의 기대는 자신들의 처지를 뜻하는 대로 위로해주고 이해하고 받아주기를 바란다. 이때 목회자는 하나님을 경외하며 두려워하고, 기복신앙화 되어가는 잘못된 신앙의 방향을 바로잡아 주어야 한다. 맹목적으로 기적을 구하는 신도들에게는 담대하게 하나님 말씀의 진리를 올바르게 증거해야 한다. 교역자가 이런 역할을 다하지 못할 때 신도들의 분위기에 편승하고 그들의 비위를 맞추어 목회자로서 권위와 자신감을 지니지 못하는 것이다.

> 그가 자신이 써 놓은 설교 원고에 대해 그런 불안을 느낀 것은 처음이다. 그래서 더욱 당황스럽다. 그는 노트북 화면을 삼킬 듯 노려본다. 그러나 이미 글자들이 눈에 제대로 들어오지 않는다. 그는 불안이라는 이름의 불길한 고양이가 그 날카로운 발톱으로 자신의 전 존재를 움켜쥐었음을, 그리고 그 사나운 발톱으로부터 빠져나오기가 결코 쉽지 않을 것임을 깨달았다.

'고양이'는 작품 제목에 나타나지만 작품 속 이야기에서는 전혀 등장

---

15 최재선, 앞의 논문, p.16.

하지 않는다. 고양이의 습성은 강아지와 달리 사람이 부른다고 해서 오는 것이 아니고 아무 때나 다가온다. 따라서 인간이 원하지 않을 때 고양이가 다가옴은 반가울 수도, 두려울 수도 있다. '부르지 않을 때 온다'는 것은 의도하거나 원하지 않을 때 '머피의 법칙'처럼 부딪히게 된다는 의미이다. '그'는 이강석 목사의 부탁을 받고 거식증을 앓고 있는 정민을 만난 후부터 자신의 신앙적 태도와 가치관에 불안을 느낀다. 슬픈 독경의 방식을 취해서라도 정민에게 기도해주고 싶었지만 그의 거절로 자신의 무력감만 느낀다. 자존심을 굽히기 싫어 비웃는 정민을 위해 기도하지 않았던 마음속에 정민의 냉소가 엄습해 온다. 그동안 교회 안팎에서 받은 칭송과 찬사에만 익숙해진 그에게 느닷없이 대면한 정민의 불손과 비웃음에 당황하고 있는지도 모른다.

출세 지향적이고 전도유망했던 '그'가 갑자기 경험한 이 사건은 부르지 않을 때 오는 고양이처럼 인생의 시련·고난·불행·회의·갈등 등을 동반한다. 이런 불안은 지금까지 당연하게 생각하고 해왔던 목회 방법과 신념에 대한 회의라고 할 수 있다. 이런 마음 상태는 마지막 장면에서 평소에 준비해왔던 설교가 자신에게 낯설게 느껴지며 고양이의 날카로운 발톱이 자신을 움켜쥐고 있음을 자각하는 것에서 엿볼 수 있다. '가식적인 슬픈 독경이 묻어 있는 설교로 세칭 전도가 유망한 목사로 추앙받고 살 것인가?' 아니면 '세속화에 연연하지 않고 순수하고 진실 되게 목회자의 길을 걸어야 할 것인가?'의 기로에 서 있는 것이다. 결과적으로 '그'는 정민을 통해 슬픈 독경처럼 감동과 은혜로움을 포장해서 감정을 움직이는 설교가 꼭 올바른 것이 아니라는 것을 점차 인식하는 것이다.

__5 결론

　신정론은 세계 속에 존재하는 고통과 악에 대한 책임 때문에 인간으로부터 고소당해 이성의 법정 앞에 서 있는 하나님을 변호하는 진술이다. 따라서 신학적 관점에서는 하나님의 정당성을 변호하기 위해 불가해한 신의 섭리를 신앙의 힘으로 해결하는 데에 초점을 둔다면, 문학적 영역에서는 유한적인 존재로서 부조리한 현실과 불가해한 신의 섭리에 의문을 제기하며 반항하는 인간의 실존적 상황을 적나라하게 묘사하고 있다. 이런 점에서 본고에서 다룬 두 작품은 신정론적 관점의 전제하에 그 회의적 갈등과 부조리함을 극복하려는 양상을 다양하게 보여주고 있다.

　「라울전」은 성서적 배경을 토대로 '라울'이라는 허구적 인물을 설정해 이성적 사고의 기준에서 신의 공의와 섭리에 대한 문제를 제기하며, 그것을 어쩔 수 없이 수용할 수밖에 없는 인간의 한계를 나타내고 있다. 아울러 하나님의 은총은 인간 중심의 목적을 위해 신앙을 갖는 것이 아닌, 신 자체를 믿음으로 섬기며 치열하면서도 삶의 진정성을 지닌 자에게 베풀어진다는 것을 암시하고 있다.

　「고양이는 부르지 않을 때 온다」는 기독교적 용서의 문제를 다룬 작품으로, 부조리한 현실에 직면한 인간의 실존적 상황과 고통 받는 신자에게 도움을 주지 못하는 성직자의 고뇌, 현실지향적인 성직자의 삶의 양태를 은연중에 비판하고 있다. 주인공인 정민은 유한적 인간이 쉽게 해결할 수 없는 실존적 물음을 제기하면서 불가해한 신의 섭리에 반항하고 절망하는 고독한 인간의 자화상이라고 할 수 있다.

제 2장

소설의 영화화에 따른 서사성 변환 연구
— 이청준의 「벌레 이야기」와 영화 「밀양」

1 서론

소설과 영화는 구조적 차원에서 상상 속의 시각화라는 공통인자의 서사예술이다. '사건의 서술'이라는 서사성은 이야기를 표현하고 전달하는 요소를 지닌다. 문자와 영상이라는 이질적 매체가 담아내고 있는 서사 구조의 동일성과 차별성을 밝혀내는 것은 서사예술의 큰 틀을 이해하는 데 도움이 될 것이다. 영화가 소설에서 얻은 주요 인자는 인과적인 필연성과 구조적 통일의 전체성이다. 구조적 질서 속에서 전개되는 인과성은 이야기가 진행되는 전체 과정을 통해 형성된다. 그것은 단지 사건이나 정보의 평면적인 나열이 아니라 '발견되는 진실성'을 추구하면서 즐거움을 제공한다. 이 즐거움 속에서 서사는 끊임없이 만들어지는 것이다.

이런 공통적 자질 속에서도 차이점이 있다면, 소설은 등장인물의 성격이나 심리 상태를 언어로 표현하지만, 영화는 본질적으로 시각화하는 방법을 취한다. 영화의 시각화는 소설에 비해 아무래도 복잡한 심리세계나 추상적인 일반화의 묘사에는 한계가 따르지만, 구체적·시각적인 사건을 재현하는 데에는 매우 적합하다. 소설은 작가 개인의 산물이지만, 영화는 감독이 시나리오와 영상, 소리 등의 총체적인 조건들을 예술적으로 종합해 승화시키는 것이다. 영화의 각 장면은 인쇄된 글자처럼 부분적으로 되풀이해 읽거나 고정시킬 수가 없이 시각적이고 비언어적 요소(음향, 배경음악, 촬영기법 등)들을 본질로 삼기 때문에 동일한 작품이라도 각색 작업을 통한 해석과 효과는 다를 수밖에 없다. 아무래도 영화는 문학에 비해 어떤 대상과 사물, 사건을 제시해주는, 즉 이미지를 통한 감성적 매체이기 때문에 관객의 참여 공간이 한정되어 수동적이고 정태적일 수밖에 없다.

그러나 이런 이질성에도 불구하고 오늘날 소설과 영화는 상호 긴밀한 영향 관계를 형성하며 발전해왔다. 영화예술의 초창기에 작가들은 시점의 다양한 변화, 몽타주 기법에 의한 영상과 상징의 풍부하고도 역동적인 구성, 시공간의 통합을 보여주는 영화적 감수성에 자극을 받아 문학 기법을 발전시킨 반면 영화감독들은 문학적 기원을 가지는 사실주의 영화를 통해 상상력에 문학적 세례를 받아들였다.[1] 영화에서 실제 사건의 진행 시간과 별도로 불필요한 사건 전개의 생략과 필요한 부분의 상세한 묘사 처리는 소설에서 순차적인 스토리를 구성된 이야기 플롯으로 형상화하는 기법의 영향으로 볼 수 있다.[2]

---

1 문학과영상서사연구회, 『영화? 영화! – 문학의 시각으로 본 영화』, 글누림, 2006, p.105.
2 영화에서 공간은 직접 제시를 통해 지각되므로 훨씬 구체적이고, 공간의 흐름이 시간의 흐름으로 바뀌므로 시간보다 앞서 나타난다. 그러나 소설에서 공간은 단어에 의해 표현되므로 추상적이고 스토리의 지속성 때문에 시간 인식이 강하게 느껴진다.

감독은 소설을 영화화할 때 원작의 수용자이면서 동시에 영화 텍스트의 생산자이다. 그러므로 각색과 연출을 통한 창조적 변용 과정에는 원작의 의미에 대한 비평적 해석과 장르적 기법의 특성이 가미될 수밖에 없다. 두 작품의 상호작용 속에서 개별 작품이 지닌 고유성을 확인하면서, 그 영향 관계에 따른 내적 변용의 양상을 다각적인 면에서 실증적으로 구명하고 해석함으로써 장르간의 변별적 특징을 추출할 수 있는 것이다. 이런 점에서 「밀양」은 원작의 내용을 보충, 변형하는 데 그치지 않고 새로운 각도에서 주제의식을 조명함으로써 의미 확장을 꾀하고 있다.

이 영화는 주인공이 처한 현실적 조건과 상황을 부각시키고 그 내면적 갈등을 치밀하게 시각화하여 사건의 계기성과 인과성을 강조하고 있다. 이 시각화의 기본 요소인 샷, 카메라 시점, 앵글 등의 효과는 등장인물들의 내적 갈등이나 주제의식, 관객과의 거리 등과 통합되어 의미를 표출하는 데 중요한 역할을 한다. 따라서 본고는 두 작품이 장르상의 차이에도 불구하고 서사체라는 공통인자 하에 원작이 영상으로 말해지는 이야기 속에서 어떻게 변용되어 나타나는지 장르 간 형식적 특징, 인물, 모티프, 장치 등 다양한 관점을 통해 비교 분석하고자 한다.

2 「벌레 이야기」의 작품 분석

2.1. 「벌레 이야기」의 창작 동기 및 서술 구조

「벌레 이야기」(외국문학, 1985)는 액자형 이야기 구조로서 남편인 '나'의 시점에서 유괴당해 살해된 아들을 잃은 아내의 고통과 그 고통에 따른 신앙적 갈등을 극복하지 못하고 자살해버리는 아내의 모습을 상세히 묘사하고 있다. '나'는 사건에 개입하기도 하지만, 주로 아내가 김 집사와 나누었던 대화를 다시 전달하거나 논평이나 해석을 덧붙여 진술하면서 인간의 비극을 가장 가까이서 속수무책으로 바라보며 구원과 용서의 의미를 재인식할 것을 독자에게 호소하는 것이다.[3]

이 작품의 모티프는 1980년대 실제 일어났던 사제지간의 유괴 살인 사건을 소재화한 것인데, 범인이 사형당하기 전 남긴 "나는 하나님의 품에 안겨 평화로운 마음으로 떠나가며, 그 자비가 희생자와 가족에게도 베풀어지기를 빌겠다."는 말에 작가가 인간적인 입장에서 나름대로 그 말을 생각하며 실존적 의문을 되새겨 본 결과물이라 한다. 즉 범인이 남긴 그 말이 과연 희생자 가족에게 위로가 될 수 있을까? 하나님은 그를 진정으로 용서했고, 그런 권리가 있을까? 그런 절대자의 사랑 앞에 인간의 존엄과 권리란 무엇인가 등의 실존적 의문에 대한 인간적 회의의 고백이라 할 수 있다.

> 그 주체적 존엄성이 짓밟힐 때 한갓 벌레처럼 무력하고 하찮은 존재로 전락할 수밖에 없는 인간은 그 절대자 앞에 무엇을 할 수 있고 주장할 수 있는가. 아마도 그 같은 절망적 자각은 미물 같은 인간이 절대자 앞에 드러내 보일 수 있는 마지막 증거로서 그의 삶 자체를 끝장냄으로써 자신이 속한 섭리의 세계를 함께 부수고 싶은 한계적 욕망에 이를 수도 있지 않을까.[4]

---

3 박상익, 「이청준 소설의 매체 수사학적 특성 연구」, 『이화어문논집』 제33집, 2014, p.165.
4 「밀양」 개봉 후 다시 출판된 책 서문, 『밀양, 원제 벌레이야기』, 열림원, 2007.

작가의 서문에 나타나는 위 인용문에서 보듯, 이 작품은 인간의 존엄성과 섭리자의 사랑이 충돌하는 과정에서 인간이 가지는 한계적 욕망을 그려내고자 했다.[5] 또한 부조리한 현실상황에 처한 무기력한 인간이 신의 침묵에 저항하며, 은혜니 섭리니 사랑이니 하는 추상적 관념으로 감싸져 있는 기독교의 교리나 계율에 보내는 작가의 도전[6]으로 볼 수 있다.

작품 개요를 간략히 살펴보면, 소아마비로 다리가 불편한 알암이가 주산학원 원장인 김도섭에 의해 유괴 살해된다. 아내는 3개월여 동안 교회와 절에 가서 아들이 무사하기만을 기원하며 지친 몸을 이끌고 백방으로 찾아다닌다. 그러나 그런 노력에도 불구하고 아들이 살해된 시신으로 발견되자 아내는 범인에 대한 복수심으로 자신의 몸을 지탱해간다. 점차 시간이 지나자 아내는 이웃 김 집사의 권유로 교회에 나가면서 신앙생활을 하는 중에 범인을 용서하리라 생각한다. 아내의 믿음은 마음의 안정과 삶에 대한 용기를 얻고 아들의 영혼을 구원시키기 위한 기복신앙의 발로였다.

이런 초보적 신앙심도 점차 믿음의 깊이를 더하면서 아내는 주님의 참사랑을 깨달으며 감사한 마음을 갖는다. 그러나 아내는 범인을 용서하기 위해 그를 면회한 후 다시 분노와 증오심을 갖게 된다. 그것은 범인이 태연자약하게 평온한 모습으로 자신을 위로하는 태도에 배신감을 느꼈기 때문이다. 순진무구한 아이를 죽이고 불안과 죄책감으로 죗값을 치러야 할 범인이기에 상상할 수 없는 모습이었다. 아내는 범인이 사형을 당했다는 뉴스를 듣고 유서 한 장 남기지 않고 음독자살해 버린다.

---

5 허만욱, 「소설 「벌레 이야기」와 영화 「밀양」의 모티프 변환 연구」, 『한국문예비평연구』 제26집, 한국현대문예비평학회, 2008, p.459.

6 임영천, 『한국 현대문학과 기독교』, 태학사, 1995, p.406.

서술자인 '나'는 아버지와 남편이라는 일인칭 관찰자 시점에서 자식과 아내의 죽음을 목격한 관찰자이자 증언자로서 객관적이고 냉정한 서술 태도를 취하고 있다. '나'가 서술하는 이야기의 목적은 단지 아이의 불행한 죽음이 아니라 그 불행에 따른 아내의 희생에 대한 증언이다. '나'는 아내가 스스로 목숨을 끊었다지만 그 죽음을 단순한 자살로 보지 않고 희생이라 생각하며, 그것을 아내의 고통과 저주와 관련시켜 이야기한다. 이런 '나'의 태도는 가족 구성원으로서 생생하게 체험한 사실을 목격자의 시선으로 전달하기 때문에 그 효과를 극대화할 수 있다. 따라서 사건 전개는 필연적 인과성에 따르기보다 관찰자의 보고적 성격의 증언 내용으로 구성되어 있다. 그렇지만 '나'는 아내의 절망과 고통을 안타까워하면서도 김 집사의 위로와 신앙 권유에 비해 무기력한 방관자의 모습이다. 구체적인 스토리는 ① 알암이의 실종 → ② 알암이의 죽음 → ③ 범인의 체포 → ④ 용서의 실패 → ⑤ 아내의 자살 등으로 전개된다.

2.2. 인간적인 의지와 믿음의 허구 속에 갇힌 신

아내가 김 집사의 권유로 교회에 나가며 신앙생활을 하게 된 계기는 유괴된 아들을 찾으려는 한 가닥 희망을 갖기 위해서이다. 그 전부터 신앙을 권유한 김 집사에게 관심을 두지 않던 아내가 절박한 심정 탓인지 교회에 나가면서 헌금도 하고 신앙생활에 매진한다. 예수는 고통 받는 이들의 짐을 덜어주며 위로하기 위해 이 땅에 왔기에 아내는 그의 끝없는 사랑의 품에 안겨 영혼을 위로받고자 한다. 그리고 우주만물을 섭리하고 인간의 생사화복을 주관하기 때문에 아이의 행적을 알고 있으리라는 기대감을 갖고 신앙생활을 시작한 것이다. 아내는 아이만 찾을 수 있다면 지옥의 불 속이라도 뛰어들고, 지푸라기라도 잡아야 할 처지였다.

아내와 김 집사는 하나님은 모든 능력의 소유자이기 때문에 교회에 열심히 나가면 알암이를 찾을 수 있다고 생각한다. 이처럼 이들의 신앙은 아이를 찾기 위한 방법에 지나지 않는 인간 중심이었던 것이다. 아내가 지닌 희망과 의지, 기도는 단지 인간의 노력으로 해결해 보고자 한 것이지 믿음의 산물은 아니었다. 아내의 신앙은 희생적인 사랑을 보여주지 못하고 인간적인 목적을 이루려는 기복신앙의 한계에 머물고 있기 때문이다. 아내의 이런 태도는 서두에서부터 작품 전개에 중요한 인자로 작용하면서 아내의 고통을 인간적으로 이해할 수 있는 계기를 부여한다.

아이를 찾겠다는 희망과 기원은 아내를 지탱해가는 힘이 된다. 한 달이 지나고 세상의 관심이 멀어지자 언론사를 찾아가 전단지를 뿌리며 끈질긴 의지로써 고통을 이겨낸다. 그런데도 사건이 잊혀져가자 아내는 절에 가서 공양을 하고, 교회에 많은 헌금도 낸다. 남편인 나는 시간이 지날수록 초조해지며 지쳐갔지만, 아내의 초인적인 집념과 희망은 자신을 위해서 다행스러운 일이었다. 하지만 아내는 아이가 실종된 지 3개월여 만에 시신으로 발견되자 하나님을 원망하며 신앙을 포기한다. 아내는 하나님이 모든 것을 받아주고 이루어주는 존재로 생각했지만, 아이를 죽인 범인을 찾을 수 없다는 사실에 분노하면서 직접 찾아 나서겠다고 항변한다. 범인에 대한 분노와 집념이 만신창이가 된 아내를 지탱해주는 요인이 된 것이다. 분노와 복수심은 신앙보다 우위의 입장에서 아내를 붙들어주었다.

하나님이 진정으로 선하고, 인간을 사랑한다면 왜 순진무구한 아이가 비참하게 죽음을 당해야 하는가? 회의감에 사로잡힌 아내는 불행한 일을 통해 더 큰 사랑을 베푸는 것이 주님의 권능이라는 김 집사의 말에 분노하며 절망의 나락으로 빠져든다. 그녀는 자신처럼 고통 받는 자들을 위로하고, 더 큰 사랑을 베풀고, 더 사랑하기 때문에 아이를 데려갔을 것이라는 김 집사의 말이 위로가 되지 않았다. 오히려 사랑과 섭리도 보여주지 못하는 하나님을 의지하기보다 자신이 범인을 찾아 나서겠다고 항변한다. 아내의 분노와 저주의 복수심이 하나님의 사랑과 섭리보다 더욱 힘차고 고마운 본능이었는지도 모른다. 이처럼 아내가 두 번째로 만신창이가 된 육신을 견딜 수 있게 된 것은 범인을 향한 복수심 때문이었다.

그러나 범인이 붙잡히고 법정에서 사형수로 확정되자 아내는 직접 복수할 수 없다는 생각에 증오심만 키운다. 아내가 할 수 있는 일이란 공판 과정에서 저주하다가 제풀에 쓰러지는 정도였다. 범인은 아이가 다녔던 주산학원 원장이었기에 더욱 허탈한 분노가 치솟았다. 이처럼 아내는 범인이 사형당하기 직전까지 복수의 대상이 되었기에 자신을 지탱할 수 있었다. 그가 하루빨리 사형당해 지옥으로 떨어질 날을 애타게 바라면서도, 한편으로는 자신이 복수하기 전에 사형당하지 않을까 두려워하는 것이다. 그에 대한 형 집행의 지연은 아내가 버텨나갈 수 있는 힘이 되었다.

아내가 절망과 자학에서 벗어나 삶의 의지를 갖게 된 것은 김 집사의 권유로 다시 교회를 찾게 되면서부터이다. 김 집사는 이제 인간의 심판은 끝나고 하나님의 심판만 남았으니 모든 것을 하나님께 맡기고 심신의 안정을 찾으라고 재차 신앙을 권유한 것이다. 아내가 두 번째로 신앙을 갖게 된 계기는 마음의 평정심이나 범인을 용서하기 위한 것이 아니라 아이의 영혼을 구원시키고 자신도 구원받기 위해서였다. 이런 아내의 태도는 신앙을 통해 자신이 원하는 것만을 이루려고 처음 교회에 나갔던 것과 다를 바가 없다.

우리 구세주 예수님 앞으로 나오세요. 그래서 그분의 사랑에 의지하도록 하세요. 주님께선 모든 힘든 이들의 무거운 짐을 함께 져 주십니다. 그리고 모든 상처받은 영혼들의 아픔을 함께 해주시며 그것을 사랑으로 치유해 주십니다. 알암이 엄마는 지금 혼자서는 도저히 감당해 갈 수 없는 크나큰 영혼의 상처를 입고 있어요. 애엄마 혼자서는 그 짐을 절대로 감당해 나갈 수가 없어요…….

김 집사는 용서를 통해 마음속의 원망을 제거함으로써 주님의 사랑과 은총이 임하기를 간구해야 한다면서 재차 신앙을 권유한다. 아내는 차츰 안정을 되찾으며 김 집사의 끈질긴 권유로 아이의 영혼 구원과 자신의 평안을 위해 범인을 용서하리라 생각한다. 그리고 점차 주님의 참사랑을 깨달으며 아이의 구원을 확신하고 감사의 기도까지 드린다. 아내는 김 집사의 권유와 범인에 대한 연민으로 그를 용서하리라 마음먹고 실천적 신앙을 확인하기 위해 교도소로 향한다. 진정으로 범인을 용서할 수 있는지 직접 만나겠다는 것이다. 자신의 신앙적 결단과 용기를 확인해야 마음이 편해지겠다는 태도이다. 마음으로 용서했으면 충분하지, 직접 범인을 만나 확인한다는 아내의 태도에 인간적인 교만이 숨어 있다는 것을 알 수 있다. 그러나 범인을 면회한 아내는 인간 의지의 한계만 보여주고 만다. 전과 같이 복수심이나 저주는 없었지만, 넋 나간 사람처럼 망연자실한 채 고뇌와 절망감에 사로잡힌다. 인간으로서 할 수 있는 일이 따로 있는데도 아내는 그것을 분간하지 못하고 인간을 용서하고 심판하려고 했던 것이다.

2.3. 시혜자로서 용서의 실패

아내가 면회한 범인은 이미 감옥에서 기독교 신앙을 가짐으로써 모든 죄과를 참회하고, 주님의 용서와 사랑 속에서 구원을 확신하며 마음의 평화를 누리고 있었다. 참회의 징표로서 사후에 신장과 두 눈을 기증하고 두려움 없이 죽음을 맞이하고 있었다. 그는 자신을 향한 어떠한 저주나 복수심도 용서할 수 있다면서 아내를 위로한다. 아내는 죽음의 두려움에 사로잡혀 있어야 할 범인의 평온한 모습과 구원의 확신을 체감한 후 더욱 절망하며 망연자실해한다.

자식을 잃은 자신이 용서하기 전에 누가 범인을 용서할 수 있다는 것인가? 자신의 용서를 받을 필요가 없이 이미 하나님의 용서를 받았다는 그의 평화로운 모습에 아내는 범인뿐만 아니라 하나님도 용서할 수 없었다. 그래서 자기보다 먼저 범인을 용서해버린 하나님에 대해 감사하기보다 원망이 앞섰다. 그것이 하나님의 공평한 사랑이라면 자신은 차라리 신에 대한 저주를 택하겠다고 항변한다. 아들의 불행에 무관심하더니 이제는 자신이 범인을 용서할 수 있는 기회마저 박탈해버렸다는 사실에 분노가 치솟았다. 범인은 진정으로 아내의 용서를 필요로 하였지만 막상 아내는 그를 용서할 수 없었다.

아내가 그를 용서하지 못한 것은 김 집사의 말대로 믿음이 부족한 탓이며, 자신에 대한 배신이라고 생각했기 때문이다. 아내는 수평적인 인간관계보다 수직적인 시혜자의 위치에 있다고 생각했기 때문에 자기보다 먼저 범인을 용서한 하나님을 원망한 것이다. 따라서 이 용서는 범인을 위한 것이 아니라 자기 구원을 위한 인간 의지의 발로에 지나지 않는다. 아내가 시혜자가 아닌 수평적 관계의 용서를 생각했다면 이미 용서받고 있는 그에게 감사한 마음을 가졌어야 할 것이다.

믿음은 구원의 전제 조건이지만 구원 자체는 아니다. 믿음이 있으면 사랑의 행위가 수반되어야 한다. '믿음'만이란 명제 때문에 믿음이 구원인 양 착각하면서 이웃을 사랑하지 않는다면 기독교적 구원에 이르지 못한다. 아내는 교리적인 내용을 관념적인 믿음으로써 받아들였지만, 범인을 사랑하는 실천 행위가 없이 자기모순에 빠진 것이다.

아내는 주님의 사랑과 아들의 영혼 구원을 확신하면서도 자신을 신격화해 범인을 용서하려고 하였다. 그러다 그를 용서할 수 없다는 것을 알았을 때 자신의 신앙적 허구를 깨닫고 절망에 빠진다. 아내의 비극은 범인에게서 용서의 증표를 확인하려고 한 데서 시작된 것이다. 아내는 범인을 만나기 전까지 놀랍게 신앙심이 변화되었지만, 인간이 인간을 용서할 수 없다는 데서 불행이 야기되었다. 그리하여 자신의 기대에 부응치 못한 아내의 절망과 회의는 가중되어 하나님을 원망하면서 신앙을 포기하기에 이른다.

> 그건 제 믿음이 너무 약해서만은 아니었어요. 그 사람이 너무 뻔뻔스럽게 느껴져서였어요. 사람이 어떻게 그럴 수가 있어요. 그 사람은 내 자식을 죽인 살인자예요. 살인자가 그 아이의 어미 앞에서 어떻게 그토록 침착하고 평화스런 얼굴을 할 수가 있느냐 말이에요. 살인자가 어떻게 성인 같은 모습으로 변할 수가 있느냐 그 말이에요. 절대로 그럴 수는 없는 일이에요. 그럴 수가 없기 때문에 전 그를 용서할 수 없었던 거예요.

아내가 범인을 용서할 수 없었던 것은 너무나 평온하고 태연자약한 모습 때문이었다. 만일 그가 죽음을 두려워하고 절망적인 모습으로 자신에게 매달려 사죄했다면 용서해 줄 마음이 생겼을 것이다. 아내가 인간적인 교만에 젖어 자신을 포기하지 못한 반면에, 그는 주님의 용서와 구원의 은혜를 누리고 있었기 때문에 육적인 두려움을 떨칠 수 있었던 것이다.

그의 평온한 모습은 뻔뻔스러워서가 아니라 마음속에 주님을 영접하여 죄사함을 받았기 때문이다. 그러나 아내는 범인의 이런 모습이 뻔뻔스럽게 느껴졌고, 또한 용서해주고 싶어도 이미 용서를 받았다는 생각이 있었다. 피해자인 아내의 인간적인 용서와 기독교적 구속사에서의 용서의 개념은 다르지만, 아내는 그것을 받아들일 수 없었다. 기독교적 용서란 피해자와 가해자 차원의 윤리적·도덕적 척도의 기준이 아니라, 십자가 사건의 구속사를 전적으로 믿음으로써 가능하다. 이런 용서는 불가능한 용서까지도 수용할 수 있는 경지에 존재한다.

그런데 아내는 시혜자 입장에서 그를 용서할 수 있는 사람은 자신뿐인데 누가 먼저 용서했다는 것인가. 주님은 이미 자신에게 그를 용서해 줄 수 있는 기회마저 빼앗아 버렸으니 용서할 수도 없고, 따라서 용서할 필요도 없다고 생각한다. 아내는 이미 용서받은 범인을 보고, 또한 그가 자신의 복수심까지도 용서한다고 했을 때 더욱 절망스러워진 것이다. 김 집사는 모든 것은 주님의 섭리와 뜻이기에 인간은 무조건 주님의 뜻에 따라 복종할 의무밖에 없다고 아내를 설득한다. 보잘 것 없는 피조물의 불완전성을 믿는 김 집사로서는 아내의 이런 태도가 이해 불가능하다. 조물주에 의해 창조된 인간은 하나님만이 심판할 권리가 있으며, 인간은 인간을 심판할 수 없기 때문이다.

과연 이런 고통을 통해 범인과 자신이 하나님을 영접하는 계기가 되어 구원 받을 수 있다는 것인가? 아내는 이것을 믿을 수 없기에 증오의 감정을 떨쳐버릴 수 없는 인간으로 머물려고 한다. 아내의 절망은 너무나 인간적이기에 우리 모두의 공감을 자아낸다. 그녀는 자신을 버리고 주님의 구원만을 바라볼 수가 없다. 그러나 이보다 더한 아내의 절망은 인간적인 복수를 감행할 수 없다는 데에 있다. 설사 복수할 기회가 왔다 해도 일말의 믿음과 사랑의 계율을 익히고 있기 때문에 복수를 감행할 수 없고, 그렇다고 자신 속의 인간적인 모습을 부인하고 하나님께 구원을 간구할 자신도 없다. 이런 인간의 불완전성, 즉 허점과 한계를 아내는 스스로 극복해야 하는 고통을 지닌 것이다.

마침내 아내는 절망 속에 자신을 내맡긴 채 범인이 사형 당했다는 뉴스를 듣고는 유서 한 장 남기지 않고 자살해 버린다. 그것은 용서와 복수의 표적이 사라짐에 따른 실망의 결과이다. 그런 점에서 아내의 자살은 존재론적 물음에 대한 자기 의지적 결단이다. 그녀의 인간적인 교만은 영혼의 구원을 얻지 못하고 파멸이라는 죽음으로 끝나버린 것이다. 아내는 모든 이에게 용서와 사랑을 베푸는 신의 포용력을 받아들일 수 없었다. 이처럼 아내가 믿는 하나님은 자신을 위해서만 존재하는 자기 믿음의 허구 속에 갇힌 자기 의지의 신에 불과하다.[7] 그러므로 처음에는 헌금도 많이 하고 범인을 용서한다고 했지만, 진정으로 사랑을 통한 자기 소멸의 변화가 없고, 어떤 바람에 대한 값이 주어지지 않을 때 더욱 절망에 빠져든다. 범인은 교도소에서 죽음을 기다리고 있지만 평온한 상태이고, 아내는 육신은 자유롭지만 불안감을 떨쳐버리지 못해 마음의 감옥에 갇혀 있는 상황이다.

기독교적 구원은 인간적인 탐욕이나 의지를 버리고 빈 마음으로 하나

---

7 현길언, 『한국소설의 분석적 이해』, 문학과비평사, 1990, p.282.

님 앞에 다가설 때 가능하다. 아내는 두 번씩이나 신앙을 갖게 되지만, 인간적인 것을 포기하지 못한 채 문제 해결을 위해 신 앞에 섰을 뿐이다. 하지만 범인은 영혼을 하나님께 맡겼기 때문에 죽음을 두려워하지 않고 기쁘게 맞이하는 모습이다. 그는 자신의 신장과 눈을 기증하고, 고통 받는 아내의 가족과 아이의 영혼을 위로하며 주님의 사랑과 구원이 이들에게 임하기를 간구한다. 범인은 역설적으로 기독교적 관점에서 이들의 고통을 통해 새로운 생명을 얻은 것이다.

아내의 파멸은 용서의 실패이다. 기독교적 용서란 단지 동정을 베푸는 인간적인 관대함이 아니라, 헌신적인 희생과 사랑을 실천하는 행동이 뒤따라야 한다. 이러한 모습은 인간을 대신해 죄 없이 십자가에 못 박힘으로써 인간을 구원한 예수 그리스도의 희생에서 엿볼 수 있다. 이 용서는 상대방의 죄악을 묵인하거나 덮어두는 것이 아니라 너그러운 마음과 열림을 통해 스스로 잘못을 깨닫게 하는 것이다. 즉 참회의 행동을 보일 때 용서로서 유효하다.

'벌레'는 땅에 배를 깔고 기어 다니므로 하늘을 제대로 볼 수 없다. 즉 테두리를 못 벗어나는 존재이므로 자신이 살아온 인식체계, 원죄의 테두리에서 벗어날 수 없다. 벌레는 인간에 비해 하등동물이지만, 만물의 영장인 인간도 하나님 보기에는 보잘 것 없는 존재이다. 벌레는 전지전능한 신 앞에서 항거할 수도, 그 능력에 도전할 수도 없는, 나약하고 의지할 데 없는 인간의 무기력한 모습이다.[8] 인간적 관점에서의 벌레는 잔악무도한 범인이지만, 기독교적 관점에서는 구원받지 못한 아내를 상징한다고 볼 수 있다.

---

8 최재선, 「한국 현대소설에 나타난 신정론」, 『한국문학과종교학회 겨울학술대회』, 한국문학과종교학회, 2008, p.13 참조.

3 「밀양」의 작품 분석

3.1. 「밀양」의 원작 변환 구조와 개요

원작 「벌레 이야기」를 각색한 「밀양」의 개요를 살펴보면, 남편을 교통사고로 잃은 신애는 아들 준과 함께 남편의 고향인 밀양에 내려와 정착하게 된다. 그녀는 낯선 곳에서 피아노학원을 운영하며 주위의 곱지 않은 시선을 의식해 돈 많은 척 부동산을 보러 다닌다. 그런 과장된 허풍이 결국 아이가 유괴 살해되는 원인이 된다. 신애는 아들까지 잃은 절망적인 상황에서 누구에게도 의지할 수 없어 실의에 빠져 있는 중에 하나님께 자신을 맡기며 신앙으로써 슬픔을 극복하려고 한다. 그녀는 믿음이 깊어지면서 범인을 용서하리라 다짐하고 교도소를 방문하지만, 그는 이미 하나님을 영접하여 죄사함을 받고 마음이 평온한 상태였다. 이에 배신감을 느낀 신애는 신에게 항변하며 자살을 시도하지만, 미수에 그친 채 석양빛이 마당 한구석을 비추고 있는 빈 집으로 돌아오며 영화가 끝난다.

원작과 이 영화는 유괴범에게 아들을 잃은 어머니가 고통과 분노 속에서 신앙에 의지해 범인을 용서하려고 하지만, 그 범인이 이미 교도소에서 주님을 만나 용서와 구원을 받았다는 고백에 신을 원망하며 괴로워하는 공통된 스토리를 갖고 있다. 고통과 용서라는 실존적 문제에 대한 공통 인자를 배경으로 하고 있지만, 등장인물과 주변 환경, 서술 방식과 구조 등에 다양한 변형과 차이가 나타난다. 소설에서의 해석적 논평과 주제화 방식이 영화에서는 구체적 사물로 시각화되면서 직접적으로 제시되는 것은 영상매체가 갖는 특유한 전유 방식이랄 수[9] 있다. 원작에서는 등장인물이 서술자인 남편 '나'와 아내, 아내를 전도하는 김 집사, 알암이를 유괴 살해한 주산학원 원장 김도섭만 등장한다. 알암이는 직접 등장하지 않고 '나'의 서술만으로 묘사된다.

그러나 「밀양」에서는 죽은 남편의 고향에 와서 아이까지 잃는 신애, 신애를 돌봐주는 종찬, 아들 준, 아이를 유괴 살해한 학원 원장 박도섭과 그의 딸, 신애를 전도하는 김 집사와 강 장로, 신애의 남동생, 옷가게 아주머니, 기타 지역사회의 부수적인 인물들이 많이 등장하고 있다. 신앙을 갖는 계기도 원작에서는 아이가 유괴된 이후부터 여러 차례 모성의 기복신앙적인 갈등 과정을 거치지만, 영화에서는 보이지 않는 것을 믿을 수 없다고 부인하다가 아이가 유괴 살해된 후 처절한 고통 속에서 신을 만나 적극적으로 신앙생활을 하다가 부인하는 과정이 훨씬 치열하게 다뤄지고 있다. 등장인물의 직업이나 환경도 다르다. 원작에서는 남편과 아내가 약국을, 김 집사는 이불집 가게를 운영하고, 다리가 불편하고 초등학교 4학년인 알암이는 주산학원에 다닌다. 그러나 영화에서는 신애가 직접 피아노학원을 운영하고, 어린 아들 준은 웅변학원에 다니며, 신애 곁을 맴도는 종찬은 카센터를 운영하고, 신애에게 전도하는 김 집사와 장로 부부는 신애의 피아노 학원 맞은편에서 약국을 운영한다. 그리고 원작에 비해 유괴 과정에서의 범행 계획이나 시신 유기도 구체적으로 나타난다.

그 외 공동체적 삶의 공간인 웅변학원, 옷가게, 부동산, 교회, 동사무소, 미용실, 카센터, 밀양역 등이 연속적인 쇼트의 결합으로 다양한 씬을 구성한 공동체의 시퀀스를 형성하여 순환 반복적으로 생생하게 나타난

---

9 나소정, 「다매체시대의 문학비평」, 『한국문예창작』 제8권 제2호, 한국문예창작학회, 2009, p.265.

다. 영화는 화면의 연속적인 흐름 속에서 이야기를 구성하여 주제를 드러낸다. 의미의 시각적 최소 단위인 쇼트shot가 모여 연속적 행위인 씬scene을 이룬 후, 상호 관련된 여러 개의 씬으로 구성되는 독립적 내용 단위의 시퀀스sequence를 형성하는 것이다.[10] 시퀀스는 서로 연관된 여러 개의 씬으로 구성되는 내용적인 단위로, 소설에서의 장이나 시에서의 연에 비교될 수 있다.

결말 부분도 소설에서는 아내가 신의 섭리와 인간의 존엄 사이에서 갈등을 겪다가 자살하지만, 영화에서는 갈등의 고통 속에서 자살을 시도하나 미수에 그치고, 마지막 장면에 비치는 햇살처럼 머리를 다듬고 새 삶을 시작하는 것으로 마무리된다. '자살'은 벌레 같은 인간의 실존적 고통을 극대화하지만, 은밀한 '햇빛'은 신애가 다시 출발하게끔 의지할 수 있는 정신적 지주이며 희망의 끈으로, 다름 아닌 종찬 혹은 신의 사랑이다. 영화에서는 햇빛 비치는 집 마당에서 신애가 종찬이가 들어준 거울을 바라보며 머리카락을 자르고, 점차 햇빛이 클로즈업되면서 음지의 한구석을 한참 동안 비추며 끝을 맺는다. 이 딥 포커스deep focus[11] 기법은 동일한 쇼트 내에 초점이 선명하여 밝은 햇빛 화면의 구도가 깊은 심도를 형성하는 것이다. 햇빛과 그늘이 항시 함께하듯, 인간의 삶 속에는

---

10 쇼트는 카메라가 작동해 멈출 때까지 한 번의 조작인 것으로, 전후맥락을 통해 사실적 진술을 하거나 상징적 의미를 나타낼 수 있지만, 어떤 이야기를 전달할 수는 없다. 씬은 동일한 시간과 장소에서 이루어지는 일련의 액션이나 대사를 가리키고, 시퀀스는 자기 독립적인 단위로 소설의 장이나 시의 연에 비유될 수 있다.
11 미장센의 진수인 딥 포커스 기법은 카메라의 피사체 심도를 극대화할 수 있는 촬영기법으로, 카메라에 가까이 있는 물체로부터 멀리 떨어진 물체까지 모든 부분에 초점을 맞춰 촬영함으로써 화면의 깊이와 입체감을 지녀 현실에서 사물을 직접 보는 것과 같은 느낌을 준다.

언제나 행복과 고통이 공존하는 것이다. 용서와 실패에 대한 인간적 한계에도 불구하고 인간 간의 소통을 통해 구원의 가능성이 암시된다.

'비밀스런 희망의 빛'이란 제목처럼 결말의 희망적 암시는 아무래도 영화가 대중성을 지향하는 만큼 어렵고 절망적인 상황에서도 희망의 끈을 놓지 않는 긍정적 삶의 의지를 반영한다고 볼 수 있다. 이창동 감독의 이런 결말 구도는 「초록물고기」, 「박하사탕」, 「오아시스」 등의 작품에서도 엿볼 수 있듯, 어렵고 녹록치 않은 여건 속에서도 행복한 삶을 가꾸려는 희망의 연장선이라 볼 수 있다. 영화에서는 소설의 복선처럼 신애가 범인의 딸을 우연히 여러 곳에서 만나지만 시큰둥한 방관자의 모습을 취하는 것에서 범인과 연루된 사건 암시와 신애의 트라우마를 반복 환기시키는 인자를, 신애와 준이의 코고는 소리에서 남편 습관의 연상을 통해 그리움을 각각 암시하고 있다.

3.2. 인간의 고통과 신의 용서

2007년 칸느 영화제에서 여우주연(전도연)상을 받은 이 영화는 여주인공의 분노와 고통스런 모습의 연기, 분위기 메이커인 종찬(송강호) 역의 속물성과 가벼운 재치의 유머가 돋보인다. 표면적인 스토리 구조는 종찬이 신애의 주위를 맴돌며 구애하는 통속적 멜로 영화처럼 비쳐지지만, 이면적인 구조의 관점에서 접근해 볼 때 인간 대 인간, 인간 대 신의 관계 속에서 고통과 용서의 문제, 다원화된 현대 공동체 삶 속에서 소외 문제 등을 내포한다고 볼 수 있다. 이런 단면은 단지 종교적 주제로 국한시키지 않았다는 감독의 제작 의도를 통해서도 엿볼 수 있다.

기독교라는 경계가 있긴 하지만, 사실은 좀더 보편적이고 실존적인 인간의 문제를 다루고 싶었다. 하늘로 추상화되는 그곳의 존재, 어떤 질서가 있는데, 사람들은 곧잘 그 이름을 빌려서 이야기하지만, 사실은 모두가 땅의 문제고 인간의 문제. 내가 이 영화를 통해서 분명하게 말하고 싶은 것은 그 정도다.[12]

이 영화는 인간의 실존적 상황과 신학적 신정론의 관점에서 하나님의 섭리라는 명분 하에 용서·사랑·죄 등의 근본적 가치를 쉽게 매도하는 현대인의 경박성을 질책하고 있다. 이런 가치들이 신의 섭리라는 구실로 인간적인 삶의 모순과 부조리를 직시하지 못한 채 너무 쉽게 도구화되는 현대의 속화된 기독교에 비판의 목소리가 반영된 것이다. 단적인 예로, 김 집사는 신애에게 신앙을 전도하며 살인범까지 용서할 수 있는 신앙의 척도를 강조하지만, 정작 불완전한 인간의 실존성에 대해 함께 고뇌하고 아파하지 못하며 기독교적 믿음과 구원만을 강조한다. 그러면서도 이 영화는 공동체적 인간관계 속에서 피할 수 없는 현대인의 소외된 단면을 포착하고 있다. 소도시인 '밀양'은 다원화된 현대사회의 삶을 폐쇄된 개인에 국한시키지 않고 다양한 공동체적 삶의 공간을 통해 생생하게 보여준다. 이 배타적이고 보수적인 공동체적 삶 속에서 이방인인 신애는 낯선 환경에 따른 소외감을 피하기 위해 돈 많은 여인으로 행세하며 부동산에 투자하는 양 허영심으로 포장한다. 주위의 이상한 시선이나 수군거림 속에서 홀로서기 위해 물질화된 현대인의 가치 척도인 부의 상징으로 자신의 방어벽을 설치한다.

---

12 이창동 – 한선희 인터뷰, 「People – 이창동 인터뷰 : 희망과 구원, 결국 인간의 것」, 『FILM 2.0』, 2007. 5. 16.

영화는 이러한 신애의 태도를 종교에의 귀의로 처리하는 것처럼 보이는데, 실제로 그것 역시 한 외톨이 구성원이 자신에게 가해지는 집단의 폭력을 이겨내기 위한 자구책에 가깝다.[13] 현대 산업사회에서 가해지는 문명적 집단구조의 폭력 앞에 개인의 무기력과 소외감을 반영한다. 신애는 이런 사회 현상을 극복하기 위해 학원의 학부모나 이웃 주민과 회식도 하고 노래방에서 흥겹게 어울리며 복부인의 속물성을 드러낸다. 이 영화는 또한 가족사의 불행을 통해 한 여인의 신산한 운명적 삶을 제시한다. 밀양을 찾아온 남동생과의 대화를 통해 알 수 있듯, 딴살림을 차렸던 남편이 교통사고로 사망한 후 부모에게도 알리지 않은 채 도피처와 같은 이곳에서 새로운 삶을 시작하려고 하지만 아이까지 유괴 살해되는 불행에 직면한다. 이런 연속된 불행을 모두 며느리인 신애의 팔자로 돌리는 화장장에서의 시어머니의 비난과 저주는 한 여인의 기구한 삶을 대변한다. 이처럼 이 영화는 다양한 관점에서 접근이 가능하지만, 본고에서는 종교적 관점과 실존적 상황에 국한시켜 논지를 전개할 것이다.

영화 제목인 '밀양密陽'은 남편의 자취가 어려 있는 곳으로, 신애가 자신의 아픈 과거를 숨기고 아무도 모르는 곳에서 새롭게 삶을 시작하고자 하는 희망의 공간이다. 그러나 비밀스런 희망의 빛을 비추는 이곳도 "사람 사는 곳은 다 똑같다"는 종찬의 말처럼 여느 곳과 다를 바 없는 일상적인 공간이다. 이 일상적 공간의 단면은 거리가 사운드 컨셉과 생활 잡음들로 가득 차 있음으로 입증된다. 이런 잡음들의 환기 효과는 밀양이라는 공간을 신애가 갈구하는 초월적 공간이 아닌 지극히 일상적인

---

13 허만욱, 앞의 논문, p.466.

삶의 공간으로 축소시켜 놓은 것이다.[14] 그런데도 신애가 굳이 이곳에 온 것은 남편을 잃은 충격에서 벗어나 낯선 곳에서 새로운 삶의 출발점으로 삼기 위해서이다. 영화 전반부의 중심 스토리가 낯선 곳에 정착하는 과정 속에서 아이가 유괴 살해되기까지의 협박, 어미로서 불안과 고통의 극점이 전개된다면, 후반부는 신앙적 갈등 속에서 처절하게 몸부림치는 인간의 실존적 상황을 다루고 있다.

이러한 전개 과정에서 감초격인 종찬은 속물적이면서도 재치 있는 유머와, 때로는 진지한 태도로 신애를 도와주는 후견인이자 보호자 역할을 한다. 그는 신애에게 면박을 당하면서도 항상 웃음 띤 모습으로 궂은일을 맡으며 보살핌에 앞장선다. 이런 순정파적인 마음 한켠에는 신애에게 지방 유지를 소개하고, 피아노학원 개원 시 허위 콩쿠르 입상 상패를 걸어놓고, 노방전도 시 한쪽에서 겸연쩍은 표정으로 친구들과 담배를 피우며 노닥거리고, 배달 온 다방 종업원을 희롱하는 속물적인 모습도 자리한다. 종찬은 상식적인 예측을 벗어날 정도로 신애를 헌신적으로 도와주는 타인으로 머물지만, 때로는 응급실에 누워 잠들어 있는 신애의 머리카락 냄새를 맡거나 신애 때문에 믿음도 없이 교회에 나가 봉사하고, 자기 생일날 신애와의 저녁 약속에 들뜬 모습을 보이기도 한다. 신애 또한 아이의 유괴 협박 전화를 받은 후 불안감을 떨치지 못해 무의식중에 카센터로 발길을 향하거나, 범인 목소리의 환청에 두려워하면서 이른 새벽 종찬에게 전화를 거는 모습에서 상식 밖의 예측을 담보하는 미묘한 연정을 감지할 수 있다. 이 멜로 드라마적 분위기는 아무래도 인물의 내면적인 성격 묘사보다는 외부 상황이나 사건에 초점을 맞추어야 하는

---

14 김경애, 「「밀양」의 영상언어, 내러티브, 주제의식의 상호작용」, 『문학과 영상』
　　제9권 3호, 문학과영상학회, 2008, p.542.

영화적 특성에 따른 결과의 부수물인 것이다. 이런 표면적인 스토리 구조는 이면적인 주제의 깊이를 환기시키며 흥미의 여운을 지속시켜주는 역할을 한다.

영화의 첫 장면에 나오는 준의 티셔츠에 "Holy Kids, Holy Life"의 글귀가 암시하듯, 인류 구원의 희생양이 되는 아기예수의 죽음처럼 아이의 불행을 감지할 수 있다. 아이는 물욕에 눈이 어두운 학원 원장(박도섭)에게 유괴되어 처참하게 살해된다. 남편 복이 없는 여인은 자식 복도 없다는 속언처럼 신애는 젊은 나이에 남편과 자식을 잃고 처절한 슬픔과 절망에 빠진다. 이방지대에서 주위의 시선을 애써 외면하며 무시당하지 않으려고 속물적인 복부인 행세를 한 것이 결과적으로 자식의 불행을 불러온 것이다. 남편의 배신과 사망 이후에 이곳으로 온 것은 짓밟힌 자존심을 포장하기 위한 자기기만이라고 할 수 있다. 그러나 갑작스런 아이의 죽음은 신애의 일상적 삶을 절망으로 빠뜨려 버린다. 누구나 고통의 원인이 타자에 의해 야기될 때 그 분노와 적개심은 말할 수 없이 크다. 이때 고통의 해소 방법은 파멸의 악순환을 불러오는 복수를 감행할 것인지, 아니면 화해와 용서를 통해 사랑으로 승화시킬 것인가이다. 고통의 해방은 결국 자신을 용서하는 데서 출발한다고 할 수 있다. 이런 단계에 이르기까지 오랜 시간과 수많은 갈등을 반복하지만, 그런 과정을 거칠 때 비로소 일상적인 삶으로 되돌아갈 수 있는 것이다.

신애에게는 자신의 허영심이 아이를 죽게 만들었다는 죄책감을 탈피하는 것이 고통 해방의 시작이다. 무한한 하나님의 사랑이 있다면 천진난만한 준이가 왜 처참하게 살해되었느냐고 항변하면서, 김 집사의 끈질긴 전도에도 냉소적이었던 신애는 우연히 '상처받은 영혼을 위한 기도회'라는 플래카드를 보고 개척교회를 향해 발길을 옮긴다. 그곳에서 절규하며 몸부림치던 신애는 기도 시간을 가지면서 자신을 용서하는 방법을 찾게 된다. 하나님과의 만남은 스스로 용서받았음을 뜻하고, 타자에게 마음의 문을 열고 다가간다는 의미이다. 그렇기에 교인들과의 기도 모임에서 "모든 것은 하나님의 뜻 가운데서 이루어진다", "다시 태어난다는 말을 알았다. 이제 비로소 평화를 찾았다"라고 말할 정도로 그녀의 간증 고백은 진정성을 담고 있다. 이런 변화된 삶 속에서도 간혹 마음 한켠에 자리 잡고 있는 죄의식과 자책감으로 아이에 대한 그리움이 밀려올 때는 주기도문을 외우며 감정을 추스른다.

그 무엇으로도 위로받지 못했던 신애에게 하나님은 모든 것을 의지하고 행복함으로 가슴 설레게 하는 연애의 대상이 된다. 눈에 보이지 않는 신의 존재를 가슴으로 느낄 수 있다고 고백하는 그의 성숙된 신앙은 차츰 범인을 용서할 수 있으리라 생각하며 용서의 증거를 찾기 위한 욕심까지 부린다. 마음으로 용서하면 되는 것이지 구태여 대면할 필요가 있겠느냐는 종찬의 만류에도 불구하고, 신애는 마음의 용서 차원을 떠나 몸소 실천하는 신앙인의 모습을 보이려고 한다. 범인에 대한 실천적인 용서는 자신에게 새로운 삶을 준 하나님에 대한 감사의 증표이자 "원수를 사랑하라"는 계율을 지키는 것이고, 더 나아가서는 오랫동안 마음속에 자리 잡았던 고통의 늪을 벗어나는 일이기 때문이다.

신애는 범인을 만나자 자신이 겪은 불행 때문에 새 생명을 얻게 된 것에 감사하며, 하나님의 은혜와 사랑을 전하고 당신을 용서했다는 것을 전하기 위해 왔다고 고백한다. 그러나 이미 하나님으로부터 용서를 받았다는 말과 함께 범인의 평온한 모습은 일말의 미안함이 없어 보이면서 그녀를 절망의 나락으로 빠뜨린다. 전처럼 분노와 복수의 감정은 없었지만 넋 나간 사람처럼 망연자실해진다. 차분하고 평온한 범인의 모습과 허탈하면서도 냉소적인 신애의 표정은 가해자와 피해자가 뒤바뀐 듯 대비된다. 그녀는 준비한 꽃다발을 건네주지 못하고 바닥에 떨어뜨리며 정신을 잃어버린다. 꽃다발을 떨어뜨리고, 실신하는 두 장면은 아무런 관련이 없지만 카메라 앵글을 두 쇼트로 겹쳐놓음으로써 동기를 부여하며 상징적 의미를 암시한다. 조물주의 섭리와 강인한 생명력을 상징하는 야생화 꽃다발은 새 생명의 거듭남으로 승화되지 못한 채 용서의 실패에 따른 신에 대한 항변으로 팽개쳐진다. 신애가 정신병원에서 퇴원할 때 동생 민기와 종찬이 준비한 화사한 꽃다발과 대조를 이룬다.

이런 몽타주montage 기법은 특정의 미학적 효과를 위해 쇼트와 쇼트 간의 병치와 충돌로 결합시켜 새로운 의미를 생성하는 일종의 편집 방법이다. 몽타주는 이질적인 쇼트의 병치로서[15] 영화의 의미를 구성해가는 방식이다. 작품 속에서 기도회나 부흥회에 온 사람들의 모습이 빠르게 편집되어 처리된 것도 상처받은 사람들이 교회에서 위로받고자 한다는 것을 몽타주로 예시한 것이다. 오늘날은 영화 예술이 발달하면서 전통적 영화 기법에 나타나는 쇼트의 평행 편집보다 비유와 상징의 몽타주, 생략과 비약의 몽타주, 조형일치의 몽타주 등 그 기법이 다양하게 결합, 충돌하는 경향을 보이고 있다.

신애는 하나님으로부터 이미 용서받은 그를 용서할 수 없는 일이고, 또 자신의 용서가 아무런 의미가 없음을 깨닫는다. 피해자가 용서하지 않는 상황에서 가해자가 용서받았다는 사실, 그것도 자신을 위로해준 신의 이름으로 용서받았다는 범인의 고백을 도저히 용납할 수가 없다. 자신이 그를 용서한다는 것은 신앙적 차원의 문제가 아니라 고유한 자신

---

15 R. 야콥슨 외, 오종우 역, 『영화의 형식과 기호』, 열린책들, 1995, p.185.

의 권리라고 생각했기 때문이다. 오직 자신만이 누릴 수 있는 권리를 행사하기도 전에 빼앗아간 신은 더 이상 사랑스런 연인 감정의 대상이라기보다 저주와 증오의 대상이 된다. 이런 감정은 극심한 신경증적 증상으로 나타나거나 하늘을 향해 침을 뱉거나 적의에 차 외치는 모습으로 나타난다. 그녀는 반항적인 행동으로 김 집사의 남편 강 장로를 유혹하고, 야외 집회의 예배시간에 음반가게에서 훔친 김추자의 '거짓말이야'를 틀고, 자신을 위한 철야기도 시간에 돌을 던져 유리창을 깨뜨리고, 심방 온 목사가 기도할 때 "용서받은 범인을 어떻게 용서할 수 있느냐?"고 넋두리하는 등 돌출적인 일탈행동을 통해 신을 조롱하거나 야유한다.

분노와 저주의 극점에서 수시로 숨이 막혀 목을 부여잡고 꺽꺽대는 구토 증상과 기침, 길게 토해내는 울부짖음, 아이의 그리움으로 인한 환시, 환청 현상은 불안과 공포를 수반하여 처연하게 느껴진다. 대사 외의 배우의 표정, 동작, 행위 등 신체 언어를 통한 연기는 셔레이드 기법[16]으로 대사 못지않게 감정 전달에 큰 효과를 제공하고 있다.

신애의 무기력증은 일상화되어 거실에는 온갖 생활용품이 널브러져 있고, 텔레비전을 켜 놓거나 카세트에 아이의 웅변대회 목소리를 틀어놓은 채 멍하니 소파에 누워 있는 모습으로 나타난다. 이런 미장센mise-en-scene[17] 효과는 프레임이나 쇼트 내의 회화적 요소의 적절한 배열을 통

---

16 최상식, 『영상으로 말하기』, 시각과 언어, 2001, p.44.
　　셔레이드 기법은 배우의 표정, 동작, 행위 등 신체언어를 통한 의미 표현에 중점을 두되, 더 나아가 대사 이외의 모든 비언어적 수단을 동원하여 나타내는 상징적, 은유적 의미 표현을 통칭하는 개념이다. 영화 장면에서 카메라가 특정 부위나 사물에 포커스를 맞추어 보여주는 클로즈-업close-up도 셔레이드 기법에 해당한다.
17 원래 연극 용어인 미장센mise-en-scene은 '무대 위에 무엇인가를 배치한다'는 뜻으로, 무대 공간에 필요한 모든 시각적 요소를 배치하는 것을 의미한다. 따

해 의미가 소통되도록 모든 과정을 처리하는 중요한 수단이다. 따라서 관객으로 하여금 프레임을 분석하고, 그것이 재현하는 것을 읽고 해석하도록 유도한다. 프레임과 쇼트 내 요소들의 움직임과 배열에 주의를 기울여, 등장인물의 움직임과 위치, 카메라의 위치, 조명, 세트 디자인, 딥 포커스 사용 등 모든 요소가 작품 전체의 분위기와 주제를 언어적 설명보다 효과적으로 나타내는 것이다.[18]

이러한 미장센 기법을 통해 보여주는 고통의 극점에서 신애는 저항의 의지를 신에게 보여주듯 손목을 그어 자살을 기도하지만 미수에 그쳐 정신병원에 입원한다. 이런 일련의 행위들은 더 이상 신에게 의지하지 않겠다는 인간적 교만의 의지적 발로이다. 원작에서 신은 인간의 한계 영역 너머에 존재하며 생사를 주관하는 절대적 초월자인 반면, 영화에서의 신은 아이의 구원을 확신함으로써 자신의 평안을 회복하고 싶은 주인공의 소망이 투사된 존재이다. 따라서 주인공의 심적 고통을 완화해주는 자기 위안의 수단에 불과한 것이다.[19] 그렇기 때문에 피 흘리는 손목을 부여잡고 거리로 뛰쳐나와 낯선 행인에게 살려달라면서 도움을 청한다. 이제 더 이상 절망과 고통에서 전적으로 신에게 의지하지 않고 인간을 선택해 희망과 구원을 찾는 것이다. 그녀는 자살이라는 자기 파괴적 저항보다 주위 사람들과의 소통과 연대를 통해 고통을 극복하고자 한다.[20]

라서 영화에서 미장센은 화면을 어떻게 구성하느냐의 모든 시각적 요소로 무대장치, 연기, 조명, 의상, 분장, 카메라의 움직임 등이 총체적으로 어우러져 의미 획득의 미적 효과를 나타내는 것을 말한다. 프레임frame은 영상이 펼쳐지는 장방향의 틀로, 카메라 안에 들어오는 세계와 들어오지 않는 세계로 경계를 구분한다.

18 정혜선, 「현대문학의 영상이미지 연구」, 충남대학교대학원 석사학위논문, 2005, p.57 참조.

19 나소정, 앞의 논문, p.273.

3.3. 타자와의 소통 부재

신애는 주위 사람들과 인간관계를 맺고 한때는 신을 영접하지만 정작 소통 불가능한 타자를 설정하고 있다. 아이의 학부모와 주민으로서의 인간관계는 예외라 하더라도, 시종일관 궂은일을 마다하고 돌봐주는 종 찬과, 교인들의 배려와 보살핌은 매우 헌신적이다. 그들은 신애의 생일을 챙겨 축하해주고, 범인을 만나러 가는 교도소에 동행하고, 면회 후 돌변해버린 신애의 냉소적 시선에도 개의치 않고 심방하거나 철야기도 회로 끊임없는 관심과 도움을 준다. 그러나 이들은 정작 신애의 고통을 자기체험화하지 못하고 "고통 받는 어린양을 구원해 주신 하나님을 찬양합니다.", "힘들어도 기도 속에서 하나님의 음성을 듣고 해결합시다." 등 권면과 위로 차원의 관념적 신앙인의 일면만 보여준다. 신애는 처절한 고통에 직면해 있지만 교인들은 신애가 고통을 통해 신의 섭리를 되새기며 주님의 뜻을 스스로 깨닫기만을 간구하고 있다.

고통은 사실 신학적 신정론의 관점에서 신의 뜻을 헤아릴 수 있는 역설적 구조의 관계이다. 신정론神正論은 악의 존재의 명확성과 신의 존재의 불명확성이란 이중적 난관에 직면하여, 신의 존재와 악의 존재가 양립 가능한 것임을 변증하는 시도이다.[21] 그래서 이 세상의 고통과 악을 전지전능하고 선하신 하나님과 어떻게 관련시킬 수 있는가의 물음을 다룬다. 고통을 정당화한 신정론적 답변은 죄로 인한 연단과 시련, 대신 고통당하는 대속의 차원으로 설명하지만, 문학에서는 불가해한 신의 섭

---

20 박상익, 앞의 논문, p.182.
21 손호현, 『하나님, 왜 세상에 악이 존재합니까? - 화이트헤드의 신정론』, 열린 서원, 2005, p.25.

리에 의문을 갖고 도전하면서 절망하고, 표피적인 신앙이 현실의 고통에 처한 인간을 구원하지 못한다는 실존적 상황을 치열하게 다루고 있다.

고통과 절망이 있는 곳에 하나님의 사랑이 있다고 하듯, 이 역설적 구조는 이성적·합리적 사고로 이해할 수 없는 신 앞에서만 유효하고, 또한 신의 몫이다. 인간은 고통을 당할수록 무기력하고 겸손하여 탈출구를 찾고자 그 무엇에 의지하고자 하는 나약한 일면이 있다. 이럴 때 절대자를 만날 수 있는 구원의 기회를 갖는 것이 기독교적 고통의 논리이다. 이런 논리는 고통 그 자체보다 그런 경험을 통한 의미에 초점을 두게 된다. 고통의 척도나 위로의 정도가 중요한 것이 아니라 절대자를 만날 수 있는 기회를 가질 수 있기 때문에 당위성이 있다는 논리이다. 이런 고통의 전형적 의미 담론은 성서의 『욥기』 중 '욥의 이야기'로 대변된다. 욥은 신실한 믿음 속에서도 모든 재산과 자식을 잃고 몹쓸 병에 걸려 아내와 친구의 조롱거리가 되지만, 결코 신앙을 포기하지 않고 고통의 부조리를 극복하여 이전보다 더욱 축복을 받았다. 불합리한 고통을 극복할 수 있을 정도의 믿음에 따른 보상의 축복이 신학적 고통 담론의 중심이 되는 것이다.

이 영화에서 인간관계 속 타자와의 소통 단절은 표면적으로 신과의 관계 속에서도 암시된다. 초월적 존재인 신은 교인들의 믿음과 전도를 통해 반복적으로 표현된다. 우주만물에 창조주의 섭리가 나타나듯, "햇빛 하나에도 하나님의 뜻이 숨어 있다."라는 김 집사의 신앙고백은, 신은 항상 우리 곁에 존재한다는 의미를 담고 있다. "햇빛은 그냥 햇빛, 아무것도 없어요."라며 '햇빛'의 의미를 부정하는 신애에게도 여전히 햇빛은 비친다. 마지막 장면 중 거울에 반사되는 신애의 모습에서 점차 클로즈업되어 지저분한 플라스틱 통과 빛바랜 고무호스, 물 고인 웅덩이, 즉 마당가 음지의 한구석을 한참 비치는 햇빛은 제목에 걸맞게 상징적 의미를 담고 있다. 길게 롱테이크로 잡은 이 장면은 영상 메시지로서 사실적이고 절제된 이미지 효과를 자아낸다.

밀양에 이사 오던 날 눈부신 창공에 비치던 햇살과, 영화 말미에 음지 한구석을 비치는 햇빛은 빛과 그림자로 대비되는 영상으로서 작품 전체에 반복적인 효과를 환기시키며 주제의식을 암시한다. 상처받고 살아가는 누추한 음지의 땅에 비치는 한 줄기 햇빛은 구원과 희망의 가능성을 상징하고, 신은 햇빛을 비추고 있는 '하늘'로 상징된다. 신애는 밀양역 노상 전도에서 교인들과 함께 하늘을 바라보며 찬송가를 부르고, 범인을 면회한 후 꽃다발을 떨어뜨린 후에도 하늘을 보며 독설을 퍼붓는다. 그러나 하늘은 신애가 어떤 행동을 취하더라도 묵묵부답이다. 햇빛이 주위를 끝없이 비추는 것처럼 단지 신애를 비추고 있을 뿐이다. 누구에게나 공평한 신은 개인에게 불공평하게 느껴지듯, 신애는 대답하지 않는 신과의 소통부재를 절감한다. 그렇기에 그녀는 신에게 항변하며 신앙을 포기하는 것이다.

이 작품은 고통에 따른 용서에 대해 명쾌한 답을 내놓지는 않는다. 그러나 고통이 무엇으로 야기되며, 어떻게 해결할 수 있는가, 누가 누구를 용서하고 용서받을 수 있는가, 진정한 용서가 가능한가 등의 물음과 답변을 나름대로 제시하며, 부조리한 현실을 묵묵히 수용할 수밖에 없는 나약한 인간의 단면을 진솔하게 보여준다. 단지 기독교적 관점에서 접근해 볼 때, 크리스천은 고통과 용서에 대해 올바른 신앙적 태도를 가져야 한다는 사실을 시사해준다고 볼 수 있다. 신학적 도그마에 얽매인 교리화나 관념적 신앙의 도구화는 인간의 고통을 이해하거나 포용할 수 없고, 용서를 보장받을 수도 없다.

범인은 교도소에서 하나님의 사랑과 은혜를 체험하고 마음의 평화를 누린다면서 감사를 표현하지만, 정작 그녀가 그러한 상황을 수용하지 못하고 신에게 항변하는 것은 전적으로 피해자와의 용서와 화해가 수반되지 않았기 때문이다.[22] 가해자인 범인으로 인해 피해자인 신애는 말할 수 없는 고통과 절망에 빠져 있는데도 당사자와의 참회와 용서가 수반되지 않은 채 하나님과 일방통행적인 구원 확신은 공감을 불러오지 못한다. 하나님의 사랑을 강조하면서도 이웃에 대한 배려와 사랑이 뒷받침되지 않는다면 올바른 신앙인의 모습이라고 할 수 없다. 또 부조리한 삶을 인지하지 못하고 모든 것을 신의 섭리와 뜻으로 포장하는 행위도 신과 인간, 인간과 인간 간의 소통 단절을 가져올 뿐이다. 인간과 인간 간의 관심과 이해가 고통 치유의 출발이며, 참회의 고백과 화해가 용서로서 유효한 것이다. 따라서 신의 사랑이나 구원도 세상의 미시적 구성체인 인간의 문제를 떠나 생각할 수 없고, 결국 인간의 상황과 삶을 통해 가장 구체적이고 세밀하게 드러난다는 것을 각기 소설과 영화를 통해 제시하였다.[23]

---

22 이창동 감독은 이 영화의 창작 배경을 1980년대 중반 광주민주화운동의 해법으로 화해 문제가 공론화될 무렵 일방적으로 고통을 당한 피해자들의 절망을 그린 것이라고 말한다. 즉 피해자의 용서가 전제되지 않았는데 어떻게 가해자가 용서를 언급할 수 있느냐는 것이다. 다분히 정치적 알레고리로 볼 수 있다.
23 김희선, 「용서와 인간 실존의 문제에 대한 두 태도」, 『문학과 종교』 제14권 2호, 문학과종교학회, 2009, p.190.

4 결론

「벌레 이야기」는 알암이가 비참하게 희생된 사건의 전모를 밝히기보다 이에 따르는 아내의 인간적인 번민과 신앙적 갈등을 보여주고 있다. 아내는 자신의 절망을 기독교 신앙으로 극복하려고 한 것 같지만 인간적인 노력의 한계 안에서 그 비극을 극복하려고 했다. 아내는 기독교 신앙을 통한 구원을 확신한 것이 아니라 자신의 인간적인 노력과 의지라는 믿음의 허구 속에 사로잡혀 있었다고 할 수 있다. 즉 자신을 신격화한 것이다. 아내는 사랑하는 외아들을 잃었지만 쉽게 쓰러지지 않고 오히려 강한 의지와 희망을 가짐으로써 지친 몸을 지탱할 수 있었다. 이러한 인간적인 노력이 허구적인 하나의 신앙이 되어버린 것이다. 그렇다고 아내의 신앙적 갈등을 경험하지 못하는 제 3자의 신앙도 아내의 신앙을 기복신앙이라고 비판할 수 있는 자격이 있는 것은 아니다.

이 작품에서 아내의 구원 실패는 종교적인 도그마일 수도, 또한 구원에 대한 인간적 한계로 인해 아가페적 사랑을 바탕으로 한 용서가 아니라 자기 의지와 허구의 믿음 속에서 헤어나지 못한 것일 수도 있다. 아내는 한 번도 죄인이라는 자기 부정의 체험을 겪어보지도, 또한 기독교 신앙의 본질인 회개와 감사의 마음을 느껴보지도 못한다. 그런 점에서 아내는 거듭나지 못한 벌레의 모습이다. 이 작품은 잘못된 신앙을 보여주기 위한 호교적 목적에 머물지 않고, 오히려 종교적 구원 양식이 인간적인 구원의 문제를 쉽게 해결할 수 없다는 문제에서 보편적 공감을 자아낸다고 할 수 있다.

원작과 「밀양」은 고통과 용서라는 실존적 상황과 신정론적 문제를 공통 인자로 삼고 있지만 등장인물과 주변 환경, 서술 방식과 장르적 구조의 변별성, 다양한 주제의식과 결말 구조 등 여러 가지 면에서 많은 변형과 차이가 있다. 이 영화의 전반부는 주인공이 낯선 곳에 정착하는 과정에서 아이가 유괴 살해되기까지의 불안과 고통이, 후반부는 분노와 신앙적 갈등 속에 처절하게 몸부림치는 실존적 상황이지만, 결말에 이르러 '비밀스런 희망의 빛'처럼 긍정적 삶을 지향해갈 것이라는 사실을 암시하고 있다.

특히 용서의 실패에 따른 신에 대한 항변으로 돌출적인 일탈 행위와 자살 기도, 분노와 저주의 고통스런 극점의 연기를 영화 장르적 기법을 통해 보여줌으로써 훨씬 입체적이고 생동감을 자아낸다. 신애는 주위 사람들과 인간관계를 맺고 한때는 신을 영접하지만, 소통 불가능한 타자를 설정하고 있다. 그가 처절한 고통 상황에서 신을 향해 항변하며 해결점을 찾지 못하고 절망할 때, 정작 교인들은 고통을 통한 신의 섭리를 되새기며 주님의 뜻을 깨닫기만을 간구한다. 이런 점에서 고통을 정당화한 신정론적 답변은 죄로 인한 연단과 시련, 대속의 차원으로 설명하지만, 예술에서는 불가해한 신의 섭리에 의문을 갖고 도전하면서, 표피적인 신앙이 현실의 고통에 처한 인간을 구원하지 못한다는 실존적 상황을 치열하게 다루었다고 할 수 있다.

제 3장

「종이날개」에 나타난 사이비 종말론적 양상
─ 자크 라캉의 '욕망의 이론'을 바탕으로

__1 서론

오늘날 현대 과학 문명의 발달과 물질 중심화에 따른 생태계 파괴와 윤리·도덕적 타락은 현대사회의 위기 상황을 불러와 세상의 종말을 주장하는 시한부 종말론의 등장을 야기했다. 물질 중심의 가치관과 이기주의에 따른 사회 병리 현상은 상처받고 지친 영혼들을 위로하거나 보듬지 못하고 오히려 그들을 소외시키는 사회분위기를 조성하였다. 또한 기성 종교는 고통 받고 소외된 계층에 사랑을 펼치기보다 개인의 구원과 물질적 풍요로움을 누리는 중산층에 치중하여 사회 계층의 단절과 갈등을 불러왔다. 이러한 불안과 혼란의 위기 상황은 현실의 삶 속에서 절망과 고통에 처한 이들에게 시한부 종말론에 빠져들기 쉬운 자양분을 제공하였다. 이런 사회적 분위기는 급변하던 1980년대에 조성되어 1992년 10월 휴거를 주장하던 시한부 종말론자들에 의해 한국 교회와 사회가 큰 혼란에 빠지게 되었다. 종말론은 내세의 환영에 사로잡혀 현실을 절망적으로 보기 때문에 사회적으로 불안과 공포를 조성하였다.

정찬의 「종이날개」는 1992년 종말론을 주장한 '다미선교회'의 10월 28일 휴거설을 주요 모티프로 하고 있다.[1] 본고에서는 이 작품 속 주인공이 종말론에 빠지기까지의 과정을 자크 라캉의 '욕망의 이론'에 초점을 맞추어 접근할 것이다. 욕망은 결핍을 전제로 충족을 지향하므로 대상에게 욕망이 영속화된다. 인간은 어떤 대상을 설정해 삶의 목적을 이루려고 하지만, 이루는 순간 결핍을 느끼며 또 다른 대상을 향해 나아간다. 욕망은 충족된 것 같지만 항시 결핍이 따르므로 삶 속에서 끝없이 지연되는 연쇄고리와 같다. 따라서 결핍과 욕망의 순환 구조를 통해 주인공이 종착점에 이른 사이비 종말론적 현상은 불안정한 한국 사회의 단면을 반영할 뿐만 아니라, 개인의 구원과 물질화로 팽배한 현대 산업사회에서

---

1 이런 시한부 종말론을 다룬 조성기의 「거대한 망상」은 종교적 이적과 믿음에 대한 오해와 광신적 현상을 불교의 한 사찰에서 일어난 법우 사건과 기독교의 한 시한부 종말론 집단을 통해 보여준다. 텍스트의 서사는 두 개의 이야기가 다양한 에피소드의 자유모티프와 함께 교차적으로 전개되면서 병행하는 내용의 구조이다.

외화는 강원도 동해사 마당에 19일째 신비한 법우法雨가 내린다는 이적 현상으로 많은 사람들이 몰린다. 그들은 접수처에서 한지를 사 그곳에 법우 자욱을 받아 보관하면 재액을 물리친다고 야단이지만, 사실 이 법우 현상은 월동 직전 매미충 집단이 자작나무 가지에다 왕성하게 내뿜는 수분 현상에 지나지 않는 것이다. 벌레 오줌을 받아 복 받기를 기원하는 맹신적 모습을 냉소적으로 희화하해 묘사하였다. 내화는 다미선교회의 시한부 종말론 사건을 소재화한 것으로, 자기가 중학교 때 가정교사로 가르쳤던 기혜가 휴거를 준비하는 종말론 집단에 빠져 세상의 종말을 기다린다고 전화를 한다. 그러나 휴거 사건은 헤프닝으로 끝나게 되고 기혜는 낙심해 자살을 암시하는 엽서를 남기고 사라진다. 제목이 암시하듯, 그들이 빠졌던 종교적 이적 사건과 휴거 현상이 거대한 망상에 지나지 않는다는 것을 서술자의 객관적·냉소적 시선으로 나타낸다. 작가는 종교의 본질을 깊이 성찰하며 삶 속에서 실천하기보다 신비한 체험과 기적에 휩쓸려 세속적 삶의 현상만을 맹목적으로 추구하는 현대인의 단면을 비판하고 있다.

관념적 신앙으로 치닫는 기독교인의 일면을 비판적으로 암시한다.

본고에서는 먼저 「종이날개」의 형식 구조를 분석한 후, 정신사적 관점에서 사이비 종말론에 빠지기까지 주인공의 의식적 변이 양상과 행동 양태를 자크 라캉의 '욕망의 이론'을 적용하여 분석하고, 사이비 종말론의 현상과 실천적 신앙이 부족한 현대인의 신앙 태도를 비판적 관점에서 접근해보고자 한다.

2 「종이날개」의 형식 구조

정찬[2]의 「종이날개」는 1990년대 사이비 종말론의 실제 사건을 소재로 차용함으로써 작품 속 인물에 대한 공감을 이끌어내면서 현실 문제를 돌아볼 수 있게 한다. 이 작품은 불행한 사건으로 인해 절망과 자괴감 속에서 주인공이 시한부 종말론에 빠지는 과정을 형상화함으로써 현대인의 무관심과 이기주의를 비판하고, 기독교인의 실천적 신앙을 강조하고 있다. 서두부터 '우단 의자'의 이미지가 반복되고, 말미에 주제의식을 내포하는 '종이날개'의 이미지로 마무리된다. 마치 3단 논법처럼 1장은 개괄적인 서론, 2장은 본론으로 1장과 함께 구체적인 스토리 과정을 보여주고, 3장은 결론 식으로 서술자인 '나'의 시점으로 주제의식을 드러내고 있다. 1, 3장과 2장은 각각 액자식 구조의 외화外話와 내화內話 형식을 취하고, 1, 3장은 2장을 아우르는 구조이다.

---

2 정찬(1953~)은 『말의 탑』(1983)으로 등단한 후 『기억의 강』, 『완전한 영혼』, 『아늑한 길』의 창작집과 「세상의 저녁」, 「황금사다리」 등의 장편 작품이 있고, 형이상학적 세계를 추구하는 관념소설 경향의 작가로 평가받고 있다.

바깥 이야기는 서술자인 1인칭 관찰자, 작가관찰자의 객관적 관점에서 종말론에 빠진 여인의 이야기를 아내의 입을 통해 부연 설명하고, 2장의 내화에서는 그 여인의 시점에서 자신의 감정 상태를 묘사하고 있다. 객관적 초점화자의 외화는 ① 공터의 우단 의자에 앉은 여인 관찰 → ② 자주 목격되던 여인이 보이지 않음 → ③ 시한부 종말론에 빠진 여인의 휴거 준비와 노상 전도 → ④ 전도지에 소개된 전천년 왕국설의 이단적 종말론 → ⑤ 휴거의 불발 → ⑥ 반상회에 다녀온 아내가 들려준 그녀의 삶 → ⑦ 현대인의 무관심과 관념적 신앙 비판 등으로 전개된다. ⑥~⑦단락 사이의 속이야기, 즉 아내를 통해 듣게 되는 그 여자에 대한 사연은 작가관찰자 시점과 1인칭 시점이 교차되면서 그녀 자신의 시점 중심으로 전개된다. 그녀가 처했던 현실 상황과 과거의 생각이 동작이나 표현을 통해 관찰됨으로써 작가관찰자 시점으로 생생하게 서술된다.

작가관찰자와 1인칭 서술자 시점으로 전개되는 내화 중 그녀의 이야기인 1인칭 시점은 전부 존칭 서술형의 고백적 문장을 취하고 있다. 내화로 전개되는 그녀의 이야기는 ①유복한 환경에서 성장해 결혼 후 교통사고로 남편과 아이 잃음 → ②유학 중 뉴욕 지하철에서 미친 여인 통해 위로받음 → ③그녀가 죽게 된 사연 듣고 죄책감에 귀국 → ④세상에 대한 증오와 구원의 열망으로 시한부 종말론에 빠짐 → ⑤종말론적 현상 소개 - ⑥휴거 불발로 상처 입은 사람들의 운명에 대한 동정 등으로 구성되어 있다.

1인칭 주인공 시점으로 전개되는 그녀의 사연은 자신의 내밀한 감정과 절망, 분노를 체험적으로 고백하는 형태를 취하기 때문에 현장감이 강하다. 주인공이 자신의 이야기를 하는 서술, 즉 인물과 서술의 초점이 일치하므로 독자에게 자기 체험적으로 와 닿는다. 그 사연은 5년 전으로 거슬러 올라가지만, 사계절의 순환적 시간성에 의해 1년 정도 전개되는 구조이다. 봄에 공터의 우단 의자에 앉은 여인을 관찰하고, 여름에는 보이지 않다가 가을(9월)에 시내에서 종말론을 전도하는 지미숙과 조우하고, 겨울에 휴거 불발에 따른 절망적인 상황을 조락의 계절로 비유하면서 작품이 마무리된다. 내화인 5년 전의 뉴욕 생활도 2년 정도로 추측할 수 있다.

전체적인 문장 구성도 대화보다는 치밀한 묘사와 지문 중심의 구체적·감각적 표현이 중심을 이룬다. 이런 문장 구성은 이야기를 재미있게 꾸미는 방법상의 기교로 예술적 모티베이션[3]에 해당된다. 진부하고 상투적인 이야기라도 극적 구성이나 치밀하고도 섬세한 묘사로 흥미와 감동을 유발할 수 있다. 상징적 모티프로 주제를 환기시키는 구성적 모티베이션[4]은 거시적으로 헛된 꿈을 뜻하는 '종이날개', 절망 속의 쉼터인 '우

---

3 이 작품 속에서 예술적 모티베이션의 예로 다음과 같은 섬세하면서도 감각적인 표현을 엿볼 수 있다.
  ① 제 메마른 몸은 그녀의 몸에 뿌리박고 생의 즙을 빨아들였던 것입니다. 저는 제 앙상한 가슴에 살이 돋아오는 것을 느끼며 안도의 숨을 쉬었습니다.
  ② 세상은 회색빛이었다. 그 회색빛 세상 속에서 비명이 새어나오고 있었다. 저 비명은 누가 지르고 있는가. 어떤 고통이길래 저토록 참혹한 소리를 지르는가.
  ③ 거실창이 보였고, 새벽의 빛이 물처럼 스며들고 있었지요. 그 새벽빛 속에서 무엇인가가 떠오르고 있었습니다. 어떤 생명 같은 것이 어둠 속에서 빛의 힘에 의해 떠오르는 것처럼, 저는 그것을 향해 조심조심 다가갔습니다.
4 빅토르 어얼리치, 박거용 역, 『러시아 형식주의』, 문학과지성사, 1993, p.38. 러시아 형식주의는 일반적으로 모티프를 '가장 단순한 이야기'로, 플롯을 '모티프들의 집단'으로 보는데, 이 모티프 체계를 정당화시키는 다양한 방책들의 조직을 모티베이션이라 한다. 그 역할에 따라 ①구성적 모티베이션, ②현실적 모티베이션, ③예술적 모티베이션으로 나눈다. 현실적 모티베이션이 허구적인 이야기를 현실에서 있음직한 보편성을 지니는 데 치중한다면, 예술적 모티베이션은 이야기를 재미있게 꾸미는 문장의 기교이다.

단 의자', 미시적으로 현대 문명화에 따른 단절감을 뜻하는 '짐승', 절망적 현실인 '밤과 무덤' 등이다. 구성적 모티베이션은 경제성과 효율성의 원리를 바탕으로 사건 전개를 자연스럽게 구성하는 모티프들로 이루어진다. 이때 모티프나 상징적 이미지들은 주제를 뒷받침하는 체계로서 예술적인 통일성을 지녀야 한다.

작품 구성에서 스토리를 요약할 때 빼도 큰 문제가 되지 않는 부분이 '자유모티프'이고, 빼어서는 안 될 부분을 '구성모티프'라 한다.[5] 자유모티프에는 즈가리야의 꿈과 야곱의 꿈을 그린 '샤갈의 화집', 휴거 불발에 따른 성서 속 기적 현상의 상징성, 아이의 휴거 질문, 이단의 종말론적 교리, 계시록, 여인의 꿈속 환영 등 다양한 내용으로 구성되어 있다. 이런 자유모티프 이야기들은 작품 구성에 중요한 역할을 하여 작품의 절정인 동시에 결말에 해당하는 부분에 필연적인 의미를 부여한다.

__3 '결핍'과 '욕망'의 순환 구조

라캉은 프로이트의 이론을 바탕으로 언어·성·주체성의 개념을 발전시킨다. 주체는 자아 개념이라는 의식을 가질 때 가능한데, 이것은 라캉이 '거울단계mirror stage'라 부르는 신화적 순간에 이루어진다.[6] 거울단계는 언어습득 이전으로 자기를 인식하지 못하고 허구적인 자아개념의 의미만 나타난다. 이때 아이는 거울 속에 비치는 영상의 움직임에 따라 자신의 모습과 주변 환경 사이의 관계를 인식하며 거울 속에 비친 가상

---

5 임영환, 『한국현대소설연구』, 태학사, 1995, p.212 재인용.
6 Samuel Weber, *Return to Freud*, Cambridge University Press, 1991, pp.12~13 참조.

적인 자아와 동일시함으로써 상상적인 영역에 들어간다. 이 상상계는 타자로부터 자아개념이 정립되기 이전, 즉 언어를 통해 '나'라는 주체가 부여되기 이전에 미성숙한 시기이다. 즉 대상이 자신의 욕망을 완전히 충족시키리라고 믿기에 타자의 욕망과 자신의 욕망을 구분하지 못하는 환상의 단계에서 빠져나오지 못해 타자의식이 없는 것이다.

그러나 아이는 오이디푸스와 거세 콤플렉스를 극복한 후 상징 질서에 편입되면서 어머니와 분리되어 아버지(남근) 세계와 연계가 이루어진다. 그는 어머니가 욕망하는 것을 욕망하며, 그 욕망을 충족시키기 위해 자신을 욕망의 대상인 남근과 동일시한다.[7] 이때 남근phallus은 권력과 지배의 욕망 충족적인 현상을 나타낸다. 부모의 욕망은 주체 자신의 욕망의 근원이 되기에 궁극적으로 인간의 욕망은 대타자의 욕망의 대상이 되고자 한다. 대타자가 욕망하는 것을 갈망하므로 타자로서 욕망하는 법을 배우는 것이다.

그런데 이 상상계적 자아가 상징계로 진입할 때 금지된 쾌락을 억제하면서 사회적 자아로 굴절된다. 이 과정에서 아이는 분화된 욕망이나 심리, 무의식, 법, 언어, 사회 등에 자아를 개방한다. 이 억압된 부분은 결코 사라지지 않고 여분으로 남아 다시 상상계로 들어서게 만든다. 즉 상상계에서 상징계로 들어설 때 남긴 차액이 욕망을 지속시켜 삶을 지탱하게 한다는 것이다. 이 여분(실재계)은 욕망이 계속 남아 있게 만드는 삶의 동력이다. 즉, 충족은 욕망을 소멸시킨다. 욕망은 충족을 모르기에 항상 채워지지 않는 결핍 그 자체이다. 존재의 결핍이 욕망을 일으키게 되고, 욕망은 본질적으로 존재에 대한 욕망이고 타 주체들의 욕망과의 변증법

---

7 아니카 르메르, 이미선 역, 『자크 라캉』, 문예출판사, 1994, p.136.

적 관계 속에서 구성되므로 항상 사회적 산물이다. 인간은 실재라고 믿었던 대상이 자신의 욕망을 충족시키지 못하는 것을 깨닫고 욕망의 회로 속으로 계속 빠져든다. 이처럼 허구화되어버린 대상이 실재라고 믿고 얻으려는 과정이 상상계라면, 그 대상을 얻는 순간이 상징계이고, 여전히 욕망을 메꾸지 못해 또 다른 대상을 찾아가는 것이 실재계이다.[8] 부연하면 욕망이 대상을 향해가는 단계가 상상계요, 그 대상을 얻었을 때 느끼는 어긋남이 상징계요, 이 둘의 차액(a)에 의해 욕망이 자꾸만 지연되는 게 실재계이다.[9] 상징계는 실재계를 소멸시키는 일을 수행하며, 실재계가 사회적으로 용인될 수 없다면 그것을 사회적 현실로 바꾸는 역할을 한다.[10] 상징계는 아이가 언어를 사용하는 질서의 세계로 보여짐의 세계에 들어서면서 상상계적 믿음은 깨어진다. 이 상상계와 상징계는 시선과 응시의 교차처럼 변증법적 관계로 인식 주체를 구성한다.

---

8 권택영 편, 『자크 라캉 욕망이론』, 문예출판사, 1994, p.20.
9 소쉬르의 언어학에 바탕을 둔 라캉의 구조주의 정신분석학은 '욕망의 이론'이 기본 틀을 이룬다. 라캉은 무의식을 기호체계로 보기에 언어에 의해 욕망이 구조화됨으로써 나타난다고 본다. 무의식은 언어 이전에는 미분화 상태로서 관찰이 불가능하여 언어 습득에 따라 형성된다. 이것은 억눌린 의미들이 존재하는 언어구조로서 인식되지 않는 주관적인 욕망이다. 따라서 언어 속에서 의미가 끝없이 연기되는 것처럼 욕망은 끝없이 연기된다. 욕망의 지배는 의미를 지배하는 것이다.
  이 욕망의 공식은 '$\$\diamondsuit a$'로 대변되는데, $(빗금친 S)는 주체가 분리·분열된 즉, 타자가 개입된 주체이고, '오브제 a'(autre)는 주체로 하여금 끊임없이 욕망의 원인이 된 허구적 대상으로 실재계가 끊임없이 채우고자 하는 상징계의 공백이고, $\diamondsuit$(마름모)는 대상이 주체의 욕망을 충족시키지 못하는 결핍으로 차액(잉여쾌락)을 남긴다. 주체 분열은 언어에 의해 이루어지며 무의식의 생성과 관련된다. 주체의 욕망을 충족시킬 것으로 보이는 대상, 즉 대체가능을 믿는 것이 압축인 은유이고, 충족시키지 못해 다른 대상으로 자리를 바꾸는 것이 전치인 환유이다. 따라서 욕망 역시 은유와 환유의 구조이다.(권택영 편, 『자크 라캉 욕망이론』, 문예출판사, 1994, p.20 참조.)
10 김경순, 『라캉의 질서론과 실재의 텍스트적 재현』, 한국학술정보, 2009, p.37.

욕망은 결핍을 전제로 충족을 지향하기에 대상에 의해 영속화된다. 욕망은 환유의 구조처럼 어떤 대상을 설정해 삶의 목적을 이루려 하지만 붙잡는 순간 완전히 충족할 수 없기에 또 다른 대상을 향해 가는 것이다. 마치 표면적인 기표가 완전한 의미를 갖지 못하고 끝없이 기의를 지연시키는 텅 빈 연쇄고리와 같은 것이다. 이런 욕망은 작품 속에서 인물의 행위나 사건의 전개와 밀접한 관계를 맺고 있다. 라캉은 결핍이 욕망을 만들고, 그 욕망은 충족된 것 같지만 또 다른 욕망을 추구하기 때문에 욕망을 탈피할 길이 없다고 본다. 그러나 무의식은 우리에게 가끔 죽음으로 욕망을 끝낼 수 있게 한다.

작가는 이 작품에서 '욕망'과 '환상'이라는 단어를 여러 번 반복해 사용하고 있다. 작품 속 서두에 제시되는 샤갈의 화집 속 '야곱의 꿈'은 고통과 절망의 세계를 벗어나 온유와 평화가 가득한 세계에 닿고자 하는 염원, 그 간절한 욕망을 천국에 오르는 사다리로 표현하고 있다. 훌륭한 예술작품은 삶의 현장을 리얼하게 드러내면서 동시에 빛으로 감싸듯 아름다운 꿈이 실현될, 혹은 그 가능성에 그리움을 품게 함으로써 위안과 감동을 준다. 그러나 이 그림에는 천국은 멀리 있고, 깡마른 남자가 시름에 잠긴 채 막연한 기다림의 자세로 앉아 있다. 이 모습은 순환 반복되는 '결핍'과 '욕망'의 보편적 인간상, 즉 주인공의 삶의 양태를 상징화한다고 볼 수 있다.

유복한 가정에서 막내딸로 태어난 지미숙은 가족의 따뜻한 사랑 속에 자라 행복한 결혼 생활을 한다. 그녀에게 불행이 닥친 것은 결혼 2주년째 되는 5년 전 남편과 갓 돌이 지난 아이와 함께 설악산 여행길에서 교통사고로 남편과 아이를 잃게 되면서부터이다. 교통사고로 인한 절망과 고통은 결핍 인자가 되지만, 정신적 고통에 따른 두려움은 운명을 저주하며 아이를 지켜내지 못했다는 자책으로 삶을 무력하게 만들었다. 이러한 삶의 무력감은 소리를 지르고 두드려도 주위와 소통할 수 없다는 단절과 소외감으로 나타났다. 그의 유학 동기도 이런 두려움과 무력감을 벗어나기 위한 탈출구였다.

이런 생활 변화의 시도는 궁극적으로 삶의 의욕을 갖기 위한 산물이라 할 수 있다. 유학을 떠나면 두려움을 벗어날 것이라는 환상 때문이다. 환상은 주체가 삶을 영위해가는 수단이다. 비록 그것이 허구적 실망에 그칠지라도 신기루 없이는 사막을 걷지 못하듯, 인간은 추구하는 대상이나 목표가 없이 삶을 지속시키지 못하는 것이다. 환상은 욕망을 부추긴다. 죽음의 절망을 벗어나기 위해 꿈틀대는 흔적이 주체의 욕망을 일으키는 오브제 a(objet petit a)로서, 즉 대타자의 욕망이며 실재계인 것이다. 그녀는 욕망이 자신에게 살아갈 힘을 불어넣어 주기 때문에 뉴욕으로 유학을 떠난 것이다.

유학은 그녀에게 삶의 목표가 되었지만 막상 이루는 순간 빛을 잃는다. 유학이라는 대상은 그의 현실 탈출구로 작용했지만 부닥친 현실은 화려함이 사라지고 칙칙하게 무딘 색깔로 변한다. 그곳 역시 인간성을 느낄 수 없이 문명으로 획일화된 유령 같은 도시였고, 그녀의 상처를 어루만져주지 못했다. 탈출구였던 유학은 대타자(O)요, 그 화려함이 사라지고 칙칙한 현실 공간은 소타자(o)이다.[11] 소타자가 대부분 주체와

---

11 위의 책, pp.16~17 참조.
프로이트는 무의식을 '타자의 장'인 인간욕망의 영역으로 표현하지만, 라깡은 무의식을 '대타자의 담론'이라 하면서 소타자other와 대타자Other로 구분한다. 무의식적 욕망은 대타자 - 언어, 상징계-와 관련해 나타나는데, 그것은 우리가 언어나 타자들의 욕망을 통해 욕망을 표현하는 대타자의 담론이다. 라깡에게 무의식적 주체는 자의식적 확신이 없으며 존재성을 상실하고 결핍된 것으로 욕망과 동일하다.

상상적 관계를 맺는 상대라면, 대타자는 주체가 동화할 수 없는 절대적 타자성이며 상징적 기능을 발휘하는 제도나 인물을 뜻한다.[12] 이 대타자에서 소타자로 옮겨가는 과정이 욕망의 구조인데, 이런 욕망은 완벽한 충족을 모르고 계속 연기되기에 삶이 지속되는 것이다.

그녀는 유학 온 뉴욕에서 실망하던 차에 지하철에서 한여름에도 겨울옷을 입고 서성이는 미친 여자를 목격한 후 위안을 받는다. 기대했던 유학으로 인한 결핍이 미친 여인을 통해 새로운 삶의 욕망이 된 것이다. 이 위안에 대한 욕망은 인간으로서 악마적이라고 할 수 있지만, 적어도 교통사고 후 자신은 저렇게 미치지 않았다는 안도감이 희망의 불빛으로 작용했던 것이다. 이처럼 불행한 여인을 통해 삶의 희망을 찾는 모습에서 희망과 위안에 대한 그녀의 절박한 심정을 엿볼 수 있다. 그 여인을 엿보기만 했던 자신이 이제는 자신에게 생명의 힘을 준 여인에게 감사의 표시로 꽃을 전달하고픈 생각에까지 이르게 된다.

그러나 얼마 후 지하철역을 배회하던 그녀가 지난 겨울 뉴욕 뒷골목에서 동사했다는 역무원의 말을 듣고 지미숙은 다시 자책과 절망에 빠진다. 미친 여자 역시 지하철역에서 다섯 살 된 아이를 잃은 후 실성했다는 것을 알았기 때문이다. 뉴욕은 많은 이들이 오가는 공간이지만, 그곳을 떠돌아다니는 미친 여인은 철저히 소외된다. 아들의 죽음으로 광인이 되고, 겨울거리에서 동사하는 여인의 삶은 텍스트 내의 초점화자인 여인의 삶과 병치되어, 타인의 삶에 무관심한 현대 사회의 모습과 그 속에서 소외된 인간의 절망을 보여준다.[13] 자신에게 희망을 주었던 대상이 자신

---

12 브루스 핑크, 맹정현 역, 『라캉과 정신의학』, 민음사, 2004, p.66.
13 최재선, 「현대소설에 나타난 신정론 연구」, 『문학과 종교』 제13권 2호, 2009, p.255.

과 같이 불행을 경험한 나약한 인간에 불과했다는 사실, 적어도 그 여자는 자신의 손에서 벗어난 아이를 열차 사고로 잃었지만, 지미숙은 자신의 품속에 있던 아이조차 지키지 못했다는 상대적 박탈감이 더욱 옥죄어오는 것이다. 결국 자식을 잃은 여인에게 위안을 받았다는 사실에 심한 자괴감을 느끼고, 모든 것을 포기한 채 귀국한다.

작품 속에서 두 여인의 삶을 병치시킨 것은 사회적 현실과 소외감으로 인해 사이비 집단에 빠질 수밖에 없는 상황을 제시하기 위해서이다. 두 여인 모두 아이를 자동차와 지하철역에서 잃는데, 교통수단의 이기가 인간에게 크나큰 고통을 안겨주는 대상이 된 것이다. 현대인의 삶에 편리하고 유용하게 사용되지만, 그 이면에는 언제든지 고통을 줄 수 있는 인자가 내재해 있는 것이다.

지미숙은 뉴욕이 가정 불행의 결핍을 충족시켜줄 것으로 생각했지만, 다시 미친 여자에게서 받은 위로가 죄책감으로 이어져 식음까지 전폐하며 대인기피증에 걸리게 된다. 그녀의 유일한 외출은 아파트 뒤쪽 빈터에 버려진 낡은 의자에 앉아서 산과 하늘을 바라보는 일이었다. 유복하고 행복했던 그녀가 버려진 것처럼, 화려했던 우단의자가 버려져 먼지에 쌓여 있는 것이다. 그런데도 그곳은 절망에 빠진 그녀가 유일하게 쉴 수 있는 공간이었다. 그녀의 자의식은 섬세하여 두 번 모두 죄책감에서 벗어나지 못하고 괴로워한다. 아이 잃은 죄책감으로 인한 무기력증과 미친 여자를 보고 위안과 희망을 가졌던 것에 대한 죄책감이 그의 욕망을 접게 만든다. 그녀는 초자아가 강해 현실적 자아를 극복하지 못한다. 초자아에 따른 윤리적·도덕적 죄책감이 자신의 의식을 사로잡은 것이다.

먹을 수가 없었어요. 죄의 덩어리로 가득 찬 뱃속으로 어찌 음식을 삼킬 수 있겠습니까? 발을 움직일 때마다 죄의 사슬이 철렁거렸고, 숨을 내쉴 때마다 죄의 악취가 뿜어져 나왔어요. 죽음을 생각했지만 죽음 후에 제 몸뚱이가, 그 추한 죄의 덩어리가 썩지 않고 둥둥 떠다닐 것 같아 두려웠습니다.

이드가 오직 욕망과 충족의 쾌락원리인 동물적 속성을 지녔다면, 초자아는 사회보호 차원에서 이드를 억제하는 윤리 도덕의 질서 규준이고, 무의식과 전의식의 경계에 있는 자아는 이드의 파괴적 충동으로부터 사회적 존재로서의 자기 보존을 위한 기능을 수행한다.[14] 지미숙은 정신세계를 지배하는 무의식 속에서 초자아가 강한 편이다. 양심이나 도덕의식의 근원이 되는 그녀의 초자아가 사회적 존재로서의 자기 보존을 위한 이기적인 현실원리를 극복하지 못하고 있다. 이드는 우리를 동물로 만들려고 하고, 초자아는 천사로서 처신하도록 하고, 자아는 상반되는 두 힘 사이에 균형을 유지시킴으로써 우리를 건강한 인간으로 보존하는 기능을 하는 것이다.[15] 따라서 건강한 인간의 성품은 자아가 이드와 초자아 사이에 균형을 유지함으로써 형성된다.

그런데 지미숙은 현실 원리에 따른 자아 본능과 도덕적 초자아 사이에서 균형을 이루지 못한 채 아이의 죽음에 따른 죄의식에서 벗어나지 못하고 있다. 일시적으로 미친 여자에게서 삶의 위로와 희망을 얻는 비인간적 이드의 속성이 나타나지만, 그 대상이 사라짐에 따라 죄의식에서 벗어나지 못하는 것이다. 처음에 미친 여자를 보고 희망을 가진 것은

---

14 켈빈 S. 홀, 황문수 역, 『프로이트 심리학 입문』, 범우사, 1993, pp.33~50 참조.
15 Wilfred L. Guerin et al, *A Handbook of Critical Approaches to Literature*, Haper & Row Publishers, 1966, p.90.

강한 초자아적 심약 콤플렉스를 벗어나 이드와 균형을 이룬 것이다. 즉 빈약한 이드로 말미암은 무기력증과 강한 초자아에 의한 죄의식에서 해방될 수 있었다. 그 여인을 통해 정신 활력의 원동력이 되기도 한 이드의 속성이 강했는데, 여인의 불행한 사연을 알고서 초자아적 인자가 작동해 욕망의 결핍을 야기한 것이다. 그녀는 이드와 초자아 사이의 불균형으로 현실에 적응하지 못한 채 귀국하지만, 시한부 종말론자들의 초자아적 감언이설의 교리, 즉 죄책감에서 벗어나 변화된다는 말에 현혹된다. 그녀는 악마적 속성을 지녔으면서도 한편으로는 삶의 동적 원천이 되는 이드가 약하여 죄의식에 빠질 수밖에 없었던 것이다.

심신이 지친 그녀에게 다가온 것은 이단종교에 빠진 여인의 손길이었다. 지상에서는 자신의 절망과 상처를 위로받을 수 없다는 그녀에게 구원의 손길을 내민 것이다. 그 구원은 1992년 10월 28일 자정에 선택받은 사람들만 하늘나라에 올라갈 수 있다는 확신이자 믿음이었다. 예수 재림과 휴거에 대한 종말론적 교리는 절망에 빠진 지미숙에게 한 줄기 빛처럼 세 번째 욕망을 불러일으킨다. 지미숙은 며칠 후 악몽을 꾸고 여인이 건네준 책을 읽어본다. 그리고 꿈과 유사한 책 속의 지옥과 세상을 향한 증오를 기반으로 구원에 대한 희망을 갖는다. 이 시한부 종말론은 자신을 외면하기만 했던 세상과 다르게 날개를 달아주었던 것이다. 즉 절망을 벗어나기 위해 꿈틀대는 '오브제 프티 아'(a)를 찾은 것이다.

회색빛으로 점철된 '밤과 무덤'의 현실세계에서 휴거에 의한 새로운 세계로의 열림은 영광과 환희의 순간이다. 죄 덩어리인 육신이 순식간에 변화된다는 이단적 감언이설은 황홀한 충격으로 와 닿기도 하지만, 한편으로는 합리적 이성으로 설명할 수 없는, 자신의 불행을 가져온 세상에 대한 증오심의 발로라 할 수 있다. 고통의 신음 속에 헤매고 있던 그녀에게 무관심하기만 했던 세상에 대한 증오는 자신에게 새로운 생명을 줄 수 있다는 욕망의 원천이 된 것이다. 그녀는 세상의 고통에서 벗어나고, 자신의 고통에 무관심했던 세상이 고통당하는 순간을 기대했다. 세상에 대한 그녀의 증오야말로 죽은 생명을 일으킬 수 있는 힘이 되고, 현실이 역전될 수 있다는 환상이었던 것이다.

> 빛이 깡그리 사라져버린 세상 속에서 눈에 보이는 유일한 빛이 논리와 이성으로 납득되지 않는다 해서 그 빛을 외면할 이가 얼마나 될까요? 제가 겪었던 불행이 이성과 논리로 설명되어지나요? 아니지요. 도저히 납득할 수 없지요. 제가 그 빛을 움켜쥐자 이 납득되지 않는 세상에 대한 증오가 비로소 솟아올랐습니다.

그녀는 이성과 논리로 이해 불가능했던 자신의 불행을 이성 바깥, 즉 이단적 종교 교리로 이해하려고 했다. 이 이단적 교리는 지미숙이라는 주체의 욕망과 대상의 욕망(사이비 교주)이 일치하는데, 사이비 집단은 인간 교주의 욕망이 아닌 신의 말씀과 계시라는 명분으로 자신들의 욕망을 합리화시켜 수행해간다. 이런 사이비 집단은 시선과 응시(보여짐)의 교차가 없이 항시 시선의 바라봄만 있는 주체이다. 그래서 주체의 욕망은 곧 객체의 욕망이고, 이런 관계는 환상을 억압한다. 욕망하는 주체로 존재하는 것은 환상을 통해서이기 때문이다. 그리고 무의식적 욕망은 환상을 통해 드러난다. 꿈이나 환상은 욕망을 충족시키는 것이라기보다 단지 충족되는 장면을 상연함으로써 역으로 욕망을 지탱하는 것이다. 즉 주체는 대상의 응시에 억압당해 환상을 갖지 못하는 것이다. 대상이 주체의 자리에 들어섬으로써 주체는 마비되고 경직된다. 그리고 대상은 자신의 욕망을 주체의 욕망과 일치시켜 버린다. 응시가 공공연히 드러나 주체를 압도하여 환상이 제거되는 것이다.

이단이란 기독교의 겉모양을 갖추고 있으나 본질적으로 기독교의 정체성과 모순되는 모든 것을 일컫는다. 말하자면 이단은 기독교의 모양을 하고 있되 기독교의 본질과 상충되는 기독교의 한 유형이라고 볼 수 있다.[16] 지미숙처럼 이단적 종교의 종말론에 빠진 사람들의 공통점은 세상에 대한 증오심을 지니고 있다. 그들은 예기치 못한 충격과 불행에 의구심을 품으며 왜 자신이 이런 고통을 당해야 하는지 분노를 품게 된다. 그들은 경제적·사회적·정신적인 상처나 실패, 불행을 경험함으로써 삶에 대한 희망이나 의지를 잃고 지상에서는 피해에 대한 보상을 받을 수 없다고 믿는다. 그들이 쉽게 빠지는 시한부 종말론은 자포자기와 절망에 찬 소외자들과 피해자들이 소외나 피해를 보상받으려는 심리에서 나타나는 심리적 사회현상이다.[17] 그들은 현실 참여나 사회 개혁에 무관심하고, 오직 종말의 시한에 생의 초점을 맞추면서 초월적 실재와의 만남과 계시만을 강조한다. 그 외의 삶은 무의미하므로 시한부 인생처럼 살아가는 것이다.

사이비 종교 집단은 소외되고 불행한 자들이 세상에 대한 거부감과 적대감을 가질 때 현실의 고통을 보상받을 수 있다는 환상을 심어주고, 그들만이 심판에서 구원받고 휴거될 수 있다는 착각을 심어준다. 삶의 의욕을 잃은 이들에게 원초적 생존 본능과 자기방어 기제로 인해 세상에 대한 원망과 증오를 삶의 원동력으로 삼게 하는 것이다. 그렇게 함으로써

---

16 알리스터 맥그라스, 홍병룡 역, 『그들은 어떻게 이단이 되었는가』, 포이에마, 2011, p.44.
17 정행업·오성춘 편, 『시한부 종말론 과연 성격적인가』, 대한예수장로회출판국, 1991, p.109.

자신을 고통과 절망 속으로 몰아넣은 이 세상에 종말이 오기를 바란다.

자신의 구원과 세상에 대한 증오라는 역설적 구조를 지닌 이단 교리는 결핍으로 고통 받는 지미숙에게 세 번째 욕망으로 다가오며 삶의 날개를 달아준다. 그것이 비록 '종이날개'라고 해도 그 순간만큼은 삶의 욕망이 강하게 작동한다. 자신의 구원과 세상에 대한 증오라는 역설적 구조는 그녀만이 고통에서 벗어나고, 자신의 고통에 무관심했던 세상이 고통당하는 순간을 기대했는지도 모른다. 그러나 종말이 온다는 그날 자정에 아무 일도 일어나지 않고, 휴거를 믿었던 그들은 좌절하고 만다. 그녀의 욕망도 불빛이 꺼져버리자 동시에 끝나버린 것이다. 지미숙의 욕망 좌절은 결핍으로 인해 절망의 나락으로 떨어지는 악순환을 반복할 뿐이다.

전통적 기독교의 종말론에서는 휴거나 종말의 시점을 누구도 알 수 없으며, 특정한 장소가 아니라 전우주적이고, 구원 방법도 성경에 근거한 사랑과 소망의 완성에 중점을 둔다. 그러나 사이비 집단의 종말론은 특정한 시점의 조건이 만족될 경우 구체적인 날짜와 시간을 제시한다. 그리고 파멸과 고난, 최후 심판에 대한 공포감을 강조하면서 특정 교회 집단만 구원받는다고 주장한다. 따라서 인간관계를 단절하도록 반사회적 분위기를 조성함으로써 불안과 절망에 빠진 이들에게 도피적·수동적인 패배의식을 불어넣어 준다.

___4 이단적 종말론과 관념적 신앙 비판

본래 종말사상은[18] 역사의 암흑기나 사회의 혼란기에 나타나 절망과 좌절에 빠진 이들에게 소망을 심어주는 데 목적을 두었는데, 오늘날의

종말사상은 현실 극복의 차원보다 개인적 현실도피 중심의 말세적 경향
이 농후한 편이다. 종말은 끝이 아닌 새로운 시작의 의미이며, 세계의
대파멸과 폐기 내지 소멸이 아니라, 예수의 부활을 통한 구원의 완성,
곧 하나님 나라의 완성이다. 그러나 사이비 종말 신앙은 이 세계가 죄와
주검의 세력으로 말미암아 파멸로 끝날 것이라고 예언하면서[19] 역사에
대한 무관심과 현실세계의 삶에 등을 돌리기를 조장한다.

사이비 집단의 공통적 현상은 고통 받는 자들에게 적극적인 관심과
이해로 도움을 주면서 소속감의 욕구를 충족시켜 준다. 속내를 털어놓을
수 있는 친밀한 교제로써 과거의 신분을 의식하지 않고 현재를 가치 있
는 존재로 인정하며, 삶의 위기에서 야기된 온갖 불안과 갈등을 극복할
수 있는 기회를 부여한다.[20] 기성 교회가 세속적인 삶의 축복과 윤리의식
을 고양하며 세상의 소금과 빛의 역할 등 수평적 가치를 강조한다면,
사이비 집단은 삶 속에서 야기되는 시련과 고통의 부르짖음을 듣고 배려
하며 구원해주는 절대자로 체험케 해 삶의 생동력을 부여한다. 절박한
이들의 삶에 적극적으로 개입함으로써 인간사의 문제를 총체적으로 돌
보는 것처럼 비쳐지기도 한다.

사람이 스스로 부끄러움을 느끼는 것은 일방적으로 주체로서 바라만
보아왔던 시선이 타자에 의해 자신이 보여짐(응시)을 당할 때 가능하다.

---

18 김균진, 『종말론』, 민음사, 1998, p.265.
　　종말론의 최후 심판에 대한 표상은 유대교의 묵시사상에서 유래한다. 묵시사
　　상은 주전 2, 3세기 무렵 유대 민족이 타민족의 억압과 지배 상황에 처해 있을
　　때 이 세계가 망하고 새로운 세계의 열림이 묵시나 계시를 통해 나타난다.
　　이런 사회 정의 차원의 심판 개념이 로마시대 국가종교화 이후 개인의 죄에
　　대한 심판으로 이해되었다.
19 위의 책, p.23.
20 정행업·오성춘, 앞의 책, p.152.

응시는 상상계에서 상징계로 들어서듯 바라보기만 하던 것에서 보여짐을 아는, 즉 너와 나의 완벽한 합일의 순간이다. 자신의 시선 속에 타자를 방관하거나 억압하는 태도가 있다는 것을 깨달을 때 좀 더 쉽게 타인을 이해할 수 있다. 인간은 볼 뿐만 아니라 보이는 존재이다. 자신이 세상에 의해 보임을 의식할 때 주체는 분리되고 고립과 소외를 벗어나 무대 위에 서게 된다. 이것이 라캉의 타자의식으로, 곧 사회의식이다.[21] 보임을 모르는 주체는 아직도 거울단계에 머물러 대상을 실재라고 믿고, 거기에서 벗어나지 못하기 때문에 독선적이고 자기중심적이다.

작품 속 서술자가 아파트 단지 내 낡은 의자에 앉아 있는 여자를 엿보며 관찰한 것은 일방적인 주체로서 보기만 했던 시선에 머문다. 그러나 3장에 이르러 제목의 상징성을 반영하듯, 서술자는 타자에 의해 보이는 응시의 시선을 인식함으로써 이웃의 고통과 아픔에 무관심한 현대인의 이기주의를 비판하게 되는 것이다. 서술자인 '나'와 주위 사람은 엿보는 데 머물지 않고 지미숙의 아픔에 한 발짝만 다가갔어도 그녀는 시한부 종말론에 빠지지 않았을 것이다. '나'와 초로의 여인은 지미숙을 오랫동안 엿보며 관찰해왔지만, 나는 방관자로 머문데 비해 그 여인은 지미숙에게 다가가 손을 내민 것이다.

내가 엿보고 있었을 때, 한 사람이 다가와 그녀에게 날개를 달아주었다. 종이로 만든 날개. 그녀의 삶에서 그 날개는 무엇이었을까. 그녀에게 나의 엿봄보다 차라리 그 종이 날개가 낫지 않았을까. 나의 엿봄은 휴식이었으나 다가감은 실천이고 운동이었다. 내가 그녀에게 한 일은 무엇이

---

21 권택영, 앞의 책, p.35.

었나?

주위 모두가 무관심할 때 한 여인은 지미숙에게 '종이날개'를 달아줌으로써 그녀는 살아갈 수 있었다. '나'의 엿보기보다 차라리 그 종이날개가 나았는지도 모른다. 나의 방관자적 태도보다 그녀의 관심이 지미숙에게는 위로가 될 수 있었다. '종이'는 흰색 색상을, '날개'는 새를 각각 연상시킨다. 따라서 '종이날개'는 세례 요한이 예수에게 세례줄 때 성령으로 나타난 비둘기를 상징하지만, 여기서는 실제로 날 수 없기에 헛된 꿈이다. 지미숙은 이단(다미선교회)의 책자가 찢어지기 쉽고 연약한 종이였지만, 그것으로 만든 '날개'(삶의 희망)를 달 수 있었던 것이다.

제목이자 지미숙의 심리를 표현한 '종이날개'는 사이비 집단이 내민 손길이었고, 믿을 수 없지만 믿을 수밖에 없는 작은 소망이었다. 실제로 하늘을 날 수 없는 헛된 희망이었지만, 타인이 주지 못한 희망을 짧은 순간이나마 가질 수 있게 해주었다. 따라서 불행 속에서 자신을 지탱할 수 있는 믿음을 찾았으나 결코 행복을 찾은 것은 아니었다. 행복과 불행은 자신의 의지로 선택하여 결과로 다가오는 것이지 어떤 잣대의 기준으로 판단할 문제가 아니기 때문이다. 지미숙은 그 여인의 신앙관이나 이론에 의해 설득당하기보다 장본인이 절박한 위기 상황에 빠져 있을 때 뜨거운 사랑의 분위기와 관심에 압도되어 빠진 것이다. 즉 감정적 분위기에 빠진 것이다. 절박한 그녀에게 경건한 예배와 윤리적 책임만 강조하는 기성 교회의 태도는 거부감이 있었을 것이다.

지미숙은 휴거[22] 환상의 좌절로 세상을 원망하면서도 자신보다 더 절

---

22 김균진, 앞의 책, pp.191~211.
　　이종성, 『종말론』Ⅰ, 대한기독교출판사, 1990, pp.372~414 참조.

망할 비슷한 처지의 구성원들을 염려한다. 운명에 잔혹하게 상처받고 버림받은 이들이 다시 일어설 수 있도록 도움을 주고, 세상을 향한 그들의 울분과 증오, 슬픔에 귀 기울여야 한다고 토로한다. 이는 곧 한국 교회가 외형적으로 화려한 건물을 짓고 신도 수 팽창에 급급할 것이 아니라 이웃과 고통을 함께 나누며 나의 것처럼 받아들이는 실천적 신앙을 펼쳐

‘휴거携擧’란 예수 그리스도의 재림 시 성도가 공중으로 들림 받아 올라감을 뜻한다(『마가복음』13:27, 『데살로니가전서』4:17). 휴거 시기에 대한 견해는 ①전천년 왕국설, ②후천년 왕국설, ③무천년 왕국설, ④세대주의적 전천년 왕국설 등으로 나눈다. ①은 세계에 대한 비판적 입장으로 그리스도 재림 후 천년왕국 세움(휴거는 7년 대환란 전), ②는 천년왕국을 세운 후 그리스도의 재림(휴거는 7년 대환란 후), ③은 하나님 왕국은 그리스도의 통치하심으로 지금 나타나며 최후 심판 감행, ④는 구원사 시대를 6단계로 나누며 마지막에 천년왕국 시대가 도래할 것이라는 내용이다. 이 작품은 우리나라에서 지배적인 세대주의의 전천년 왕국설에 근거하여, 7년 대환란 전에 휴거 후 7년 동안의 환란이 끝나면 예수가 지상에 재림하여 천년왕국에 들어간다는 내용을 취하고 있다.

성서에(『요한계시록』20장) 근거를 두는 ‘천년왕국’설은 ‘천년이 지나간 어제’(『시편』90:4)처럼 세상은 7일간에 창조되었기 때문에 지금까지의 세계사는 6천년에 달하고, 창조의 안식일인 일곱째 날 천년 동안 메시아의 통치시대가 온다는 것이다. 이 ‘천’은 묵시문학에서 ‘끝없이 긴 시간’을 뜻하고, 천년왕국은 지상에 건설되는 유대인의 메시아 왕국의 상징으로 역사에 대한 심판과 희망을 암시한다. 이 왕국에 대한 기다림은 시한부 종말론처럼 현실세계의 도피나 서구 기독교의 선교의식화 등 유토피아적 형태로 다양하게 나타난다. 7년은 『다니엘서』(7:25, 12:7, 9:27)의 ‘한 때와 두 때와 반 때’와 ‘한 이레의 절반’을 근거로, 본래 말세적 환란의 종말적 시간 개념의 상징성을 ‘7년 동안 받는 환란’의 문자적 의미로 해석하는 오류에서 야기되었다. 다미선교회(이장림, 『다가올 미래를 대비하라』, 1988의 약자)의 1992년 휴거설은 그릇된 세대론적(구약시대 4000년, 신약시대 2000년) 성경 해석을 취한 것으로, 아마겟돈 전쟁으로(『요한계시록』16:16, 인류의 마지막 비극 상징-걸프전), 혹은 불란서 천문학자 노스트라다무스Nostradamus가 인류의 종말이 온다고 예언한 1999년에서 7년 대환란 시기를 뺀 연대이다. 시한부 종말론은 1980년대 말부터 퍼지기 시작해 1991년 걸프전을 계기로 한국사회에서 확산되다가 다미선교회의 이장림에 의해 ‘1992년 10월 28일 휴거’로 고착화되었다.

야 한다는 것을 뜻한다.

서술자는 공허한 외침에 불과했던 그들의 휴거와 예수 재림에 대해 비판하려는 태도보다 오히려 그런 이단적 현상들이 그나마 지미숙에게 위안이 되었다는 것을 상기시킨다. 이웃으로서 타인의 아픔을 엿보기만 했던 서술자의 자기 고백적 회한은 상처받은 이들의 좌절된 희망을 보여주는 동시에 이웃에 대한 사랑과 관심이 부족한 채 개인 구원에만 집착하는 현대 교회의 태도를 비판하고 있다. 모두가 방관자적 입장을 벗어나 상처받은 사람들에게 관심을 기울이고, 그들이 고통과 절망을 떨쳐버리고 높이 솟아오를 수 있도록 희망의 날개를 달아주어야 한다는 것이다.

__5 결론

이 작품은 예기치 않은 불행으로 절망과 고통에 처한 주인공이 시한부 종말론에 빠지는 과정을 통해 현대인의 무관심과 이기주의를 비판하며 기독교인의 실천적 신앙을 강조하고 있다. 형식 구조는 1, 3장과 2장이 액자적 구조의 외화와 내화 형식을 취하고, 2장을 아우르는 형태이다. 1인칭 관찰자와 작가관찰자 시점인 외화는 종말론에 빠진 여인의 삶에 대해 묘사와 정보를 자세히 서술하고, 작가관찰자와 1인칭 시점이 교차되는 내화는 주인공의 내밀한 감정을 체험적으로 고백하는 형태를 취하기 때문에 생동감을 자아낸다. 전체적인 문장 구성은 치밀하면서도 감각적인 지문이 중심을 이루며, 다양한 상징적 모티프가 반복적으로 나타난다.

주인공이 시한부 종말론에 빠지기까지는 여러 번 반복되는 결핍과 욕망의 순환 구조에 따른 결과이다. 욕망은 결핍을 전제로 충족을 지향하기에 대상에 의해 욕망이 영속화된다. 인간의 욕망은 환유의 구조처럼 어떤 대상을 설정해 삶의 목적을 이루려고 하지만 붙잡는 순간 결핍이 야기된다. 대체기능의 은유처럼 충족한 듯 보이는 또 다른 대상을 향해 가는 것이다. 욕망의 종착점에 이른 사이비 종말론은 자신을 외면하기만 했던 세상과 달리 '종이날개'를 달아줌으로써, 비록 헛되지만 그 순간만큼은 희망으로 변화시켜주는 힘을 주었다. 고통에 무관심했던 세상에 대한 증오는 새로운 생명을 얻을 수 있는 욕망의 원천이 된 것이다.

시종일관 타인의 아픔을 엿보기만 했던 서술자의 자기 고백적 회한은 이웃에 대한 사랑과 관심이 부족한 채 개인 구원에만 집착하는 신앙인에게 실천적 신앙을 강조하고 있다. 모두가 방관자적 시선을 벗어나 고통과 절망에 빠진 이웃을 이해와 관심으로 보살필 때 아픔을 떨쳐버리고 희망의 날개를 달 수 있을 것이다.

| 현대문학과 종교 |

제 4장

현대시와 기독교적 상상력
― 속죄양 의식과 메시아 상상

1 서론

속죄란 구약에서 "죄를 씻어주거나 속하여 준다."는 뜻으로, 인간이 하나님에게 범한 죗값을 치르는 행위이다. 원죄란 인간에게 내재한 것으로 하나님과의 계약을 파기한 것에 따른 대가이다. 이 죄는 인간이 하나님과 동등하게 되려는 욕심에서 기인한다. 조물주는 인간을 창조한 후 생육하고 번성하여 땅을 정복하라는 특권을 주면서 선악과를 따먹지 못하도록 하였다. 그러나 인간은 이 계율을 어기면서 하나님과의 관계가 단절되었다. 인간은 스스로 자율권을 포기함으로써 하나님과의 약속을 파기하여 죄를 짓고 그 대가로 고통을 당하는 것이다. 따라서 인간은 태어날 때부터 선과 악을 동시에 행하는 모순적 존재이며, 죄는 전적으로 인간의 의지에 속하는 것으로 볼 수 있다. 『구약』에서 속죄의식은 인간이 죗값을 치르기 위해 신분의 차이에 따라 수송아지나 숫염소, 어린양, 산비둘기 등 다양한 제물의 피를 바치는 것이었다. 이때 제사 드리는 자가 제물의 머리에 손을 얹으면 그의 죄가 대신 제물에게 상징적으로 옮겨간다고 보았다. 이런 제사는 매년 반복적으로 행해지기에 그 효과는 제한적일 수밖에 없었다.

『신약』에서는 이러한 제물 대신 예수가 인간의 죄를 대신해 십자가에 못 박혀 죽음으로써 단번에 인류의 죄를 속죄해주었다. 그는 모든 인간의 죄를 대신해 죽었다는 점에서 대속제물이며, 그의 속죄를 통해 하나님과 인간이 화목하게 되었기에 화목제물이기도 하다. 예정설은 구약에 나타나듯, 인간이 죄를 지어 타락했지만 하나님의 선민사상에 따라 예수 그리스도가 등장하여 인류를 구원한다는 것이다. 이 모든 역사는 하나님이 주관하고 깊이 개입한다. 예수의 십자가 희생은 하나님과의 단절된 관계를 회복할 수 있는 계기가 되었다. 인간은 자신이 죽어야 할 고통을 예수 그리스도가 대신 짊어졌기에 그를 믿음으로써 구원을 받게 되는 것이다(『요한복음』 3:16). 따라서 죄로부터의 구원이란 속죄와 화목제 없이는 불가능하다. 이런 점에서 『구약』의 제사는 해마다 반복되지만, 신약에서는 단 한번만으로 완전히 드리는 것이다.

속죄는 하나님의 사랑(『로마서』 5:8)에서 나왔고, 그 사랑의 표현이다. 이런 주권적 사랑은 영원하고 완전하며 필연적이고 현존하는 것이다. 인간이 하나님을 사랑한 것이 아니라 하나님이 인간을 사랑하여 화목제로써 독생자를 보냈다. 그리스도의 순종은 하나님에 대한 인간의 사죄와 칭의稱義의 근거가 된다. 따라서 그리스도의 인격과 희생으로써의 제물만이 인간의 죄를 면할 수 있고, 영광된 하나님의 자녀가 될 수 있다는 의미이다.

    쫓아오는 햇빛인데

지금 교회당 꼭대기
십자가에 걸리었습니다.

첨탑이 저렇게도 높은데
어떻게 올라갈 수 있을까요.

종소리도 들려오지 않는데
휘파람이나 불며 서성거리다가,

괴로웠던 사나이,
신복한 예수 그리스도에게
처럼
십자가가 허락된다면

모가지를 드리우고
꽃처럼 피어나는 피를
어두워가는 하늘 밑에
조용히 흘리겠습니다.

― 윤동주의 「십자가」 전문

1연은 십자가의 배경 묘사, 2~3연은 예수의 삶을 닮지 못하거나 도덕적 이상을 추구하지 못하는 자신의 갈등, 4~5연은 이런 갈등과 망설임을 극복하는 신앙적 결단의 의지 등으로 요약할 수 있다. 원래 '십자가'는 로마 시대에 이방인을 사형하는 틀이었다. 이 사형 도구가 예수의 죽음으로 인해 기독교의 원형적 상징성을 지니게 된 것이다. 즉 희생과 고난, 교회 등 기독교와 관련된 다양한 의미를 내포하게 되었다. 또한 '십자가'는 우리가 언제나 궁금하게 생각하고 있는 궁극적인 문제들, 즉 존재의 근원, 역사를 이끌어가는 섭리, 삶의 원동력이 되는 영원불멸의 진리 등을 상징한다[1]고 볼 수 있다.

이 작품은 기독교의 속죄양 의식을 나타낸다. 심판적 고난이 당사자의 죄의 대가라면, 연단적 고난은 당사자의 잘못이나 죄와 무관하게 당하는 고통이다. 그렇지만 어느 정도 시간이 지나 감내하게 되면 이전보다 더 큰 축복과 진리를 깨닫게 된다. 그러나 대속적 고난은 자신의 죄에 대한 대가도 아니고, 그렇다고 연단적 고난처럼 시련과 고통을 통해 더 큰 축복을 받는 것도 아니며, 그저 희생과 고통으로 끝나버린다. 이 대속적 고난은 속죄양 의식으로 통하는바, 다른 사람의 죄와 고통을 대신 짊어지고 고난을 받는다는 것이다. 이런 고난은 원시시대의 삶 속 의식에서 찾아볼 수 있는데, 유대인들의 속죄의식은 동물의 희생제와 관련이 있었다. 즉 인간이 지은 죄를 속죄하기 위해 동물을 희생시켜 피 흘림으로써 죄 사함을 받는 의식이었다.

이러한 대속적 고난이 인간에게 전이될 수 있다는 것은 『이사야』의 말씀에서 암시된다. 이스라엘 사람들이 포로로 끌려가 노예 생활을 하는 것은 그들의 고난이 무의미하게 끝나는 것이 아니라 대속을 위한 과정이라는 것이다(『이사야』 53:4-6). 고난 받는 사람은 스스로의 죄과가 아니라 다른 사람의 죄를 사함 받기 위해 대신 고난을 당한다는 것이다. 이

---

1 마광수, 『윤동주 연구』, 정음사, 1984, p.133.

고난, 즉 희생은 개인의 행위나 개인 자신이 그 개인이 속한 집단이나 사회의 공동선共同善을 추구하기 위해 제물화祭物化하는 것을 가리킨다.[2]

1연에서 십자가 위에 '쫓아오는 햇빛'은 그에게 초월적 가능성을 보이는 매개 이미지로서 절박한 현실의 극한 상황을 자신의 희생으로 극복하려는 신념의 비장미라고 할 수 있다. 2연에서는 고난과 희생의 상징인 '첨탑'이 너무나 높아서 올라갈 수 없다고 한다. 즉, 인간의 힘으로 초월하거나 받아들이기 힘든 한계 상황에 직면한 것이다. '저렇게도'란 절대 불가능의 절망적인 상황이다. 시적 화자는 신의 구원과 복음의 종소리도 들려오지 않는 절망 속에서 배회하며 괴로워한다. 이 화해하지 못한 상태의 단절감은 정치 상황으로는 식민지 시대이고, 기독교적 측면에서는 신앙적 갈등의 삶이며, 평범한 일상인으로서는 도덕적 이상을 추구하지 못한 좌절감이라 할 수 있다. 지성인으로서 현실 상황에 뛰어들어 행동해야 했지만, 그는 어떤 상황에 가담한다든지 뛰어들지 못했다. 다만 상황 밖에서 배회하고 관찰하며 생각하는 자세를 지켰을 뿐이다. 이것이 바로 아웃사이더적 자세로 일관한 윤동주의 고뇌의 요인이었다. 여기에 그의 반성적 자기 인식과 연민, 부끄러움과 슬픔이 내재한다.

이러한 태도에는 순교자로서의 자세보다는 인간적인 감성의 일면이 엿보인다. 마치 예수가 마지막 십자가상에서 고통의 잔을 피해달라고 간구한 나약한 모습과 상통한다. 이 시에서 '십자가'는 종교적인 순교 정신뿐만 아니라 도덕적 이상을 상징하기도 한다. 따라서 '휘파람 불며 서성거리'는 모습은 순교자적 행동을 보여주지 못하는 화자의 정신적 방황을 나타낸다. 그러나 후반부에 가면 이러한 방황과 고뇌의 아픔을

---

2 이인복, 『한국문학과 기독교사상』, 우신사, 1987, p.134.

신앙적 화해로 극복하는 지사적 결단과 속죄양 의식이 나타난다.

4연에서는 화자 자신이 관찰하는 자아로 객관화되어 주관성을 배제한 채 예수 그리스도로 전이된다. 예수가 인간의 죄를 대신해 속죄양이 됨으로써 인류를 구원했듯이, 화자는 식민지 상황에서 민족을 위한 속죄양의 제물이 되겠다는 강한 신념을 보여준다. 따라서 절망적인 현실 상황이지만 신념에 따른 행동이므로 자신을 '행복한 예수'의 모습으로 느낀다. 예수의 육적 죽음은 말할 수 없는 고통을 수반하기 때문에 '괴로웠던 사나이'지만, 그 죽음은 인류를 구원하는 계기가 되기 때문에 '행복한 예수'가 된다. 이 피 흘림은 종말이 아니라 어두운 시대에 꽃처럼 피어나는 희망을 뜻하기에 초인적인 순교자의 모습으로 바뀐다. 그가 흘리는 피는 내면화된 물의 가장 극적이며 최종적인 표현이다. 그리고 그것은 그의 괴로움이 도달할 수 있는 하나의 극점이다.[3]

일반적으로 시의 행은 최소한의 의미 단락의 기본 단위 혹은 운율적 효과를 자아내는 역할을 한다. 그런데 '처럼'의 조사는 독립적으로 사용할 수 없는데도 별도의 행으로 처리하였다. 이것은 특별한 운율적 효과 없이 의미의 강조로서 그리스도처럼 자신도 어두워가는 하늘 밑에 희생양이 되겠다는 의지의 표출이다. 기독교의 속죄 의식뿐만 아니라 시대 상황에서의 역사를 인식하는 그의 정신세계라 할 수 있다.

'괴로웠던 사나이'와 '행복한 예수'의 역설적 표현은 '꽃처럼 피어나는 피'와 '어두워가는 하늘 밑'과 대조를 이룬다. 이것은 꽃이 떨어짐(피흘림)과 피어남, 괴로움과 행복의 역설적 조응을 이루고 있다. 괴로운 예수의 모습이 행복한 모습으로 화하는 것은 순교자적 자세로서 기독교

---

3 최동호, 『한국 현대시의 의식현상학적 연구』, 고려대학교 민족문화연구소, 1989, p.115.

의 부활과 관련된다. 특히 서두의 빛나는 '십자가'와 마지막 연의 수난자의 희생은 강한 대조를 이룬다. '꽃처럼 피어나는 피'는 현실의 고통을 숙명으로 수용하면서 희생적인 삶을 살겠다는 의연한 태도를 나타낸다. 예수의 죽음은 고난의 십자가와 영광의 십자가가 서로 조화를 이룰 때 바람직하다. 영광의 십자가가 없는 사회 참여와, 고난의 십자가만 강조한다면 바람직한 신앙이 아니다. 예수와 함께 고난에 동참할 때 영광의 축복을 누릴 수 있을 것이다.

> 예수는 눈으로 조용히 물리쳤다.
> ─하나님 나의 하나님,
> 유월절 속죄양의 죽음을 나에게 주소서.
> 낙타 발에 밟힌
> 땅벌레의 죽음을 나에게 주소서
> 살을 찢고
> 뼈를 부수게 하소서.
> 애꾸눈이와 절름발이의 눈물을
> 눈과 코가 문드러진 여자의 눈물을
> 나에게 주소서.
> 하나님 나의 하나님,
> 내 피를 눈감기지 마시고 잠재우지 마소서.
> 내 피를 그들 곁에 있게 하소서.
> 언제까지나 그렇게 하소서.

─ 김춘수의 「마약麻藥」 전문

이 시는 예수를 한 사물로 인식해 그의 죽음의 본질을 객관화된 관점에서 전개하고 있다. 시적 화자는 죄에 따른 형벌을 받아야 할 인간을 대신해 예수를 속죄물로 설정하여 마지막 십자가상에서 부르짖는 예수의 인간적 고뇌를 형상화하고 있다. 기독교의 죄의식은 크게 실체로서의 죄와 무無로서의 죄로 나누어 볼 수 있다. 전자가 윤리적·도덕적 차원에서 악한 행동이나 자아의 내면에 자리 잡는 사악한 본성적 자질이라면, 후자는 성스러움으로부터 벗어나거나 하나님과의 관계 단절에 따른 결과이다.[4] 서두의 관찰자 시점에서 점차 예수의 시점으로 화한 시적 화자의 고백은 하나님과 인간의 단절된 관계를 회복시켜주는 대속적 차원에서 후자를 반영한다. '피'는 유월절의 '양'과 예수의 죽음인 속죄물의 상징이다. 열거하는 병자들의 치유 이적 사건은 성서적 사례를 인용한 것으로, 곧 예수의 죽음이 인류 구원을 위한 속죄물이라는 기독교적 진리를 뒷받침하기 위한 장치라 할 수 있다. 낮은 자로 이 땅에 온 예수는 "낙타 발에 밟힌/ 땅벌레의 죽음"과도 같이 가장 힘없고 약한 자의 죽음까지도 대신하는 존재이다. 그러므로 못 박히는 죽음의 고통을 덜기 위한 '신포도'와 '마약'까지도 물리치며 인간을 구원한 것이다.

> 납작하게 짓눌리고 바짝 말리운 오징어를 위해서
> 오늘 우리는
> 술잔을 들자.
> 억눌린 가슴에, 그 멀쩡한 청춘이 우울하게
> 지나간

---

4 P. Ricoeur, 양명수 역, 『악의 상징』, 문학과지성사, 1994, pp.79~105 참조.

우리들의 가슴 위로 몇몇 잔의 술을 부어넣으며

하찮은 눈물은 보이지 말아야지.

연탄불에 굽히고 막 찢겨지거나

가위질을 당한 이 오징어의

지나간 삶과 마지막 죽음의 뒷다리 한쪽을 집어 들고

차라리 옛날의 노래라도 불러야지.

바다 밑 수만리에도 하늘이 있고,

거기서부터 오징어가 된 만큼의 이유와 목적대로

붙잡혀서 대역 죄인처럼 죽은 오징어를 위해서

잠시 묵념이라도 할까.

죽어서도 이 술좌석까지 억지로 끌려나와

스스로의 생애와 그 모든 것을 완수한

이 오징어를 위해서

기립 박수를 치면 어떨까.

오늘밤 우리는

기도를 하자.

죄 없는 오징어를 꼭꼭 씹어 먹는 우리들을 위하여

이제는 기도하며

그러나 술잔을 기울이자.

— 이정우의 「밤의 노래-오징어를 위해서」 전문

이 시에서 '오징어'는 일상생활에서 술 마실 때 흔히 나오는 술안주에
머물지 않고 기독교적 상상력을 바탕으로 예수의 수난과 대속적인 희생

을 연상시킨다. 그것은 "오징어가 된 만큼의 이유와 목적대로/ 붙잡혀서 대역 죄인처럼" 죽었고, 그 오징어는 "술좌석에 억지로 끌려나와 스스로의 생애와 그 모든 것을 완수"하였고, "바다 밑 수만리"의 '하늘'에 있는 존재로 인식되기 때문이다. 오징어의 순교적인 의미가 '억눌린 가슴', '찢겨지거나 가위질을 당한', '마지막 죽음', '하늘', '대역죄인' 등으로 나타난다. 화자의 추도적인 감정은 '묵념', '생애', '기립박수', '기도', '술잔을 들자' 등에 포함되어 있다. 기독교의 구속사적 차원에서 인류 구원을 위해 이 땅에 독생자로 온 '이유와 목적', 죄 없이 십자가의 죽음을 맞이한 희생양의 모습은 '하늘' 이미지와 속죄물의 희생 의미를 포함한다. 화자가 대속적 구원의 상징인 오징어를 씹으며 술잔을 기울인다는 반어적 언행은 예수의 희생정신을 나누려는 고뇌의 모습으로 비쳐진다. 술자리라는 상황에 안주로 합당한 오징어의 의미, 비장한 어투의 신앙고백적인 간구, 적절한 문맥의 기독교적 상상력의 착상이 전체적인 시적 분위기의 역동성을 환기시킨다. 신앙적 관념의 세계가 구체적인 경험 양식을 통해 우리의 정서에 가까이 와 닿는다.

2

메시아란 히브리어로 '기름 부음을 받은 자', 헬라어로는 '그리스도'를 뜻한다. 구약 시대에 왕이나 선지자, 제사장들은 그 직분을 받을 때 기름 부음을 받았다. 이때의 기름은 성령을 상징한다(『이사야』 61:1). 유대인들은 이방인에게 포로로 끌려가 노예 생활을 하면서 고통 받는 중에 그들에게 희망과 자유를 안겨줄 메시아 사상이 필요하였다.

전통적으로 선민사상에 젖어 있는 그들은 메시아가 도래함으로써 현재의 고통을 떨쳐버리고 지상 낙원을 누릴 것이라는 확신을 가졌다. 유대인들은 예수를 정치적 구원자인 메시아로 생각했으나, 그는 제사장과 선지자와 왕의 직분을 겸비한 인류의 구원자인 메시아였다. 선지자는 하나님 말씀을 기도 가운데 받아 백성에게 전하고, 제사장은 인간의 죄를 사함받기 위해 짐승의 피를 하나님께 제물로 바치는 제사를 드렸고, 왕은 하나님을 대신해 백성을 다스리는 일을 각각 담당하였다. 예수의 죽음은 패배와 수치가 아니라 자발적인 희생으로써 부활의 이적을 보여준 사건이다. 그는 인류의 구원자로서, 섬기는 종으로서, 고난 받는 종으로 와 영원한 메시아가 되었다.

다들 죽어가는 사람들에게
검은 옷을 입히시오.

다들 살어가는 사람들에게
흰 옷을 입히시오.

그리고 한 침대에
가즈런히 잠을 재우시오.

다들 울거들랑
젖을 먹이시오.

이제 새벽이 오면

나팔 소리 들려 올게외다.

― 윤동주의 「새벽이 올 때까지」 전문

기독교의 종말론적 사상을 내포한 이 작품은 어두운 밤으로서의 현실이 절망적 상황이지만 곧 희망이 도래한다는 것을 암시한다. 어둠은 기독교적 관점에서 죄의 삶이고, 시대적으로는 식민지 상황이라 할 수 있다. '아침'이나 '새벽'은 밝음의 시간적 표상으로서 ① 미래의 조국 광복, ② 종말론적 역사관의 관점에서 최후 심판 후 예수 재림, ③ 원초적인 인간의 이상향이나 희망 등의 상징성을 내포한다. 이때 들려오는 '나팔 소리'⁵는 『요한계시록』이나 『다니엘』 등의 묵시문학에 나타나듯, 인간 세계의 모든 악을 심판하고 어둠과 고통을 물리치는 예수의 재림을 알리는 소리이다. 이러한 종말론적 세계관은 시인에게 미래에 대한 희망을 갖게 하여 정신적 방황을 극복하는 계기를 마련해준다. 이것은 그의 시에 '어둠 곧 절망'이 아니라 '어둠 곧 아침이요 새벽'이라는 역설이 작용하고 있기 때문이다. 이런 점은 우리 식민지 시대의 시가 대체로 절망·좌절·패배의 정서에 휩싸인 것과 대조를 이룬다.⁶

이 시에서 4연까지는 '새벽'과 대립되는 어둠의 상황으로 옷을 입히

---

5 메시아의 도래를 알리는 '나팔소리'를 성서에서 찾아보면 다음과 같다.
　① 주의 날에 내가 성령에 감동하여 내 뒤에서 나는 나팔소리 같은 큰 음성을 들으니(『요한계시록』1:10)
　② 저가 큰 나팔소리와 함께 천사들을 보내리니 저희가 택하신 자들을 하늘이 끝에서 저 끝까지 사방에서 모으리라.(『마태복음』24:31)
　③ 하나님의 나팔로 친히 하늘로 쫓아 강림하시리니 그리스도 안에서 죽은 자들이 먼저 일어나고(『데살로니가전서』41:6)
6 김봉군 외 2人, 「한국 현대작가론」, 민지사, 1984, p.170.

는, 잠을 재우는, 젖을 먹이는 등과 같이 행위의 주체가 적극적으로 나타나고, 5연에서는 이런 노력의 극복으로 새벽을 맞이하는 상황이다. 특히 '흰 옷'과 '검은 옷'의 대립적인 이미지로서 생사·선악·미추·고통과 기쁨 등의 대립 구조로 나타나지만, "한 침대에 가지런히 잠을 재우는" 것처럼 공존한다. 죽어가거나 살아가거나 인간적 삶의 국면은 영적 유아의 수준에 지나지 않기 때문에 절대 선으로서의 신이 심판하는 날에서야 비로소 사람들은 스스로의 참모습을 깨달을 수 있다는 것이다.

> 형제들아 내가 이것을 말하노니 혈과 육은 하나님 나라를 유업으로 받을 수 없고, 또한 썩은 것은 썩지 아니한 것을 유업으로 받지 못하느니라. 보라, 내가 너희에게 비밀을 말하노니 우리가 다 잠잘 것이 아니요, 마지막 나팔에 순식간에 홀연히 다 변화하리니, 나팔 소리가 나매 죽은 자들이 썩지 아니할 것으로 다시 살고 우리도 변화하리라.
>
> (『고린도전서』 15:50~52)

메시아가 도래하는 날 육적인 생사 차원의 시간을 떠나 "한 침대에 가즈런히 잠재울" 때 산 자와 죽은 자를 심판하는 것이다. 그리하여 죽음의 세력이 극복되고 영원한 생명이 확보된다. 이 시간 개념은 순환적 시간 의식도, 또한 생에 대한 덧없음의 인식 차원도 아니다. 단지 기독교의 구속사에 따른 미래 지향의 영원성을 내포한다. 삶의 현장인 침대에 '젖먹이'를 재우는 것은 만물의 영장인 인간도 하나님 보기에 어리석고 불쌍한 존재로 도움이 필요하다는 것을 의미한다. 이 '젖'은 생명의 양식이라고 할 수 있다.

북망北대이래도 금잔디 기름진데 동그만 무덤들 외롭지 않어이.

무덤 속 어둠에 하이얀 촉루髑髏가 빛나리. 향기로운 주검의 내도 풍기리.

살아서 설던 주검 죽었으매 이내 안 서럽고, 언제 무덤 속 화안히 비춰 줄 그런 태양만이 그리우리.

금잔디 사이 할미꽃도 피었고 삐이삐이 배, 뱃종! 뱃종! 멧새들도 우는 데 봄볕 포근한 무덤에 주검들이 누웠네.

— 박두진의 「묘지송」 전문

성서에서 '산'은 신과 인간이 소통할 수 있는 신성한 공간이다. 인간은 산에서 신의 계시를 받고 인간의 뜻을 간구하며 신에게 제물을 바치기도 하였다. 박두진의 초기 시에서 산은 외로움이나 관조적인 정적 공간이 아니라 생명이 약동하며 삶의 의지가 충만한 동적 공간이다. 이 시에서 산은 인간 현실의 반영으로 모든 갈등과 분열이 사라지고 모든 것을 포용하며 미래의 꿈을 펼치는 메시아적 사상이 나타난다.

1행은 따뜻한 봄날 무덤 밖의 풍경을 묘사했다. 원래 '북망'은 '북망산'으로 중국 하남성 낙양 땅 북쪽에 위치하며 무덤이 많다. 그래서 오늘날 사람이 죽으면 북망산천으로 간다고 표현하게 된 것이다. 시적 화자는 따뜻한 봄날 이 북망산의 무덤가에 돋아난 '금잔디'를 바라본다. 일반적으로 '무덤'은 생명이 단절된 부정적 공간으로 종말의 의미를 내포한다. 그런데 이런 절망적인 공간에 금잔디가 돋아난다는 것은, 그것도 기름지게 자라난다는 것은 역설적인 현상이다. 이 모순관계는 '북망이래도'에 잘 나타난다. 즉 금잔디가 돋아나지 못할 곳에 돋아나고 있다는 것이다. 따라서 이 '무덤'의 죽음 세계는 삶이 단절되고 어둠과 절망이 자리 잡는 종말의 공간이 아니라, 오히려 희망과 생명력이 돋아나는 생성의 공간이다.

2행은 어두운 무덤 속에서 '해골'이 빛나고 '시체'가 향기로운 냄새를 발하는 상황이다. 무덤 속의 '주검'이 시각과 후각의 감각적인 표현을 통해 구체적으로 묘사되고 있다. 이런 상황은 상식적인 관점에서 도저히 이해할 수 없는 것이다. 그것은 어두운 무덤 속에서 해골이 빛나기는커녕 썩어가고, 시체는 향기로운 냄새를 발하기보다 역겨운 냄새를 풍길 뿐이기 때문이다. 그런데 이런 '촉루'와 '주검'이 빛을 내고 향기를 발한다고 함으로써 무덤 속은 어둠과 부패의 공간이 아니라 빛과 향기를 발하는 공간으로 긍정적인 이미지와 사고를 불러일으킨다. 즉 무덤 속은 삶과 죽음의 대립 공간이 아니라 생사가 공존하는 가운데 강한 생명력을 내포하므로 금잔디가 기름지게 잘 자라는 것이다.

3행은 삶과 죽음이 공존하는 역설적 공간으로 기독교적 메시아 사상과 부활 사상이 바탕을 이룬다. 흔히 죽음은 절망과 슬픔을 동반한다. 그런데 시적 화자는 삶이 서럽고 죽음이 서럽지 않다고 하면서 '주검'의 공간인 '무덤' 속을 환히 비쳐줄 밝은 '태양'을 그리워한다. 따라서 죽음은 어둠과 서러움이 아니라 희망과 기쁨을 내포하며, 새로운 시적 인식으로써 재생과 부활을 뜻한다. 이 시의 전반적인 시상은 죽음 예찬과 긍정적인 사고를 내포하므로 허무주의와 관련시킬 수 있지만, 후반부의 묵시적 시상으로 보아 재생과 부활의 의미로 연결시킬 수 있다는 것이다. 시적 화자는 무덤의 안과 밖, 즉 생사의 대립적 차원이 아닌 동일

공간으로서의 세계를 염원한다.

4행에서는 무덤의 안과 밖을 대조하고 있는데, 무덤 밖은 금잔디 주위에 할미꽃이 피고 멧새들이 우짖는 조화로운 자연의 모습이다. 그런데 '주검'들이 조화로운 자연 속에서 봄볕을 받고 편안히 누웠다는 것은 고통과 불안이 아니라 오히려 행복과 평안을 암시한다. 더구나 기름진 터에 태양이 빛나는 것처럼 이 '금잔디'는 생명의 탄생과 풍요로움을 상징한다.

이처럼 산속에는 식물, 새 등 모든 생물이 갈등과 대립 없이 조화롭게 공존한다. 이 산은 모든 생명체가 약동하며 삶의 의지가 충만해 있는 안정된 공간이다. 화자는 현실의 부조리와 불안, 갈등을 떨쳐버리고 자기 구원의 대상자로 자연 질서와 생명체를 인식하여 종교적 이데아와 이상을 추구한 것이다. 이처럼 자연은 풍요롭고 아름다운 생명력의 표상으로서 생성·소멸이 반복되는 영원성을 내포한다. 특히 그의 시에서 산과 해의 동질성은 높음과 거대함과 영원함과 삶의 근원적인 힘으로써 이루어진다.[7] 따라서 주검이 원하는 태양은 죽음을 극복하고 새 삶을 염원하는 역동적인 힘으로 자연적인 봄볕과는 다르다. 그렇지만 태양이나 봄볕 이미지의 밝은 현상은 존재의 근원적인 힘으로써 삶답게 하는 기본적 원리이다.

이 시는 무덤을 시적 소재로 하여 죽음이라는 공간이 종말과 고통, 어둠이 아니라 생성과 희망, 밝음을 내포한다는 것을 암시함으로써 죽음에 대한 새로운 인식을 제기한다. 무덤은 종말적인 죽음의 공간이 아니라 신비적이면서도 미래지향적인 기다림의 표상이다. 따라서 이 시는

---

7 신동욱, 『우리 시의 짜임과 역사적 인식』, 서광학술자료사, 1993, p.327.

일차적 의미로 개인적 차원의 존재론적인 문제를 다루었다고 볼 수 있다. 무덤은 외부 세계와 차단된 자아의 유폐공간으로 어둠이 자리 잡는 무의식적 현실이다. 즉 자아를 구속하는 한계 상황의 현실 인식이라고 할 수 있다. 이 무덤에 자리 잡는 어둠은 절망과 고통의 현실 인식에 끝나지 않고 평온과 희망, 새로운 이상을 지향하는 자아와의 만남이다. 따라서 개인의 현실적인 한계 상황에서 정신적 고뇌와 갈등, 죽음의 문제를 종교적으로 초극하려는 의지라고 볼 수 있다.

이차적 문맥으로 이 시를 사회·역사적 배경의 관점에서 살펴볼 때, 일제말의 절망적인 현실과 무관하지 않다. 그에게 현실이란 항상 어둠으로 인식되었기에 그는 천상의 질서에 대한 갈망과 함께 미래지향적인 역사의식을 추구하였다. 따라서 무덤이 일제하의 암담하고 절망적인 현실이라면 주검은 이런 시대에 마지못해 살아가는, 즉 인간답게 살지 못하는 비참한 모습으로써 시체와 같은 상황을 뜻한다. 그렇지만 이 시는 우리에게 미래지향적인 희망과 삶의 건강미, 긍정적인 사고를 제시하는데, 그것은 전적으로 기독교의 묵시문학적인 메시아 사상을 바탕으로 하고 있기 때문이다. 어떤 상황에서도 포기하지 않으며 희망을 갖고 일어서려는 기독교인의 현실관이 잘 나타나 있다. 이런 태도는 그가 "죽음에서의 생명, 죽음에서 부활을 갖는 그러한 열원熱願을 불멸의 종교적인 믿음으로 가져 보고 노래해 보고 신뢰한 것이다."[8]라고 말한 고백에서도 엿볼 수 있다.

기독교 진리에서 '어둠'은 역경·슬픔·죄악·고난·불의·심판을, '밝음(빛)'은 번영·행복·축복·정의 등을 뜻한다. 밝은 태양이 비춰줄 시기는

8 박두진, 『시와 사랑』, 신흥출판사, 1960, p.15.

'언제'라는 묵시문학적 종말의 때에 함축되어 있다. 본래 묵시란 세계에 대한 절대자의 숨은 계획으로, 이 계획이 실현되는 때 세상의 종말이 온다는 것이다. 묵시란 시간과 공간을 포함하는 초월적인 실재를 사람에게 은밀히 소개하는 형식의 계시를 담은 언어 표현으로[9] 현실의 고난을 극복할 수 있는 원동력을 제공한다. 묵시적 종말론은 최후 심판 일에 악은 형벌을 받고, 의는 보상을 받으며, 현세의 잘못은 고쳐진다고 보기 때문에 희망과 부활의 메시지를 함의한다. 따라서 묵시문학은 현 역사를 거부하고 새 시대의 도래를 동경한다. 현 시대는 악한 자가 지배하여 선한 자와 의로운 자가 고통을 당한다. 그러나 하나님의 계획에 따라 새 시대가 오면 악의 세력이 정복되고 의인은 승리하며 하나님이 통치한다. 이처럼 악한 시대가 새 시대로 바뀌는 과도기에 큰 환란이 일어나고, 심판 전의 환란이 지나면 부활이 있게 된다. 이 부활은 모든 사람이 공정한 심판을 받아 악인은 심판을, 의인은 부활을 맞게 되는 것이다. 묵시문학의 부활 상징은 그들의 삶을 빼앗았던 죽음의 힘과 악의 세력을 부정하는 것이라고 할 수 있다.

전통적으로 선민사상에 젖어 있던 유대인들은 메시아가 도래할 때 현세의 고통을 떨쳐버리고 지상 낙원을 누릴 것이라는 희망을 가졌다. 그들은 이방인에게 포로로 끌려가 노예 생활을 하는 중에도 희망과 자유를 안겨줄 수 있는 메시아 사상을 꾸준히 가졌다. 메시아 사상은 정치적 위기와 사회적 고난 속에서 하나님의 계약이 이루어지리라는 계약 사상에 근거한다. 이 사상은 환상 속에서 하늘의 비밀을 알아냄으로써 역사에 매여 있는 계시의 협소함에서 해방되어 신의 약속 성취를 희망할 수

---

9 왕대일, 『묵시문학 연구』, 대한기독교서회, 1994, p.24.

있는 가능성을 제시한다. 메시아가 나타나리라는 기독교적 종말 사상은 현실은 절망적이지만 어느 때인가 모든 것을 극복하리라는 희망을 내포한다. 따라서 시적 화자는 이런 희망을 가짐으로써 개인적 차원의 존재론적·정신적 방황을 극복하여 조국 광복의 도래를 확신하는 것이다. 이때는 궁극적으로 평화와 자유, 정의가 실현되는 참된 삶이 구현된다고 할 수 있다. 이런 이상주의적 경향은 현실의 절망적이고 비극적인 상황을 능동적, 우회적으로 비판하는 또 다른 유형의 한 방법이라고 할 수 있다. 즉 참담한 현실에 울분을 토로하며 반항하는 우회적 방법으로 꾸준히 자연이라는 소재를 택하여 이상주의적 경향을 암시했다고 볼 수 있다.

| 현대문학과 종교 |

제 2부
불교적 구도의식과 상상력

—

제 5장

민중의식적 신앙관과 '욕망'의 구조를 통한 신앙적 갈등 양상
─ 김성동의 『만다라』와 이문열의 『사람의 아들』

1 서론

『한국문학』(1978)에 발표했던 중편소설을 장편으로 개작한 김성동의 『만다라』는 작가의 전기적 사실(10여 년의 승려생활 후 작가로 환속, 부친의 이념에 따른 비극적인 가족사 등)을 바탕으로 작품화한 것으로, 전체적인 내용이 체험적 사실로 느껴질 정도로 현장감과 생동감의 리얼리티를 부여한다. 그러나 간혹 주인공의 방황과 갈등이 잡기장을 통해 구체적으로 표현되는 과정에서 불교의 교리나 진리가 관념적·현학적으로 서술되어 생경한 느낌이 들기도 한다. '성불의 경지란 무엇인가'에 대한 해답을 얻기 위해 고독과 절망과 허무 속에서 '병 속의 새'를 꺼내라는 화두를 좇아 고뇌하는 법운, 치열한 삶 속에서 방황을 거듭하다가 좌절한 지산의 모습에서 구도자적 삶과 인간의 본질, 그리고 구원이란 무엇인가를 생각하게 한다.

이문열의 『사람의 아들』[1](1979)은 계간 문예지 『세계문학』에서 '오늘의 작가상'을 수상한 작품으로, 인간의 궁극적인 존재와 초월적인 구원의 문제를 액자소설의 구조 속에 추리 형식으로 다루고 있다. 이 작품은 성서의 소재를 언급하거나 일부 내용을 허구화해[2] 성서에 대한 해박한 지식을 제공해준다. 이 소설은 시대와 동떨어진 2천 년 전의 이야기가 아니라 우리들의 삶 속에, 그리고 관념과 교양 체험 속에 깃들어 있는 신앙과 삶에 대한 문제를 제기해준다. 한 신학도의 회의와 방황을 통해 오늘날 크리스천의 삶에 내재하는 다양한 모습을 객관적으로 보여주면서 사회의 타락과 비참상, 억압과 착취 등 물질만능에 따른 부조리와 불합리성도 은연중에 암시하는데, 이러한 사실은 남 경사가 학업을 중단했거나 민요섭이 학업을, 아하스 페르츠가 율법사의 길을 각각 포기하고 사회 구원을 위해 뛰어든 것에서 찾을 수 있다.

이 작품들은 공히 두 작가의 출세작으로 발표 시기나 개작 과정이 비슷할 뿐만 아니라 불교와 기독교의 진리를 예술적으로 승화시킨 종교문학으로서 성공을 거두었다고 할 수 있다. 종교문학이란 그 종교가 지닌 사상이나 철학, 교리 등을 언어적 도구로써 상상력이라는 미적 여과 장치를 통해 문학적 틀로 재구성하는 것이다. 따라서 일정한 종교의 경전이나 소재주의적 차원을 떠나 경전 속의 진리나 가르침이 문학적 틀과

---

1 1987년에 개작한 이 작품은 '쿠아란타리아서'를 보충했을 뿐만 아니라 민요섭의 기독교 회귀 과정을 보완했다. 아쉬운 점은 아하스 페르츠가 방황하는 부분이 너무 관념적이고 지루하며, 민요섭의 기독교 회귀 과정이나 아하스 페르츠가 광야에서 만난 '위대한 영'에 대한 묘사가 구체적이지 못하고, 예수와 아하스 페르츠의 만남이 관념적 논쟁에 머물 뿐 역사적 구체성이나 체험적 갈등이 미진한 편이다.
2 천지창조에 관한 '위대한 지혜', 예수와 7회 만나는 중에 언급하는 내용, 전설적인 인물과 예수를 관련시킨 스토리 구성 등.

방식으로 현상화되어야 한다. 그런 점에서 두 작품을 동일한 시각의 관점에서 접근해 보는 것도 흥미로운 일이라 생각한다. 본고에서는 두 작품을 작품명의 상징적 의미를 내포한 작품 배경의 모티프 및 행동단위 중심의 구조, 내면적 갈등을 반영하기 위한 장치의 이분화된 자아, 민중불교와 민중신학 이론을 바탕으로 한 민중의식적 신앙관, '삼각형적 욕망'의 구조를 통한 신앙적 갈등 양상 등 동일한 항목의 관점에서 접근해 분석함으로써 문학적 가치와 문학사적 위치를 자리매김하고자 한다.

___2 작품의 모티프 및 구조

불교에서 윤원구족輪圓具足으로 번역되는 '만다라曼陀羅'는 낱낱의 살이 속 바퀴로 모여 둥근 수레바퀴를 이루듯이 모든 법이 결함 없이 원만하게 갖추어져 있다는 뜻으로, ㉠ 부처의 세계와 인간세계의 우주 삼라만상, ㉡ 깨달음에 이르는 수행자의 마음가짐의 세계를 구상하는 그림, ㉢ 주술적인 도형 등 다양한 상징적 의미를 지닌다. 김성동의 「만다라」는 '병 속의 새'라는 화두를 풀기 위해 고뇌하는 법운과 자유분방하게 성불하기 위해 방황하는 지산의 구도 행각을 다룬 작품이다. 작품의 내용을 편의상 커다란 행동 단위로 나누어 배열하면 다음과 같다.

> 1) 번뇌망상(벽운사에서 파계승인 지산 만남 → 종조모 댁 산장에서
>   노승과 생사고를 논하던 법운의 회상 → 불교 교단의 부패와 타락
>   상 비판, 파계한 경험담 술회)
> 2) 입산출가(온갖 번뇌와 망상에 시달려 이지러진 불상을 조각하는 지

산 → 승려 생활에 대한 회의와 인생에 대해 절망, 고뇌하는 법운 → 사미십계를 받고 승려가 된 법운의 회상 → 둘이 만행하며 겪는 다양한 에피소드와 경험담 → 사하촌 '서래사'에서 아이들을 가르쳤던 시절 회상)

3) 중생제도(조계사에서 숙박을 거절당해 여관에 투숙 → 무주사에서 여대생에게 느꼈던 욕정과 번뇌의 갈등을 회상하는 법운 → 아이들의 놀림에 초연한 지산에 비해 부끄러움을 느끼는 법운 → 사교교주로 전락한 지산의 도반을 통해 불교의 타락상 제시 → 가시적인 불사(佛事)의 현장을 통한 불교의 가식성 비판)

4) 참선수행(조실의 노선사를 통한 불교의 진리 소개 → 화두에 매진하는 선방의 수행 과정과 일과 → 대중 앞에 선 선사의 선문답 → 동안거 해제 후 새로운 깨우침을 위해 각자 길을 떠남 → 경제·관광 개발로 인해 파괴되는 산사와 사찰)

5) 절망의 끝(동안거 후 벽운사에서 지산과 재회 → 소풍 갔던 지산의 유년시절 회상과 환속해 가정을 꾸린 옛 도반과의 재회 → 여관방에서 술을 마시며 인간적 번뇌와 처절한 고독에 젖는 지산 → 버섯 따러 왔던 비구니에게 품었던 욕정과 산속에서 한철을 보냈던 지산의 회상 → 지산과 법운의 불행했던 가족사, 주지와 싸운 지산과 헤어짐)

6) 목탁새(하안거(오대산)를 마친 후에도 망상과 번뇌로 잠을 못 이루는 법운 → 옛날 국사國師의 일대기와 비석 소개 → 지산과 재회하나 무주사에서 거절당해 길 떠남)

7) 열반적정(둘이 작은 암자를 찾아가던 중 주막집에 들러 작부와 수작 나눔 → 상술을 위해 세운 도심지 법당의 봉불식에 참석 → 지산의

잡기장에 쓰인 집착과 허무로 방황하는 고뇌 → 눈길 위에 합장한
채 얼어 죽은 지산의 시신 발견)

8) 병 속의 새(혼자 지산의 시신을 다비하는 법운 → 그의 잡기장에
쓰인 10여 년의 방황과 초파일의 타락상 → 처절한 슬픔 속에서
'병 속의 새'가 뛰어나오는 환상 체험)

9) 죽비소리(지산의 죽음으로 인한 충격, 우울한 마음으로 방황하다가
무주사로 돌아옴 → 초췌하고 속화된 듯한 노사의 모습에 실망 →
불행했던 가족사를 회상하며 가족을 버린 생모와 재회 → 지난날
벽운사에서 만났던 보리와 재회 → 피안행 차표를 갖고 역사의 불
빛을 향해 질주)

전체 구조는 9장으로, 각 장은 서너 개의 단락과 장 간의 분량이 균형
을 이루면서 몇 개의 스토리로 구성되어 있다. 각 장은 중심 스토리 외에
부분적인 에피소드가 시·공간의 초월과 시점의 변화를 통해 입체적으로
삽입되어 있다. 스토리 전개는 평면적이거나 인과성으로 흐르지 않고
비약적이어서 단절감을 자아낸다. 그리고 여로 형 소설처럼 두 주인공이
'벽운사 - 무주사 - 은죽사 - 오대산' 등 몇 개의 사찰과 도시를 넘나들
며 만남과 헤어짐(3회)을 이어오며 겪는 다양한 에피소드, 승려가 된 동
기와 파계한 경험담, 휘황찬란한 도심 속의 타락상, 수도승의 온갖 번뇌,
불교계의 타락한 단면 등 구도자의 고뇌와 현 세태의 실상이 적나라하게
형상화되어 있다.

1장 후반부, 3장 후반부, 7장 전반부에는 개인적 차원의 구도 과정보
다 물질화·세속화되어가는 불교계의 타락상이 생생하게 나타난다. 즉
절의 전답을 소작하는 소작농에 대한 주지의 횡포, 초파일날 기복신앙에

편승한 연등의 상업화, 부자 신도를 대하는 속화된 승려의 모습, 사교 교주로 전락한 승려의 위선, 외형적 규모에만 치중한 불사 건립, 개발에 따른 사찰과 산사의 파괴, 상술을 위해 세운 법당 등 타락상뿐만 아니라 주지 선임, 비구승 자격 부여, 출가 자격 제한, 사찰 재산 행정 관리 등 긍정적인 개선안도 제시되어 있다.

4장 참선 과정의 선원 소개와 지산의 사후 스토리인 8, 9장 외 각 장은 지산과 법운이 교차적으로 등장해 고뇌·방황하며 회상하거나(1, 2, 3, 5장), 둘이 대화를 나누지만 언제나 스토리는 법운의 시점에서 전개되고 있다. 9장은 작품의 마무리 성격을 지어 지산이 죽은 후 법운이 구도자로서 갈등의 동기가 된, 즉 화두를 주었던 스승 노사, 가족사의 불행에 얽힌 생모, 정욕의 갈등이 있었던 보리 등을 차례차례 만남으로써 구도자로서의 갈등을 정리하며 새롭게 출발하는 모습이다.

특히 『사람의 아들』의 '쿠아란타리아서'를 연상시키듯, 불교의 관념적·현학적인 교리 내용이 생경하게 소개되고,[3] 『사람의 아들』의 주인공인 민요섭의 신앙적 갈등 양상이 그가 남겨 놓은 일기장을 통해 내면세계가 자세히 나타나듯, 『만다라』에서도 지산의 잡기장을 통해 한갓 파계승으로 비쳐진 10여 년 간의 구도 과정이 진솔하고도 생생하게 나타나 있다.

기독교에서 '사람의 아들'이란 묵시문학인 『다니엘』(7:13)에서 영원성과 초월성을 지님과 동시에 인간적인 메시아 사상으로 나타난다. 또한 『에스겔』에서는 피조물로서의 연약함과 동시에 하나님의 창조물 중에

---

3 이 작품에는 불교의 근본적 교리인 十二緣起說, 禪思想, 空思想, 輪廻思想, 五蘊, 八正道, 四聖諦, 六根六識 등 포괄적인 진리가 반복적으로 소개되고 있다.

서 영광스런 자리를 차지하는 존재로 나타난다. 구약에서는『다니엘』의 '사람의 아들'과 제2「이사야」의 '고난 받는 종'이 서로 관련되어 있다고 볼 수 있다. 공관복음에서 예수는 자신을 '사람의 아들'로 표현하고 있는데, 이것은『다니엘』의 영향을 받았다고 할 수 있다. 하늘로부터 오는 영광스런 메시아와 고난의 종으로서의 메시아 사상을 결합해 인간 예수와 구원의 메시아를 가장 잘 나타내주는 칭호가 '인자人子'이다. 그런데 이 작품 속에서 민요섭은 신의 은총으로써 인간을 구원하려는 예수를 거짓 사람의 아들로, 정의로써 인간 세계의 부조리를 개선하려는 아하스 페르츠를 진정한 사람의 아들로 바라보면서 그의 신앙적 회의를 나타낸다. 성서에서 예수는 신의 아들로서, 인류 구원을 위해 보내진 대속물로서, 사람의 아들로 태어난 인성과 신성을 공유한 존재이다.

이 작품 내용을 편의상 커다란 행동 단위로 나누어 배열하면 다음과 같다.

1) 기도원 근처에서 피살된 민요섭의 성장 과정, 학창 시절 등 자세한 행적이 남 경사에 의해 밝혀진다.

2) 민요섭의 내면적 자아인 아하스 페르츠가 비참한 인간세계의 현장을 보고 신앙적 회의에 젖어 이방지대를 돌며 새로운 신을 찾는다.

3) 민요섭과 조동팔이 6년 전 B항구의 노동판에서 일하며 불우한 자를 도왔던 과거 행적이 밝혀진다.

4) 아하스 페르츠는 10여 년 동안 이방지대에서 새로운 신을 찾기 위해 다양한 경험을 하지만 그 모든 신들이 인간의 고통과 원망이 빚어낸 우상에 지나지 않음을 확인한다.

5) 민요섭과 조동팔은 T.I시에서 이상향적인 종교집단을 만들고 불행

한 자들을 위해 구제 사업을 펼친다.

6) 아하스 페르츠는 배화교의 사화승이 되거나 인도에서 브라만교에 심취하고 로마에서 희랍 철학에 몰두해 애지愛知의 신에 관심을 갖다가 귀국한다.

7) 남 경사는 민요섭의 행적을 추적하던 중 그와 조동팔이 헤어지고 그들의 종교집단이 해체되었음을 확인한다.

8) 아하스 페르츠는 예수를 만나 기적을 통해 현실적 구원을 이루려 하나 거절당하자 유다를 시켜 예수를 십자가에 못 박히게 한 후 정처 없이 방랑한다.

9) 조동팔이 창녀인 순자와 동거했다는 사실을 사창가에서 윤향순으로부터 듣게 된다.

10) 남 경사는 조동팔이 투옥되어 있는 동안 K읍에서 민요섭이 김순자를 도와주며 6년 간 유대 관계를 맺고 있음을 알게 된다.

11) 민요섭의 신앙관을 바탕으로 둘이 합작해 만든 '쿠아란타리아서' 경전이 소개된다.

12) 조동팔이 만기 출소하여 모든 사실을 남 경사에게 고백한 후 음독 자살한다.

이 작품은 1차 액자 형식인 남 경사의 시점을 통해 2차 액자틀인 민요섭과 조동팔의 이야기인 추리소설 형식의 외화와 그 속그림인 아하스 페르츠의 이야기인 내화가 a-b-a´-b´-a˝-b˝의 교차적 배열의 순환 반복 형식으로 전개된다. 남 경사는 뚜렷한 성격의 변화를 보이지 않고 단지 살인사건의 추적 과정을 통해 아하스 페르츠의 일대기를 펼쳐가는 이야기 진행 역할밖에 하지 않는다. 민요섭의 반 기독교적 논리로 형상화된 아하스 페르츠의 이야기는 한 편의 독립된 작품으로도 볼 수 있고, 종교문학의 관점에서 이 작품의 주제를 뒷받침하고 있다. 그런데 현실세계라 할 수 있는 1, 2차 액자 이야기는 범인의 행적을 추적하는 과정으로 흥미와 박진감이 있지만, 속그림이라 할 수 있는 아하스 페르츠의 일대기는 너무 관념적이고 현학적이어서 지루한 느낌을 준다. 바깥 액자 이야기는 대부분 수사 과정에서 취조자를 통해 행적이 밝혀지는 단순 구조이지만 관념적인 내부 이야기를 사실인 것처럼 꾸며주고 환기시키는 역할을 한다.

전체 작품 구성상 속그림인 아하스 페르츠의 이야기가 1, 2차 액자 이야기보다 양적으로 많은데, 그것은 민요섭의 정신적 편력을 효과적으로 부각시키기 위한 장치이다. 이 점은 남 경사의 시점을 도입하여 관념적인 주제에 대해 독자와의 거리를 좁혀 호기심과 긴장감을 자아내고, 범인을 밝히는 일보다 민요섭의 내적 갈등을 객관적으로 투영시키려는 의도라고 할 수 있다. 만일 이 작품에서 속그림의 이야기가 생략되었다면 단지 흥미 위주의 수사극에 머물렀을 것이다.

___3 이분화된 '자아'

『만다라』에서 일인칭 서술자인 법운과 그의 도반인 지산은 한 인간의 이분화된 자아이다. 인간의 양면성을 두 인물을 통해 제시하는 이런 유형은 '의식의 흐름' 기법의 모더니즘 소설에서 간혹 엿볼 수 있다. 서술 표면에는 법운을 통해 작가의 의식적인 인격과 가치관, 신앙관을 나타내지만, 지산을 통해서는 내면적·무의식적인 심층세계를 투영시킨다. 번뇌의 망상과 고독과 허무의 끝이 어디인가가 무의식적 가면인 지산을 통해 치열하게 나타난다. 그의 내면세계로의 여행은 보편적 신앙인의 마음과 만나는 과정을 의미한다. 작가는 서사의 내부에서는 법운과 지산을 하나 되게 하고, 두 자화상의 통합체인 법운으로 하여금 내부세계를 기술해 나아가게 하고 있다.[4] 지산은 법운이 자신의 방황의 동기와 목적을 한층 확연하게 비쳐볼 수 있는 역할을 맡기 위해 설정된 인물이다.[5] 법운은 수행 중 화두에서 헤어 나오지 못해 방황하나 산문山門의 규율을 지키면서 견성의 가능성을 갖고 살아가는 범승이고, 지산은 세간과 출세간의 경계를 자유롭게 넘나드는 파계승이다. 그는 물질의 노예가 된 불교의 타락상을 신랄히 비판하지만 어떤 개혁적인 의욕이나 행동을 수반하지 않고 자학하며 운명 순응적인 삶을 보인다.

이 이분화된 자아의 동일성은 법운이 벽운사 객실에서 술독에 빠진 지산을 처음 대하였을 때 불쾌감보다 이상야릇한 호기심에 끌린 것이나, 그의 행동을 경멸하면서도 왜소한 그에게 매력을 느끼며 만행의 도반으로 삼는 것에서 엿볼 수 있다. 또한 후에 벽운사에서 재회했지만 지산의 변화되지 않는 모습에 화가 치민 것은 아직껏 화두를 깨닫지 못하고 방황하는 법운 자신에 대한 짜증어린 분노의 무의식적 반응이다. 소극적이며 타성화된 삶 속에서 번민하고 방황하는 가운데 자신을 솔직하게 들여다 볼 수 있게 되는 것이다.

『사람의 아들』은 남 경사가 피살자인 민요섭의 과거를 추적하며 알게 된 한 인간의 신앙적 갈등을 다룬 액자소설로서, 액자 밖의 민요섭과 그의 내면적 갈등을 나타내는 속그림인 아하스 페르츠의 이야기로 구성

---

4 김진국, 『한국문학과 존재론』, 예림기획, 1998, p.350.
5 신동춘, 「만다라에 나타난 방황의 의미」, 『종교와 문학』, 소나무, 1991, p.156.

되어 있다. 민요섭은 실천신학에 매료되어 양자로서 물려받은 많은 재산을 불우한 이웃에게 나눠주고 노동판에 뛰어들어 불행한 사람들을 도와준다. 그는 추종자인 조동팔과 함께 현실적 구원을 위해 이상적인 신을 찾으며 유토피아를 세우려다가 한계에 부딪쳐 기독교에 회귀하려 하자 조동팔에 의해 살해된다.

아하스 페르츠는 민요섭의 내면적 갈등을 구현하는 액자 내의 분신으로서 말씀으로만 현실의 구원을 이룰 수 없다고 생각하여 신앙적 갈등 속에서 10여 년 간 이집트·바벨론·인도·로마 등 이방지대를 돌아다니며 다양한 신앙을 체험하지만, 그 모든 신들이 나약한 인간을 합리화하기 위한 우상에 지나지 않음을 확인하고 고향에 돌아온다. 그가 찾은 신은 선악의 관념이나 가치 판단에 관여하지 않고 속박하지 않으며 모든 것을 용서하고 인간에게 희생과 헌신을 강요하지 않는 비기독교적 신이다. 그는 '쿠아란타리아'란 광야에서 신의 아들 예수를 만나 그의 기적을 통해 현실적 구원을 꾀하지만 거절당하자 유다와 모의하여 예수를 십자가에 못 박히게 한 후 정처 없이 방랑한다. 아하스 페르츠가 민요섭의 내면적 분신이라는 것은 다음 몇 가지 점에서 확인할 수 있다.

① 민요섭이 실천신학에 빠져 회의하던 중 문 장로 부인과 부도덕한 관계를 맺고 교회에서 쫓겨난 것이나, 아하스 페르츠가 신앙적 회의에 젖어 고민하던 중 아삽의 아내와 불륜 관계를 맺는 점.

② 민요섭이 신앙적 회의로 고민하며 방황하는 것처럼, 아하스 페르츠도 야훼에 대한 회의로 참된 지혜와 신을 찾기 위해 10여 년 간 이방지대를 방랑한 것.

③ 민요섭이 왜 선악을 불문하고 병든 자와 가난한 자가 고통 받고

부유하고 권세 있는 자들이 복을 받는가에 대해 회의하는 것이나, 아하스 페르츠가 테도스를 만나 감옥과 노예 작업장을 보고 현실적 구원에 한계를 느껴 회의하는 점 등이다.

3단계의 액자 형식을 갖춘 이 작품은 남 경사가 살인사건을 밝혀가는 과정이 1차 액자이며, 민요섭과 조동팔의 이야기가 2차 액자이고, 민요섭의 내면세계를 보여주는 아하스 페르츠의 신앙적 회의와 갈등이 3차 액자이다. 전체 구성은 액자와 속그림 이야기가 계속 겹쳐지면서 전개되지만 결국은 하나의 이야기이다. 액자소설이란 핵심적인 내부의 이야기 전후에 액자처럼 틀을 짜서 구성한 것으로, 서술방법에서도 주관적 시점을 벗어나 제한된 인간의 시점으로 현실을 인식하려는 입장을 취한다. 즉 이야기의 외측에 서술자의 시점을 인정함으로써 '나'와 '그'의 이중 인물 시점을 채택하는 것이다.

__4 민중의식적 신앙관

불교에서 '중생'은 '미혹한 생명'이란 뜻으로 계급적이고 차별화되지 않는 모든 인간을 지칭하는 개념으로서, 이들은 모두 구제의 대상이 된다. 따라서 중생을 구제한다는 것은 가난하고 억압받는 사람들뿐만 아니라 착취하고 억압하는 사람들의 무명과 이기심을 제거해 깨달음을 얻게 하는 것이다. 그러나 '민중'이란 정치적·사회적·경제적 개념이 가미되어 억압받고 착취당하고 불평등한 대우를 받는 소외된 계층을 뜻한다.

기독교의 민중신학이 해방신학의 이념을 한국적 토양에 적절히 접맥

시켜 한국화한 진보신학이듯, 민중불교는 1980년대 대승불교의 이념을 민중신학의 주제와 접목시킨 한국적 진보불교의 성격을 갖는다.[6] 해방신학이 사회적·종교적·정치적 의미보다 경제적 해방이라는 현실 문제에, 민중신학이 완전한 육체적 해방을 위해 전 분야에 관심을 가졌다면, 민중불교는 독재 하의 정치 구조에서 현실과 역사를 중시하였다. 민중불교는 기성 불교가 지배 이데올로기화되거나 형식화·관념화되어 현실에 안주하는 것을 비판하며 사회 구원을 위한 운동을 실천적으로 전개하는 데에 초점을 둔다. 생로병사의 고苦를 개인적이고 실존적인 것으로 보지 않고 불합리한 사회구조에서 그 원인을 찾는다. 부조리한 사회구조의 변화 없이 자신 만에 안주하는 구도적 삶이란 허위의식에 불과하다는 것이다.

억압과 착취, 고통이 가득 찬 사바세계를 자유와 평화, 평등이 보장되는 해방된 사회, 즉 불국정토로 바꾸기 위해 대승적 사회 혁명이 필요한 것이다. 이 불국정토는 현실을 초월한 신비적 신국의 개념이라기보다 현실의 고통과 억압, 불평등을 물리칠 수 있는 건강한 사회를 뜻한다. 따라서 예토적 삶의 혁명적 전환과 정화가 뒤따라야 한다. 이런 점에서 이타와 사회 구원을 이상으로 두는 대승불교가 민중불교의 정신적 지주가 된다고 볼 수 있다.

> 부처가 신이 아니고 인간일진대 그렇게 태연자약한 얼굴로 요지부동 침묵만 할 수 있을까? 지금 이 시간에도 숱한 중생들이 배고파서, 병들어서, 옥에 갇혀서, 권력과 금력 가진 자들에게 억눌려서, 억눌려서 신음하

---

6 법성 외 6人, 『민중불교의 탐구』, 민족사, 1989, p.95.

고 있는데······ 그렇게 빙그레 웃고만 있을 수 있을까?

편의상 불교의 실천을 ① 자각적 실천 ② 각타적覺他的 실천 ③ 자비적 실천으로 나누어 볼 수 있다.[7] 자각적 실천이 깨달음을 얻기 위해 몸과 마음을 수행하는 것이라면, 각타적 실천은 다른 사람이 깨달음에 이르도록 도와주는 교화행敎化行을 뜻한다. 자비적 실천은 민중불교처럼 이웃의 고통과 아픔을 함께 하면서 불합리한 사회의 구조적 모순을 해결하도록 사랑과 봉사에 참여하는 것이다. 민중불교에서 깨달음이란 내세지향적 극락왕생의 차원에 머물지 않고 현실의 정치적·사회적·경제적 해방의 의미를 지닌다. 역사와 사회는 개인적 행위의 차원 아닌 공동 행위의 과보인 공업共業에 바탕을 둔 것이므로 집단적 노력에 의해서만 변혁될 수 있다. 억압과 착취와 고통으로 가득 찬 사바세계에 진정한 행복과 자유, 평등이 구현되는 불국정토를 이루기 위해서는 개인적인 수행이나 믿음보다 공동의 사회변혁이 필요한 것이다.

깨닫는다는 것은 결국 무엇일까. 내가 우리가 되는 게 아닐까. 예수와 부처가 부르짖는 사랑과 자비란 것도 결국 이런 게 아닐까. 나를 뛰어넘어 우리가 되는 것. 하지만 이것은 깨달음이 아니야. 깨닫는다는 것은, 불교에서 말하는 견성성불이라는 것은, 말이나 이론이 아니야. 실행이야.

깨달음이란 '나'에 국한되는 자이自利, 자각적 수행인 소승적 차원이 아니라 실천을 중심으로 '나'에 앞서 '우리'(타인)를 구제하는 이타주의

---

7 위의 책, p.147.

적 대승불교의 차원이다. 소승불교가 '아라한Arahan(수행을 완성한 자)'의 경지를 추구한다면, 대승불교[8]는 '보살(부처가 되기 전의 깨달음에 이르는 자)'이 되기를 갈망한다. '보살'은 보리살타菩提薩陀의 줄임말로 '보리'는 깨달음, '살타'는 유정, 중생을 의미한다. 즉 위로는 깨달음을 추구하고上求菩提, 아래로는 중생을 구제하는下化衆生 자이自利와 이타利他를 완성하고자 노력하는 것이다. 성불은 고타마 싯다르타가 깨달음을 이루었다는 뜻이며, 나아가 모든 인간이 '깨달음을 성취한 자(覺者, Buddha, 불타)'가 될 수 있다는 것이다. 출세간적 '나' 중심의 소승적 차원의 수행은 오로지 세속을 떠나 아라한의 경지를 추구하는 엘리트주의로서 동체대비同体大悲를 설하지 않고 자신의 열반에만 집착하는 것이다.

그러나 보살정신은 부처님이 취한 이타의 실천적 입장을 중시하는 데서 기인한다. 이타가 곧 자이自利라는 보살의 인식은 남을 구제하는 일이 자신을 구제하는 것으로, 자신의 깨달음에 안주하지 않고 중생을 구제하는 자비의 실천에 중점을 둔다. 깨달음을 얻고 중생을 위한 베풂의 실행이 없다면 깨닫지 못한 자보다 못한 것이다. 인간의 고통과 사회의 모순을 자각한 고타마 싯다르타는 모든 기득권과 지배 이데올로기를 거부하고 고통스런 삶의 현장에 들어가 인간 해방을 위해 근원적 해결점을 찾고자 고행의 길을 걸었다.

이런 대승적 보살관은 작품 속에서 지산이나 법운이 방황하는 과정 중 점차 이웃에 대한 관심과 자비심을 가지는 것에서 야기되지만, 그들은 현실 상황에 대한 무력감에서 번민을 떨칠 수 없다. 그들은 고통 받는

---

8 대승불교의 출현은 초기의 가르침 중심의 교단보다 생존했던 당시의 부처님에 대한 동경이 신앙의 원천이 되었다. 이런 동경이나 찬양이 점차 부처님을 초인화, 신격화하는 원동력이 되었다. 즉 초기의 전문화된 학문에서 점차 실천 신앙화하게 된 것이다.

민중의 삶에서 부처의 모습을 찾지만 정작 깨달음을 실천에 옮기지 못하는 무력감에 자괴감을 갖는다. 대처승의 딸인 옥순이가 주지에게 겁탈당하지만, 그 어머니는 겨우 소작료 면제와 밭 몇 떼기 받는 것으로 수용할 수밖에 없는 현실, 가혹한 노동 조건 및 암담한 미래에 대한 평화시장 노동자의 호소문, 창녀촌에서 속옷차림으로 쪼그려 앉아 있는 소녀의 모습 등에서 불합리한 사회구조의 단면과 군상들을 엿볼 수 있다. 중이 입산하는 것도 중생의 삶의 현장을 인식하여 그들을 사랑하는 힘을 얻기 위한 자기완성의 수단이 되어야 하는데, 오늘날 많은 승려들은 입산을 목적으로 삼아 선민의식에 젖어 세간의 일반인을 속인으로 치부하는 감이 없지 않다. 이처럼 법운과 지산은 만행 길에서 중생들의 고통을 목격하고, 가난하고 힘없는 그들의 고통을 덜어주는 것이 불교의 역할이라는 참여의식의 사회적 차원에 눈을 뜨게 된다.

민중신학은 1970년대 사회 격변기에 기독교인이 경험한 민중 체험을 성서적 시각에서 해석하는 신앙적 성찰의 구원사관이다. 이 신학은 고도 경제성장에 따른 빈부 격차와 도시 산업화로 인한 인간성 상실, 유신 독재체제 하에서 인권 유린 등 소외되고 고통당하는 민중들과 경험을 같이 나누고 동참하는 가운데 형성된 기독교인의 역사인식이다. 성서 속의 민중은 물질적 빈곤뿐만 아니라 불합리한 사회 구조 속에서 억압받고 착취당하며 소외받는 계층을 모두 포함한다. 예수는 이 가난하고 소외된 자를 죄인으로 보지 않고 하나님의 자녀로 삼아 그들을 통해 인류를 구원한다. 그리고 민중을 올바르게 이해하는 데 도구의 구실을 하므로 오늘날 민중의 삶 속에 반복되어 나타난다. 따라서 민중의 고통이 나의 고통이며, 나의 고통이 인류 전체의 고통으로 이해될 때 메시아적 민중이 되는 것이다.[9] 메시아가 초월적 존재라기보다 민중으로 육화된다. 민중의 현실 변혁을 위한 자기 초월적 행동에 메시아적 성격을 부여하는 것이다. 민중은 지배이데올로기의 편견을 비판하고 고난과 투쟁을 통해 구원에 이르는 해방자로서 위대한 저력을 과시한다. 진정한 개인의 구원은 사회 구원 없이 불가능하다. 이 구원은 해방의 의미로서 사회적 구원이 이루어질 때 개인적 구원도 가능한 것이다.

민중신학은 직접 삶의 현장에서 생생히 체험한 경험을 서술하는 몸의 언어이다. 성서를 교리적으로 설명하거나 강요하는 것이 아니라 민중의 삶 속에서 성서를 느끼고 언어화한다. 예언자들의 신학사상보다 역사적 해방 사건에 중점을 두므로 예수의 갈릴리 선교활동이나 십자가 사건, 출애굽은 하나의 역사적 상황으로 인식된다. 출애굽은 애굽 학정에 견디다 못한 히브리인들이 민란을 일으키고 탈출한 정치적·역사적 사건이다. 이처럼 민중신학은 성서적 진리가 실제적·핵심적이라는 데에 근거를 두어 말씀보다 생생한 역사적 현상을 통해 민중에게 삶의 방향을 제시하고 현실을 극복하도록 한다.

> 어찌하여 선악을 불문하고 인류에게 재난은 닥쳐오는가. 부유한 자 힘센 자 권세 있는 자는 예수님의 말씀에서는 무無다. 그런데 어찌하여 이 세상에서는 전부인가. 가난한 자 병든 자 버림받은 자는 예수님의 말씀에서는 전부였다. 그런데 이 세상에서는 어찌하여 무無인가.

민요섭은 천재적인 재능과 지적 신앙을 가졌지만 실천신학[10]의 강렬

---

9 안병무, 『민중신학 이야기』, 한국신학연구소, 1987, p.115.
10 한국교회사연구소, 『한국가톨릭대사전 8』, 2001, 참조.
　실천신학의 범주에는 설교학·사목신학·선교학·여성신학·교회법 등 다양한 학문이 포함되는데, 20C 후반에 출현한 정치신학(여성신학·흑인신학·민중신학

한 체험에 이끌려 신앙적 회의와 갈등을 겪는다. 실천신학은 신학이 이론만으로 성립될 수 없다는 전제 하에 신앙과 실천의 상호작용을 중시한 것으로, 예수의 삶에 나타나는 말씀과 행적에 바탕을 두고 있다. 예수는 낮은 자, 섬기로 온 자로서 가난하고 고통 받는 자들의 편에 서서 몸소 사랑의 실천을 보여주었다. 민요섭은 주님의 가르침을 실천하기 위해 검소한 생활을 하고 방학 중에는 고아원과 나환자촌에서 봉사하며 생활한다. 그가 나환자촌을 다녀와서 갈등하는 것은 왜 인류에게 선악을 불문하고 재난이 닥쳐오고, 병든 자와 가난한 자가 버림받을 때 권세 있고 부유한 자들이 복을 받는가에 대한 회의가 들면서부터이다. 신은 침묵하고 말씀만이 인간을 구속한다고 생각되어 그는 현실 구원적인 신을 찾는다. 그는 학업도 포기한 채 외국인 선교사의 양자로서 물려받은 많은 재산을 불쌍한 자들에게 나눠주며 고통 받는 자들을 구제하고, 사회정의를 실천하려 한다. 그래서 직접 B도시를 중심으로 부두 노동자와 함께 생활하면서 삶의 현장에 뛰어든다.

이때 고교생인 조동팔은 그의 생활철학에 맹신적 추종자가 되어 그와 함께 현실의 모순을 개혁하기 위해 적극적으로 구제활동을 펼치며 실천에 옮긴다. 그가 맹목적으로 민요섭을 추종하는 것은 그의 현실 구원적인 믿음과 그것을 실천하기 위한 노력이 아름답고 설득력 있게 보였기

등), 해방신학 등이 실천신학의 대표적인 예이다. 해방신학은 교회의 실천에 대한 새로운 인식을 불러일으켜 다양한 신학을 태동시키는 계기가 되었다. 그리고 사회적 약자를 위한 사회의 구조개혁을 주장하며, 그리스도의 진리는 신학적 사유만으로 얻어질 수 없기에 반드시 실천이 전제되어야 한다는 것을 강조한다. 전통신학이 하나님의 은총을 통한 인간 영혼의 초자연적 구원이라면, 해방신학은 사회와 인간 모든 실재를 포괄하는 전인적 해방을 구원에 포함시킨다. 따라서 구원은 경제적·정치적 모든 차원의 사회적 억압을 벗어나는 것이다.

때문이다. 그래서 민요섭과 함께 부두 부근의 불우청소년들을 모아 종교적 성격의 집단을 만들어 그들을 학교에 보내거나 야학에서 공부시키며 헌신적으로 뒷바라지한다. 작가는 현실참여적인 두 인물의 설정을 통해 시대의 문제에 반응하고 현실의 부조리에 능동적으로 대처할 줄 아는 실체적 종교로서의 기독교를 역설하고 있는 것이다. 그것은 본래의 기능을 잃어가고 있는 기독교 정신의 회복에 대한 고언이자 당대의 모순에 눈감은 지성에 대한 각성의 촉구이다.[11]

조동팔은 김동욱이라는 정박아를 살리기 위해 병원을 찾아다니며 자선단체에 구걸했지만 도움을 받지 못해 죽게 되자 미래의 만 명을 구하기보다 눈앞에서 고통 받는 한 명을 구제한다는 명분하에 앞장서 실천하며 초월성을 상실한 채 합리적 이성의 결정체인 신을 찾는다. 김동욱의 죽음은 그가 추구하는 신적 존재나 교리가 인간 사회의 정당성이나 윤리성을 거부할 정도로 강한 원리로 작용한다. 그는 해방신학처럼 사회의 기본 구조를 변혁시키는 것이 많은 사람을 구원시킬 수 있다는 데에 공감하지만, 신앙적 바탕이 없기 때문에 직면한 현실의 부조리를 개혁한다면서 목적 달성을 위해 수단 방법을 가리지 않고 행동으로 옮긴다. 이 점이 초월적 존재에 대한 신앙적 갈등과 회의를 동반한 민요섭과 차이가 있는 것이다. 그가 민요섭의 사상에 성서의 내용을 가미시켜 '쿠아란타리아서'에 이상적인 신을 형상화했지만, 그것은 인간의 한계와 왜소함을 극복하고 자신들의 행동에 근거와 의미를 부여하기 위한 방법에 지나지 않는다.

---

11 차봉준, 「한국 현대소설에 형상화된 신의 공의와 섭리」, 『문학과 종교』 제14권 2호, 한국문학과종교학회, 2009, p.124.

__5__ '욕망'의 구조를 통한 신앙적 갈등

『만다라』에서 법운은 출가한 후 노사가 준 '병 속의 새'를 꺼내라는 화두를 풀기 위해 수행하다가 파계승인 지산을 만난다. 사춘기 때 번민하며 스스로 답을 얻기 위해 많은 책을 읽으며 생각했지만 어떤 해결책도 찾지 못해 학교를 자퇴하였다. 그럴 즈음 그는 노승(지암 스님)으로부터 죽음을 피할 수 없다는 불교적 인연설의 진리를 체득하면서 마음의 고통을 벗어날 수 있다는 가르침과 화두를 받게 된다. 즉 인간은 영원히 윤회함으로써 고해라고 하는 중생세계를 살아가지만, 누구나 불성이 있어 성불하면 윤회를 벗어나 불멸의 생명을 얻을 수 있다는 것이다. 이런 진리를 깨우치기 위한 법운의 방황은 산사에서 도시, 절, 여관 등 바퀴처럼 반복되는 순환 공간으로 펼쳐진다. 그는 승가에 대한 환멸, 그리고 인생의 허무와 싸우면서도 그 의식만은 현실비판에 지칠 줄을 모른다.

그의 구도 과정에서 르네 지라르René Girard의 '삼각형적 욕망désir trianglaire'[12]의 이론(주체-중개자(모델)-욕망의 대상)에 따라 욕망과 갈등의 숨겨진 메커니즘을 이해할 수 있다. 주체는 어떤 대상을 원하는데 그 사이에는 중개자가 있고, 주체의 욕망은 그 중개자의 욕망을 모방하여 이루어진다. 주체의 욕망은 자신만의 것이 아닌, 타자인 이상적인 모델(중개자)이 욕망하는 것을 모방하는 것에 지나지 않는다. 주체는 어떤 대상을 직접 바라보는 것이 아니라 중개자에 의해 보임으로써 그 대상을 향하는 것이다. 따라서 욕망의 대상을 소유하는 데는 중개자에 의해 간접화 과정으로 나타난다. 중개자는 욕망의 주체가 선망하는 대상이다. 사실 욕망의

---

12 김치수, 「지라르의 욕망의 이론」, 『구조주의와 문학비평』, 홍성사, 1980, p.181.

주체가 모델인 중개자의 갈망을 욕망하는 것은 그 중개자가 욕망하는 것을 얻을 수만 있다면 자신도 중개자가 될 수 있다고 믿기 때문이다. 이 중개자와 주체의 거리가 먼 경우 대상은 견고하고 주체는 평화로움을 느낀다. 그것은 이상적인 타자가 추구하는 대상이기 때문이다. 그러나 욕망의 주체가 중개자의 수준에 이를 만큼 성숙하거나, 중개자가 욕망의 주체의 수준으로 추락할 때 그 주체의 욕망에는 문제가 발생한다. 주체와 중개자의 거리가 좁혀지면 대상의 가치는 줄어들고 주체는 자신의 욕망을 감추려고 한다. 욕망의 주체와 중개자가 비슷하게 되면 양자는 서로 경쟁하게 되고, 그러는 가운데 폭력이 불가피한 것이다. 그리고 주체는 중개자를 이겨내고 대상을 얻기 위해 위장이나 속임수를 쓰게 된다.

이 이론을 작품에 적용해보면, 욕망의 주체는 법운이고, '병 속의 새'를 꺼내라는 화두의 지향 목표가 욕망의 대상이다. 그리고 욕망의 대상인 목적을 달성하기 위한 모델이 지암 스님이다. 법운은 주체자로서 그 목표를 달성하려 하지만 자신의 구도적 한계로 인해 중개자가 목표를 달성하려는 욕망에 따른다. 그는 화두를 풀려는 구도적 목적이 중개자인 지암의 욕망을 모방하려는 상태에서 가능하다고 생각한다. 그래서 지암이 깨달음의 경지에 이르기를 바라면서 중개자의 신앙심과 자신의 구도 과정이 완벽하게 합일되는 상태를 상상한다. 그것은 그가 입산하기 전에 만난, 혹은 증조모로부터 들은 지암이 신비적이면서도 영험한 노사로 비쳐졌기 때문이다.

그러나 법운은 지산을 만난 후에 중개자의 변이가 나타난다. 지산은 가난하고 힘없는 자를 위해 법관이 되고자 했지만 인간이 인간을 재판한다는 데에 회의가 들면서 입산하게 된 것이다. 입산 후 몇 년 동안은 엄격히 계율을 지키며 부처가 되리라는 확신 속에 수도하던 중 우연히 산사를 찾은 여대생과의 육적 욕망에서 헤어 나오지 못해 승적을 박탈당하고 파계승이 된다. 그는 술로써 허무와 고독을 잊으려고 하지만 그럴수록 처절한 고독과 번뇌에 사로잡힌다. 고통 받는 일체 중생을 내 몸처럼 사랑해야 한다고 하면서도 자학하는 위선자의 모습을 확인하고 자책하는 것이다. 매사에 자기비하적 언어로 세상을 냉소하며 독설을 내뱉는다. 이런 자괴적 말투는 삶에 대한 열망과 자신을 향해 질책하는 역설적 언술이다. 겉으로는 자포자기적 삶을 사는 것 같지만 그만큼 자신에게 진지하고 열중하기에 치열한 방황과 번뇌, 고독과 직면하는 것이다.

그의 계속된 방황은 어떤 것에도 간섭받지 않고 고독할 수 있는 자유가 보장된 곳을 찾아가는 데 행복을 느끼기 때문이다. 방황은 깨달음을 얻고 실천을 동반하기 위한 수행 과정이다. 자유는 번뇌를 벗어나려는 몸부림이다. 그것은 피안을 향한 숭고한 정신의 방황이며, 방황하는 영혼이 택한 고통스런 삶의 방법이라 할 수 있다. 하지만 이 자유분방한 구도자의 방황은 내면적으로는 완전한 해방을 이루지 못한다. 제도나 인습, 교단에 대한 그의 독설적 폭로는 신랄하지만, 낡은 가치관을 개선할 실천적 대안을 구체적으로 제시하지 못하기 때문이다. 치열한 대결 자세와 자신만만한 언행으로 호기심을 자아내는 주체성은 보이지만, 독자적인 결실을 이루지 못하고 있다.

술을 마시고 여자와 음담패설을 나누는 지산은 분명히 파계승이다. 그런데 이상한 일이다. 내가 계율의 강 앞에 발이 묶여 협소한 소승세계를 살면서 위선자가 되고 있을 때, 그는 계율의 강을 자유자재로 넘나들며 광활한 무애의 대승세계를 살고 있는 자유인인지도 모른다는 생각이 드는 것이니. 계율의 노예가 되어 끊임없이 튀어나오는 욕망에 멱살을 잡혀 있는 나보다 그가 훨씬 인간적이며 또 어떤 의미에서는 진짜 중인지도 모른다는 생각이 드는 것이니.

이런 지산의 삶은 법운에게 깨달음의 '보시'[13]를 베푼다. 법운은 외형적으로 계율을 지키는 착실한 구도자지만, 내면적인 갈등으로 괴로워한다. 그에게는 주위를 의식하지 않고 모든 것을 솔직히 뒤집어 놓은 채 외로움과 허무를 뛰어넘기 위해 몸부림치는 지산의 모습이 진짜 구도자처럼 보인다. 파계적인 경계에 부딪칠 때 두려워 회피하는 자신에 비해, 지산은 경계에 부딪쳐 뛰어넘고자 몸부림치며 모든 경계가 뛰어넘어야 할 공간으로 화두가 되는 것이다. 자신은 지산처럼 계율을 자유자재로 넘나드는 광활한 무대의 대승적 자유인도 되지 못할 뿐 아니라, 진실하게 방황하거나 타락하지도 못하는 소심한 범승에 지나지 않는다고 느낀다. 비록 비정상적인 행위일지라도 지산처럼 치열하게 추구하다 보면 아름다운 결과를 얻을 수 있을 터인데, 자신은 계율에 얽매여 욕망의 멱살에 잡혀 있는 소승적 세계의 위선자일 뿐이다.

계율이 목적이 아닌 하나의 수단 방법일지라도 그는 허무를 극복하려는 고통에서 벗어나지 못하고 있다. 무기력과 나태함, 과단성이 부족한 자신이 6년간 열심히 정진했다고 해서 탐닉과 타락으로 허무를 벗어나려는 지산을 힐난하며 그를 구제하겠다는 교만한 마음이 있지 않은지 자문해본다. 이런 갈등 속에서 법운은 지산을 통해 소승적인 시야에서

---

13 '보시'는 보살의 생활 태도를 규정한 '육바라밀' 가운데 하나로서 물질적 도움의 財施, 불법을 타인에게 주어 선하게 살 수 있게 해주는 法施, 불법의 계율을 지켜 남을 해치지 않고 두려워하는 마음을 없게 하는 無畏施 등으로 나눌 수 있다.

벗어나 대승적 차원의 눈을 뜨게 된다. 이것은 지산의 고뇌와 허무를 통해 참다운 구도가 무엇인지를 깨닫게 된다는 뜻인데, 여기서 법운은 인생의 구조적 모순이나 현실적 질곡을 목격하고 그것을 자기 것으로 수용하면서 진정한 깨달음으로 향하게 된다.[14] 지산을 통해 구도의 길이 중생의 삶과 무관할 수 없다는 인식하에 사회의 구조적 모순을 직시하는 것이다.

그러나 갑작스런 지산의 죽음은 그에게 큰 충격으로 다가와 피폐해진 나약함을 견디지 못한 나머지 위로받기 위해 3년 만에 1차 중개자였던 노사(지암)를 만나지만 실망하게 된다. 위로와 방황의 근원을 찾기 위해 다시 만난 스승은 옛날의 패기와 고고함이 사라지고 '세속화된 노기老妓'를 보는 듯하다. 종단 분규 문제로 호텔에 머물며 원로들과 논의하는 노사는 '욕망의 덫에 걸린 승려들'처럼 속화되고 초췌해진 모습으로 존경심보다 연민과 동정심을 자아내게 한다. 스승의 천편일률적인 법문은 그에게 아무런 감동도 주지 못한다. 이렇게 변한 스승의 모습은 그가 왜 욕망의 중개자를 바꾸게 되었는가를 뒷받침하는 증거이다. 이제 중개자의 모습은 욕망의 주체인 자신보다 아래로 추락한 것이다. 그는 스승에 대한 실망과 지산의 죽음으로 인해 더 이상 모방해야 할 중개자가 없기 때문에 홀로 구도의 길을 걸어가야 한다. 비록 현재의 모습은 실망스럽지만 노사의 화두를 자신의 구도적 지표로 삼아 득도의 길에 나설 수 있었고, 지산을 통해 깨달음의 실체에 접근할 수 있었다. 지산의 방황은 죽음으로 마무리됨으로써 신비감과 치열성을 드러내지만, 법운이 부수적 인물이 아닌 주체적 인물로 설 수 있는 계기를 부여했다는 점이

---

14 한승옥, 「불교 구도소설의 몽환구조와 탐색구조」, 『문화전통논집』 창간호, 경성대 향토문화연구소, 1993, p.284.

더욱 중요하다.

　　순간, 나는 불더미 속에서 어떤 물체가 튀어나오는 것을 보았다. 그것
　　은 한 마리의 조그만 새였다. 몸뚱이는 새의 그것이었는데 이상하게도
　　머리는 사람의 형상을 하고 있었다. 그 기이한 인두조人頭鳥는 불꽃 위에
　　앉았다. 나래가 활처럼 부풀어 올랐다.

　스승으로부터 받았던 화두를 풀기 위해 수년 간 방황하며 구도의 길을
걸었던 그가 지산의 시체를 다비하는 불꽃 속에서 '병 속의 새'가 날아
오르는 환상을 체험한다. 그는 두 번째 중개자인 지산을 통해 욕망의
대상인 화두를 법열로써 체험하는 것이다. 비록 지산의 죽음으로 인해
욕망의 주체인 자신에게 욕망을 지탱해오던 가시적 대상은 사라졌지만,
지산의 구도적 지향점이 자신의 욕망 대상의 준거점으로 자리를 잡는다.
지산의 죽음은 욕망의 주체인 법운이 중개자인 지산과 깨달음에 다다르
는 경쟁 관계에서 행한 폭력의 산물이 아니기 때문이다.

　그가 생모를 만나 분노의 감정을 추스르고, 보리를 만나 지산이 깎은
불상을 건넨 것도 고독과 방황을 끝내고 홀로서기를 해야 한다는 다짐의
증표이다. 지금까지는 내면적 갈등과 방황을 지산이라는 인물을 통해
나타내고 해결해왔지만, 이제는 자신이 주체적으로 결단하고 행동해야
하는 것이다. 그는 고독의 근원을 알기 위해 여러 사람을 만났지만, 근본
적인 문제는 해결할 수 없었다. 하지만 홀로서기를 위해 지산이 즐겼던
술 담배를 가까이하고, 과감하게 창녀와 동침하기도 한다. 지산이 있을
때는 의식의 수면 위에 떠오르지 않던 잠재의식이나 욕구가 수면 위로
떠오르며 직접 실천에 옮기는 것이다. 이러한 행동은 계율의 파기가 두

려워 회피하려고만 했던 모습에서 탈피해 온몸으로 부딪쳐야 한다는 자기 확신의 과정이라고 할 수 있다. 그는 추악한 창녀의 육체가 자신의 모습이라는 것을 깨달으며, 자신의 번뇌와 방황이 얼마나 사치스러운가를 깨닫는다. 그리하여 그녀의 아픔을 자신의 것으로 나누어 가지면서 새로운 힘을 얻고 도심 속으로 질주한다. 그가 '피안행' 차표를 찢고 사람들 속으로 달려가는 것은 통과의례처럼 성숙된 모습으로 현실에 대응할 수 있는 응집력을 나타내는 것이다. 지산의 방황이 허무의 울타리를 완전히 벗어나지 못했어도 그 자체로 값진 것이고, 이로 인한 법운의 삶은 '피안'이 아닌 중생의 삶의 터전인 '차안'을 택하는 것이다.

『사람의 아들』의 민요섭은 일본의 실천신학자 '가가와 도요히꼬'에 경도되고, 오피테스라는 고대의 이단을 숭배하여 지상의 현실적 구원에 동참할 신을 찾기 위해 신앙적 회의와 갈등을 겪는다. 그가 갈등하는 것은 왜 인류에게 선악을 불문하고 재난이 닥쳐오고, 병든 자와 가난한 자가 버림받으며, 권세 있고 부유한 자들이 복을 받는가에 대한 회의가 일면서부터이다. 욕망의 주체인 민요섭은 신앙적 회의를 해소할 수 있도록 현세적 구원의 신 찾기라는 욕망의 대상(<쿠아란타리아서>의 '위대한 지혜')을 만들기 위해 아하스 페르츠[15]라는 중개자를 설정해 그의 욕망을 모방하려고 한다. 새로운 신은 이미 인간에 의해 땅 위로 내려온 존재로서, 방황의 궁극적 의미는 이 새로운 신의 모색을 통해 바로 인간 자신의 본질을 규명하는 데 있다고 할 수 있다.[16] 이 무능한 신으로부터

---

15 유대인의 전설에 따르면, 아하스 페르츠는 예수와 동시대에 산 제화공으로서 십자가를 진 예수가 골고다를 향해 가던 중 그의 집 앞에서 쓰러져 잠시 쉬어 가게 해달라고 부탁하지만, 그는 거절함으로써 저주를 받아 예수의 재림 시까지 죽지 못하고 영원히 세상을 떠돌아 다녀야 하는 방랑자가 되었다고 한다.
16 김인숙, 「이문열의 '사람의 아들'에 대한 연구」, 『울산대 연구논문집(인문·사

의 해방은 인간에게 무한한 자유를 향유케 함으로써 오직 행동을 통해서만 신의 부재의 공허감을 메꿀 수 있다. 그러나 비극적인 자유로 인해 직면한 현실은 부조리한 상황이다. 이런 상황을 극복하기 위한 신 찾기의 일환으로, 그는 아하스 페르츠의 사상을 교리화해 현실에서 실천하려고 하는 것이다.

어려서부터 총명한 아하스 페르츠가 신앙적 갈등을 겪게 되는 것은 유월절 날 부모를 따라 예루살렘의 숙부 집에 갔을 때, 거짓 선지자 테도스의 안내로 빈민가, 노예 작업장, 문둥병자 주거지, 지하 감옥소 등을 두루 살핀 후부터이다. 그는 말씀이 인간에게 모든 것을 주리라 생각했으나, 비참한 현실을 목격한 후부터 말씀만으로 지상의 구원을 이룰 수 없다는 것을 확신하고 회의하게 된다. 그가 생각하는 현실 구원의 메시아는 육신의 주검에서 구해줄 빵과 나약한 정신을 죄악에서 지켜줄 힘을 주며, 맹목과 잔혹의 역사에서 의와 사랑의 실체를 강요할 수 있는 권세를 가진 자이다. 아하스 페르츠는 현실의 불합리와 고통을 해결하는 것이 아니라 이런 것을 잊기 위한 자구책으로 이상화한 신을 찾아 헤맨다. 그는 10여 년 동안 가나안·팔레스타인·시리아·소아시아·바벨론·인도 등 이방지대를 방랑하며 수많은 신과 교의를 접하고 희랍 철학에 몰두하기도 하지만, 그가 얻은 결론은 종교적 논리의 저급성, 윤리성 결여, 낭비적인 의식과 제례, 미신과 부적들의 난무, 사제들의 위선과 맹신적인 광기 등의 실망과 두려움뿐이었다.

아아, 저 장님이 두 눈을 잃은 것처럼 내 마음의 눈도 막혀 버렸음이

회 과학)』 제20권, 울산대학교, 1989, p.29.

분명하다. 내가 지난 10년 동안 세계의 끝까지 떠돌며 그렇게도 많은 신들을 만난 것은 해를 너무 자주 그리고 너무 오래 쳐다본 저 장님의 노력과 너무도 비슷하지 않은가. 그리하여 그 뜨거운 햇볕이 그의 눈동자를 태워버린 것처럼 내가 본 그 수많은 교의와 신화는 내 마음의 눈을 막아버린 것이다. 이제는 나 또한 신의 존재를 인간의 관념이 빚어낸 어떤 추상 이상의 것으로 의심하게 되고 말았다…….

아하스 페르츠는 길에서 우연히 장님을 만나 진리를 터득하게 된다. 그는 신의 존재를 꿰뚫기 위해 10년 동안 찾아 헤맸지만 그 많은 교리와 신화가 마음의 눈을 막아 신은 단지 인간이 만들어낸 추상적 존재에 지나지 않는다고 본다. 그는 자신을 지나치게 믿은 나머지 신 없는 세계에 살게 된 인간의 고독과 허무만 자각할 뿐이었다. 그래서 자신 속으로 돌아가 실체로서의 신을 찾기 위해 이방지대를 방랑한다. 그가 찾는 신은 상상력이 만들어낸 관념적 허상이 아니라 실체로서의 존재이다. 그렇지만 오랜 방황 속에서도 신을 찾지 못하고 고국에 돌아와 '쿠아란타리아'라는 광야에서 수도자가 되어 묵상하는 중에 환상 속에서 '위대한 영'의 소리를 듣기도 하고, 기도하는 예수를 만나 기적을 보이라고 요구하기도 한다.

그는 지상낙원에서 인간의 권세와 영화를 누리기 위해 메시아를 기다리며 기적을 바라지만, 예수는 지상의 권세와 쾌락은 순간적이므로 시·공을 초월한 천상낙원에서 모든 인류의 영혼을 구하려고 한다. 그가 3년 동안 예수를 7회(가버나움, 산상수훈, 오병이어, 최후의 만찬 직후, 올리브 산의 기도 등) 만나지만, 그는 시종일관 현실 구원에 중점을 두어 말씀의 구속에서 벗어나 인간에게 주어진 모든 것을 누리고자 한다. 현실의 고난을 극복하고 인간의 목적을 달성하기 위해 기적을 바라지만, 예수는 말씀의 참되고 옳음을 증거하고, 아버지의 뜻을 온전히 보여주기 위해 기적을 베푼다는 논리이다. 그리고 선민의식에 젖어 민족의 행복만을 바라는 아하스 페르츠에 비해, 예수는 만인을 사랑하고 시·공을 초월한 천상의 낙원에서 인간의 영혼을 구원하려고 한다.

아하스 페르츠는 오랫동안 기다렸던 구원이 현실적으로 불가능하다는 것을 알고 고민하던 끝에 유다와 결탁하여 예수를 십자가에 못 박히게 한다. 마지막까지 예수를 비난하며 자신만만하던 그는 예수가 재림할 것이라는 말에 두려움을 느끼면서 그의 재림을 기다리겠다고 한다. 이러한 그의 태도는 구원의 확신이라기보다 합리적인 판단 기준에 의해 예수를 부인했던 사실이 허물어지기 때문에 자신의 오만한 태도를 확인하겠다는 역설적인 모습이다.

아하스 페르츠라는 중개자를 통한 민요섭의 내면적 신앙의 회의 상태는 욕망의 주체인 조동팔이 그의 이상적인 신을 찾기 위해 민요섭이라는 중개자를 설정해 그의 욕망을 모방하려는 것에 비유할 수 있다. 민요섭의 현실 구원적인 신 찾기 욕망이 조동팔이 추구하는 이상적인 신과 일치하므로, 그의 욕망은 민요섭의 욕망을 모방하려고 하는 것이다. 그러나 조동팔의 신앙은 직접적인 체험이나 기독교 진리에 대한 이해가 없이 맹목적으로 민요섭을 통해서 받아들인다. 그가 믿은 것은 신적 존재가 아니라 한 인간에 대한 맹목적인 추종이요 존경심이었다. 그가 구제 사업에 뛰어들어 민요섭과 행동을 같이 하는 것은 신앙적 믿음보다 지상에서의 유토피아를 추구하려는 행동의 발로이다. 그는 민요섭과 함께 불우 청소년과 부랑아들을 모아 집단생활을 하면서 야학을 운영하고, 병든 창녀를 도와주고 결혼까지 한다. 아이들을 사도로 키우기 위해 믿음의 실천 대상으로 삼아 집단생활을 하는 것이다. 그리고 자신이 추구하는 신을 합리화하기 위해 물질적 구원이라는 구실 하에 윤리적·도덕적 가치관을 무시하면서까지 목적을 달성하고자 수단 방법을 가리지 않는다.

민요섭이 사회질서의 체계 속에서 신을 찾고 선행을 실천하려고 한 것에 비해 그는 사회질서 체계를 무너뜨리면서까지 자신의 생각과 행동을 합리화하기 위해 맹목적이며 과격하였다. 그가 자선사업을 하며 불우청소년들을 돌보는 것도 자신이 추구하는 신을 합리화하기 위한 믿음의 실천대상으로서의 행위일 뿐이다. 그는 현실의 부조리를 개혁한다는 구실 하에 신앙의 명분을 내세워 가진 자의 돈을 탈취하고 부당하게 돈 번 사람을 죽이면서까지 불행한 사람들에게 인간적인 구원을 베푼다. 이러한 비도덕적 행위는 그들이 만든 경전 속의 신이 죄와 악조차 관여치 않는 침묵의 신으로 비쳐져 모순적이다. 그는 사회의 기본 구조를 변혁시키는 것이 보다 많은 사람을 구원시킬 수 있다고 생각한다. 그러나 합리화될 수 없는 그의 맹목적 신념의 행동은 관념적인 내면의 욕구를 순간적으로 만족시켜줄지는 몰라도 현실사회의 구조적 모습을 척결한다는 점에서 근본적인 해결책이 될 수 없다.

그 밤 그가 떠나버린 뒤 나는 한숨도 잠을 이루지 못했오. 갑자기 세상이 텅 비고 적막해진 것처럼 느껴졌오. 그러다가 그 새벽에 이르러 나는 갑자기 그때껏 내가 의지해 왔던 세계가 무너지는 굉음을 들었오. 그것은 바로 그였오. 그를 따라 나선 뒤로 내 인생은 그로부터 의미를 가졌고, 내 모든 행위는 정당성을 부여받았오. 그런데 홀연 그것이 무너져버린 것이오……그를 없애야만 나와 나의 새로운 신은 지켜질 수 있을 것만 같았오.

조동팔은 스스로 만든 것을 허물 수 있었으나 민요섭으로부터 영향 받은 것은 자신의 힘으로 허물 수 없었다. 민요섭의 신앙은 회의와 갈등을 거쳐 정립한 것이므로 다시 기독교에 회귀할 수 있었으나, 조동팔은 맹신에 빠져들었기 때문에 돌아갈 수 없었다. 민요섭의 욕망 좌절은 결국 신성의 회복을 의미한다. 욕망의 중개자인 민요섭이 그의 곁을 떠남은 자신의 가치 체계 붕괴와 이상향적인 신을 잃게 된 것과 같다. 그가 추구하는 신은 사회의 질서체계와 신성이 결여된 관념적 존재이다. 기독교에 회귀한 민요섭이 살아 있음은 자신의 신을 부정하는 꼴이 되므로 그는 유토피아적인 이상향을 실현하기 위해 민요섭을 살해할 수밖에 없었다. 중개자가 욕망의 주체와 비슷한 수준으로 추락할 때 경쟁 관계에서 불가피한 폭력이 발생하듯이, 욕망의 모방 대상이었던 민요섭이 자신의 이상적인 신념을 부정할 때 더 이상 경외의 대상이 아니므로 살인이란 폭력을 감행하는 것이다. 이제 욕망의 주체인 조동팔에게는 자신의 욕망을 지탱해오던 준거점이 사라진 것이기 때문이다. 조동팔이 추구했던 신은 인간의 이상적인 관념을 형상화한 것에 지나지 않아 그의 정신적 지주인 민요섭이 죽자 그의 신앙관도 무너져버린다. 만일 그가 민요섭에 얽매이지 않고 신앙적 체험을 통해 신앙관을 정립했더라면 민요섭을 살해하지 않고도 그의 신앙을 지켰을 것이다. 그러나 내적 회의와 갈등을 통한 신앙적 성숙이 없었기 때문에 절박한 상황에서 무너질 수밖에 없었다. 그의 자살은 민요섭에 대한 살해 동기의 강렬함에 비해 안일한 감이 없지 않지만, 그의 욕망이 사라졌기 때문에 삶의 의미를 상실한 것은 분명하다.

신의 영역에서 모든 선과 진리는 '은총'에 의해 주어지고, 신이 존재하는 한 인간의 신앙적·도덕적 규율은 생의 자연적 본능을 통제한다. 그러나 민요섭이 찾는 관념적 신은 섬김을 받거나 믿음의 대상이 되지 않고 인간 스스로 구원과 용서를 구하라고 한다. 따라서 민요섭이 찾은 신은 합리적인 인간의 지식으로 형상화한 관념과 이성의 신격화에 지나지 않았기 때문에 그는 초월적인 신에 회귀하게 된다. 하지만 그가 기독교에 회귀하는 과정에서 그 당위성이 미흡하고 논리의 비약이 심하여 설득력이 부족하다. 작품 속에서는 이런 논리적 미흡함을 합리화하기 위해 민요섭이 쓴 원고 부분이 뜯겨져 나간 것으로 처리하였다. 아하스 페르츠의 반 기독교적 논리의 치열함에 비해 그의 기독교 회귀는 너무 안일하게 다뤄졌다. 민요섭의 회귀나 조동팔의 파멸은 인간적인 연약함이나 자만에서 연유한 것이라는 기독교 교리의 정당성이 뒷받침되지 못하고 있다.

___6 결론

본고에서 분석한 내용을 정리하면 다음과 같다.

첫째, 두 작품 공히 작품명의 상징적 모티프를 배경으로 하여 입체적인 구조와 다양한 행동 단위 중심으로 스토리가 전개되고 있다. 『만다라』가 여로 형 소설처럼 우연한 만남과 헤어짐 속에서 다양한 시점의 변화를 통해 스토리가 입체적으로 전개된다면, 『사람의 아들』은 3단계의 액자구조를 바탕으로 하나의 이야기이지만, 외화인 민요섭과 내화인 아하스 페르츠의 이야기가 겹쳐지면서 전개되어 신앙적 갈등 양상이 입체적으로 나타나고 있다.

둘째, 『만다라』가 일인칭 서술자인 법운과 그의 도반인 지산이 평면적으로 구성된 한 인간(법운)의 이분화된 자아라면, 『사람의 아들』은 액자소설 형태로 액자 틀인 민요섭의 이야기와 속그림인 아하스 페르츠의 일대기가 겹쳐져 한 인간의 내·외면을 입체적으로 반영하고 있다.

셋째, 민중불교와 민중신학을 토대로 한 민중의식적 신앙관은 지배이데올로기화·관념화되어 현실에 안주하는 기성 종교관을 비판하며, 불합리한 사회구조 속에서 소외된 민중의 구원과 현실참여적인 입장을 취한다.

넷째, 주인공의 구도 과정에서 신앙적 갈등을 '삼각형적 욕망'의 구조를 통해 욕망과 갈등의 메커니즘으로 설명하고 있다. 욕망의 주체인 법운과 민요섭이 각각 지산과 아하스 페르츠라는 중개자를 통해 욕망의 대상인 신앙적 갈등과 회의, 극복 양상을 보여주고 있다.

| 현대문학과 종교 |

제 6장

유희적 '말놀이'와 반야사상
― 신상성의 「목불木佛」

1 서론

　종교와 문학은 참된 삶을 추구하고 인간 구원의 문제를 탐구하지만 방법적인 측면은 다르다. 두 영역이 공히 체험의 세계에서 출발하지만, 종교적 체험이 철저한 실재를 대상으로 설정해 접근하려는 것에 반해, 문학적 체험은 실재와 동떨어진 상황과 허구의 세계에 바탕을 둔다. 그리고 종교가 신앙적 실천에 중점을 둔다면, 문학은 관조를 그 본질로 한다. 종교는 신앙의 대상이 무엇인가에 관심을 가지므로 신의 실재성을 인정하는 것에 머물지 않고 믿음으로써 자신의 인생 태도 전부가 결정된다는 점에서 실천적이다. 그러나 문학은 관조에 바탕을 두므로 실제적 이용 가치와는 별개로 무관심의 만족을 야기하는 미적 상상력에 치중한다. 종교는 인생 문제에 대해 명쾌한 해결을 주고 구원을 궁극적 목표로 두지만, 문학은 어떤 상황에서도 교훈성을 목적으로 하지 않고 치열한 진실성에 가치를 부여한다. 그러나 보편적으로 문학의 소재들이 종교에서 다루는 인간의 삶의 문제와 공통 자질을 형성하므로 본질적으로는 같다고도 할 수 있다. 따라서 의식의 심층에 자리 잡은 종교성이 문학적으로 표현되는 것은 자연스런 현상이라 할 수 있다.

문학은 종교를 통해 문학적 영역과 깊이를 확대·심화시켰고, 종교는 문학을 통해 종교적 진리와 가치를 인간의 현실적 삶 속에 용해시켜 왔다. 종교문학이란 그 종교가 가지고 있는 사상이나 철학을 언어라는 매개체와 미적 여과 장치를 통해 문학적 틀로 재구성되어야 한다. 따라서 불교문학도 불교의 경전이나 소재주의적 차원을 떠나 붓다의 사상과 가르침이 문학적 틀과 방식으로 형상화되어야 한다. 불교는 절대적 존재를 믿음의 대상으로 설정하지 않고 철저하게 인간 스스로의 깨달음에서 출발한다. 따라서 인간의 유한한 생명의 한계를 극복하고, 불합리한 삶 속에서 인간 실존의 문제를 규명하려는 점에서 인간적 종교라 할 수 있다. 그런 점에서 현실의 다양한 삶의 모습을 갖가지 틀에 담아 보여주는 문학과 자연스럽게 만나게 된다.

신문학 이후 불교문학, 특히 불교소설은 풍부한 자산으로 남겨진 고전의 불교문학에 비해 미미한 실정이다. 오랜 불교문화의 역사 속에서 고전 불교시가나 설화 등의 불교문학은 충분한 자산 가치를 평가받고 있지만, 현대문학사에서 불교소설은 불교시가에 비해 유독 양·질적인 면에서 녹록치 않은 실정이다. 이런 아이러니컬한 상황 속에서 초기의 이광수·박종화 등의 작품은 설화를 재구성하는 과거적 공간과 인물 중심으로 윤리적·소재적 측면에 국한된 감이 없지 않다. 그 후 설화성을 벗어나며 새로운 가능성을 보여준 김동리의 「등신불」, 허무와 절망의 근원을 천착하며 불교계의 비리와 속화된 승려의 타락상을 리얼하게 제시한 김성동의 「만다라」를 비롯해 윤후명·황충상·정찬주·김상렬·남지심 등의 작품에서 불교소설의 가능성의 지평을 찾을 수 있지만, 짧은 역사 속에서 활발히 발전해온 기독교 문학에 비해 아직은 아쉬운 감이 없지 않다.

따라서 필자는 총체적이면서 균형 잡힌 종교문학의 발전을 위해 불교문학을 체계적으로 정리·연구하여 불교문학사를 정립하는 데 일익을 담당하고, 나아가서 작품 창작의 활력소가 되기를 바라는 소박한 마음에서 출발점을 삼고자 한다. 그 시발점의 일환으로 본고는 신상성의 「목불」을 대상으로, 보이지 않는 존재의 끈을 찾으며 깨달음을 얻고자 하는 한 수도승의 구도 과정을 언어유희적 '말놀이'와 대승불교의 반야사상을 중심으로 분석하고자 한다. 유희적 말놀이는 한자로 언표화된 고유명사나 일반명사의 의미적 함축, 지혜의 깨달음을 위한 선문답식 한문 문장이나 설법의 드러내기와 감추기의 기법이 포함된다. 그리고 대승불교의 기본적 진리라 할 수 있는 반야사상과 관련된 공사상과 색즉시공의 이이불이 二而不二론을 중심으로 정신사적 관점에서 접근할 것이다.

2 개요 및 작품 구조

탄공은 대학 입학 전 국전에서 우연히 보았던 목불에 대한 집착에서 벗어나지 못해 승려가 된다. 그는 하안거夏安居를 마친 후 깨달음을 얻지 못한 허무감 속에 산을 내려오다 마을 입구 고목나무 아래에서 삼매에 든 현정을 만난다. 두 사람은 오랜 도반으로 서로 발원하는 대상이 일치하는 데서 오는 어떤 일체감을 갖고 있었다. 자연음을 찾는 현정과 괴불怪佛을 찾는 탄공은 모두 이미지에 매달려 있다. 하지만 괴불을 찾지 못한 탄공에 비해 현정은 10여 년 만에 시각에서 청각으로, 다시 심각心覺의 경지에 도달해 있다. 탄공은 스승의 지시대로 괴불을 찾기 위해 국내는 물론 동남아 및 네팔의 오지를 찾아다녔다. 그는 스승이 말한 괴불이 덕수궁 국전에서 보았던 목불일지도 모른다고 생각하며 찾고 있다. 그 이유는 찰나적이지만 충격적인 그 이미지에서 실존 자체의 비의秘意를 읽어낼 수 있으리라는 기대감 때문이다.

탄공은 현정을 만난 후 새벽 버스 안에서 우연히 새미를 만나 5, 6년 전의 지난날을 회상한다. 그는 비 내리는 밤, 몽유병 환자처럼 산을 헤매다 불빛을 따라 암자 같은 토굴로 찾아드는데, 그곳에서 달노인과 그의 딸 새미를 만났다. 목불 조각에 여념이 없는 달노인은 탄공을 작업실로 안내해 목불들을 보여주었고, 그는 그곳에서 얼굴 반쪽이 잘려나간 목불상에서 지난날 국전에서 보았던 목불의 이미지를 연상한다. 달노인은 탄공이 찾는 이미지는 그림자에 불과하다며 자신의 얼굴을 바로 괴불로 여기라고 타이른다. 그와 달노인은 밤새 이미지에 대해 이야기했고, 그는 그날 밤 꿈속에서 반쪽이 된 그 불상이 자기 얼굴을 물어뜯는 악몽에 시달리다가 날이 밝자 도망쳐 나왔다.

그 후 새미를 다시 만난 탄공은 그녀와 함께 토굴을 찾는다. 앓아누워 있던 달노인은 새미가 준 한약 뿌리를 먹고 자리에서 일어나 다시 작업에 몰두한다. 그는 노인이 조각하고 있는 목불에서 감명을 받아 전율을 느끼지만, 달노인은 그 목불 속에는 괴불이 없다고 한다. 그것은 생기가 부정 탄 실패작이라는 것이다. 그는 예전의 목불이 국전에 입선했기 때문에 자만하게 되어 지금까지 그 이상의 이미지를 승화시키지 못했다며 번민을 고백한다. 며칠 후 달노인은 바위에 혈서를 남기고 가부좌한 채 목불과 같이 분신한 후 열반에 든다. 이것을 본 탄공은 목불을 밖에서 찾을 것이 아니라 마음 안에서 찾아야 하고, 찾는 것이 아니라 마음속에 그 이미지를 스스로 만들어야 한다는 것을 깨닫는다. 그리하여 마음속에 달노인의 이미지가 각인되고 목불이 새롭게 조각된다. 그는 이튿날 토굴을 나서고, 새미도 아버지의 흔적을 다시 일으킬 생각으로 수덕사로 향한다.

이처럼 「목불」은 탄공이라는 수행승이 하안거를 마치고 산에서 내려와 버스를 잘못 타는 바람에 5, 6년 만에 불상 조각가 달노인을 만나고, 그 과정에서 벌어진 사건을 중심으로 탄공의 목불 찾기를 통한 깨달음의 과정을 묘사한 것이다. 이 작품에는 주인공인 탄공과 그의 도반인 현정, 탄공의 스승인 조실, 깨달음의 길로 인도하는 새미, 구도의 진리를 깨닫도록 도와주는 달노인 등 5명의 인물이 등장하는데, 모두 탄공을 깨달음의 길로 인도하는 인도자 역할을 하고 있다. 탄공 인생의 전부가 되어버린 목불 찾기의 의미가 달노인의 삶을 통해 독자에게 간접적으로 제시되고 있다. 사건 전개가 뚜렷한 반전이나 갈등 없이 주인공의 목불 찾기에 대한 집념이 끝없는 방황과 고행의 여정 속에서 달노인과의 만남을 통해 깨달음으로 이어진다. 여로는 문제 해결을 위해 새로운 만남을 찾아가는 미로 속의 탐색이므로 시간의 계기성에 따라 공간 배경의 변화가 전개된다. 그래서 스토리나 사건 전개도 인과관계보다 새로운 상황이나 사건에 처한 주인공의 반응과 변화가 중심이 된다. 플롯도 갈등 구조의 긴장감 없이 단조롭고 평면적이다. 출발 동기는 자신과의 치열한 싸움에서 시작되지만, 노정 속에서 접한 상황과 매개자와의 만남을 통해 자아 탐색의 실마리를 찾거나 상황을 인식하게 된다.

이 작품의 스토리를 간략히 패러프레이즈 하면, ① 하안거를 마친 후 하산, ② 발원 대상이 일치하는 현정과 대화, ③ 법주사 조실 스님에게 문안 인사, ④ 목불 이미지 찾기에 집착하는 동기, ⑤ 5, 6년 만에 버스에서 새미와 해후, ⑥ 사찰 순례 중 밤늦게 헤매다 찾아든 토굴에서 달노인 부녀와 만남, ⑦ 토굴 작업장에서 발견한 목불의 이미지에 대한 충격과 달노인과의 대화, ⑧ 새미의 안내로 초췌한 달노인과 해후, ⑨ 가부좌 자세로 분신해 열반에 든 달노인, ⑩ 달노인이 쓴 혈서에서 마음을 통한 깨달음의 진리 체득, 등으로 나눌 수 있다.

구체적으로 더 세분화하면, ①은 하안거를 마친 후 경내 풍경 묘사와 매번 젖는 허탈감, ②는 오랜 도반으로서 자연음 이미지 찾기에 전념하는 현정, ③은 오랫동안 좌선에 매진하는 스승으로부터 괴불 찾기의 화두, ④는 목불 찾기의 동기로써 과거 어머니와 같이 국전에서 보았던 목불 이미지의 집착을 떨치지 못하고 출가하게 된 과정을 소개한다. 후반부인 ⑤는 산사를 벗어나는 길에 버스 안에서 5, 6년 만에 새미와 해후, ⑥은 토굴의 배경 묘사와 부녀의 궁핍한 삶과 가족사 이야기, ⑦은 목불 조각에 매진하는 달노인, 목불 이미지를 발견한 충격, 이미지 찾기란 허상에 불과하다는 달노인의 충고, ⑧은 작업에 몰두하는 초췌해진 달노인의 모습, 과거의 행적을 밝히면서 자만심으로 깨달음과 예술가로서 실패한 달노인의 고백, ⑨는 바위에 혈서를 남기고 분신한 달노인, ⑩은 깨달음의 진리 체득과 새미와 같이 토굴을 떠나는 모습 등으로 나눌 수 있다.

그중 ①~③은 현재, ④는 과거 시점인데, 이 시제 변화는 스승이 화두로 제시한 '괴불' 찾기에서 자신이 찾는 '목불'의 인과관계 장치로 작용한다. ③은 ④와 인과관계이다. ⑤는 다시 현재이고 ⑥~⑦은 과거인데, ⑥ ⑦과 ⑤는 인과관계로 시제의 역전 현상을 나타낸다. 다시 ⑧~⑩은 현재 시점으로, 전체적 구성이 '현재-과거-현재-과거-현재'로 순환구조이다. 전체 구조는 ①~④의 전반부와 ⑤~⑩의 후반부로 나눌 수 있다.

__3 드러내기와 감추기의 '말놀이'

불교는 근본적으로 신적 존재를 믿는 종교라기보다 깨달음을 통해 절대적 가치와 진리를 지향하는 철학이요 사변이다. 순수한 사유를 통해 인식에 도달하는 사변성은 언어에 의존하고 언어를 매개로 할 수밖에 없다. 그런데 언어는 인간의 추상적 사고를 대변하지만 실체적 현상을 정확히 나타낼 수 없다. 이런 언어의 한계성은 언표화된 상황이나 대상을 인식하는 과정에서 주체의 다양한 해석을 불러온다. 특히 체험을 통해 참다운 정신을 체득하는 선적 표현은 불립문자처럼 합리적·논리적인 언어체계를 초월해 언어 밖에 있는 진리를 체득할 수 있도록 모순되게 표현되기도 한다. 언어나 문자 없이 이심전심으로 깨달음으로써 깨달음을, 마음으로써 마음을 전할 뿐이다. 이 작품에서 작가는 한자로 언표화된 고유명사나 문장을 통해 드러내고 감추는 말놀이를 의도적인 장치로 사용하고 있다.

3.1. 인명과 지명

① 탄공呑空
주인공인 탄공은 '삼킬 탄'과 '빌 공'으로 '空을 삼킨 것', 혹은 '감싼 것'을 뜻한다. 공은 불교의 반야사상의 핵심으로, 모든 존재는 상호의존적인 연기의 관계로 이루어지기 때문에 고정불변하면서 독자적 성질인 실체로서 존재할 수 없는 것이다. 따라서 이미지를 통한 깨달음을 추구하는 수행승 탄공이 목불(괴불)을 찾다가 달노인의 삶을 통해 깨달음을 얻게 되는 것은 진리인 '공'을 자기 안에 갖고(삼킨, 감싼) 있는 인물임을

뜻한다.

② 현정玄淨

玄은 '검다·하늘·오묘하다·깊다', 淨·은 '깨끗하다·맑다·사념 없다' 등을 뜻한다. 현정은 토굴 속에서 수행하는데, 이 토굴은 깊고 어두운 공간으로 속세를 벗어난 깨끗한 이미지를 지닌다. 맑고 오묘한 문자적 의미대로 그는 붓다처럼 고목나무 아래에서 삼매에 들어 '시각 → 청각 → 심각心覺'의 깨달음의 경지에 이른다. 도반인 탄공이 괴불을 보고 싶어 하는 데 반해 그는 신비적인 자연음을 듣기 위해 이미지를 통한 깨달음을 추구한다.

③ 새미

달노인의 딸 새미는 암자 같은 토굴에서 '사미니' 같은 모습으로 살아간다. 사미니沙彌尼는 불문에 든 지 얼마 안 되는 수행이 미숙한 여승을 뜻한다. 또한 새미는 음가가 '사미'와도 유사하다. 사미는 수행이 미숙한 남승을 뜻하는데, 이것은 그가 여성으로서 삶뿐만 아니라 중성과도 같은 삶을 살아왔고, 앞으로도 그렇게 살아갈 것임을 암시하는 의미를 지닌다. 그녀는 고행 속에서 목불을 새기는 아버지의 삶을 이해하지 못하지만, 아버지가 분신한 후 열반하자 그의 흔적을 다시 일으키려는 마음을 품고 수덕사로 향하면서 토굴을 지키고 싶다고 한다. 그녀는 탄공과 달노인을 연결하는 연결고리 역할을 하는 인물로 토굴을 찾아온 탄공을 잘 따르며 보살펴 준다.

④ 달노인

달노인의 '달'은 '아라비아 칼 같은 초승달'의 이미지를 통해 조각칼을 연상시킨다. 그는 한때 법주사 조실에게서 삭발도 하고 수행에 용맹정진하다 환속해 불상 조각에 전념한다. 그가 새긴 목불이 국전에 입선해 대작을 꿈꾸었지만, 그 이상의 어떤 이미지를 승화시키지 못하자 토굴에서 참선하며 혼신의 힘으로 불상 조각에 몰두한다. 목불은 탄공을 불교의 세계로 인도하는 매개체 역할을 한다. 그의 열반은 탄공이 불교적 진리를 깨닫게 되는 계기를 부여한다.

⑤ 조실祖室

본래 조실[1]의 자의는 ① 선방禪房에서 선객들을 수행 지도하는 큰스님(禪師), ② 조사祖師가 거처하는 방 등의 의미를 지닌다. 그런데 작품 속에서 조실은 어떤 경우는 사람을, 어떤 경우는 장소를 의도적으로 혼용하여 신비화를 꾀하고 있다. 인명으로서 조실은 스승처럼 탄공이 괴불을 찾는 과정에서 깨우침을 얻기 위해 국내외의 사찰을 순례하도록 지시한다. 그는 조실에서 가부좌한 채 문밖을 나서지 않는 신비스런 인물이다. 이처럼 언표화한 '조실'은 사람이면서 장소이고, 동시에 달노인의 조각실을 의미한다. 그곳은 토굴이자 달노인의 작업실이며 괴불의 이미지를 추구하는 탄공의 내면적 공간이다.

---

1 祖室의 스승격인 禪師라 할 수 있는 祖師의 선의 경지를 비유하듯 조실은 선의 경지를 추구한다. 祖師는 선의 실천 수행으로 불교의 참된 진리를 깨닫고 체득한 사람, 혹은 한 종파를 세운 선종 大師를 뜻한다. 보리달마菩提達磨의 禪의 경지를 祖師禪이라 한다.

⑥ 사하촌寺下村

사하촌은 '절 밑의 마을'로 탄공이 하안거를 마치고 산에서 내려와 잠시 들른 곳이다. 하안거나 동안거에 들어간 산사는 출세간의 세계요, 사하촌인 마을은 세간, 즉 세속이다. 구체적으로 마을명은 나오지 않고 "사하촌 입구 마을에서 현정을 만났다"고 하듯이, 사하촌이라는 마을이 아니라 사하촌 입구에 있는 마을이다. 탄공은 그곳의 고목나무 아래서 삼매경에 든 현정을 만나는데, 그것은 붓다가 6년 수행 끝에 보리수 밑에서 깨달음을 얻게 되는 이미지와 비슷하다. 그 마을(고목나무)은 세간과 출세간의 사이이며, 사하촌은 세간을 뜻한다. 그런데 '사하'는 속계를 뜻하는 '사바娑婆'와 유사하면서도 장음화한 언어유희로 느낄 수 있다. '사바'는 중생이 온갖 고통을 참고 견뎌야 하는 인간 세계이다.

3.2. 文句

① 현정의 설법

탄공은 산사에서 내려오다 고목나무 아래서 삼매경에 빠진 현정을 만난다. 삼매三昧는 육바라밀 가운데 다섯 번째인 선정바라밀이다. '육바라밀'은 대승불교에서 보살이 부처가 되는 과정에서 실천해야 하는 가장 기본적인 수행 덕목으로 열반에 이르게 하는 여섯 가지 바라밀로서 '육도, 육도피안'이라고도 한다. 선정禪定은 지혜에 이르는 깨달음으로 가는 길이다. '바라밀波羅密'은 산스크리트 '파라미타paramita'를 음역한 것으로 '완성·완전'의 의미로서 '도피안'으로 한역된다. '피안'은 깨달음의 세계로 미혹의 세계인 '차안此岸'의 상대적 어휘이다. '도피안'은 깨달음의 세계에 도달한 것을 뜻한다. '피안彼岸'은 타종교에서 뜻하는 천국이나 이데아와 달리 이 세상에서 동떨어진 곳이 아니라, 자신 속에 내재하며 자신이 변화된 차원으로 이해할 수 있다. 피안의 세계는 번뇌가 소멸되어 어느 것에도 집착하지 않는 마음 상태로 해탈·열반·무위의 경지이다. 현정이 고목나무 아래에서 삼매에 들었다는 것은 마치 붓다가 보리수 아래에서 깨달음에 이르렀던 것과 흡사하다.

> 내는 이자 그 자연음이란 '소리'를 외부에서 찾는 기 아이라, 내 내부에서 얻을라 카네. 그 지극한 지상의 '소리'란 실제로 듣는 청각음이 아니고, 마음에서 울리는 심각음心覺音 같은 거, 마 상징음 같은 거 안 있나?……
>
> 성공이니 실패니 카는 것도 내 안에서 마음먹기에 달린 거 아이가, 관념일 뿐이니

지상의 소리를 외부에서 찾는 것이 아니라 자기 내부에서 얻어야 한다는 깨달음 – 그 소리는 청각음이 아니라 심각음이라는 현정의 깨달음은 작품 결말에서 탄공이 최종적으로 도달한 깨달음의 경지와 같다. 탄공은 달노인의 분신과 혈서를 보고 나서 현정과 같은 깨달음에 이른다.

> 목불을 밖에서 찾는 게 아니고 바로 그 마음 안에서 찾아야 하는 것을, 아니 그 이미지를 마음속에서 스스로 만들어내야 한다는 것을……

탄공과 현정은 발원하는 대상이 일치하기 때문에 깨달음도 같을 수밖에 없다. 그런데 작가는 탄공이 결말에서야 도달한 깨달음의 경지를 이미 발단부에서 현정을 통해 제시해놓는데, 이것은 드러내놓음으로써 감추어버리는 장치이다. 마치 보물찾기를 할 때 바위 밑 은밀한 곳에 숨겨

두지 않고 훤히 보이는 길 위에 놓아둠으로써 오히려 찾는 사람들의 눈을 어둡게 하는 것과 같다. 독자의 시선은 내내 탄공을 따라가며 그와 함께 보물(목불, 괴불, 이미지, 비의) 찾기에 열중하게 되지만, 사실 보물은 이미 지나온 길 위에 놓여 있었던 것이고, 단지 주의하지 않고 지나쳤을 뿐이다.

② 한문의 혈서

달노인은 분신하면서 바위에 혈서로써 다음 문장을 쓰고 앞부분을 해석해 놓았다.

木佛不渡火 土佛不渡水 金佛不渡爐 可笑騎午子 騎午更覓午

(목불은 불가에 갈 수 없고 土佛은 물가에 갈 수 없으며, 金佛은 용광로에 갈 수 없으니……)

그런데 한문으로 제시해놓고 번역하지 않은 뒤의 두 구절은 이 작품을 통해 작가가 드러내고자 하는 가장 중요한 내용이라고 할 수 있다. 그 의미는 "가소롭다, 그대여. 소를 타고서도 소를 찾고 있으니."라는 뜻이다. 이것은 다름 아니라 앞에서 현정의 입을 통해 설파한 불교의 중요한 진리처럼, 모든 것은 "내 안에서 마음먹기에 달린 것"이기에 목불이나 소리를 통한 깨달음을 밖에서 찾는 것은 마치 소를 타고서 소를 찾는 것과 같은 어리석은 짓임을 가리킨다.

다시 말해서 10여 년에 걸친 탄공의 목불 찾기나 달노인의 예술적 괴불 이미지 추구는 마음 밖에서 찾는 행위이므로 소를 타고서도 소를 찾는 짓이나 다름없이 헛됨을 일갈한 것이다. 작가는 그것을 한문으로 제시해 놓고 번역하지 않음으로써 드러내는 동시에 감추어버린 것이다. 독자는 단지 번역문에 의존하지 않고, 또 목불과 관계된 앞의 세 구절에만 주목함으로써 눈이 가려진다. 문맥상으로 뒤의 두 구절은 앞의 세 구절과 동떨어진 내용이므로 더 이상 주의하지 않고 모호한 상태에서 그냥 간과해버리고 만다. 문자로 제시되어 읽기는 하지만 읽어내지 못하는, 독자를 눈뜬장님으로 만드는 말놀이의 전략이다.

__4 「木佛」에 나타난 반야사상般若思想

반야는 대승불교를 대표하는 진리로서 '쁘라즈나pra jñā'라는 산스크리트어의 발음을 옮긴 것이다. 이는 대상을 분석하여 판단하는 인식작용을 초월하여 순식간에 존재 전체의 본질을 있는 그대로, 바르게 직관적으로 파악하는 진실한 지혜 또는 예지를 뜻한다.[2] 이 반야는 부처가 되기 위한 전제 조건이므로 이것을 부처의 모체라는 의미로서 불모佛母라고도 한다. 불교의 이상적 인간상인 보살은 '깨달음을 구하는 자'로 지혜·덕성·행동이 탁월해 계속 정진함으로써 부처가 될 수 있는 자이다. 대승불교에서 '보살'이란 부처님이 취한 이타利他의 실천적 입장을 강조하므로 남을 구제하는 것이 곧 자신을 구제하는 것이다. 반야바라밀은 부처의 깨달음과 중생 구제를 맹세하는 보살의 수행덕목인 육바라밀[3] 중 가장

---

2 정승석,『불교의 이해』, 대원정사, 1989, p.161.
3 '六波羅密(六波羅密多)'은 '파라미타'라는 산스크리트의 발음을 한역한 것으로 '피안에 이른다', '구제한다', '도피안到彼岸'의 의미를 지닌다. 空을 실천하기 위한 보살의 육바라밀 완성의 여섯 가지 덕목은 ① 布施(진리·재물의 베풂) ② 持戒(계율 지킴) ③ 忍辱(고난 극복) ④ 精進(도의 실천) ⑤ 禪定(정신 통일)

중요한 덕목으로 이를 바탕으로 앞 다섯 가지 항목이 실천되어야 한다. 이 지혜(반야)는 고뇌를 야기하는 집착을 벗어나 부처의 깨달음처럼 모든 생명체에 자비심을 가지는 것이다. 이런 반야사상은 초기 불교 이래 공사상과 깊은 관련이 있다.

4.1. 공사상空思想

공은 원시불교의 경전에서는 '무집착'의 개념으로 모든 것을 무상無常·고苦·무아無我로 보듯, 아무 것도 없다는 허무적인 경향이 있었다. 그러나 대승불교의 차원을 한 단계 높인 철학자 용수龍樹(나가르주나)는 『중론』을 통해 공사상을 체계화하였다.[4] 이 사상은 모든 사물과 현상에 대해 집착이 따르지 않는 부정과 비판을 통해 그대로의 실상을 드러내는 긍정적·적극적인 인식 방법이다. 모든 존재란 그 자체가 부정적으로 대립한다는 것을 전제하고, 그것을 다시 부정하는 데서 확인할 수 있다. 즉 현실의 부정을 통해 보다 나은 가치를 발견해 절대적 진리에 접근할 수 있는 것이다.

공사상은 모든 불교 교리의 사상적·이론적 근거가 되는 붓다의 연기법[5]을 전제로 한다. 이 연기법은 단지 인과적 관계와 달리 동시에 존재하

---

⑥ 般若(지혜 획득)이다.

4 정승석, 앞의 책, pp.162~163 참조.

5 석가의 12연기는 ① 無明(진리무지) ② 行(무지로 인해 짓는 업) ③ 識(인식작용) ④ 名色(정신적·물질적 인식대상) ⑤ 六入(감각기관) ⑥ 觸(지각을 일으키는 심적인 힘) ⑦ 受(감정) ⑧ 愛(욕망) ⑨ 取(집착) ⑩ 有(존재) ⑪ 生(삶) ⑫ 老死(苦) 등 상호의존적인 존재의 관계성이라 할 수 있다. 이 교리의 근본 목적은 인생의 근원적 문제인 苦가 어떻게 생겨나서 사라지는가를 밝히는 것이다. 붓다가 전 생애에 걸쳐 해결하고자 했던 것은 苦의 문제이다. 苦는 어떤 원인

게 하는 필수적인 조건이다. 모든 존재란 각기 독립적으로 존재하는 것이 아니라 서로 의지하고 관계를 가짐으로써 존재하는 상호의존적이다. 자성이란 다른 것에 의존하지 않고 독자적, 고정불변한 존재이다. 모든 사물은 결코 자립할 수 없고 다른 것에 의존해야만 존재하는 상호의존적인 연기의 관계로 이루어져 있다. 이런 인연에 의해 생겨난 것은 반드시 소멸하므로 무상無常이며, 무상하기 때문에 '고'이고 '무아'이다. 우리 삶의 세계는 이런 연기의 이치에 따른 것이다. 따라서 이런 관계를 떠난 독자적 성질인 '자성自性'의 '실체'는 있을 수도, 생겨날 수도 없기 때문에 무자성無自性이며 공이라 할 수 있다. 즉『중론』의 핵심 내용은 '연기 = 무자성 = 공'이라고 할 수 있다.[6] 공이란 사물이 본질적인 실체를 가지고 있지 않다는 것이다. 인간도 오온五蘊[7]에 따라 일시적으로 육체와 정신이 결합된 존재에 불과하다.

그런데 궁극적으로 본질적인 것이 실제로 없다는, 즉 사물에 실체(本性, 自我)가 없는데도 있다고 착각하는 것은 인간이 그 존재(사물)에 대한 관념적 언어의 잘못된 망상에서 기인한다. 본체란 사실 언어의 실체화에 지나지 않는다. 언어는 단지 인간사회에서 묵계적인 약속과 습관에 의한 기호인데, 인간은 그것을 영원히 변치 않는 절대 불변의 것으로

과 조건에 의해 생기므로 그 발생 원인과 조건을 제거하면 자동적으로 사라지게 될 것이다. 順觀은 고의 발생 과정을, 逆觀은 고의 소멸 과정을 설명할 수 있다. 궁극적으로 無明과 욕망을 없앰으로써 열반에 들 수 있다.

6 동국대불교교재편찬위원회,『불교사상의 이해』, 불교시대사, 2007, p.166.

7 '오온'은 물질적 요소인 色(육체)과 정신적 요소인 受(감정작용)·想(표상작용)·行(정신작용)·識(인식작용)을 뜻한다. 정신 현상은 감각기관과 그 대상과의 만남에서 생긴다. 이런 각 요소들은 비실체적이므로, 이런 요소로 구성된 인간 역시 비실체적으로 고정불변한 존재가 아니다. 이것이 '無我'이다. '我'는 고정불변하는 실체적 ātman을 뜻한다.

잘못 생각해 집착하고 언어로써 가치 판단을 부여한다. 그것은 인간 내면의 본성에 그 원인이 있는 것이다. 언어로써 본질의 실체를 인식하는 것은 착각이다. 이렇게 가치 판단을 부여하는 분별심은 대상을 인식할 때 집착하는 마음으로 편견과 사견邪見을 뜻한다. 잘못된 분별은 집착을 일으킨다. 흔히 탐욕·여움·애욕 등 세속적인 대상에 대해 집착을 끊고 종교적인 것을 지향하는 것이 무집착이라고 한다. 그러나 번뇌나 악마적인 세속적 속성도 인간의 판단과는 별개로 고유한 본성이 있는 것이 아니라 단지 인간의 마음속에 존재할 뿐이다. 번뇌나 열반이 각각 고유의 본성이 있는 것이 아니다.

이 작품에서 '목불'은 주인공인 탄공을 불교의 세계로 이끄는 매개체로 인간의 집착에 따른 욕망 추구의 헛됨을 나타내는 불교적 진리를 내포한다. 그는 대학 입학 전 국전에서 보았던 목불에 대한 집착으로 승려가 된 후 10여 년 간 국내외의 사찰을 돌며 그 목불의 이미지를 찾기 위해 수행한다. 그는 스승이 말한 괴불이 그가 국전에서 보았던 목불일지도 모른다고 생각하며 그것의 이미지에서 실존 자체의 비의秘意를 읽어낼 수 있으리라는 기대감을 갖는다. 그는 우연히 들른 암자 같은 토굴에서 나무로 부처를 조각하는 달노인을 만나게 되는데, 노인이 혼신의 힘으로 새기고 있는 입불상立佛像을 들여다보며 뼛속으로 스며드는 전율을 느낀다. 그러나 달노인은 그런 탄공을 향하여 아무리 찾아도 그 속에는 괴불이 없다고 일갈한다. 그의 이미지 집착을 먼저 경험한 달노인에게는 허전하고 부질없는 어리석음으로 비쳐진다. 그리고 덕수궁 국전의 목불이 바로 자신의 작품임을 밝히고, 그 이상의 어떤 이미지를 승화시키지 못하고 있는 자신의 번뇌를 고백한다. 이때 탄공은 법주사 조실의 오도송悟道頌을 떠올린다.

보현보살의 털구멍 속으로 깊이 들어가 문수보살을 붙잡아 패배시키니 대지가 한가하더라. 동지에 볕이 나니 소나무는 스스로 푸르고 石人은 학을 타고 청산에 지나간다.

탄공은 달노인과의 대화를 통해 비로소 오도송의 의미를 깨닫게 된다. 문수보살과 보현보살은 석가를 좌우에서 보좌하는 협시보살이다. 하얀 코끼리를 타고 있는 보현보살은 뜻하는 바를 세우면 반드시 실행한다는 실천과 의지를 관장하는 보살이고, 문수보살은 조상彫像에서 간혹 사자를 타고 있는 모습으로 나타나며, 지식과 지혜를 관장하는 보살이다. 따라서 "보현보살의 털구멍 속으로 깊이 들어가 문수보살을 붙잡"는다는 것은 명상(禪定)의 삼매경 속에 들어가 지혜를 붙잡는다는 뜻이다. 그런데 문수보살을 붙잡아 패배시키는 것은 "길에서 부처를 만나면 부처를 죽이라"는 말과 상통하는 것이다. 궁극적으로 도달한 깨달음조차 넘어서서 그 지혜에 대한 집착마저 버릴 때 비로소 '대지가 한가하게' 되는 것이다. 대지, 곧 세상의 모든 번뇌는 집착에서 비롯된다. 집착을 버릴 때만이 번뇌에서 벗어나게 되어 대지가 한가하게 된다. 자연의 이치 그대로 동지에도 볕이 나고 소나무도 푸르게 된다. 그때 석인石人은 무심하게 세상(청산)을 지나쳐 간다. 사람(부처)은 스스로 돌아가는 세상을 한가하게 거니는 것이다.

이런 오도송의 내용은 달노인의 삶을 통해 구체적으로 구현됨을 알 수 있다. 그는 자신의 작품이 국선에 입선하자 자만하게 되었고, 위대한 작품을 만들지 못한 좌절감에 토굴 속에서 더 좋은 작품을 만들기 위해 매진한다. 그는 부처의 이미지를 얻기 위해, 즉 깨달음의 경지에 이르기 위해 차가운 토굴 속에서 며칠씩 지새우며 참선하기도 하고, 때로는 밤

낮을 가리지 않고 미친 듯이 조각에 몰두하기도 한다. 이런 삶은 바로 탄공이 하안거 해제 때 받은 법어를 깨닫기 위해 매진하는 모습과 상통한다.

　절하는 무릎이 얼음과 같더라도 따뜻함을 생각하지 말며, 굶주린 창자가 끊어질 것 같더라도 밥 생각을 하지 마라. 암굴에 조응하는 메아리로 염불 삼고, 슬피 우는 뭇새들의 울음소리로 마음의 벗을 삼을지어다.

이것은 바로 명상과 실천의 보현보살적 삶이다. 달노인은 보현보살의 털구멍(토굴, 수행) 속으로 들어가 문수보살(깨달음, 지혜)을 붙잡았다. 또 거기에서 더 나아가 그 깨달음에 대한 집착마저 버리고 - '문수보살을 붙잡아 패배시키고' - 탄공과 같은 중생이 집착의 번뇌를 답습하지 않았으면 하는 마음에 불상과 함께 가부좌 자세로 분신하여 열반에 든다. 그는 마음에 있는 것을 실체로 나타내는 것이 어렵다는 깨달음을 얻게 된 것이다. 이러한 그의 모습은 목불이라는 실체에 얽매여 그것을 통해서만 진리를 찾으려는 탄공의 모습과 비교된다. 따라서 괴불은 탄공이 10여 년 동안 찾고 있는 목불이 아니라, 목불일 수도 없다. 그것은 단지 이미지일 뿐이며, 실체로서 형상(조각)화될 수 있는 것이 아니라 '가슴속에 각인'되는 것이다. "탄공의 마음속에 달노인의 인상이 각인되면서 가슴속에 새롭게 조각되었다"는 것은 괴불의 이미지가 목불로 조각될 수 없고 단지 가슴속에 각인되며, 그것도 달노인의 마음에서 탄공의 마음으로 이심전심되어 연기적으로만 존재하는 것을 의미한다. 달노인의 분신은 모든 것이 공임을 역설하는 것이며, 탄공의 마음속에 괴불의 이미지로 조각됨으로써 연기로 드러난다. 탄공은 문자 그대로 공을 담지하고 있는 존재, 즉 연기적으로 존재함을 드러내는 역할을 한다.

이런 연기의 인연은 탄공이 '애장터'에 반복해서 관심을 갖는 것에서도 알 수 있다. 그는 산속에서 애장터를 뒤지다가 비를 피해 우연히 달노인과 새미가 기거하는 토굴에 찾아들고, 새미 오빠가 다섯 살 때 죽어 애장터에 묻혔다는 말을 듣고, 달노인이 몸이 불편하여 월동준비를 하지 못하는 것을 걱정하는 데에서도 돌무덤의 수가 많은 것에 마음이 걸린다며 애장터에 관심을 갖는다. 이외에도 그는 여러 번 애장터를 찾아가거나 애장터의 돌무덤을 손질해준다. 그의 이런 모습은 깨달음을 얻기 위한 내면적 방황이 가시적 현상을 통해 암시적으로 나타나는 것이다. 이처럼 '애장터'는 표면적으로 사건 전개와는 아무런 관련이 없는 것 같지만 거듭 언급되는 것은 중요한 모티프로 작용하기 때문이다.

사건 전개를 자연스럽게 하는 데 필요한 모티프들은 구성적 모티베이션에 의해 도입되는데, 작품의 주제를 뒷받침하는 모티프의 체계는 예술적인 통일성을 지녀야 한다. 만일 어떤 개별적인 모티프나 모티프의 그룹이 가지는 작품과의 관계가 확실하지 않다면, 그것들은 작품의 통일성을 해치는 불필요한 것이 된다. 따라서 모티프를 도입하는 데는 정당한 이유가 있어야 한다. 이 작품 속에서 구성적 모티베이션에 의한 '목불' '애장터'는 주요 모티프로 작용한다. '목불'은 서두부터 끝까지 전체적 반복으로, '애장터'는 후반부 스토리 전개에 주요 인자로 작용하는데 '목불'을 암시적으로 환기시키는 모티프 작용을 한다. 전체적으로 반복되는 '목불' 이미지가 후반부에 '애장터' 모티프와 긴밀하게 연결되면서 사건 전개와 주제를 환기시키고 있다. 이것은 구성적 모티베이션이 치밀하고 정교하다는 증거이다.

애장터는 어린아이의 무덤이 있는 곳으로 요사(夭死)라는 허무적 공의 이미지를 띠고 있다. 인간으로 태어나긴 했지만 제대로 살아보지도 못했기 때문에 '유'라고 할 수도 없고, 그렇다고 태어나지 않았던 것이 아니니 '무'라고도 할 수 없다. 인간은 아이를 낳아 대를 이어간다. 나는 죽지만 후대인 아이가 나를 통해 존재하기 때문에 나와 아이는 연기적 관계이다. 모든 존재는 서로 거듭되는 연관 관계 속에서 연기의 작용으로 존재한다. 이런 존재는 없는 것이 아니라 부단히 상대성에 의해 변화하는 상태로 있기 때문에 이를 가명假名이라 한다. 따라서 '공'으로써 '유'가 아님을 밝히고 '가명'으로써 '무'가 아님을 밝히는 역설적 구조이다.

4.2. 색즉시공色卽是空의 '이이불이二而不二'

『반야심경』의 '색즉시공 공즉시색色卽是空 空卽是色'이라는 구절은 이 세상에 있는 모든 것은 실체가 없는 현상에 지나지 않지만, 그 현상 하나하나가 그대로 실체라는 뜻이다. 즉 "눈으로 보이는 것은 참된 믿음이 아니요, 참된 믿음이 아닌 것은 바로 눈에 보이는 것"[8]으로 인간의 분별에 의한 인식 세계를 초월해 자유자재의 경지에 다다른 폭넓고 긍정적인 세계관을 반영한다. 색이란 형상 있는 모든 것으로 개별적이며 차별적인 존재를 뜻한다. 이 유형의 만물은 모두 일시적인 모습일 뿐 그 실체는 실용의 것이 아니므로 공이다. 고정 불변하는 영원한 실체는 존재하지 않는다. 색은 공과 다르지 않고 공은 색과 다르지 않는 이이불이二而不二의 진리이다. 이러한 진리는 나와 남, 대상과 나누던 벽이 깨지고 일체가 통해 하나가 되는 깨우침이기 때문에 조화와 화합을 이룬 자비의 삶이라

---

8 서경보, 『불교와 선』, 호암문화사, 1983, p.238.

할 수 있다. 나와 대상을 나눠 둘로 보면 그만큼 자기중심적이고 이기적 욕망에 얽매여 대립과 갈등을 야기한다. 따라서 삶과 죽음조차도 연기적인 현상일 뿐 별개가 아니다. 애장터, 달노인의 분신, 탄공의 마음속에 새롭게 조각된 이미지 등의 경우도 이런 '이이불이'의 진리를 반영하는데, 작품 도처에 비유적으로 묘사되어 있다.

① 구름도 멈춘 듯한 법당 뜨락엔 가사자락들이 바쁘게 움직이고 있다. 그러나, 아무리 움직여도 움직이는 것 같지 않은 정적이다. 오히려, 그 움직임으로 산속의 고요와 정적이 더욱 가라앉는 것 같다.

② 느린 그의 동작 속에 격렬한 몸부림 같은 걸 느꼈다. 강한 것이 약한 것이고, 약한 것이 결국 강한 것이라는 초극 같은 것일까. 그런 그의 눈빛이다.

③ 첫 번째의 인연과 같이 이번의 해후도 다소 엉뚱하다. 우연이 필연이고 필연이 우연 아닌가. 태어나는 것은 죽어가는 것이고, 죽는 것은 다시 태어나는 것이다. 차를 이쪽에서 타든 건너편에서 타든 한 바퀴 돌아오는 원점은 같은 것이다.

인용 부분의 순서대로 법당의 경내 풍경, 목불 조각에 매진하는 달노인의 모습, 오랜만에 새미와 해후한 느낌으로 '색즉시공 공즉시색'의 상태에 비유된다. 특히 '불이문不二門'이라고 절 바깥문에 이름 붙인 산문山門에서 상징성을 엿볼 수 있다. 산문은 본래 법계와 속계를 나누어 경계 짓는 문으로 성속을 구별하는 상징성을 지닌다. 반야사상에서 법계와 속계는 둘이 아니다. 존재하는 것은 오직 하나의 똑같은 사상事像 똑같은 세계일 뿐, 그것을 '속'이라 하고, '성'이라고 하고, 혹은 미혹이라고 보고 깨달음이라고 보는 것은 인간의 구별에 불과하다. 이는 구별에서 집착이 생기고 거기에서부터 모든 그릇된 행위와 번뇌가 생긴다.[9] 인간은 흔히 감각과 언어적 개념을 통해 어떤 사물이 다른 것과 차별되는 고유한 본성이 실재한다고 생각하고 집착한다. 그러나 그것은 단지 인간의 사유 분별을 통해 드러나는 것일 뿐 실제로 어떤 차별이나 본성은 존재하지 않는다. 분별되는 속과 성, 밝음과 어둠, 열반과 생사 등은 단지 가변적일 뿐 실재하는 세계가 아니다. 밝음은 어둠이 걷힌 상태이고, 어둠은 밝음이 결여된 상태이다. 따라서 생사를 떠나 열반이 존재할 수 없듯이, 어둠을 전제하지 않고 밝음이 있을 수 없고, 밝음을 떠나 어둠이 있을 수 없다. 탐욕과 번뇌의 집착이 중생을 속박하는 인자가 되지만, 보살에게는 중생 구제의 구실이 된다. 그것은 탐욕이나 번뇌가 그것으로써 고유한 본성이 없다는 것을 깨달을 때 가능하다.

견성見性이란 인간의 근원적 본래심인 불성을 깨닫고 실천하는 것이다. 일체만법(연기법칙)의 근원이 마음에 있으므로 '마음의 법(心法)'을 깨달음이 만법의 진리를 터득하는 것이다. "마음이 부처이고, 평상심이 그대로 도이다"는 진리는 직접 선의 수행으로 자기화하는 경지이다. 이 평상심은 경계에 집착해 차별과 분별을 야기하는 중생심衆生心이 아니라 철저한 깨달음의 체험을 통해 얻은 근원적인 마음으로 일체의 번뇌와 차별, 미혹이 없는 불성을 뜻한다. 언어를 통한 선문답과 신체적 자기 수행의 좌선은 구체적 실천 행위로써 깨달음을 얻기 위한 정신적인 자기 훈련이다.

수년 간 탄공이 목불 찾기에 나서거나 달노인이 이상적인 목불 조각에

---

9 쓰까모토 게이쇼 외, 박태원·이영근 역, 『불교의 역사와 기본사상』, 대원정사, 1989, p.209.

혼신의 힘을 기울이는 것은 자성自性 없는 존재의 실상에 대한 집착이고 탐욕이며 분별이다. 그러므로 그들은 오랫동안 번뇌에서 헤어 나오지 못한다. 영원불변한 어떤 실체가 존재한다는 어리석음을 깨닫게 하는 것이 아공我空이라면, 인과관계의 연기법을 믿어 그것을 대상화하고 집착하는 인간의 판단을 부정하는 것이 법공法空이다. 이에 반해 현정과 조실은 선의 경지에서 마음속에 부처가 있다는 깨달음을 찾기 위해 마음의 수양에 치중하는 모습이다. 만물은 인간의 마음을 떠나서 존재할 수 없기에 그 마음의 현현이 만상이 되는 것이다. 유무를 초월하여 상통한 자리가 마음이다. 만물을 창조케 하는 이 마음자리만은 영원한 실재로 인식된다. 선은 자아와 대상을 대립적 관계로 인식하는 상대계相對界가 아니라 주·객체가 구분 없이 하나 되는 직관적 경험의 절대적 인식방법이다. 관념과 사변이 개입되지 않는, 즉 본질과 현상이 일체가 되는 경지이다.[10] 이 합일된 일체가 절대의 평등(空) 속에서 차별(色)이라고 할 수 있다.

탄공이 결말에 이르러서야 체득하는 깨달음은 이미 발단부에 도반인 현정을 통해 복선으로 암시되고 있지만, 정작 자신은 이해하지 못하고 달노인의 죽음을 보고서야 깨닫게 된다. 이 깨달음은 적어도 삶과 죽음, 사랑과 미움, 존재의 유무를 극복하고 화해시키는 지혜로서 행동과 실천의 완성이다. 스승인 조실이 문안 인사 온 탄공에게 몇 시간 동안 바깥에 세워두고 아무런 대화를 나누지 않는 것도 마음에 모든 것이 있다는 진리를 스스로 깨우치게 하기 위한 태도이다. 개별적 존재에 대한 집착이 사라지면 너와 나는 분리된 존재가 아니라 한 몸의 다른 부분일 뿐이다.

---

10 禪家에서는 깨달음의 경지가 不立文字 敎外別傳 直旨人心 見性成佛이다.

모든 사물이 차별되지 않고 일체(同休)이며 공이라는 경지에서 자비는 실현될 수 있다.

___5 결론

「목불」은 수행승인 탄공이 불상 조각가 달노인과의 만남 속에서 벌어진 사건을 중심으로 그의 목불 찾기를 통한 깨달음의 과정을 다루고 있다. 탄공 인생의 전부가 되어버린 목불 찾기의 의미가 달노인의 삶을 통해 간접적으로 제시되고 있다. 본고에서 다룬 내용을 간략히 요약하면 다음과 같다.

첫째, 전체 구성은 인과관계적인 시제 반복의 순환구조로 사건 전개가 뚜렷한 반전이나 갈등 없이 주인공의 방황과 고행의 여정 속에서 깨달음에 이르는 여로 형 구조이다.

둘째, 드러내기와 감추기의 유희적 '말놀이'가 주인공의 이름과 지명, 설법과 혈서의 문구에 각각 내포적으로 암시된다.

셋째, 붓다의 연기법을 전제로 한 '공사상'과 '이이불이(二而不二)'의 진리가 탄공의 끝없는 집착과 번뇌 속에서 달노인의 열반을 통해 깨달음으로 나타난다. 즉 자성 없는 존재의 실상에 대한 집착에서 벗어나 마음 안에서 찾아야 하고, 그 이미지를 스스로 만들어야 한다는 것이다.

그러나 아쉬운 점은 탄공이 왜 스님이 되었는지, 목불에 대해 그렇게 집착을 갖게 되었는지 구체적인 동기가 미약하다. 그리고 달노인의 삶을 통해 자력 아닌 타력으로 쉽게 깨달음에 이르는 과정이 구도자적 치열성이 부족하게 느껴진다.

제 7장

「정토」의 '주제학'적 연구
— 김상렬의 「정토」

__1 서론

개화기 이후 현대문학사에서 차지하는 불교문학, 특히 불교소설은 우리 고전문학에 풍부하게 남겨진 다양한 장르의 불교문학에 비해 미미한 실정이다. 현대문학 초기에 이광수·박종화 등의 불교소설은 설화적 내용을 재구성하는 과거적 공간과 인물 중심으로 윤리적·소재적 측면에 국한된 점이 없지 않지만, 김동리의 「등신불」이나 김성동의 「만다라」, 한승원의 「아제아제 바라아제」 이후 윤후명·하유상·황충상·정찬주·김상렬·남지심 등의 현대작가에 의해 본격적인 불교소설이 창작되었다. 이들의 작품에서는 초기의 불교 경전이나 소재주의적 차원을 떠나 붓다의 사상과 가르침이 인간적인 고뇌와 갈등 속에서 문학적 틀로 잘 형상화되었다고 할 수 있다. 그러나 불교소설은 짧은 역사 속에서도 괄목할만하게 성장해온 기독교 소설에 비해 활성화되지 않은 느낌이다.

종교문학에 관심을 갖고 있는 필자는 다양한 종교문학의 균형 잡힌 발전을 진작하기 위해 다소 활성화되지 않은 불교문학 작품을 살펴보기로 하겠다. 그 방법으로 김상렬의 단편소설인 「정토」를 러시아 형식주의 비평가인 보리스 토마쉐프스키의 대표적 소설 이론인 '주제학Thematics'에 적용하여 분석하고자 한다. 이런 이론 적용은 단일한 주제와 통일되고 균형 잡힌 구조를 가지고 있는 단편소설 분석에 매우 적합하다고 할 수 있다. '주제학'은 주제와 소재(우화), 주인공의 성격, 스토리와 플롯, 모티프와 모티베이션 등이 중심을 이룬다.

문학작품의 형식 내지 구조에 대한 주된 비평은 영미의 신비평, 러시아 형식주의, 프랑스 구조주의 등이다. 신비평이나 형식주의가 작품 예술성의 극대화를 위해 실증적·과학적인 관점에서 유기체적인 구조를 파악한다면, 구조주의는 무의식적이고 보편적인 구조의 형이상학적 경향에 주목한다. 여기서 구조는 '관계'뿐만 아니라 '체계'의 혼합 개념으로, 개별적인 요소들의 대립과 조화의 상호 관계에 의해 얻어진 전체의 내적 통일성을 지닌다.

러시아 형식주의에서 '형식'이란 어떤 내용을 담는 '그릇'이라는 전통적이며 정태적인 이분법적 개념을 벗어나 새로운 의미를 갖는다. 이 형식은 그 자체 속에 하나의 내용이 있는 역동적이고 구체적인 통합체라는 것이다. 따라서 문학작품도 다양한 요소들의 단순한 집합체가 아니라 구조되어 있기 때문에 그 구성 요소 하나하나가 작품의 체계를 만들어주는 건설적 기능을 한다. 이런 구성 요소는 그 체계의 다른 인자와 상관관계 속에서 통합됨으로써 구성에 참여하는 역동적인 기능을 지닌다. 이런 작품 구성에는 적합한 기법이 있는데, 그중의 하나가 주제의 구성이다. 따라서 본고에서 적용할 '주제학'도 이런 주제 기법의 일환으로써, 필자는 이 주제학의 구성 요소를 중심으로 작품을 세분해 다룰 것이다.

2 작품의 주제 및 성격 분석

주제란 작가의 인생관이나 세계관을 반영한 것으로 삶의 이념이나 가치, 세상에 대한 관점, 문제의식 등이 자연스럽게 작품 속에 용해되어 있는 것이다. 주제는 가장 함축된 방법으로 포괄적인 요소들을 구체적으로 설명해 주는 의미로서 인생의 어떤 양상을 조명하거나 해석함으로써 그 가치를 지닌다. 따라서 주제는 작품 속의 인물·플롯·제재·배경·문체·어조 등 구성 요소의 문학적 장치에는 통일성을 부여하고, 사건에는 의미를 각각 부여한다. 모든 소설 작품은 하나의 주제를 형성하고 있지만, 그 작품을 구성하는 여러 부분들이 소주제를 형성한다. 이런 소주제들은 상호 결합하여 일관성 있게 명확한 의미 구조를 형성하는 것이다. 구성이 탄탄하고 짜임새 있는 작품은 주제가 함축적이고 분명할 뿐만 아니라 그 주제를 중심축으로 소주제들이 일관성 있게 적절한 순서로 배열되어 있다. 따라서 주제를 정확히 분석하기 위해서는 먼저 그 작품의 부분들이 가지는 소주제를 파악한 후, 이 소주제들을 하나로 통합할 수 있는 통일적 의미를 찾아내는 것이다.

김상렬[1]의 「정토」는 남편인 '나'의 초점에 맞추어 나, 아내, 아들(식이), 승오스님, 강연자, 노칠석 등의 사이에서 일어나는 일들을 순차적으로 전개하고 있다. 그리고 여기에다 상황 분위기에 걸 맞는 나의 생각이나 느낌의 서술적 상황 해설, 나에 대한 부수적 인물들의 시각, 불교적

---

1 「정토」의 작가 김상렬(1947~)은 전남 진도 출생으로 서라벌예대 문예창작과 졸업 후 한국일보 신춘문예에 「소리의 빛」이 당선되어 창작 활동을 시작하였다. 창작집으로 『당신의 허무주의』, 장편소설로 「달아난 말」, 중편소설로 「당솔나무」, 「피리와 창」, 「도둑고양이」, 불교소설집으로 『山客』 등이 있다. 본고에서 다룰 「정토」는 『현대불교소설선1』(민족사, 1990)에 실려 있다.

진리의 깨달음에 대한 일화 등이 전체적인 주제를 뒷받침하고 있다. 이 작품의 주제를 추출하기 위해 소주제를 살펴보면 다음과 같다.

① 말기 암으로 죽음을 맞이하는 아내를 보며 안락사에 대해 생각하다.

말기 암으로 병원에 입원하고 있는 아내는 참기 힘든 고통 때문에 진통제나 신경안정제가 없으면 잠을 잘 수가 없다. 그녀는 자궁경부뿐만 아니라 다른 장기 조직에까지 암세포가 퍼져 고통의 나날을 보내며 차라리 안락사를 시켜달라고 울부짖는다. 나는 죽음 앞에서 처절하게 몸부림치는 그녀를 보며 남편으로서 아무것도 해줄 수 없다는 사실에 무기력함을 느낀다. 인간이 전생에 무슨 죄를 지었기에 저렇게 고통을 당하며, 살고 죽는다는 건 무슨 의미를 지니는가. 자비로운 부처님은 어디에 있는가를 생각하며 인간적 번뇌에서 헤어나지 못한다. 마음속으로는 그녀를 안락사 시켜서 고통스럽지 않게 죽을 권리를 주고 싶지만, 한편으로는 고통과 절망 속에서도 숨이 붙어 있는 한 생명을 유지하는 게 부처의 섭리라는 것에 갈등을 겪는다. 인간의 존엄성은 살아 있는 자에게 부과되어야 할 최고의 가치이자 도덕률이다. 그래서 병원에서는 조용한 산사나 바닷가에서 여생을 보내다 생을 마감하라고 권유한다.

② 현실적 삶 속에서 '상구보리 하화중생上求菩提 下化衆生'[2]의 진리 추구에 고뇌하다.

나는 병든 아내의 육신 하나 편히 쉴 공간을 마련하지 못하고 어린 자식을 보살피지 못하면서도 '상구보리 하화중생'의 진리를 추구하는 괴리를 느끼며 갈등한다. 지금까지 가장의 역할을 하지 못했을 뿐 아니라

---

2 위로는 깨달음을 추구하고, 아래로는 중생을 구제.

아내의 퇴원비와 임시 거처까지도 승오스님의 도움을 받았다. 어린 자식은 바깥을 쏘다니며 불량배들과 어울려 술 담배를 익힐 정도로 방치되어 있다. 아내는 고통 때문에 마른 수건을 입에 물고 울부짖지만 자신은 아무것도 해줄 수가 없다. 지금까지의 수행으로 업에 얽매여 돌아가는 마음을 끊어내는 데 확신이 있었지만, 이 절박한 상황에서는 어떤 깨달음이나 가르침도 물거품처럼 비쳐지는 것이다. 이처럼 현실의 고통과 단절한 채 산속에서 수도만 하는, 즉 현실을 구제하지 못하는 부처가 무슨 의미가 있다는 것인가? 나는 번뇌와 절망 속에서 극락왕생의 길로 연결될 수 있을까 회의하면서 밀려드는 회한과 죄책감으로 괴로워한다.

③ 아내의 죽음을 통해 모든 것은 잠깐 존재했다가 사라진다는 진리를 체득하다.

병원에서 퇴원해 작은 암자에서 기거하던 아내는 얼마 되지 않아 고통의 신음 속에서 사경을 헤매다 숨을 거둔다. 나는 아내의 죽음을 통해 모든 사물과 생명은 잠깐 존재했다가 사라진다는 공사상을 깨닫게 된다. 모든 존재란 고유하면서도 영원히 존재할 수 없는데도 인간은 그 존재의 소유에 집착하기 때문에 번뇌의 망상을 떨쳐버릴 수 없다는 진리를 체득한 것이다. 그것은 삶과 죽음, 선과 악이 하나라는 '色卽是空 空卽是色'의 진리이다. 아내의 죽음을 통해 모든 사물과 생명은 잠깐 존재했다가 사라진다는 사실, 즉 마음가짐이 중요하다는 것을 깨닫고 마음만 있으면 누구나 부처가 될 수 있고, 새사람으로 거듭날 수 있다고 생각한다. 이것은 그가 지금껏 고뇌해오던 진정한 부처의 모습을 실현할 수 있다는 깨달음이기도 하다.

④ 부처의 '정토淨土'에 대해 진지하게 생각하다.

본래 불교에서 정토란 사바세계에서 떨어진 극락세계로, 아미타불이 그곳에 있기에 그 부처의 본원本願을 믿고 염불하면 사후에 극락세계로 갈 수 있다고 설명한다. 나는 아내의 죽음을 통해 소승불교 차원의 개인적 구원에 머물기보다 대승불교 차원의 사회적 구원으로 발전해가고 있다. 현실의 고통을 벗어나려는 열망의 초월적 세계(미타정토)에 머물지 않고, 부조리한 사회구조를 인식하며 민중의 고통에 동참함으로써 모든 중생을 구제할 수 있다는 '미륵정토'의 신앙관으로 변모해간다. 그가 창녀촌에서 봉변을 당한 것도 소개비로 먹고 사는 아낙네의 호객 행위를 동정한 것에서 기인했고, 그런 연유로 바닥인생과 '평화여인숙'을 배경으로 하는 하층민의 삶을 체험할 수 있었다. 승속僧俗을 초월해보겠다고 생각한 그는 노칠석과 함께 난지도 쓰레기 매립장의 일터에서 밑바닥 인생부터 시작한다. 혹독한 육체노동에 매진함으로써 환속하고픈 번민을 씻어내고, 아내를 잃은 슬픔과 자식에 대한 그리움을 잊을 수 있었다. 자신에 대한 학대는 인생을 새롭게 시작하기 위한 부처님의 시험대이기도 했던 것이다. 그는 그들과의 일체감을 얻기 위해 거처를 마을 현장으로 옮겨 방치된 아이들을 위해 탁아소를 설치하고, 무료하게 낮술만 마시는 노인들에게 요가와 참선을 가르치려고 하지만, 주민들의 냉소로 난관에 부딪힌다. 또한 안양소년원에서 아들을 면회하지만, 승복을 벗은 아버지를 보고 자신은 후에 입산해 훌륭한 스님이 되겠다고 한다. 이런 현실 상황은 그의 신앙적 삶과의 괴리감을 나타낸 것이다.

네 개의 소주제문을 더 미세하게 나눌 수 있겠지만, 이 분류는 최소로 줄인 형태이며, 각 소주제문을 뒷받침하는 사실들을 근거로 제시함으로써 논리적 타당성을 얻는다. 작품에서 주인공의 고뇌와 갈등 양상을 순차적인 소주제로 제시한 후 마지막에 정리하듯, 부처의 깨달음이란 현실 초월적 공간이 아니라 인간의 삶의 밑바탕에서 이루어진다는 것을 암시하고 있다. 이 작품은 주인공의 법명智空이 암시하듯, 한 인간이 삶 속에서 고난을 통해 진정한 깨달음을 얻어가는 과정을 묘사하고 있다. 즉 개인의 구원보다는 현실 속에서 고통 받는 자들과 함께 나누며 그들을 구원하는 것이 진정한 부처라는 것이다. 주인공인 지공은 부수적인 인물들을 통해 고뇌에 따른 갈등 양상을 드러내고 있다. 말기 암으로 고통 받고 있는 아내는 속세의 번뇌와 추악한 현실을 나타낸다. 아내는 고통을 견디지 못해 죽여 달라고 함으로써 지공을 고뇌케 하고, 죽은 후에는 깨달음을 주기도 한다. 아내의 생사에 직면한 지공이 죽음이란 문제를 놓고 고민하는 것은, 모든 존재는 일시적이며 상호 연기에 의해 유지된다는 것과, 생에 집착함으로써 번뇌가 일어난다는 진리를 깨닫지 못했기 때문이다.

불교에서는 모든 존재가 각기 독립적이 아니라 서로 의지하고 관계함으로써 상호의존적으로 존재한다. 자성自性이란 다른 것에 의존하지 않고 독자적으로 고정불변한 존재이다. 그런데 모든 존재는 결코 자립할 수 없고, 상호의존적으로 존재하며 연기의 관계로 이루어져 있다. 이런 인연에 의해 존재하는 모든 것은 소멸하므로 무상無常이고, 무상하기 때문에 고苦이며, 무아無我이다. 우리의 삶도 이런 연기의 이치에 따르므로 죽음을 결코 피할 수 없다. 따라서 이런 관계를 떠난 독자적 성질인 '자성', '실체'는 있을 수도, 생겨날 수도 없기 때문에 무자성無自性이며, 공空이라고 할 수 있다. 즉, 고정 불변하는 영원한 실체는 존재하지 않는다.

지공은 아내의 존재를 영원히 소유할 수 없는데도 소유할 수 있다고 집착했기 때문에 번뇌를 떨쳐버릴 수 없었다. 그는 아내의 생사에 직면하여 불교적 진리를 체득하면서 인간적 고뇌와 신앙적 회의를 극복한다. 그의 아내는 암 같은 것들로 물들어져 고통 받는 인간 혹은 세계로 해석할 수 있다. 쓰레기장에 쏟아져 나오는 온갖 쓰레기는 추악한 인간 욕망의 집착물이다. 승오스님은 지공이 속세의 인연을 청산하고 재입산하였을 때 만난 인물로 지공이 어려움에 처할 때마다 도와주곤 하였다. 승려 신분증을 발급받을 때뿐만 아니라, 아내의 병원비를 내주고, 식솔들이 임시 거처할 수 있도록 암자를 마련해주기도 한다. 그는 1980년대 법란 시 삼청교육대에 끌려가 고통을 겪은 후 산속에서 병든 육신을 민간요법이나 한약으로 치유하고 있었다. 현실에 담 쌓은 그는 산속에서만 안주하며, 속물적 무애행의 진리를 추구하는 위선적 승려를 질타하고, 그들의 시줏돈을 뜯어내 불교의 교화사업에 쓰고자 하는 민중불교적 실천개혁가이다. 재물 욕심은 없지만, 정의를 위해 폭력까지 감행하며 이타행利他行을 실천하는 그는 지공이 생각하던 진정한 부처의 모습이다.

노칠석은 지공이 소승불교 차원의 개인 구원이 아니라 사회 구원의 이타행에 관심을 갖게 되면서 변화된 모습이라고 할 수 있다. 지공이 '김치행'이라는 속명을 사용했듯, 승속을 초월해 '상구보리 하화중생'의 대승적 불교관을 지향한 인물이다. 그래서 둘은 의기투합해 난지도 매립장에서 쓰레기를 주우며 탁아소를 설치하고, 낮술에 빠진 노인들에게 요가와 참선을 가르치려는 현실참여적인 모습을 보여준다. 이타적·실천적 수행으로 타인을 구제하는 일이 곧 자신을 구제하며 보살이 되는 길이다. 자각적 실천이 성불에 이르는 깨달음을 얻기 위한 수행이라면, 자비적 실천은 이웃의 고통과 사회의 아픔을 함께하면서 불합리한 사회구조의 모습을 해결하도록 사랑과 봉사에 참여하는 것이다.[3]

외아들인 식이는 불량배들과 어울려 술 담배를 하는 등 지공이 속세의 고뇌를 끊을 수 없도록 만드는 인물이다. 지공이 절에 가 있으라고 권유하자, 그는 '정당한 노동의 대가 없이 무위도식하는 사람들의 보호색 같은 승복 색깔'이 싫다고 한다. 하지만 가족이 함께 미륵암의 임시 거처에서 예불을 드릴 때는 스스로 극락에 갈 수 있을지 묻기도 하고, 강도 행각으로 미결수로 있던 그에게 면회 갔을 때는 승복을 벗은 지공에게 실망하며, 자신은 후에 훌륭한 스님이 되겠다고 상반된 모습을 보여준다. 이런 양면적 태도는 지공의 신앙적 갈등 양상을 반영하는 것이다. 즉 지공이 속세와 인연을 끊지 못해 고뇌하는 모습과, 깨달음을 얻고 진정한 부처로 변해가는 모습이 아들 식이의 행위를 통해 전개된다고 할 수 있다.

소주제로 제시된 지공의 "생사의 고뇌(아내의 고통에 따른 안락사) – 타락(아내의 시신 화장 후 창녀촌으로 발걸음) – 깨달음('상구보리 하화중생'의 진리 각성)"의 과정이 아들 식이의 "고뇌(선악의 양면적 행동) – 타락(노인을 칼로 찌르는 강도짓) – 깨달음(장래 승려 희망)"의 과정으로 반복되어 나타난다. 즉, 지공은 아내의 안락사 문제로 인간의 생사 문제에 대해 고뇌하다가 아내가 죽자 시신을 화장한 후 술 취한 채 자신도 모르게 평화여인숙 부근의 창녀촌으로 발걸음을 옮긴다. 그곳에서 우연히 과거에 인연이 있었던 '강연자'라는 여인의 도움으로 봉변을 피하고, 간호를 받던 중 노동자인 노칠석을 만나 쓰레기 매립장에서 일하며 '하화중생'의 불교적 진리를 실천하게 된다. 그녀는 10여 년 전 지공이 환속했다가 재입산 하기 위해 백담사를 찾아가던 중 그에게 우산을

---

3 법성 외, 『민중불교의 탐구』, 민족사, 1989, p.147.

건네주었던 소녀였다. 지공의 '하화중생'의 삶은, 깨달음을 추구하는 법명 지공智空이 민중 구제를 위해 현장에 뛰어들었을 때 김치행金致行이라는 속명으로 바뀐 것에서도 암시된다.

이런 3단계의 과정은 아들 식이에게서도 엿볼 수 있다. 식이는 입원 중인 어머니를 걱정하며 부모에게 순종하는 듯하면서도, 부모의 보살핌이 없는 탓으로 주위의 불량소년들과 어울려 술 담배를 하며 탈선하는 행동을 보인다. 그는 어머니가 먹고 싶다는 과일 생각에 상점에 들어가 노인에게 강도짓을 하다가 붙잡혀 소년원에 들어가고, 면회 온 지공이 승복을 벗은 것에 실망하며, 자신은 후에 훌륭한 스님이 되리라고 항변한다. 비록 지공처럼 고뇌와 갈등을 통한 변모과정이 치밀하게 나타나지는 않지만, 미성숙한 소년기로 볼 때 주위 환경을 통한 내면적 성숙 과정을 드러낸다고 추측할 수 있다. 하지만 지공의 개인 구원적 신앙관이 구체적 동기나 과정 없이 민중불교적 신앙관으로 갑자기 전개되듯, 식이가 면회 온 아버지가 승복을 벗은 것에 낙담하며, 자신은 훌륭한 스님이 되겠다고 불쑥 내뱉는 말은 미완된 결말로 마무리되면서 비약적인 단절감을 느끼게 한다.

__3 작품의 구조 분석

3.1. 스토리·플롯 모티프

소설에서 사건을 서술하는 방법은 스토리와 플롯[4]으로 구분한다. 스토리와 플롯은 동일한 사건을 포함하지만, 플롯이 작품 속에서 묘사한 순서대로 사건을 배열한다는 점에서 스토리와 다르다. 스토리가 사건 그 자체라면, 플롯은 독자가 그 사건을 알게 되는 방식이라고 할 수 있다. 스토리는 소설에서 가장 기본이 되는 재료로서 작품 속에 구체화되어 있는 사건들을 단순하게 시간적 순서에 따라 배열한 것이다. 그런데 작가는 인과관계성에 따라 스토리 순서를 뒤바꾸거나 혹은 새로운 사건이나 배경, 에피소드 등을 덧붙이면서 하나의 작품을 완성하는데, 이런 일련의 창작 과정을 플롯이라 한다. 따라서 플롯은 모티프들의 단순한 총집합체가 아니라 사건 진행이 예술적 효과를 얻도록 배열하고 형상화하는 이야기의 뼈대로, 이야기를 치밀한 계획적 구조로 제시하기 위한 전략적 개념이다.

『시학』의 미토스mythos란 말에서 유래한 이 플롯은 '행동의 모방'으로서 광의와 협의의 개념을 지닌다. 광의의 뜻이 한 편의 작품이 만들어지는 소설 구성의 모든 청사진이라면, 협의의 뜻은 인과적 연결에 의한 사건 전개와 행동의 구조를 통해 주제 구현을 위한 예술적 기법의 지적 활동이다. 소설에는 여러 개의 모티프가 결합되어 있는데, 이 중에

---

4 러시아 형식주의에서 사용하는 '파불라fabula'와 '슈제트sujet'의 개념은 영미문학에서는 '스토리'와 '플롯'으로 번역해 사용하고 있다. 이 플롯 개념은 영미권에서는 사건과 등장인물 사이의 관계로, 프랑스 구조주의에서는 언술행위로서의 서술과 관련된 서술이론으로 토도로프의 담화, 쥬네트의 서술텍스트와 서술행위, 바르트의 서술유형 등의 개념으로 확장되어 사용하고 있다.(권철근 외, 『러시아 형식주의』, 한국외국어대출판부, 2001, p.232.)
'파불라'는 실제 있었던 일로 슈제트 형성에 사용되는 질료이다. 즉 시간적 순서와 인과관계를 좇아 행동 위주 방식으로 서술되어 서로 연결된 총체적 사건들을 뜻한다. '슈제트'는 모티프나 테마를 형성하는 구성 기법으로 파불라를 재료로 삼은 미학적 형식이다. 동일한 사건이지만 작품 내에서 어떤 질서에 의해 전달되며, 그 사건에 대한 전달이 어떠한 관계에 이루어지도록 하는 진술로서 독자가 이해하는 방식을 뜻한다.

서 생략해도 전체 구조에 큰 영향이 미치지 않을 '자유모티프motifs libres'(독립적인 동기)와 생략하면 곤란한 '관련모티프motifs associés'(결합된 동기)가 있다. 관련모티프가 사건과 사건의 연관성으로 작품의 전체 구조에 필연적인 인자라면, 자유 모티프는 사건들의 시간적인 연속이나 인과관계의 연속에 저촉되지 않고 제거할 수 있다.[5] 따라서 스토리가 관련모티프만으로 가능하다면, 플롯은 에피소드나 여담을 포함하는 자유 모티프까지 포괄하는 것이다.[6] 스토리는 순차적 시간에 따라 사건을 서술하므로 '그 다음에'라는 첨가적 연결성의 구조로서 다음에 무슨 일이 일어나는 것에 대한 호기심을 자극한다. 그러나 플롯은 논리적 인과성에 의해 사건을 배열하므로 '왜'라는 물음에 따라 논리적 판단과 지적인 능력을 필요로 한다.

번뇌에 따른 갈등과 깨달음의 과정을 다루고 있는 「정토」의 스토리를 간략히 요약하면 다음과 같다.

① 말기 자궁암으로 고통 속에 신음하는 아내를 보며 안락사에 대해 고뇌하다.
② 승오스님의 도움으로 아내의 요양을 위해 미륵암 암자로 거처를 옮기다.
③ 식이의 강도 행각으로 유치장과 병원 사이를 오가다 암자로 돌아와 아내의 죽음을 맞이하다.
④ 아내의 시신 화장 후 무의식중에 평화여인숙 주변의 창녀촌에 가다.

---

5 츠베탕 토도로프 편, 김치수 역, 『러시아 형식주의』, 이화여대출판부, 1988, p.237.
6 조남현, 『소설원론』, 고려원, 1982, p.257.

⑤ 취중에 숙박했던 창녀촌에서 봉변을 당한 후 나오다가 10여 년 전
　재입산 시 인연이 있었던 소녀(강연자)를 만나다.

⑥ 지친 몸으로 누워 있던 평화여인숙에 그녀가 찾아와 간호하며 과거
　의 인연을 회상하다.

⑦ 노칠석과 함께 쓰레기 매립장에서 일하며 민중 구제를 위해 노력하
　지만 주민들의 반발로 난관에 부딪히다.

　작품의 스토리는 일인칭 화자로서 남편이자 아버지이며 승려 신분인
'나'이며, 실제 경험담을 말하는 것처럼 시종일관 일방적인 진술로 전개
되고 있다. 작품 속 화자가 약 일주일 동안에 경험한 자신의 이야기를
하고 있는 것이다. 화자는 작품 속에서 이야기하는 작중인물 역할을 하
므로 독자는 전적으로 그의 이야기에 귀 기울이며 그가 보고 생각하는
것만을 지각할 수 있다. 일인칭 서술은 주동 인물의 감정적 경험이나
심리적 경향을 직접 밝히고 있다는 점에서 친밀도가 강할 뿐 아니라 전
체적인 내용을 일관된 관점으로 이끌어가기 때문에 응집력이 높다고 할
수 있다. 따라서 '나'로 서술자가 제한되므로 부수적인 인물의 생각을
직접 서술할 수 없기 때문에 나의 일방적인 추측으로 처리된 후, 서술자
의 편집자적 논평이 부분적으로 첨가되어 있다.

　이 작품은 주로 '병원 – 평화여인숙 – 미륵암 – 난지도 쓰레기 매립장'
의 공간 배경에서 전개되는 내용으로 크게 세 단락의 스토리로 나눌 수
있다. 소설 속의 외적 공간은 한 장소로 고정될 수 있지만, 대개 스토리가
전개되면서 다른 장소로 이동하여 공간이 확대되어 간다. 어느 특정한
장소에서 일정한 시간에 일어나는 사건을 다루는 경우는 제약된 시·공
간 속에서 인간의 삶의 모습을 압축적으로 보여줄 수 있다. 그러나 대부

분의 소설은 스토리의 전개 과정에 따라 시간이 확대되면서 공간 이동도 다양하게 나타난다. 이러한 시·공간의 변화는 개인의 성장 과정이나 인간 의식 구조의 변화를 더욱 구체적으로 묘사할 수 있다. 이 작품도 스토리의 전개 과정에 따라 시간이 확대되면서 네 곳의 중심 공간을 기본 축으로 하여 하위 공간으로 이동하는 현상을 볼 수 있다. 즉 일주일 내외의 순차적 시간에 따라 네 곳의 공간을 기본 축으로 하여 경찰서·소년원·목포집·창녀촌 등이 첨가되어 있다.

스토리의 전반부는 말기 암으로 투병하는 아내의 고통을 바라보며 생사의 번뇌, 집착을 벗어나지 못하는 갈등과 고뇌가 나타나고, 중반부는 예토인 삶의 현장에서 경험하는 번민이 아들 식이의 강도짓과 아내의 죽음, 창녀촌의 배경, 목포댁의 가정사 등 다양한 인간사의 모습으로 나타난다. 후반부는 아내의 죽음과 인간사의 고뇌를 통해 모든 존재란 일시적이며, 상호 연기에 의해 유지된다는 것을 깨달으며 하화중생의 민중불교적 진리를 실천에 옮기려고 부조리한 현실에 뛰어드는 내용이다. 즉 전반부인 ①~②와 중반부인 ③~⑥이 각각 갈등 구조라면, ⑦은 신념에 따른 의지의 반영이라고 할 수 있다. 중반부까지가 아내의 병과 죽음, 자식의 탈선이라는 사건을 통해 개인적·소승불교적 차원의 '상구보리'의 깨달음이 전개된다면, 후반부는 전반부의 고뇌로 인한 깨달음을 밑바탕으로 점차 민중적·대승불교적 차원의 '하화중생'의 실천적 신앙으로 변화되는 과정을 보여주고 있다.

그러나 아내의 죽음을 통해 돌연 깨닫게 되는 신앙적 변모과정이 치밀한 성격 묘사나 구체적인 동기를 수반하지 않은 채 추상적·비약적으로 다뤄져 설득력을 얻지 못하고 있다. ⑥단락을 제외한 나머지 부분들은 순차적 시간대로 전개되나, ⑥단락 부분은 10여 년 전의 인연을 회상하는 내용으로, 환속한 자신이 재 입산하러 백담사에 가던 중 산길에서 우산을 건네주었던 소녀가 현재 창녀가 된 '강연자'라는 사실이 구현된다.

위 스토리를 가지고 사건을 구성하면 다음과 같다.

① 말기 암의 고통으로 신음하는 아내를 보며 안락사 문제로 갈등하다.

② 친절한 간호사 모습과 어려울 때마다 도움을 주는 승오스님의 행적이 소개되다.

③ 엘리베이터 앞에서 행려병자의 시신을 바라보며 생사의 번뇌에 잠기다.

④ 승오스님의 도움으로 아내의 요양을 위해 미륵암으로 거처를 옮기다.

⑤ 극락정토의 불교적 진리가 소개되다.

⑥ 식이가 목포 집에 다녀온다면서 산사를 내려가다.

⑦ 고통스러워하는 아내에게 참선을 통해 불교의 진리를 깨우치라고 하다.

⑧ 강도짓을 한 식이 문제로 경찰서 유치장과 피해자 병문안으로 바쁘게 보내다가 아내의 죽음을 맞이하다.

⑨ 아내의 시신을 화장한 후 취중에 평화여인숙 주변의 창녀촌에 가다.

⑩ 취중에 숙박했던 창녀촌에서 봉변을 당한 후 나오다가 강연자를 만나다.

⑪ 목포 집에서 식이의 행장을 찾아오다 평화여인숙에서 잠시 기거하다.

⑫ 잠시 쉬고 있던 여인숙에 강연자가 찾아와 그를 간호하며 과거의 인연을 회상하다.

⑬ 수도승 라마크리슈나와 매춘부에 얽힌 이야기가 소개되다.

⑭ 노칠석과 함께 난지도 쓰레기 매립장에서 일하며 하화중생의 민중

구제에 힘쓰다.

⑮ 노칠석의 과거 행적과 신상이 소개되다.

⑯ 현장 작업장에 탁아소를 설치하고, 무료한 노인들에게 요가와 참선을 가르치려고 하지만 난관에 부딪히다.

전반부 플롯(①~④)에는 언제나 도움을 주는 승오스님의 구체적인 행적과 행려병자의 시신을 보고 생사의 번뇌에 잠기는 내용이, 중반부 플롯(⑤~⑬)에는 극락정토와 참선의 불교적 진리, 매춘부에 얽힌 라마크리슈나 수도승의 일화를 통해 진정한 깨달음은 자신의 마음에 있다는 내용이 가미되어 있다. 그리고 후반부 플롯(⑭~⑯)에는 노칠석의 과거 행적과 신상, 현장 작업장에 뛰어들어 민중 구제의 불교적 진리를 실천하려는 의지와 난관에 부딪히는 현실의 벽이 자세히 덧붙여 있다. 이 일주일 내외 동안에 일어난 사건 중에서 스토리, 즉 나의 일상사와 겹치는 부분은 ① ④ ⑧ ⑨ ⑩ ⑫ ⑭ ⑯ 등의 절반 정도이다. ⑩ ⑫의 강연자에 얽힌 과거 회상은 플롯 전환 부분으로, 현재 생사의 번뇌에 따른 갈등의 일차적 동기인 승속의 갈림길(환속 후 재입산), 이에 병행하여 강연자의 청순했던 소녀시절과 현재의 타락한 모습이 대조되고 있다. 그리고 ⑭는 이 플롯의 절정이자 결말로 스토리에서도(⑦) 같다고 볼 수 있다.

그 외 ② ③ ⑤ ⑥ ⑦ ⑪ ⑬ ⑮ 부분들은 스토리, 즉 나의 인생사에는 그렇게 중요한 사건이 아니다. 이 부분들을 빼도 나의 삶 속에 나타나는 갈등을 재구성하는 데 아무런 지장이 없다. 그러나 스토리를 요약할 때 빼버려도 별 문제가 되지 않는 이런 '자유모티프'의 사건들은 작품 구성에 중요한 역할을 한다. 그것은 이 사건들이 작품에서 클라이맥스인 동시에 주제의식을 간접적으로 뒷받침하는 필연적 혹은 개연적 사건으로서의 의미를 가지기 때문이다. 이 자유 모티프 중 ⑤ ⑦ ⑬ 등의 관념적인 불교의 진리나 이에 관련된 에피소드는 지루할 정도로 논리적이어서 소설적 흥미를 반감시키는 것 같지만, 한편으로는 관념적인 주제를 암시하기 위한 장치라 할 수 있다. 이런 부분들은 주요 플롯이나 갈등 구조에서 벗어나 있는 사건이나 주변적 이야기이므로 서사의 중심 기능을 담당하는 것은 아니다. 그러나 한 작품의 미학적 구조를 풍부하게 해줄 수 있고, 다양한 정보의 도입, 플롯이 가지는 긴장감의 완급 조절, 분위기 전환 등의 면에서 중요한 문학적 의미를 지닌다.[7]

이 작품에서 '나'에게 불교적 진리의 깨달음을 가능하게 해주는 인물은 '아내'이다. ①②③④⑥⑦은 이에 도달하기 위한 필연적인 과정이다. 아내의 고통으로 인해 생사 문제에 번뇌하다가, 아내의 입원비와 요양지 때문에 승오스님의 도움을 받고, 아내의 죽음으로 인해 불교적 진리의 깨달음에 이른다. 그리고 아내의 시신 화장 후 평화여인숙에 들른 계기가 강연자와 노칠석을 만나고, 노칠석과 함께 쓰레기 매립장에서 일하며 민중 구제에 뛰어듦으로써 하화중생의 진리를 실천하는 모습을 보인다. 이처럼 주제의식을 내포하는 ⑭까지는 필연적인 인과관계로 이어져 있다.

3.2. 모티베이션

작품 속에서 모티프(동기)나 상징적 이미지들은 주제를 뒷받침하는 연결 띠로 더 이상 분해가 불가능한 주제적 요소이다. 문학작품은 이런

---

7 한용환, 『소설의 이론』, 문학아카데미, 1990, p.278.

모티프들의 결합이고, 모티프는 파불라를 슈제트로 바꾸는 데 필수적인 내적 인자이다. 이런 모티프들은 반복적으로 나타나면서 다른 부분들과 긴밀하게 엮여 예술적인 통일성을 지닌다. 러시아 형식주의자들은 이런 모티프를 '가장 단순한 이야기'로, 플롯을 '모티프들의 집단'으로 본다.[8] 이런 특정한 모티프의 도입이나 그 집합들의 도입을 증명하는 방법적인 체계를 모티베이션(동기화)이라 하는데, 그 본질이나 성격에 따라 ① 구성적 모티베이션 ② 사실주의적 모티베이션 ③ 미학적 모티베이션 등으로 나눌 수 있다.[9]

작품 속에 특정한 동기나 동기들의 집합이 내재하는 것은 작품이 미학적인 체계로 정당화된다는 것으로, 바로 동기화motivation를 뜻한다. 구성적 모티베이션이 일련의 상징적 모티프로 작품의 주제를 환기시키는 주요 인자로 작용한다면, 사실주의적 모티베이션은 상상력을 통한 허구적 이야기가 현실의 삶 속에서 있음직하도록 보편성과 개연성에 치중한다. 미학적 모티베이션은 이런 이야기를 그럴 듯하게 만들기 위해 재미있게 꾸미는 방법상의 기교이다. 사실주의적 모티베이션이 필요조건이라면, 구성적 모티베이션과 미학적 모티베이션은 충분조건이라 할 수 있다. 따라서 이러한 동기 작용은 문학작품을 역동적인 체계로 파악함으로써 결정론적인 구성을 극복하여 하나의 생명체로 인식하려는 태도에서 기인한다.

3.2.1. 구성적 모티베이션
구성적 모티베이션은 경제성과 효율성을 바탕으로 사건 전개를 자연

---

8 빅토르 어얼리치, 앞의 책, p.38.
9 츠베탕 토도로프, 앞의 책, pp.251~263 참조.

스럽게 구성하는 데 필요한 모티프로 이루어져 있다. 상징적으로 집약 반복되는 이런 모티프들은 다른 구성 요소들과 긴밀하게 얽혀 상호작용하면서 사건 전개를 정교하면서도 자연스럽게 구성한다. 특정한 모티프들은 독자의 눈에 비치는 대상들이나 작중 인물들의 행동들을 성격 지을 수 있다. 이 작품에서는 '정토', '평화여인숙', '미륵암' 등이 서두에서부터 제목이나 주요 모티프로 제시되면서 상징적 이미지로 작용하고 있다. 함축적 제목인 '정토'는 주인공이 궁극적으로 추구하는 깨달음의 공간이다.

본래 불교에서 정토신앙은 '미타정토'와 '미륵정토'로 나눈다. 미타정토 신앙은 현세인 사바세계에서 멀리 떨어진 극락세계(서방정토)로서 이곳에 있는 아미타불의 본원을 믿고 염불(경전독경, 공덕찬양, 칭명 등)하면 사후에 극락세계에 태어날 수 있다는 것이다. 미륵정토는 먼 훗날 미륵불이 이 세상에 출연해 중생들을 구제해 용화세계라는 이상사회를 이룩한다는 것이다. 미타정토가 현실 속에서 고통 받는 삶을 벗어나려는 열망의 초월적 세계라면, 미륵정토는 현재의 괴로운 시간의 소멸과 함께 도래할 해방된 세상이다. 미륵이 이 세상에 출현할 때는 대립과 갈등, 억압과 착취, 가난이 없고 공덕을 쌓는 모든 중생이 구제받는 것이다.[10] 이 미륵신앙은 앞으로 도래할 이상향적인 갈망과 역사적 실현의 가능성을 주도하는 힘으로 발전하여 민중의 저항성과 혁명적 전위의식을 갖게 한다.

이 작품에서 정토의 하위 공간 중 현실 초월적인 미타정토彌陀淨土는 '미륵암'으로, 현실적 민중 구원의 미륵정토彌勒淨土는 '평화여인숙', '난

---

10 한종만 편, 『한국근대 민중불교의 이념과 전개』, 한길사, 1980, pp.336~350 참조.

지도 쓰레기 매립장'으로 암시된다. 미륵암이라는 암자는 아내의 병을 현대과학으로 치유할 수 없기에 인간 육신의 처절한 고통과 번뇌를 벗어나려는 안식처의 공간이다. 이곳에 도달하기 전 계곡 건너편에는 정력 강장을 위한 보신 요리 등 온갖 유흥음식점이 난무한데 탐욕스러우면서도 이기적인 인간의 욕망을 반영하고 있다. 이에 반해 미륵정토는 현실 초월적 공간이 아니라 예토의 세계로, '평화여인숙', '난지도 쓰레기 매립장'이다. 쓰레기 매립장은 인간의 욕망과 죄악의 찌꺼기를 무한정 쏟아내는 공간이다. 평화여인숙은 노동자 합숙소로서 숙박비가 싸 그의 가족이 장기 투숙하고 있지만, 역 근처의 주변 환경은 매우 열악해 대낮에도 호객 행위를 일삼는 창녀촌이다. 그가 방탕의 구렁텅이에 빠져 있는 식이를 위해, 병든 아내의 요양을 위해 지옥 같은 이 공간을 벗어나려고 하지만, 아이러니하게 진구렁의 늪이나 수렁 같은 이곳에서 스스로 고난과 고통의 진리를 찾고자 정착하게 된다. 이러한 모티프들은 서두부터 계속 반복되면서 다른 부분들과 긴밀하게 연결되어 사건 전개를 매우 자연스럽게 끌어가는 치밀성과 정교함을 보여준다.

그는 식이에게 부처는 먼 극락에 있지 않고 진흙탕 같은 뒷골목이나 지옥에 있다고 가르친다. 그리고 부조리한 사회 구조에 적극적으로 저항하는 모습은 보이지 않지만, 쓰레기 매립장에 정착하여 주위 빈촌에 탁아소를 설치하고, 무료하게 시간을 보내며 낮술에 찌든 노인들을 위해 참선과 요가를 가르치려는 모습에서 그의 사회참여적인 신앙관을 엿볼 수 있다. 비록 그의 의지가 주위로부터 이상주의자와 몽유병자로 매도되어 난관에 직면하지만, 그가 현실개혁적인 민중의식적 신앙관으로 발전하고 있음을 알 수 있다.

승속을 초월해보겠다는 이야기지. 암 같은 존재들이 득시글대는 이 세상의 맨 밑바닥에서부터 인생을 다시 시작할 거요. 구더기와 똥파리가 끓고 비린내가 진동하는 더러운 땅이 정토가 될 때까지 나는 절대 이곳을 떠나지 않을 거란 말이오.

이처럼 그가 생각하는 정토는 개인 구원 차원의 초월적인 미타정토라기보다 부조리한 사회구조를 인식하며 민중의 고통에 동참함으로써 현실의 불합리성을 극복하려는 민중의식 차원의 미륵정토 신앙관이라 할 수 있다. 부처는 먼 극락에 있지 않고 고통스런 현실세계에 있으며, 극락 또한 욕심 없이 연민의 마음을 가질 때 누구나 이를 수 있는 공간이라는 것이다. 그래서 새벽마다 인력시장에 나가 날품팔이를 구하기 위해 강연자에게 작업복을 구해달라고 부탁하며 노동 현장에 뛰어든다.

3.2.2. 미학적 모티베이션

미학적 모티베이션은 소설 이야기를 재미있게 꾸미는 방법상의 기교로, 감동을 전하기 위해 되도록이면 생동감과 현장감 있는 묘사가 전제되어야 한다. 낡은 것과 습관화된 표현이나 전통적이고 허구적인 정당화의 허울을 벗기기 위해 때로는 낯설게 하거나 기괴화된 기법을 사용하기도 한다. 감동적인 느낌이란 진부한 상황 전개나 상투적인 이야기에 머물지 않고 공상적인 신기함이나 극적 구성이 필연적이다. 그러나 공상적인 신기함이나 환상성은 비현실적 현상으로 인해 리얼리티가 반감될 수밖에 없다. 따라서 모티프 사용은 현실적인 사실성과 미학적 구조 사이에 조화를 이루어야 한다. 「정토」는 절망적이면서도 암담한 현실 상황에서 고뇌하는 인간 내면세계의 갈등을 잘 보여주고 있는데, 서술자는 미학적 모티베이션에 의해 치밀하면서도 섬세하게 현실상황이나 내면세계를 묘사하고 있다. 비록 고통스럽고 슬픈 인간사의 이야기이지만 작가의 섬세한 미학적 모티베이션에 의해 그 애틋함과 아픔의 척도를 객관적으로 공감할 수 있다. 이 소설에서 미학적 의도로 사용된 모티프는 주로 아내의 병에 관련하여 외모나 병실 묘사가 중심을 이룬다.

㉠ 그녀의 깊은 속살의 어딘가가 눈에 띄지 않게 썩어 들어간다는 걸 나는 금방 감지해낼 수 있었다. 병실에 들어서자마자 시큼털털한 초醋 냄새가 훅 끼쳐왔다. 상한 우유나 막걸리를 목에 넘겼을 때의 느낌이랄까, 비릿한 욕지기가 울컥 솟았지만, 나는 밖으로 내색하지 않고 태연스런 표정을 지었다.

㉡ 암癌 부위가 자궁경부뿐 아니라 다른 장기와 세포조직의 여기저기를 급속도로 들쑤셔 침윤하고부터 그녀의 피부는 덩달아 검버섯이 피고 수숫대처럼 깡말라갔다. 숯가마의 연기에 그을린 듯싶은 안색은 상기도 어느 불구덩이 속에서 기름기가 다 빠져나간 채 타고 있는 주름살투성이의 번데기를 문득문득 연상케 한다. 그녀가 가녀리게 콧김을 뿜어 숨을 내쉴 적마다 몸 안의 모든 피가 기체로 변해 스멀스멀 달아나는 것 같다. 바람이 불면 훅 꺼져버릴 듯, 그 육체의 양감이 깃털처럼 가볍게 느껴질 경우도 요즘 들어 부쩍 심해졌다.

㉢ 고뇌의 늪을 헤쳐 나온 그럴 때의 그녀의 모습은 어딘지 푸근한 색감을 뿜어내고 더없이 맑고 투명해 보인다. 고통을 통해 자신의 내면을 깊이 들여다볼 수 있을 때 깨달음 또한 커진다는 것이다.

그래서 그녀는 간혹 생명의 진을 짜서 바른 듯 가라앉은 표정을 짓곤 하는 것인가.

ⓔ 정처 없이 헤매다가 해질 무렵쯤 허탈한 그림자를 길게 늘인 채 돌아올 것이며 밤이 되면 다시 야행동물처럼 어두운 거리로 나가 벌겋게 충혈된 눈을 빛낼 것이다. 그러다가 결국엔 밤새 발정에 시달린 수코양이처럼 퀭한 얼굴로 제풀에 지쳐 나가떨어질 게 뻔하다.

ⓖ ⓛ ⓒ은 병든 아내의 육신과 정신 상태를 관찰자 입장에서 자세히 묘사한 부분이다. ⓖ ⓛ은 자궁암 말기로 죽어가는 아내가 입원해 있는 병실에서의 수척하고 초췌해진 외형적 모습과, 피부까지 섬세하면서도 감각적으로 치밀하게 묘사하였다. ⓖ은 병실의 역겨운 냄새를 시큼한 '초' 냄새의 후각으로, 그에 따른 느낌을 '상한 우유'와 '막걸리'를 마셨을 때 트림 나는 역겨운 미각으로 비유함으로써 누구나 쉽게 일상생활에서 경험했음직한 친숙함을 제공한다. ⓛ은 온몸이 암세포로 번진 탓으로 윤기 없는 환자의 피부와 안색을 '검버섯' 피고 '숯가마 연기'에 그을린 모습으로, 왜소해진 외모를 '깡마른 수숫대'와 기름기 빠진 주름살투성이의 '번데기'로, 힘없이 숨을 쉬는 상태를 바람에 날아 가버릴 것 같은 '깃털'로 각각 묘사하여 환자에 대한 생생한 시각적 현장감을 불러온다.

ⓒ은 더 이상 피할 수 없고, 떨쳐버릴 수 없는 육신의 처절한 고통을 통해 온갖 번뇌를 초월하는 비움의 상태로, 깨달음의 경지에 이르는 모습이다. 현세에 집착하거나 초조하지 않고 마음을 비운 경지가 '푸른' 색감과 '맑고 투명한' 외모로 묘사되고 있다. ⓔ은 난지도 쓰레기 매립장에서 힘든 노동일을 하는 노칠석이 핏덩이 자식을 남겨두고 도망간 동거

녀를 찾기 위해 밤마다 역전가 포장마차를 헤매다 지쳐 돌아오는 모습을 '야행동물'이나 '수코양이'의 동물 감각적 이미지로 묘사한 부분이다. 이런 예문들은 정보전달 차원의 산문적 언어라기보다 풍부하면서도 구체적 정서를 환기시키는 시적 언어의 감각적 표현이라고 할 수 있다.

3.2.3. 사실주의적 모티베이션

소설은 허구적인 내용을 상상력을 통해 구성하지만, 현실에서 있음직한 보편성이나 앞으로 일어날 수 있는 개연성을 바탕으로 한다. 그럴 때 독자는 신뢰감 속에서 작품을 읽는 중에 흥미와 감동을 느껴 실제적인 삶의 가치를 찾게 되는 것이다. 독자는 주인공의 행동이나 스토리 전개가 그럴 듯하다는 감정이 들 때 이야기의 진정성을 믿을 수 있고, 인물들이 실제로 존재한다고 확신할 수 있다. 작품은 지어낸 것이라고 하지만 현실과의 어떤 일치를 요구하는 것이다. 독자는 작품의 가치를 그 일치에서 찾게 되므로, 예술적 구성 법칙에 익숙하더라도 이 환상에서 심리적으로 해방될 수 없다. 따라서 각 동기는 주어진 상황에 대해 있을 법한 것으로 도입되어야만 한다.[11] 그런데 「정토」는 스토리 전개상으로는 주위에서 있음직한 개연성과 보편성을 지녀 거부감을 느끼지 않지만, 구체적인 상황 하에서 합리적인 사고로 접근해 볼 때 상식적으로 이해하기 어려운 부분이 있다.

　　평퍼짐한 바위턱에 걸터앉은 그녀는 지금껏 걸어온 길이 숨에 찼던지
　　몇 번이나 깊은 한숨을 몰아쉬었다. 아주 천천히 걸었던 그 거리는 고작

---

11 츠베탕 토도로프, 앞의 책, p.254.

2킬로미터쯤에 불과했지만 쇠잔할 대로 쇠잔해진 데다가 경사진 오르막이어서 아무래도 힘에 부칠 것이었다.

아내는 더 이상 현대과학으로 치유할 수 없어 병원에서 퇴원해 평화여인숙에 기거하다가 요양을 위해 승오스님이 배려한 산사의 '미륵암'으로 거처를 옮기게 된다. 이때 말기 암 환자인 아내는 거동이 불편해 제대로 걸을 수 없을 텐데도 남편의 부축을 받으며 경사진 오르막길을 걷는다. 마치 얼마 남지 않은 여생을 정리하고 죽음을 향해가는 발걸음으로 비쳐진다. 그녀는 결국 힘에 겨워 남편의 등에 업히지만, 그런 상황에 대해 독자는 별로 거부감을 갖지 않는다. 그리고 고른 숨을 제대로 쉬지도 못하고, 앉지도 못할 처지의 피골상접한 아내에게 결가부좌의 자세로 참선을 시도하는 자체가 무리인데도 개의치 않는다. 참선이 일체의 번뇌 망상이나 참기 힘든 고통을 벗어나기 위한 수행 방법이라지만, 통증에 시달려 잠들기도 힘든 아내에게는 무리일 수밖에 없다. 그런 상황에서 어떤 집착이나 무엇을 얻겠다는 욕심을 가진다는 것이 너무 비약적이다. 또한 식이가 강도짓을 하다 붙잡혀 경찰서 유치장에 있다는 연락을 받고, 목숨이 경각에 달린 아내를 암자에 맡겨두고 며칠씩이나 자리를 비운다는 사실도 설득력을 갖지 못한다. 그가 경찰서와 병원 사이를 오가다 3일 만에 암자로 돌아왔을 때 결국 아내는 사경을 헤매다 숨을 거두게 된다. 이러한 상황 설정에도 독자는 별로 허황된 느낌을 받지 않는데, 그것은 전적으로 작가가 실제로 있었던 이야기처럼 만드는 모티베이션의 치밀한 전략 때문이다. 바로 작가가 만든 현실적 환상에 독자들이 빠져들기 때문이다.

이런 현실적 환상은 시종일관 주제의식을 뒷받침하는 일련의 반복적 모티프의 암시에 따른 결과이다. 나와 아내가 요양지인 미륵암을 찾아가는 길은 속세의 번뇌와 집착, 고통을 떨쳐버리고 극락정토를 찾아가는 수행자의 모습이다. 고통 속에서 암을 치유하기 위해 보냈던 병원생활이나 산등성이에 오르기 전 계곡 따라 펼쳐진 유흥음식점들의 탐욕스런 현장은 인간 속세의 한 축소판이다. 미륵암에 다다르기 전 산속 계곡의 갈림길에 펼쳐진 연초록 잎의 푸른 산천은 승속으로 가는 중간지대이다. 산등성이 오솔길에 다다른 아내의 힘든 모습은 수행 과정에 있는 고통스런 인간의 모습을 반영한다. 힘든 아내에게 결가부좌의 참선을 시도하는 것도 궁극적으로 일체의 고뇌와 고통 없이 영원한 법열만이 존재하는 극락을 체험하려는 수행의 경지이다. 목숨이 경각에 달린 아내를 홀로 남겨두고 강도짓을 한 식이 문제로 경찰서를 찾는 것도 수행 과정 중에 떨쳐버리기 힘든 인간적 번뇌망상의 한 단면이라 할 수 있다. 이처럼 서두에서 비현실적 사고로 판단되었던 일련의 행위는 작가가 시종일관 일관된 주제의식을 암시하기 위해 모티프 반복을 치밀한 전략적 장치로 사용함으로써 독자는 허황된 느낌을 받지 않는 것이다.

__4 맺음말

주제학적 관점에서 접근한 김상렬의 「정토」는 '나'의 초점에 맞추어 가족 내의 일상사의 문제를 부수적인 인물들과의 관련 속에서 순차적으로 전개하고 있다. 이런 구조 속에서 상황 분위기에 걸 맞는 나의 생각이나 느낌의 서술적 상황 해설, 나에 대한 부수적 인물들의 시각, 불교적 진리의 깨달음에 대한 일화 등이 전체적인 주제를 뒷받침하고 있다. 따라서 이 작품의 다양한 구성 요소의 분석을 통한 주제의식은 현실적 삶 속에서 고통과 고뇌를 통해 불교적 진리의 깨달음을 얻는 과정을 다루고 있다. 즉 집착과 번뇌에서 해방된 무소유의 경지에서 대승불교적 차원의 민중 구제에 바탕을 두어 진정한 부처의 모습을 찾는 것이다.

다음으로 이 작품의 구조의 견고성과 치밀성을 살펴본바, 첫째로 플롯에서 '자유모티프'와 '관련모티프'가 적절히 조화를 이루고 있다. 스토리가 관련모티프로 구성되었다면, 플롯은 에피소드나 여담을 포함한 자유모티프가 중심을 이룬다. 이런 자유모티프는 이 작품의 관념적 주제와 미학적 구조를 뒷받침하고 있다.

둘째로, 모티베이션의 치밀성이 나타나 있다. 모든 모티프 도입의 정당화의 방책이라 할 수 있는 모티베이션은 구성적 모티베이션, 미학적 모티베이션, 사실주의적 모티베이션으로 나눌 수 있는데, 이 작품은 이런 모티베이션들이 치밀하면서도 정교하게 나타나 있다. 경제성과 효율성을 바탕으로 한 구성적 모티베이션은 '정토', '평화여인숙', '미륵암' 등으로 서두에서부터 제목이나 주요 모티프로 제시되면서 상징적 이미지로 작용하고 있다. 생동감과 현장감 있는 묘사 중심의 미학적 모티베이션은 현실 상황에서 고뇌하는 인간 내면세계의 갈등과 아내의 병에 따른 육체적 외모나 병실 등을 섬세하게 묘사하였다. 현실의 사실성과 개연성에 치중한 사실주의적 모티베이션은 현실적 환상에 빠져들기 위한 치밀한 전략으로, 이 작품에서는 주인공의 인간적 고뇌와 연민을 통한 깨달음의 과정에 보편적 리얼리티를 부여하고 있다.

| 현대문학과 종교 |

___제 8장

구도자의 죽음제의를 통한 참삶의 가치성
— 김동리의 「등신불等身佛」

___1

　김동리는 우리 현대문학사에서 기독교·불교·무속 등 다양한 종교적 소재를 문학적 형상화로 승화시킨 대표적인 작가이다. 「등신불」(1961, 사상계)은 불교적 상상력을 통해 진정한 삶의 가치가 무엇인지, 한 구도자의 수행 과정을 통해 삶과 죽음의 문제를 종교적으로 승화시켰다. 즉 인간의 마음에 부처가 있다는 일원론적 진리를 죽음의 제의를 통해 보여주고 있다.

　이 작품은 이중적 서사구조의 추리적 액자소설로서 내레이터 형식으로 스토리를 이끌어가는 '나'와 액자 내의 그림인 '만적'에 얽힌 이야기가 중심을 이룬다. 시종일관 이항대립 구조로서 나/ 만적, 삶/ 죽음, 혈서/ 소신공양제, 실제적 인물/ 허구적 인물, 위장 도피/ 소신공양, 삶의 우연성/ 죽음의 필연성 등이 입체적이며 다층적인 시·공간에서 전개되고 있다. 속 이야기(內話) 중심인 만적의 삶은 신비적·전설적으로 다루어져 어떻게 그가 신앙적으로 삶과 죽음의 문제를 초월하고 있는지를 생생하게 보여준다. 바깥 이야기(外話)는 학병에 끌려간 내가 언제 죽을지 모르는 절박한 삶을 다루고, 내부 이야기는 삶을 초연한 죽음의 문제를 다루고 있다. 내화인 만적의 이야기는 천이백 년 전 당나라 시대로 거슬러 올라가 현재 시점에서 '등신불'과 선사에 얽힌 이야기를 기록물과 대립되는 두 인물의 만남을 통해 극적으로 전개하고 있다.

외화인 '나'의 이야기는 다음과 같다. 나는 일본 유학 중 학병으로 끌려가 중국 남경에서 언제 인도지나 혹은 인도네시아에 배치될지 모르는 상황에서 대기하고 있다. 만일 이 남방지역에 배치된다면 죽게 될 것이 뻔하므로 도피하기 위해 대책을 강구하던 중 자신이 다녔던 일본 대정대학의 자료를 찾다가 그 대학 출신인 '진기수'라는 중국인 불교학자가 조그만 암자에 기거한다는 것을 알고 그와 접촉함으로써 탈출을 시도하게 된다. 일본군 복장을 한 나는 그 암자에 가서 자신은 살생하고 싶지 않고 불교에 귀의하고 싶다는 내용의 혈서를 보여줌으로써 진기수 씨로부터 신뢰를 얻는다. 나는 그의 소개로 다른 암자로 도피해 원혜대사를 만나고, 그곳에서 금불각에 안치되어 있는 생불 형태의 등신불을 보고서, 그 등신불의 주인공이 당나라 시대의 젊은 구도자인 만적이라는 것을 그의 행적과 함께 접하게 된다. 만적의 생애는 등신불에 얽혀 있는 '만적선사 소신불기'라는 문헌과 진기수 씨의 스승인 원혜대사와 시종 청운이 들려주는 구전적 이야기를 통해 자세히 밝혀진다.

이 작품은 자연 배경이나 분위기보다 시종일관 공간적 배경 이동이 중심축을 이룬다. 내가 일본 유학생으로 학병에 끌려가 중국 북경과 남경, 그리고 진기수의 소개로 서공암棲空庵에서 정원사淨願寺에 도착해 금불각의 등신불을 보기까지의 생사를 넘나들며 절박했던 노정이 원근법적 파노라마처럼 펼쳐진다. 정원사는 우연한 인연의 끈으로 절박한 죽음의 속세를 벗어난 신성한 공간이며, 금불각의 등신불을 만남으로써 신비적인 불심의 구도 과정을 간접 체험하는 곳이다. 이 신성한 공간성은 서공암棲空庵·정심원靜心院·청정실淸淨室 등의 호칭에서도 마음의 평정과 정화의 수도 과정을 느낄 수 있다. 경암스님의 안내로 정원사에 이르기까지 이백 리의 산길을 헤쳐 오는 여정은 육체적 시련의 과정이지만, 한편으로 이런 고행이 부처의 은혜로움을 경험하면서 죽음을 초월한 만적의 불심을 깨닫게 되는 자아성찰의 정신적 탐색 과정이 되고 있다. 즉, 속의 세계에서 신성의 경지로 이동하는 것이다.

이 작품은 소설의 허구성에도 불구하고 전기적·실제적인 인물과 허구적 인물이 가미되어 리얼리티를 부여한다. 서두부터 정원사를 찾게 된 동기와 그곳에서 등신불을 보고 들은 이야기, 천이백 년 전으로 거슬러 올라가 서술하는 허구적 인물인 '나'가 마치 실제적 인물로 부각되어 내화인 만적의 이야기를 접하는 과정, 실제 체험했던 모습의 과정과 경험담, 그리고 대학 동문인 진기수를 찾아가고, 그가 만나는 원혜대사와 청운스님 등은 현실적 인물로 제시된다. 이에 반해 속 이야기인 만적선사에 얽혀 있는 취뢰스님·운봉선사·해각선사 등은 상상력을 바탕으로 한 허구적 인물로 비쳐진다. 만적이 법림원에서 스승으로 모셨던 취뢰스님이 열반하자, 그는 운봉선사의 소개로 정원사의 무풍암에서 5년 동안 해각선사 밑에서 열심히 구도자의 길을 걷다가 소신공양하게 된다. 이처럼 속 이야기가 전개되면서 만적이 소신공양하게 되는 계기가 구체적으로 밝혀진다.

작품 속 서사구조는 우리의 삶 자체가 어떻게 보면 우연한 인연에 의해 운명이 좌우된다는, 즉 '나'가 생사의 절박함 속에서 진기수라는 사람을 만나 불은佛恩을 입어 부처의 은총을 깨닫고, 만적이라는 인물을 통해 불교적인 참삶의 의미가 무엇인지 깨달음을 얻게 되는 내용이다. 나는 어떻게 살아남아야 하는가의 생존 문제에 초점을 두었다면, 만적의 이야기는 그런 인간사의 생사를 초월하는 구도자의 불심에 초점이 맞춰지고, 두 이야기가 대조를 이루면서 삶과 죽음, 현재와 과거 상황의 상호의존적 교차 관계 속에서 전개되는 구조이다. 바깥 이야기는 속 이야기와 별개가 아니라, 입체적 구조로서 죽음을 벗어나려는 절박한 몸부림과 그런 죽음을 초월한 구도자로서 무상 경지의 해탈에 이르는 부처의 모습 등이 상호 교차됨으로써 온갖 번뇌와 집착을 벗어나는 것이 불교적 진리임을 암시한다.

더 구체적으로 바깥 이야기의 서사구조를 패러프레이즈 하면, ① 정원사를 찾게 된 동기와 등신금불을 보고 들은 이야기 → ② 학병으로 인도지나 부근 전쟁터에 배속될 위기 → ③ 진기수를 만나 혈서를 쓰며 구원 요청 → ④ 그의 도움으로 정원사에서 원혜대사를 만남 → ⑤ 정원사 산책 중 화려하게 도색된 금불각과 새전에 거부감 → ⑥ 금불각 불상의 처절한 고뇌의 표정에 충격 → ⑦ 청운스님에게서 불상에 관한 이야기를 들음 → ⑧ 원혜대사가 '만적선사 소신성불기'를 읽도록 권유 → ⑨ 인간적 고뇌와 슬픔을 간직한 부처의 모습 발견 등으로 요약할 수 있다.

바깥 이야기는 궁극적으로 속 그림인 만적 이야기를 드러내기 위한 하나의 장치이다. 금불각의 등신불을 보고 듣기 전까지의 이야기는 인간의 현실적·이기적·세속적인 단면을 그대로 반영한다. 그가 살아남기 위해 치밀하게 자료를 찾아 대정대학 동문인 진기수를 만나 애원하는 모습으로 불심어린 혈서를 쓰기까지 위장된 모습을 보인다. 인도지나로 배속

될 죽음의 절박한 상황에서 어떻게 하면 피할 수 있을지 수단 방법을 가리지 않는 태도이다. 그가 정원사에서 은거 중 산책하다가 등신불각 안에 화려하게 도금된 불상이나 부처의 은혜에 물질을 바치는 새전함을 보고 내심 거부감을 갖는다. 그는 세속적 차원에서 생각하듯 물질적 부를 얻기 위한 수단으로 화려한 불상을 꾸몄다고 생각하지만, 점차 만적선사에 얽힌 이야기와 그 불상에 어려 있는 인간적 고뇌와 처절함, 애원하는 듯한 모습에 충격적인 심리 현상을 체험함으로써 선입관적 거부감을 떨쳐버린다. 그가 처음에 가졌던 반감이 기록물과 주위의 이야기, 그리고 인간적 고뇌와 슬픔을 간직한 불상의 모습에서 전율과 공포를 느끼며 불심에 심취하여 정신적 변화를 겪는다.

다음은 내부 틀인 '만적선사 소신성불기' 이야기로, 만적이 소신공양을 함으로써 등신불이 되었다는 사실을 문헌과 원혜대사의 이야기를 통해 전개하는 구조이다. 간략히 요약하면, ① 어머니가 사구(謝仇)에게 개가해 이복형제인 사신(謝信)과 함께 생활함 → ② 어머니의 탐욕으로 사신이 독약 넣은 밥을 먹으려고 하자 만류 → ③ 사신이 가출하자 만적도 가출해 승려가 됨 → ④ 취뢰스님의 상좌로 정진하다가 소신공양하려 하나 운봉스님이 만류 → ⑤ 정원사 수도 중 10여년 만에 문둥병자가 된 사신을 만남 → ⑥ 만적은 정진 후 취단식을 갖고 1개월 뒤 소신공양 감행 → ⑦ 소신공양 시 비에 젖지 않고 원광이 비치며 병자들이 이적을 체험 → ⑧ 불은 입은 자들이 그의 육신에 도장하고 금불각을 세움 등의 내용이다.

2

만적은 본래 성은 조毋씨로서 불교에 귀의하기 전 속명은 기皆이다. 그의 어머니 장 씨가 사구에게 개가하자 만적은 전처 소생인 사신과 이복형제로 살아간다. 개가한 어머니는 남편의 재산이 탐나 사신의 밥에 독약을 넣자 그것을 알아차리고도 그가 먹으려 하자 만적이 만류한다. 사신은 계모가 재산이 탐나 자신을 죽이려 한다는 것을 알고 가출해 중이 된다. 만적은 법림원에서 취뢰스님의 상좌가 되어 불법을 배우다가 스승이 열반하자 그 은혜를 갚기 위해 소신공양하려 하나 운봉선사가 만류한다. 그 후 만적은 운봉스님의 배려로 정원사에서 해각선사를 만나 열심히 수도하던 중 10여년 만에 문둥병에 걸린 사신을 만나게 된다. 그는 괴로운 나머지 곡기를 끊고 하루에 깨 한 접시만 먹으며 정진하다가 2월 초하룻날 취단식(생불이 되기 위해 몸을 태우는 의식)을 갖고 한 달 동안 자신의 몸을 태우는 대공양 의식을 거행한다. 소신공양하기 위해 곡기를 끊고 들기름을 몸에 부으면서 명주로 몸을 감아 불에 태우는 것이다. 소신공양의 과정은 만적의 머리 위에 향료를 놓을 때 불길이 스며들어 태워지면서 연기로써 생불이 되어간다. 이때 비가 내리지만 향료불의 연기에 휩싸인 만적의 몸이 젖지 않고, 머리 위에 보름달 같은 원광이 비치고, 그곳에 모인 사람들 중 병이 낫게 되는 영험한 이적 현상이 일어난다. 이런 이적 체험과 불은을 입은 자들이 감사의 표시로 3년 동안 새전에 쌓인 돈을 모아 성불이 된 만적의 육신에 금을 입히고 금불각을 세워 그곳에 등신불을 모시게 된 것이다.

만적이 소신공양하게 된 동기는 일차적으로 취뢰스님이 열반 시 스승에 대한 보은이라는 생각의 발로였지만, 결정적 계기는 문둥병에 걸린 사신을 10여년 만에 재회한 결과의 산물이다. 어머니의 탐욕에 대한 참회와 그 참회를 씻기 위한 발원이 촉발의 계기가 된 것이다. 이 계기는 소승불교의 개인적 차원의 구도 과정에서 벗어나 이타행(利他行)의 대승불교적 차원에서 인간의 탐욕과 어머니의 죄를 승화시키는 불심의 과정에서 얻게 된 것이다. 이러기까지에는 그가 1차 소신공양을 시도하려 했을 때 운봉선사가 만류해 큰 그릇으로 키워가는 구도 과정이 필요했다. 어리석은 인간의 탐욕 때문에 다른 사람이 불행의 구렁텅이에 빠질 수 있다는 것을 사신을 통해 체감하면서 어머니의 업보에 대한 구도자의 모습으로 자신을 버리고 남을 구제시킨다는 이타행의 불심을 몸소 실천하는 것이다. 단지 이복동생의 불행에 대한 동정적 차원에서 그런 행동을 감행했다기보다 구도 과정을 통해 진정한 삶의 가치와 죽음을 초월할 수 있는, 즉 인간사의 번뇌와 집착을 벗어남으로써 가능한 자유로움의 경지라 할 수 있다.

소신공양은 현세적인 육체의 집착으로부터 벗어날 때 가능하다. 인간적인 번뇌와 집착을 벗어남으로써 육신의 탐욕을 무화시키는 과정이 죽음에 순응하거나 초월하여 무상의 경지에 이르는 것이다. 자신의 몸을 명주로 감고 들기름을 부어 화석이 되어가는 과정에서 고통을 극복하는데, 머리의 향료 위에 연기가 피어오름으로써 잘 연소되도록 소신공양으로 육체를 무화시키는 것이다. 육체의 연소는 인간적 번뇌나 집착을 벗어나려는 통과의례로써 탐욕에 대한 대속의 구현 행위이다. 화석화되는 과정은 고통스런 속세에서 부처가 되는 성의 경지에 이르는 모습이다. 불교적 관점에서 보면, 모든 것은 영원하지 않으며, 인연과 상호의존 관계에서 존재하는 무상의 세계인데도, 인간은 고정불변한 실체(相)가 있는 것으로 착각하고 욕심이나 집착을 갖기 때문에 온갖 번뇌가 생긴다.

따라서 애당초 변하지 않는 것은 하나도 없다는 무상의 원리를 깨달아, 현상세계를 무상의 세계로 인식할 때 번뇌와 고통이 사라지는 것이다.

　　원혜대사의 이야기를 듣고 있는 동안 나는 맘속으로 이렇게 해서 된 불상이라면 과연 지금의 저 금불각의 등신금불같이 될 수밖에 없으리란 생각이 들었다. 그리고 많은 부처님(불상) 가운데서 그렇게 인간의 고뇌와 슬픔을 아로새긴 부처님(등신불)이 한 분쯤 있는 것도 무관한 일인 듯했다.

　죽음도 삶의 연장선이라는 무심의 경지를 향한 수행 과정은 공사상의 현상화이다. 죽음이란 삶의 연장선상에 놓인 하나의 변화일 뿐 영원히 멸한다는 개념이 아닌, 즉 '색즉시공 공즉시색'의 불이론不二論의 경지이다. 죽음이란 단지 마음의 문제라는 무심의 상태에 도달하려는 열반의 경지가 만적의 소신공양의 모습이다. 죽는 것을 포함한 현상의 실상을 바르게 깨닫는 것은 죽음을 극복할 수 있게 만든다. 열반의 해탈은 죽음을 포함한 현상의 집착에 따른 온갖 고뇌와 번민을 극복하는 상태이다. 만적의 소신공양은 무상의 경지에 도달하기 위한 수행 과정의 하나로 자연으로의 귀의 자체라 할 수 있다. 그의 죽음은 한낱 물리적인 현상으로 인식되지 않고, 연기의 모습처럼 공의 세계로 돌아가는 것이다.

　만적선사의 소신공양기는 내가 학병으로 끌려가 죽음에 직면한 상황에서 피하려고 하는 모습과 대조되면서, 과연 인간에게 "삶과 죽음이란 무엇인가?"라는 깨달음의 문제가 화두로 와 닿는다. 어떻게 살고 죽어야 올바른 삶의 길인가를 자신에게 화두로 던지는 것이다. 재로 남게 된 만적의 육신은 자신의 업보를 삭이고 남을 살리는 이타행으로써 나로

하여금 죽음 이후의 모든 것이 사라지며 끝난다는 생사의 가치관에 갈등과 회의를 불러일으킨다. 나만 살겠다는 이기심과 만적의 이타행적 죽음을 통해 "삶은 의식이 있는 죽음을, 죽음은 의식이 없는 삶을 의미한다."는 공사상을 깨닫게 된다.

나는 달포 전에 남경 교외에서 진기수 씨에게 혈서를 바치느라고 입으로 살을 물어 뗀 나의 식지를 쳐들었다. 그러나 원혜대사는 가만히 그것을 바라보고 있을 뿐 더 말이 없다. 왜 그 손가락을 들어 보이라고 했는지, 이 손가락과 만적의 소신공양과 무슨 관계가 있다는 겐지, 이제 그만 손을 내리어도 좋다는 겐지 뒷말이 없는 것이다……. 태허루에서 정오를 알리는 큰 북소리가 목어木魚와 함께 으르렁거리며 들려온다.

원혜대사가 '식지食指'를 들어보라는 화두는 거짓으로 혈서를 쓰고 불교에 귀의한 것에 대해 스스로 부끄러움을 느끼는 자각 인식이다. 죽음을 초월한 만적선사의 소신공양이 보여주는 이타행적 모습은 화두와 대조되면서 나의 행동이 얼마나 부끄러운지 깨닫게 한다. 따라서 식지의 상처는 소신공양과 등가적 의미로써 삶에 대한 가치와 불교적 진리에 대한 깨달음을 암시한다. 처음에 거부감을 가졌던 등신불에 인간의 온갖 번뇌와 고뇌의 흔적이 어려 있음을 발견하고, 삶과 죽음의 문제를 깨달으며 자아성찰의 계기를 갖는다. 등신불은 인간 속의 신성을 발견해 구현하는 인간의 실존적 모습이다. 만적의 삶을 통해 "우리의 마음에 부처가 있다"는 불교적 명제를 새삼 확인하는 것이다. 우리의 삶 자체는 인연에 의해 운명이 좌우되지만, 그런 만남의 인연도 하나의 불은에 따른 결과라고 할 수 있다.

| 현대문학과 종교 |

제 9장

현대시와 불교적 상상력
— 윤회와 선禪사상, 정토신앙

인간은 근원적으로 현실세계에서 육신의 삶이 끝난 후 영원한 삶이 있기를 희구한다. 이런 갈망은 영원한 안식처인 낙원으로 표상되는데, 인간이 현실세계에서의 행위와 그 결과에 따른 사후세계의 여러 양상을 연결시킴으로써 인간의 행위를 절제하고자 한 계기가 윤회사상[1]을 낳게

---

1 윤회는 욕계·색계·무색계의 3界, 혹은 지옥도·아귀도·축생도·아수라도·인간도·천상도의 6途로 구분하는데, 단지 구분하는 방법상의 차이로 다르게 설명될 뿐 4계와 6도는 동일한 세계이다.
- 欲界: 욕망적으로 생활하는 존재의 공간으로 惡途인 지옥·아귀·축생·아수라, 善途인 인간·저급한 신들이 사는 곳이다.
  色界: 욕망은 떠났으나 아직 육체를 지닌 존재인 천상의 존재, 혹은 유일신이 아닌 신이 머무는 곳. 이들 육체는 미묘한 물질로 되어 있어 우리의 육안으로 볼 수 없음. 천상에 살 수 있는 선업의 결과를 다하면 다시 다른 세계로 윤회 전생하는 존재들이다.
  無色界: 욕망과 육체조차 없는 정신적 존재가 사는 곳.
- 地獄途: 업이 다할 때까지 긴 세월 동안 극심한 고통을 느낌.

되었다. 윤회는 어떤 주체가 한 생에서 다른 생으로 옮겨가는 것이 아니라, 그 자체가 수레바퀴 돌 듯 계속 변화하는 것이다. 모든 존재는 살아 있는 동안 짓는 행위(업)의 결과에 따라 사후에도 그에 상응하는 여러 모습의 생명체로 다양한 세계에 태어난다. 사후 세계는 일회성으로 그치는 것이 아니라, 다음 세상에서의 행위에 따라 그 다음 세상으로 끊임없이 이어진다. 사후에 다시 지상이나 천체를 포함한 천상에 태어날 수도 있고, 조상이나 신들의 세계에 태어날 수도 있다. 만일 지상에 태어난다면 자신의 영혼이 동·식물이나 벌레로 변형되거나, 혹은 친족이나 부족의 구성원 속에서 다시 태어난다고 믿는데, 인간으로 태어난다면 그 신분은 이전의 세상과는 다르다. 불교에서 짐승은 물론 하찮은 미물까지도 살생을 금하는 것은 인간이 다시 이런 생물로 태어날 수 있기 때문이다. 이런 점에서 윤회설은 인간을 우주적 공동체 안에서 자연의 한 부분으로 보면서, 모든 생명체를 동등한 입장에서 보호하는 것이다. 변화무쌍하고 허무한 삶에 대해 영속성을 가짐으로써 나름대로 가치성을 부여한다.

'업'은 원인 결과의 인과법칙이나 선악 행위의 윤리 법칙에 바탕을 두고 있다. 인간의 모든 감각기관은 외부 대상을 지향하는데, 어떤 대상이 얻어지면 그 마음은 번뇌와 집착이 수반되어 그에 따라 생각하고 행동하여 업의 원인이 된다. 이 '업'은 육체(身)와 언어(口)와 마음(意)으로 짓는 행위로 나타난다. 따라서 업을 지으면 그냥 소멸되거나 타인에게

餓鬼途: 배고픔과 목마름으로 고통을 느낌.
畜生途: 벌레·물고기·새·짐승들이 사는 곳.
阿修羅途: 신을 상대로 싸우는 존재가 사는 곳.
人間途: 업을 짓고 윤리적 생활이 가능하며 수도와 열반을 취할 수 있는 인간이 사는 곳.
天上途: 선업을 지은 존재가 사는 곳.

이전할 수 없이 필연적으로 자신에게 그 결과가 나타나는데, 이것을 과보(果報)라 한다. 그러나 업보의 결과는 다르게 나타날 수도 있고, 그 노력 여하에 따라 영향을 미칠 수 있다. 이미 결정된 업의 결과도 어느 정도 변화시킬 수 있는데, 즉 나쁜 업 뒤에 좋은 업을 지으면 나쁜 업의 과보를 상쇄시킬 수 있다. 선업을 지은 자는 천상계나 인간계, 악업을 지은 자는 지옥·아귀·축생도에 태어난다.

윤회적 삶 속에는 있음과 없음, 즐거움과 고통, 선과 악 등 배타적이며 상대적인 현상이 끊임없이 반복된다. 가진 자의 충족은 가지지 못한 자의 결핍이 되고, 쾌락적 즐거움은 상대의 고통이 된다. 따라서 한쪽은 기득권을 누리고 지키기 위해 억압과 가식을, 다른 한쪽은 결핍과 절망의 고통에서 슬픔을 지닌다. 그러나 윤회적 삶의 근본적인 고통은 무지(무명)와 욕망의 집착이다. 이런 고통으로부터의 해방은 빈곤과 고통의 일시적 해소로 이루어지지 않고, 윤회적 삶을 야기한 고통의 조건을 소멸하고 대립 갈등의 구조를 지양할 때 가능하다. 따라서 업의 결과가 소멸되어 성불하면, 즉 해탈과 열반의 경지에 이르면 진정한 자유와 행복이 있는 불멸의 생명을 얻을 수 있어 윤회의 바퀴는 멈춘다.

윤회사상은 현재의 삶에서 끝나지 않고 또 다른 삶이 있다. 다음의 삶은 지금의 삶을 어떻게 사느냐에 따라 결정된다. 인간의 생각과 행위는 없었던 것처럼 사라지지 않고 다음의 삶에 영향을 미친다. 악한 자나 선한 자는 각각 그 행위의 결과에 따라 보응을 받는다. 이처럼 윤회설은 행위와 결과의 엄격한 인과율에 근거한다.[2] 현재의 삶 속에서 당하는 행복과 불행, 기쁨과 슬픔, 즐거움과 고난은 전생의 업보로 생각해야 하고,

---

2 김균진, 『종말론』, 민음사, 1998, p.177.

아울러 여기에 순응해야 한다. 가능한 한 주어진 상황 속에서 악을 행하지 않고 선을 행함으로써 다음 생애는 보다 고상한 생명체로 다시 태어나려는 관심이 현재의 삶을 지배하므로 다분히 운명론적 순응주의를 보인다. 죽음은 단지 지금의 삶에서 다음의 삶으로 넘어가기 위해 거쳐야 할 통과점에 불과하다. 윤회설은 영혼과 육체를 일원론으로 보는 기독교와 달리 이원론에 근거해 독립된 영혼의 실체를 전제하면서 육체에 그 가치성을 크게 부여하지 않는다.

> 안녕히 계세요
> 도련님
>
> 지난 오월 단오ㅅ날, 처음 만나든 날
> 우리 둘이서 그늘 밑에 서 있든
> 그 무성하고 푸르든 나무같이
> 늘 안녕히 안녕히 계세요
>
> 저승이 어딘지는 똑똑히 모르지만
> 춘향의 사랑보단 오히려 더 먼
> 딴 나라는 아마 아닐 것입니다
>
> 천길 땅밑을 검은 물로 흐르거나
> 도솔천의 하늘을 구름으로 날드래도
> 그건 결국 도련님 겯 아니예요?

더구나 그 구름이 쏘내기 되야 퍼부을 때
춘향은 틀림없이 거기 있을 거예요!

– 서정주의 「춘향유문」 전문

이 시는 죽음을 앞둔 춘향이 이도령에게 유언을 남기는 독백 형태로서 객관적인 시선으로 북받치는 감정을 냉정히 절제하고 있다. 이도령에게 하직 인사하는 그의 모습은 겉으로는 의연한 것 같지만 내면적으로는 이별과 죽음의 두려움을 떨치지 못하며 영원한 사랑을 갈망한다. 이런 갈망은 불교적 상상력을 통한 매 연의 확신에 찬 서술적 어조에 나타난다.

춘향은 절박한 현실 상황에서 행복했던 과거의 추억을 회상하며 현실의 고통을 승화시킨다. 아름다운 추억은 '무성하고 푸르든 나무'처럼 싱그러우면서도 수직 상승의 생명력으로 비유된다. 영원불변한 사랑은 그가 이승에서 마지막으로 하직인사를 하며 가지만, '도솔천'이라는 불교적 시·공간을 설정하여 우주의 순환 원리로 나타낸다. 이승에서 이도령과의 이별은 현상적 순간이지만, 그들의 사랑은 '검은 물─구름─소나기' 등의 윤회적 상상력의 바탕에서 우주 원리로 순환하여 정신성·영원성으로 승화된다. 그의 육신이 다양한 세계에서 여러 형태의 존재로 순환 반복되어도 그의 영혼은 항상 도련님 곁에 있겠다는 불변의 사랑을 토로한다. 물은 끊임없이 변모하는 원소의 속성으로 존재의 소멸과 탄생, 정화, 생의 연속성을 지닌다. 춘향은 죽어서 '천길 땅밑을 검은 물로 흐르거나' 혹은 '도솔천의 하늘을 구름으로 날드래도' 언젠가는 다시 소나기로 화해 이승의 세계로 회귀하리라고 확신한다.

이런 사랑의 확신은 육체적·현실적 공간에서 수직 상승의 '나무'나

'그네'를 통해 정신적·천상적으로 상승하여 영원성을 획득한다. 비록 그들의 사랑이 이승에서 결실을 이루지 못하더라도 소나기를 퍼부어 푸른 나무를 무성하게 자라게 하듯 그들의 정신적 사랑도 싱그럽게 성숙해간다는 것이다. 나무聖木와 물聖水은 돌聖石과 같이 원시종교나 민간신앙에서도 신격화되거나 성역을 이루는 중심체가 되기도 한다. '나무'는 꽃 / 풀 등, '물'은 바다 / 강 / 우물 / 비 / 눈 등의 유사한 속성의 이미지로 형상화된다. 나무와 소나기(물)가 생명성의 생생상징ferthility, 生生象徵으로 짝을 이루어 새로운 생명을 잉태하듯, 그들의 사랑을 꽃피우는 것이다. 춘향은 구름이 소나기로 화해 비를 퍼부을 때 항상 도련님 곁에 있을 것이므로 죽어도 죽지 않는 불사조처럼 이승과 저승을 마음대로 넘나들 수 있다는 확고한 사랑을 고백한다.

> 언제던가 나는 한 송이의 모란꽃으로 피어 있었다.
> 한 예쁜 처녀가 옆에서 나와 마주 보고 살았다.
>
> 그 뒤 어느 날
> 모란 꽃잎은 떨어져 누워
> 메말라서 재가 되었다가
> 곧 흙하고 한세상이 되었다.
> 그래 이내 처녀도 죽어서
> 그 언저리의 흙 속에 묻혔다.
> 그것이 또 억수의 비가 와서
> 모란꽃이 사위어 된 흙 위의 재들을
> 강물로 쓸고 내려가던 때,

땅 속에 괴어 있던 처녀의 피도 따라서
강으로 흘렀다.

그래, 그 모란꽃 사윈 재가 강물에서
어느 물고기의 배로 들어가
그 혈육에 자리했을 때,
처녀의 피가 흘러가서 된 물살은
그 고기 가까이서 출렁이게 되고,
그 고기를, ―그 좋아서 뛰던 고기를
어느 하늘가의 물새가 와 채어 먹은 뒤엔
처녀도 이내 햇볕을 따라 하늘로 날아올라서
그 새의 날개 곁을 스쳐 다니는 구름이 되었다.

그러나 그 새는 그 뒤 또 어느 날
사냥꾼이 쏜 화살에 맞아서,
구름이 아무리 하늘에 머물게 할래야
머물지 못하고 땅에 떨어지기에
어쩔 수 없이 구름은 또 소나기 마음을 내 소나기로 쏟아져서
그 죽은 샐 사 간 집 뜰에 퍼부었다.
그랬더니, 그 집 두 양주가 그 새고길 저녁상에서 먹어 소화하고
이어 한 영아嬰兒를 낳아 양육하고 있기에,
뜰에 내린 소나기도
거기 묻힌 모란 씨를 불리어 움트게 하고
그 꽃대를 타고 올라오고 있었다.

그래 이 마당에
현생의 모란꽃이 제일 좋게 핀 날,
처녀와 모란꽃은 또 한 번 마주 보고 있다만,
허나 벌써 처녀는 모란꽃 속에 있고
전날의 모란꽃이 내가 되어 보고 있는 것이다.

- 서정주의 「인연설화조」 전문

　이 시는 '모란꽃'과 '나'를 매개로 인연의 얽힘 속에서 거듭되는 윤회
전생의 과정을 나열식으로 전개하고 있다. 한 생의 업의 결과가 남아
있는 동안 윤회전생은 계속되는데, 무릇 나와 처녀 같은 중생은 사랑에
얽매여 인연의 끈을 놓지 못하고 멀고 긴 생사를 떠돌고 있다. 화자인
'나'와 '모란꽃'은 여러 번의 윤회 과정 속에 서로 형체를 맞바꾸어 마주
하고 있다. 즉 '나 → 모란꽃 → 재 → 물고기 → 물새 → 두 양주 →
영아' 등 다양한 생물이나 무생물적 존재로 화해 현재는 마당에 핀 '모란
꽃'을 보고 있는 '나'로 설정되어 있다. 그리고 마주 섰던 '예쁜 처녀'는
죽어 그의 '살'과 '피'는 '흙'과 강물로, '강물'은 다시 '구름 → 소나기→
모란꽃대'로 윤회전생을 거듭하여 모란꽃 속에 있는 것이다. 따라서 '나'
와 '모란꽃'은 끈질긴 인연으로 생이 거듭될수록 멀어지거나 단절되지
않고 다른 형체의 모습으로 연을 맺고 있는 것이다.
　그런데 이런 인연의 끈으로 윤회전생하는 각 존재는 상승과 하강의
기본 축을 중심으로 영원성과 초월성의 천상적 이미지와 유한성과 일시
성의 지상적 이미지가 대립을 이루고 있다. 1연과 5연이 수미雙관식으로
'나 = 모란꽃 = 처녀'의 상관관계를 형성하는 현세라면, 2연이 하강, 3연

이 상승과 하강, 4연이 상승 국면을 각각 나타내고 있다. 이 상승 지향의 천상적 이미지는 미당의 신라정신과 불교적 상상력의 초월성에 바탕을 두고 있다. 그는 시공을 초월한 영원한 인격체로서의 존재를 추구하는 것이다.

12월달 어느 날
싸락눈이 내린 오후
어린 아들 함께 산에 오르다가
얼음 덮인 골짜기에
빨간 열매를 보았네

황량한 골짜기에
풀잎들은 서걱이고
긴 겨울 잎 떨어진 찔레덩굴 위에
서리에도 안 떨어진
그 열매가 눈부셨네

이제 겨울 깊어
흰 눈 쌓이면
모이 없는 멧새들이 와서 따 먹으리

인적 없는 골짜기
빨간 그 열매
모이 없는 꿩들에게

모이가 되리

때로는 눈물짓던 내 영혼아
네 바람 어디에 두고 있느냐

어느 날 내가 죽어
깊은 겨울 오면
인적 없는 골짜기 모이라도 되랴

긴긴 겨울 잎 떨어진 찔레덩굴 위에
서리에도 안 떨어진
그 열매가 눈부셨네

- 김명수의 「찔레 열매」 전문

이 시는 한시의 기승전결 형태인 선경후정先景後情의 구조처럼 전반부
는 주제를 뒷받침하는 외형적 배경이 객관적으로 묘사되고, 후반부는
그 배경을 통해 시적 화자의 주관적인 감정이 이입되어 주제를 형상화하
고 있다. 전반부에서는 추운 겨울날 아이와 함께 산에 오르다가 황량한
골짜기의 찔레덩굴에 달려 있는 '빨간 열매'를 무심코 발견한다. 쓸쓸한
겨울만큼이나 앙상한 나뭇가지에 눈서리가 내렸지만 떨어지지 않은 '빨
간 열매'는 유독 눈부시게 빛을 발하고 있다. 주위가 생명력이 사라져
적막하고 황량한데도 빨갛게 빛을 발하는 '찔레 열매'는 대조적으로 눈
부시게 느껴진다. 강렬한 색감에 더해지는 강인한 생명력의 결실은 마지

막 부분 3행("긴긴 겨울 잎 떨어진 찔레덩굴 위에/ 서리에도 안 떨어진/ 그 열매가 눈부셨네")에서도 수미쌍관식으로 반복되어 강조되고 있다.

후반부에 가면 전형적인 한시 구조처럼 감정이 이입되어 '빨간 열매'가 자연현상으로 머물지 않고 '멧새' 먹이와 '꿩'의 모이가 되고, 마지막 단계에서는 시적 화자가 이런 '모이'가 되기를 갈망한다. 특히 '눈물짓던 내 영혼아'는 화자가 자신의 내면을 호격으로 청자화해 반문함으로써 인연의 끈을 벗어나지 못하는 현세의 고뇌와 갈등을 형상화하고 있다.

불교에서 윤회는 수레바퀴 돌아가듯 삶과 죽음이 되풀이되는 것으로, 업(행위)의 결과에 따라 다음 생이 결정된다. 업은 육체로 짓는 행위(身業)와 말로 짓는 행위(口業), 마음으로 짓는 행위(意業)로 구분한다. 업에 따른 윤회는 반복되는 고통의 순환 구조이지만, 해탈과 열반의 경지에 이를 때 비로소 멈춘다. 윤회를 초월하는 길은 붓다의 연기론에서 찾을 수 있다. 연기론은 불교 교리의 사상적·이론적 근거가 되는데, 모든 존재는 우연히 존재할 수 없고 상호의존적으로 원인과 조건에 따라 형성되는 관계성을 지닌다. 모든 존재는 서로가 의지하고 관계를 가짐으로써 존재할 수 있고, 그 관계가 깨어질 때 사라진다. 따라서 연기설의 관점에서 고苦도 독자적으로 있는 것이 아니라, 어떤 원인과 조건에 따라 생기므로 그런 요소를 제거하면 사라지게 된다는 것이다. 십이연기설도 고苦가 어떻게 생기고 사라지는가에 대한 해답이라고 할 수 있다. 윤회 전생하는 삶은 괴로움이며, 그 원인은 무지와 욕망(갈애)에 따른 것이니, 깨달음이란 이런 무지無明와 욕망으로부터 벗어나는 자기해방으로서의 해탈이며 열반의 경지로, 윤회가 멈추는 것이다.

이 시에서 화자는 윤회의 업을 끊음으로써 해탈의 경지에 이르려고 하는데, 그것은 먹이를 구하기 어려운 '깊어가는 겨울'에 꿩의 모이가 되는, 즉 보시를 베푸는 살신성인의 선업善業을 쌓고자 한다. 이런 수도 과정을 통해 화자가 궁극적으로 갈망하는 '바람'은 해탈의 경지인 '서리에도 안 떨어지는 눈부신 열매'에 다다르는 것이다. 열반은 육체적·정신적 괴로움을 일으키는 온갖 탐욕과 분노, 어리석음이 소멸되는 편안하고 행복한 적정寂靜[3]의 상태라 할 수 있다. 이 경지에 다다르는 과정은 인간사의 고苦인 온갖 번뇌와 집착을 수도 과정을 통해 극복하는 것인데, 이런 인간사의 세계가 작품에서는 황량하고 쓸쓸한 시·공간의 겨울 이미지(골짜기, 서리, 싸락눈, 마른 나뭇가지, 잎 진 찔레덩굴 등)로 환치되고 있다.

2

선禪은 고대 인도의 명상법인 '요가yoga, 瑜伽'에서 시작되어 중국 당대唐代에 들어와 송대宋代에 번창하였다. 요가는 인도의 모든 철학이나 종교의 모태가 되는데, 산란한 마음을 안정시켜 정신을 통일시키는 수행법이다. 불교의 선정禪定은 이런 명상 차원의 요가에 머물지 않고 더 나아가 집중적인 삼매의 경지에서 사물과 진리를 통찰할 수 있는 각성의 상태를 구한다. 삼매는 번뇌가 사라지고 마음이 바르게 안정된 상태로 열반의 경지와 같다. 바른 마음의 상태, 곧 진리의 상태가 모든 사물이나 현상의 마음적 표현이다. 즉 외부 지향적인 인간의 감관感觀을 통제·절제함으로

---

3 열반의 수행길은 극단적 고행이나 지나친 쾌락을 피해 八正道를 실천함으로써 몸과 마음의 조화인 적당한 상태의 중도의 길을 걷는 것이다. 八正道는 正見·正思·正語·正業·正命·正精進·正念·正定 등이다.

써 갈애를 바탕으로 야기된 윤회적 삶의 구조를 깨닫게 되는 것이다.

선은 경전을 문자 상으로 이해하거나 논리적인 지식이나 분석적인 판단으로 해석하지 않고 체험적인 직관지로 깨달아 마음에 내재되어 있는 붓다의 지혜와 덕성을 함양함으로써 자기생활화로 구현하는 것이다. "마음이 부처이고 평상심이 그대로 도道"이듯 관념과 사변이 개입되지 않고 본질과 현상이 체험 속에서 일체가 되는 경지이다. 평상심은 경계에 집착해 얻은 이기적 충동인 번뇌나 분별, 차별화를 일으키는 중생심이 아니라, 미혹함이 없는 반야의 지혜로서 선 수행과 깨달음의 철저한 체험을 통해 자각된 근원적인 마음(불성)을 뜻한다. 이런 불성의 깨달음見性은 만법의 근원이 각자의 마음에 있으므로 일체의 권위나 형식, 피상적인 가치관을 탈피해 인간 본래 그대로의 참된 자아의 본래심을 찾는 것이다. 집착으로 인한 불안과 번뇌는 자아와 주관에 따른 결과이므로 주객이 일치될 때 자아나 대상인 사물도 없어진다. '나'는 독자적으로 존재할 수 없고, 나 이외의 객체적인 것과 서로 상응하고 의지하는 연기의 관계에 있는 것이다. 선은 자아를 망각하고 대상을 절대적으로 인식하는 훈련이므로, 사물을 대립적으로 생각하지 않고 주객이 일체된 평등 속에서의 차별(色)화이다. 합리적 세계가 주관적 관점의 인식의 세계라면, 비합리적 세계는 주관적 관점을 벗어난, 즉 인식 이전의 세계를 '나'로서 자각이 가능한 믿음의 세계이다.

간화선看話禪 혹은 공안선公案禪은 중국 당나라 시대의 조사선祖師禪이 발전한 형태이다. 조사선은 정신을 집중하고 번뇌를 물리치는 좌선의 실천적 차원에 머무르지 않고, 인간 각자의 근원적 본래심, 즉 불성의 자각과 실천이라고 할 수 있다. 일체의 번뇌나 잡념이 일어나지 않는 상태에서 자신의 불성을 깨닫고 한 곳에 정진하는 것이다. 번뇌 망상의 생각으로는 자신을 정확히 보지 못하므로 무념무상으로 정신집중을 수련하는 것이다. 이런 선 중심의 선불교는 불교가 중국에 전래되면서 노장사상과 긍정적이면서도 현실적 사유 정신인 유교사상과 자연스런 만남에서 발생하게 된 것으로, 대승불교의 핵심인 불성(本來心)과 반야의 공사상을 선 수행과 실천적 관점으로 적용하여 현실적 생활종교로 발전시킨 것이다. 선 수행법은 좌선과 선문답이 있다. 좌선은 마음을 집중시켜 정신적 통일을 얻기 위한 신체적 수행으로 본래심을 찾는 자기 조명이고, 선문답은 시공을 초월해 여러 부처들과 조사들의 말씀[4]과의 대화를 통해 진리를 올바르게 인식할 수 있는 안목을 기르는 것이다.

목어를 두드리다
졸음에 겨워

고오운 상좌 아이도
잠이 들었다.

부처님은 말이 없이
웃으시는데

서역 만리길

---

4 禪은 구체적인 인간의 삶과 현실에 괴리된 불교사상의 관념화를 비판하며 현실적 삶에 대한 문제의식을 公案으로 나타냈지만 시간이 지날수록 관념화 경향으로 흘렀다.

눈부신 노을 아래

모란이 진다.

– 조지훈의 「고사古寺 1」 전문

선적 진리의 표현은 장르 특성상 논리적이고 의식적인 과정의 산문보다 함축적이며 암시적인 운문에 걸맞다. 그것은 선이 직관을 중시하고 언어를 초월하기 때문에, 그 초월된 언어가 상징적으로 암시될 경우 시적 요인과 만나게 된다. 이때 시나 선은 풍부한 상상과 예리한 관찰로써 사물과 인생을 바라본다는 점에서 일맥상통하는 것이다. 그래서 조지훈은 저서 『시의 원리』에서 시의 원리와 선적 방법이 일치한다는(詩禪一如) 선의 미학으로, ① 복잡의 단순화, ② 평범의 비범화, ③ 단면의 전체화 등의 조건을 들고 있다. 즉 선시란 불교적 세계관에 바탕을 둔 시적 사유와 상상으로써 현란한 기교나 격식을 거부하고 직접적인 감정 표상으로 평이하면서도 간결한 단순성, 평범한 것을 통해 경이감을 주는 비범화, 우주적 단면 속에 우주 섭리를 드러내는 함축성 등을 지닌다고 할 수 있다.

이 작품은 산사 풍경의 단면을 스케치한 것으로, 전체적인 시상이 단순간결하면서도 직관적인 시선으로 묘사되어 찰나적인 초극의 세계를 느끼게 할 뿐만 아니라, 후반부에는 비약적으로 전개되어 심오한 달관의 경지에 이른다. 선은 무념무상의 정신적 집중 상태에서 자아와 대상을 일치시키므로 모든 굴레와 차별화를 벗어날 수 있는 가장 순수한 자유의 상태이다. 피곤하거나 졸리면 잠을 청하듯 순리에 따르는 것이 자연스런 행위이면서 '참 나의 모습'이다. 아무 생각 없이 배고프면 밥 먹고, 졸리면 잠자는 자연현상, 이 자연의 마음이 우주의 진리요 삼매의 경지이다. 이러한 이치는 가장 쉽기도 하고 어렵기도 하다. 쉽다는 것은 우리가 생활하는 일상의 모습이기 때문이고, 어렵다는 것은 평범함 속에 깊은 철학을 내포하고 있기 때문이다. 중생을 일깨우고자 목어를 치다가 졸리면 그대로 잠을 잔다는 상황이야말로 깨달음의 경지이다. 자연의 순리 속에 인위적인 가식이나 욕망의 집착이 깃들 수 없다. 이런 경지에서 무언의 염화미소는 '부처님의 웃음'으로 비유된다. 우리는 존재한다고 생각하는 분별과 의식의 집착 때문에 진실을 보지 못하므로 이것을 타파해버리거나 부정하는 것이 선의 논리이다. 이런 논리는 우주의 이치와 깨달음의 계기를 만들어주는 방법이기 때문에 경계와 분별을 없애는 부정의 철학이 선행되는 것이다. 따라서 무언의 동작으로, 혹은 난해하면서도 역설적인 동문서답식의 언어로 표현되기도 한다. 이런 점에서 1990년대 이후 포스트모더니즘 경향의 해체적 방법에 의한 난해성과 이질성을 포함하고 있다는 인상을 주기도 한다.

'염화미소拈華微笑'에 얽힌 에피소드를 소개하면 다음과 같다.[5] 인도 마갈타국 왕사성 밖 동북쪽에 아주 높은 영취산靈鷲山이 있는데, 석가가 항상 설법을 하여 이곳을 영취회산상靈鷲會山上이라 불렀다. 어느 날 석가는 수많은 청중 앞에서 수도를 지도하는 중에 금바라金波羅라고 하는 아름답고 향기로운 꽃가지를 높이 들어보였다. 청중들은 어떤 설법이 나오려나 기대하며 집중하고 있었는데 석가는 묵묵히 꽃가지 하나만을 들고 있으므로 무슨 의미인지 이해할 수가 없었다. 모두들 바보처럼 바라보고만 있을 때 상좌에 앉아 있던 마사가섭摩詞迦葉이란 제자가 그 꽃가지를 쳐다

---

5 서경보, 『불교와 선』, 호암문화사, 1983, p.57 참조.

보고 빙그레 웃었다. 그는 스승이 꽃가지를 드는 진의를 깨닫고 빙그레 웃은 것이다. 석가와 가섭의 무언의 경지, 이런 상황을 바라보는 청중은 도대체 무슨 의미인지 의문에 잠겨 있었다. 그러나 석가와 가섭은 무언 중에 심오한 진리를 소통할 수 있는 법요가 되었던 것이다. 이 무언극 속에 일언반구 필요 없이 이심전심의 일장 설법을 마치게 된 것이다. 이 선의 논리에는 언어와 분별을 허용하지 않고, 진실한 상황과 직관된 자아만이 있을 뿐이다. 인간의 의식을 부정하거나 본성의 진실만을 드러낸다.

시적 화자는 '부처님의 웃음'에서 인간의 무한아와 절대아가 공존하는 순간 정토세계인 '서역 만리길' '눈부신 노을 아래'서 모란꽃이 떨어지는 것을 깨닫는다. 천상(노을)과 지상(모란)의 존재 소멸이 '눈부신' 밝음 속에서 호응관계를 이룬다. '서역 만리길'은 정토의 세계이면서 깨달음의 도정이다. 이때 모란의 떨어짐은 자연적 소멸 상태가 아니라 무아지경에서 느끼는 우주적 전체의 실상으로서 공空을 환기시키는[6] 초월적 선의 경지이다. 인간적인 속안으로 볼 수 없고, 오로지 달각의 순간에서 느끼는 심오한 경지이다. 이 '모란꽃'은 열반을 향한 속인의 고행이며 이상향을 추구하는 절대아의 표상이다. 여기에서 화자의 염원은 수도자가 추구하는 정토세계와 다를 바 없는, 현실의 고뇌와 좌절을 잊기 위한 이상향을 설정하는 것이다.

부처님은 사문四門을 나가고
너는 사문으로 들어온다

---

6 김옥성, 『현대시의 신비주의와 종교적 미학』, 국학자료원, 2007, p.157.

들어오나 나가나
다르지 않다.

보살은 고해를
여의주로 바꾸어
당초에 도덕은 없고
당초에 인과는 없고
과학은 계율
다라니는 창조예술
생·로·병·사가 없고
사람마다 수많은 우주일세.

사리불아
물고기를 안 먹느냐.
죽음을 꾸짖고
죄를 비웃는가
의문은 대답이 없어
스스로 깨닫느니

- 김구용의 「축祝」 중에서

불교의 근본적 진리는 절대자를 통한 구원이 아니라 자신의 수양을
통한 깨달음으로 인간중심적이다. 누구나 부처가 될 수 있는 깨달음은
연기의 묘법에 대한 것으로 중생을 떠난 자아란 존재할 수 없다는 것이

다. 직관적인 선의 경지에서 깨달음이란 모든 집착이나 분별심을 버린 아무것도 없는 마음이 자기본성이라는 것을 인식하는 상태이다. 일체의 분별이 사라진 텅 빈 마음 상태에서 '들어오고 나가'는 것은 구별이 있을 수 없다. '사문四門'은 불교적 진리의 세계에 들어가는 수행 단계의 사방의 문이다.[7] 이러한 경지에서 부처가 되기 전의 깨달음을 구하는 '보살'은 '고해苦海'를 '여의주如意珠'로 바꾸어 볼 수 있는 것이다. 우리의 삶 속에서 고통이란 것도 한갓 분별심에 따른 마음의 환영에 지나지 않으므로 이것을 깨달을 때 그 고해도 여의주로 새롭게 인식된다. 인간사에서 '도덕'이나 '인과'도 분별심에 따른 인위적인 가치 판단의 허상에 지나지 않고, '과학'은 계율처럼 엄격한 객관적 가치의 산물인 것이다.

인간사에서 피할 수 없는 가장 큰 고통은 생로병사이다. 고통은 궁극적으로 분별과 집착의 산물이므로 무념무상의 평상심을 지닐 때 벗어날 수 있다. 주객이 일체된 무심·무아의 경지에서 너와 나의 구분은 사라지고, 나는 '수많은 우주'와 일체감을 이루며 거듭나게 된다. 이런 경지는 합리적인 지식이나 논리적인 이론으로 뒷받침되지 않고, 단지 끊임없는 수행과 깨달음으로 얻어지는 것이다. 이런 깨달음의 안내자인 '다라니陀羅尼'(摠持·能持)는 석가의 가르침佛法을 마음속에 간직하게 하는 주문으로 신비적 힘을 지녀 '창조예술'로 비유된다. 이 주문을 외울 때 한없는 기억력을 얻고, 모든 재액을 벗어날 수 있는 신비적 창조성을 얻을 수 있는 것이다. 이런 경지에서 지혜로 대변되는 석가의 제자 '사리불舍利弗'에게 던지는 '의문'은 일종의 우문현답이 되어 깨달음으로 이어진다.

---

7 밀교에서의 수행 단계로서 동쪽의 發心門, 서쪽의 菩提門, 남쪽의 修行門, 북쪽의 涅槃門을 뜻한다.

그대 보이지 않는 것은

없어진 것이 아니라

수미산이 가려 있기 때문이리

그대 미소가 보이지 않는 것은

없어진 것이 아니라

잎새에 가려 있기 때문이리

그대 목소리가 들리지 않는 것은

없어진 것이 아니라

바람 속에 묻혀 있기 때문이리

아 두고 온 얼굴을 찾아

하늘로 솟구치는 몸부림

그대 가슴에 뚫린 빈 항아리에

담고 담는 반복이리

— 최원규의 「달」 전문

각 연의 균형과 기승전결의 형태를 띠고 있는 이 시는 3연까지 "그
대~(이)지 않는 것은~ 없어진 것이 아니라 ~(여)있기 때문이리"의 반복
된 형태구조를 취하고 있다. 마지막 연은 전형적인 한시 구조처럼 앞
연에서 자연에 감정을 이입시킨 시적 자아의 구도 과정을 총체적으로
아우르며 끊임없이 해탈을 위해 고뇌하며 몸부림치는 중생의 몸짓을 나

타낸다.

'수미산須彌山'은 불가에서 세계의 한가운데 가장 높이 솟아 있는 산으로, 꼭대기에 불법을 지키는 신인 제석천帝釋天이, 중턱에는 사방을 진호하며 국가를 수호하는 사천왕四天王이 있다고 한다. '그대'는 서방정토를 가는 '달'을 의인화한 것이다. '달'은 불교의 화엄사상에서 "개체가 곧 전체이고, 전체가 곧 개체"라는 진리의 불성에 비유된다. 하늘에 떠 있는 달은 하나이지만 세상의 모든 만물을 세세히 공평하게 비추기 때문이다. 이런 달이 수미산에 가려져 볼 수 없다는 것은 불교의 진리를 체득하기 어렵다는 의미이다.

2연의 '미소'는 달의 미소이자 부처의 미소인데, 보려고 할수록 보이지 않는다는 역설적 형상화는 아직도 깨달음의 경지에 이르지 못하고 미망의 혼돈에서 헤맨다는 의미이다. 3연의 '목소리'는 불교적 진리의 말씀으로 청각적 현상 차원이 아닌 마음으로 자각하는 깨달음의 경지이다. '그대', '미소', '목소리'는 불교적 진리의 표상으로 부처의 화신이다. 삼신三身 중 법신法身은 부처가 깨달았던 진리(法)이고, 보신報身은 과거의 공덕과 노력의 대가로 석가모니의 모습으로 태어나는 것이고, 화신化身은 인간 구제의 방편으로 적절하면서도 다양하게 드러나는 부처의 모습이다. '수미산', '잎새', '바람' 등은 부처와 중생 사이에 놓인 장벽으로 깨달음에 이르기까지의 집착과 번뇌의 산물이다.

시적 화자는 끊임없이 깨달음을 구하는 성문聲聞, 독각獨覺과 같은 존재이다. 성문, 독각이 소승불교 차원에서 꾸준히 명상하며 깨달음을 얻어 열반의 경지에 이르는 비사회적 수도자라면 보살菩薩은 이타적 정신을 구현하는 대승불교의 수행자이다. 깨달음의 과정은 사성체(苦聖諦, 集聖諦, 滅聖諦, 道聖諦)에 바탕을 둔다. 고성체苦聖諦는 생로병사의 고통을 비롯해 사랑하는 이와 헤어지고, 미워하는 사람과 만나고, 구하는 것을 얻지 못하고, 육신의 집착에 따른 고통 등 여덟 가지가 포함된다. 집성체集聖諦는 고통의 원인(集)이 무지, 분노, 어리석음, 탐욕 등의 번뇌와 집착에 따른 것이다. 멸성체滅聖諦는 고통의 원인인 고통을 제거함으로써 고苦에서 해방되는 것인데, 고가 어떻게 생기고 사라지는가가 '12연기법'이다. 도성체道聖諦는 고통이 없는 열반의 경지에 이르는 수행길로 8정도八正道를 실천하여 몸과 마음을 조화(中道)의 상태로 유지하는 것이다. 4연은 빈 항아리에 반복해 물을 담아 붓는 행위처럼 해탈을 위해 몸부림치는 고뇌의 몸짓이다. 시적 화자는 '두고 온 얼굴'을 찾기 위해 달을 향해 끝없이 염원하고 간구하는 것이다.

3

불교의 선종이 스스로 깨달음을 통해 구원에 이르는 자력 신앙이라면, 정토신앙은 자기 깨달음뿐만 아니라 타인이 구원에 이르도록 도와주는 타력 신앙이다. 정토신앙은 본래 신라시대 원효 이후 이상향적인 불교국가를 이룩하기 위해 출발한 데 그 기원을 두고 있는데, 사회가 불안정할 때 기복신앙에 젖어 극락 행을 위해 자살하거나 사교 집단에 빠져 현세를 저버리는 경향이 있어 사회문제가 되기도 하였다.

이 신앙의 이론적 배경인 정토3부경(아미타경, 무량수경, 관무량수경)은 사회 구원의 이타행인 대승불교적 진리에 바탕을 두고 있다. 위로는 깨달음을 구하고, 아래로는 중생을 구제한다는 대승불교는 출가자가 부처의 가르침을 바탕으로 철저히 계율을 지키고 수도하는 소승불교적 차원에 머물지 않고, 과거 붓다(佛陀)에 대한 동경이 신앙의 원천으로 초인화·신격화한 종교운동에서 출발하였다. 이 대승불교적 신앙은 ① 자이自利와 이타利他 겸비, ② 재가와 출가에 관계없이 이상향적 인간상('보살') 추구, ③ 믿음과 실천 중시, ④ 붓다의 구제력 중시 등에 초점을 두고 있다. 보살은 깨달음을 구하는 자로, 지혜와 덕성과 행동이 탁월해 부처가 될 수 있는 확정된 후보자이다. 회향廻向은 보살행의 완성으로, 자신의 선악 행위가 자신만의 고락을 낳는다는 업보의 원리에서 벗어나 타인의 깨달음과 행·불행으로 돌리는 방향 전환을 뜻한다. 자신의 고통과 괴로움이 중생 구제를 위해 즐거움이 된다는 진리이다. 대승보살의 길은 자기 혼자만의 구원에 머물지 않고, 타인 구제가 궁극적으로 자신의 구제라는 이타행의 믿음을 몸소 실천하는 것이다. 즉 모든 이에게 진리를 깨닫게 하기 전에는 자신의 깨달음에 안주하지 않고, '본원本願과 행行'이 일치되는 신앙을 통해 중생을 구제하는 데에 목적을 둔다.

정토신앙[8]은 미타정토彌陀淨土와 미륵정토彌勒淨土로 나눌 수 있다. 미타정토는 사바세계에서 십만 억 국토가 떨어진 서방정토로 아미타불이 있는 극락세계이다. 미타정토 신앙은 아미타불의 본원을 믿고, '남무아미타불南無阿彌陀佛'(아미타불에 귀의함)로 염불(경전의 독경, 공덕 찬양, 예배 및 칭명)하면 이 세상의 삶을 마친 뒤 아미타불이 있는 극락세계에 태어날 수 있다는 것이다. 본원은 부처님이 맨 처음 깨달음을 이루고자 하는 마음을 일으킬 때에 세운 서원으로, 스스로 깨달음을 실현하겠다는 것이 주가 되지만, 또한 타인에게도 깨달음을 얻게 하려는 이타 행위도 포함된다. 부처의 본질인 중생을 구제하지 않을 수 없는 자비와 지혜가

---

8 한종만 편, 『한국 근대 민중불교의 이념과 전개』, 한길사, 1980, pp.336~350 참조.

아미타불의 본원을 통해 중생에게 회향되어지는 것이다.

　미륵정토는 56억 7천만 년이라는 아득한 뒷날 육도윤회의 천상극락인 도솔천으로부터 미륵불이 이 세상에 출현해 석가모니부처 시대에 구제하지 못한 중생들을 구제해 용화세계라는 이상사회를 이룩한다는 것이다. 따라서 미륵불은 석가불이 맡은 고통의 세계가 완전히 해방된 용화세계로 실현된다는 점에서 석가의 완성 자체라 할 수 있다. 미타정토가 현실 속에서 고통 받는 삶을 벗어나려는 열망의 초월적 세계라면, 미륵정토는 현재의 괴로운 시간의 소멸과 함께 도래할 해방된 시간이다. 미륵이 이 세상에 올 때는 대립과 갈등, 억압과 착취, 가난이 없고 석가불 때 공덕을 쌓은 모든 중생이 구제받는 것이다. 미륵신앙은 장차 펼쳐질 시대라는 이상향적인 갈망과 역사적 실현의 가능성을 주도하는 힘으로 발전하여 민중적 저항성과 혁명적 전위의식을 갖게 한다. 타력적인 미타신앙은 지배자들에게는 현실적 극락이 물질적·문화적으로 실현되므로 지배 이데올로기로, 민중에게는 극락은 죽은 뒤에나 간다는 환상성에 길들여져 현실의 고통과 시련이 필요하다는 숙명론적 태도를 취한다.

　　　乾川을 따라 내려갔다
　　　구겨진 아내의 가슴
　　　마름질하듯
　　　無心川邊
　　　사월의 꽃잎 한둘
　　　떨어진다
　　　들리지 않은 신음소리려니
　　　마른 손 놓고 자갈밭에 앉아 있다.

아내는 지금 설운 山行

땅 속 그루터기 그 밑에

묻어버리는 것이려니

죽어서야 기른 새끼 모여들 듯

뒷날

이 땅에서 꽃으로 피어

이제서야 한세상 등짐으로 하고

乾川을 건너간다.

- 이충이의 「무심서로無心西路」 전문

　시적 화자의 관점에서 아내와 함께 장례 행렬을 따라가는 광경을 묘사
한 이 작품은 꽃피는 사월의 자연현상과 대조가 되고 있다. 시 제목에서
암시하는 '무심서로'는 황천길, 극락정토, 서방세계로 가는 길로, '무심
천변無心川邊'과 동일한 공간이다. 장례 일행은 현세의 지상세계에서 이상
향적 공간인 불국정토를 향하여 교량적 매체 공간인 '건천乾川'을 따라간
다. 마치 저승세계를 가기 위해 입사식과도 같은 의식을 치르는 것이다.
　그런데 서방정토에 들어가기 위해서는 '무심無心'의 경지에 이르는 깨
달음이 있어야 한다. '무심'은 도피안에 이르는 육바라밀 중 선정禪定에
다다른 경지이다. 불교의 육바라밀은 ① 자비를 베푸는 보시布施, ② 온
갖 계율을 지키는 지계持戒, ③ 육체적·정신적 고난을 극복하는 인욕忍辱,
④ 진실의 도를 실천하는 정진精進, ⑤ 고요사색으로 무지나 욕망을 타파
하는 선정禪定, ⑥ 연기나 공의 진리를 체득하는 반야般若를 뜻한다. 해탈
에 이르기 전 무심 단계인 선정의 경지는 고요사색으로 고苦를 야기하는

무지와 번뇌와 욕망, 분별심이 없이 마음이 일체되는 비움의 상태이다. 무상無常은 모든 존재란 영원한 형상함이 없이 꾸준히 변화하는 것이다. 무아無我란 생성 변화를 벗어난 영원 불변적 존재인 실체, 본체는 없는 것이다. 모든 존재는 비실체적인 여러 요소로 이루어져 시시각각 변하는데도, 욕망은 내가 고유하게 존재한다는 불변의 존재성을 인정하기에 고의 근본 원인이 되는 것이다.

특히 이 시에서 '건천'을 건너는 주체는 첫 행에서는 시적 화자와 아내로, 장지를 향해 가는 모습이다. 건천은 장지를 향해 건너는 냇가 길로서 망자를 보내는 아내의 고통스런 마음 상태를 반영한다. 따라서 어버이를 잃은 아내의 슬픔은 꽃잎이 떨어지고 가슴이 짓눌리는 고통의 신음소리를 내는 모습으로 나타난다. 그런데 마지막 행의 주체는 장지를 향해 가는 화자와 아내, 그리고 저승길을 가는 망자가 될 수 있다. 인연설은 '설운 산행山行'(장례 행)을 땅 속 '그루터기'에 묻음으로써 꽃피고 나비를 모은다는 인연의 끈을 엿볼 수 있다. '기른 새끼'는 자식들이고, '건천'은 아내의 가슴이며, 떨어지는 '사월의 꽃잎'은 들리지 않는 신음소리이다.

나는 나룻배
당신은 행인行人

당신은 흙발로 나를 짓밟습니다.
나는 당신을 안고 물을 건너갑니다.
나는 당신을 안으면, 깊으나 옅으나 급한 여울이나 건너갑니다.

만일 당신이 아니 오시면, 나는 바람을 쐬고 눈비를 맞으며 밤에서 낮까지 당신을 기다리고 있습니다.

당신은 물만 건너면, 나를 돌아보지도 않고 가십니다 그려.
그러나 당신이 언제든지 오실 줄만 알아요.
나는 당신을 기다리면서 날마다 날마다 낡아 갑니다.

나는 나룻배
당신은 행인

– 한용운의 「나룻배와 행인」 전문

이 작품은 「님의 침묵」에서 엿볼 수 있는 개인적 수도 과정의 소승불교적 차원보다 이타행적인 대승불교적 차원의 불심을 느낄 수 있다. '나'는 '나룻배'와 같은 도구적 역할로 행인인 '당신'을 물을 건너게 해주는 주체자로서 대승보살과 같은 존재이다. 소승불교의 수행자인 '성문聲聞', '독각獨覺'은 이타정신이 없이 자기만의 명상과 깨달음을 통해 타인에게 전하고 죽는 비사회적 수행자라면, 대승불교의 보살은 자신뿐만 아니라 타인의 해탈에 힘쓰며 이타정신을 구현하는 자이다.

'나'는 '당신'이 꼭 오리라 확신하기에 거센 비바람을 맞는 시련뿐만 아니라 기다림에 지쳐 육신이 쇠잔해 낡아갈지라도 단념하지 않고 묵묵히 기다리고 있다. 또한 이런 나를 당신이 짓밟고 학대할지라도 미워하지 않으며, 오히려 당신을 안고 위험한 여울을 건너간다. 이런 당신에 대한 나의 태도는 이해타산적인 이해관계가 아니라 무조건적으로 희생하며 헌신하는 초월적 사랑을 보여준다. 이처럼 타인을 위해 '나룻배' 같은 자신을 제도적 도구로 쓰임을 갈망하는 '나'는 보살 같은 수도자로서 부처님이 깨달았던 진리인 법신法身이자, 시대적 상황으로는 자신을 희생하여 민족을 구하는 선구자 같은 존재이다. 모든 사물이 지닌 참된 상태, 즉 부처의 원천인 깨달음의 근거가 여래장如來藏이라면, 깨달음 자체는 법신法身이다.

이에 반해 절대적으로 나의 헌신적 대상인 '당신'은 행인과 같은 보편화된 인물인 중생이고, 시대상황으로는 고통 받는 우리 민족이라고 할 수 있다. 따라서 나를 통해 강을 건너게 되는 '저쪽'이라는 공간은 수도자의 이상향적 공간인 정토이고, 식민지 시대상황에서는 해방된 자유로운 공간이다. 따라서 이 시는 달이 서역(정토)길로 안내하는 역할을 하듯 내가 당신을 저쪽으로 옮겨가는, 즉 이승에서의 깨달음을 통해 중생을 구제해 '저쪽'(정토)으로 안내하는 '상구보리 하화중생'의 대승불교적 신앙관을 반영하고 있다. 아울러 일제식민지 하의 암울한 시대상황에서는 조국 광복을 위한 선구자로서 역사의식을 담은 참여시로도 평가할 수 있다.

제 3부
무속과 문학적 상상력

—

제 10장

무속의 종교적 속성과 전통성

＿1

　고대적 제의에 뿌리를 둔 무속은 오랜 세월을 지속해오면서 수난을 당하고 변모를 거듭하면서 현재에 이르기까지 우리의 내면의식을 지배해왔다. 이처럼 무속이 오랫동안 우리의 삶에 영향을 미치고 있는 것은 문화적 현상 및 사회적 기능 때문이라고 할 수 있다. 무속에서 삶과 죽음은 무엇인가. 그리고 신은 무엇이며 우주라는 것은 어떻게 이해되고 있는가. 그런 것이 나름대로 체계와 이론을 갖추고 있다면 무속이 과연 무교巫教라는 말처럼 종교가 될 수 있는가.

　무속은 동양의 전통적인 음양관을 바탕으로 한 오행(五行, 木·火·土·金·水)의 원리에 기반을 두고 있다. 이 원리는 우주 만물의 변화 요인인 음양의 원리를 구체화한 것으로, 모든 만물은 오행의 순환 반복 속에서 생멸 과정을 거친다. 음양관은 음과 양의 상반된 요소가 결합해 균형과 조화를 이룸으로써 우주만물이 생성하게 된다는 것이다. 우주만물에 어려 있는 양음의 신기는, 가령 하늘과 땅, 인간과 신, 인간과 자연, 불과

물, 태양과 달, 남자와 여자 등으로 나눌 수 있다. 전자가 양이라면, 후자는 음의 기운이다. 유한적인 인간은 질서의 세계인 코스모스cosmos의 이승에서 잠시 머물다가, 죽게 되면 내세인 카오스 세계에 회귀한다는 것이다. 즉 존재 자체가 코스모스와 카오스의 순환체계로 인식된다. 카오스chaos는 하늘과 땅 위, 우주 공간이 열리기 이전의 무시 공간이므로 존재의 생멸이 없는 무시간의 근원이다. 혼돈의 카오스 상태에서 하늘과 땅이 처음 열리고, 인간을 포함한 모든 만물은 하늘의 양기와 땅의 음기로 생성된다. 하늘의 햇빛과 비, 땅의 영양분이 없으면 지상의 모든 생명체는 존재할 수 없다. 이런 점에서 모든 만물은 하늘과 땅의 결합으로 생성된 결과물이라고 할 수 있다.

무속에서는 인간을 비롯한 모든 만물이 물질적·가시적 유형의 존재와 불가시적 무형의 존재로 구성되어 있다고 보는데, 이 가시적 유형의 존재성도 육체와 정신의 결합을 통해서만 생존할 수 있다. 모든 만물은 오행기五行氣의 결합으로 육체(본체)가 형성되고, 이 육체 안에 신적 속성인 영혼(정신)이 존재한다. 육체가 소멸하면 영혼은 육체를 떠나 무형의 오행기로 잠복해 있다가 우주 변화의 원리에 따라 다시 육체를 이루어 만물로 생성된다.

무속에는 흔히 내세관이 없거나 희미하다고 말한다. 무속은 지나치게 현세 구복적이어서 종교로서의 자격이 미흡하다는 것이다. 여기에는 다분히 서구적인 관점이 게재해 있다. 내세와 구원이 종교의 절대 조건이라는 입장에서 보면, 무속은 많은 미비점을 지니고 있다. 그렇다고 무속을 미신으로 치부할 것이 아니라 '살아 있는 종교 현상'으로서 많은 한국인 사이에 행해지고 있는 구원의 역할을 인정하자는 것이다. 무속은 종교의 속성인 초월성·신성성·궁극성을 갖추고 있다. 무당이 신령을 모시며 사제 노릇을 담당하고, 신도 되는 단골은 굿·치성 등의 종교의례를 통해 신에게 간구한다.

일반적으로 신비주의적 측면이 있는 모든 종교를 신과의 관계 축으로 보면, 신의 절대적 권위 계율을 인정하고 이원적 사고와 배타적 성향이 강한 '신현적神顯的 종교theophany', 절대적이고 영원한 이념이나 초월적 실재를 믿고 그것과의 조화를 추구하면서 일원론적 사유의 관용성을 강조하는 '성현적聖顯的 종교hierophany', 사람보다 월등한 힘을 믿고 그에 대해 복종하고 의존하며 이용하려는 '역현적力顯的 종교kratophany'로 나눌 수 있다.[1] 신현적 종교는 유대교·이슬람교·기독교와 같이 유일신에 대한 믿음에 기초를 두고, 성현적 종교는 불교의 공空이나 열반 같은 신성한 믿음에 기초를 둔다. 역현적 종교는 자연이나 사물에 깃든 초자연적인 힘이나 정령, 영혼에 믿음을 갖는 애니미즘이나 샤머니즘이 해당되는데, 포괄적이며 가변적인 신관으로 다분히 범신론적이다. 이처럼 기독교나 이슬람교, 불교가 종교이듯 인간보다 월등한 힘을 가진 여러 유형의 신에 의지해 복을 빌고 액을 쫓는 형태의 신앙도 종교인 것이다. 무속이 미신이라는 매도에도 불구하고 많은 사람들에게 구원의 역할을 행하고 있는 종교 현상으로 인정해야 한다는 것이다.

무속에 나타난 우주는 천상·지상·지하로 구분되는데, 천상이나 지하에도 지상과 같은 세계가 있다는 것이다. 천상에는 우주 삼라만상을 지배하는 천신天神인 일日·월月·성신星神을 비롯해 옥황상제, 삼신, 조상신들이 있다. 지상에는 인간과 금수 그리고 지신地神·산신山神을 비롯한 당산신·서낭신·조왕신·성주신·용왕신·천룡신 등 일반 자연신이 있고, 지

---

1 정진홍, 『한국 종교문화의 전개』, 집문당, 1988, p.80.

하에는 인간의 죽음을 관장하는 오구시왕·바리데기·저승사자 등 사령死靈과 그 사령을 지배하는 명부신冥府神(지옥의 세계)들이 있다. 대개 우주 만물의 창조와 인간의 존재론적 차원을 주관하는 신들은 의식주와 죽음을 관장하는 신들로 상하 위치가 정해진다. 천상계는 인간이 늘 동경하는 유토피아로 의식주가 풍부하고 병과 고통이 없는 세계이고, 지하계는 사람이 죽어서 가는 곳으로 생전 선악의 공과에 따라 지옥과 낙원으로 구분된다. 지옥은 지하에 있는 암흑계로서 고통과 형벌이 계속된다. 낙원은 살기 좋은 영생의 세계로서 그 위치는 명확하지 않지만 인간이 막연히 동경하는 극락 또는 저승이라는 관념적 공간으로 심상화된다.

무속에서는 인간의 생사·길흉·화복·질병 등 운명 일체가 신의 뜻에 따라 결정된다고 본다. 이 신은 정신正神과 조상과 잡귀잡신으로 나눌 수 있다. 정신正神은 굿의 본과장(거리)에서 모시는 신령들이고, 조상신은 친가와 외가의 4대 조상까지 포함된다. 잡귀잡신은 뒷전에서 모셔지는 하위 신들이다. 정신은 우주의 자연신령, 조상신, 영웅신, 무조신巫祖神(무당의 신당에 모셔지는 신령) 등 인간을 수호해주는 선령善靈으로 사당이나 굿당의 신당에 모셔진다. 이런 신령들은 이승에서 행복하게 살다가 승천한 영혼으로 선령이 된다. 그러나 악령인 잡귀는 현세에서 고통 속에 살다가 억울하고 원통하게 죽게 된 인간의 혼으로 승천하지 못한 채 악한 귀신이 되어 후손이나 이웃들에게 온갖 불행과 재난의 고통을 끼친다. 인간은 죽어도 영혼은 불멸할 뿐만 아니라 이승의 삶에 깊이 관여하기 때문이다. 이럴 때 망자의 억울한 분노를 가라앉히기 위해 씻김굿을 하여 살기운을 걷어내는 것이다.

정신正神에는 우리나라의 하늘, 땅, 산, 바다, 물의 신령을 비롯해 영웅신과 시조신뿐만 아니라 중국의 도교 및 불교 신령까지 포함된다. 즉 옥황상제, 일월성신, 산신, 사해용왕 등과 중국에서 유래된 신령인 관운장, 장비, 와룡선생 등과 한국의 토착신이 그 밑에 포함된다. 외부에서 온 신령이라도 우리나라를 돌봐주고 덕을 끼친 신령은 모두 경배의 대상으로 모셔진다. 한국무의 신령은 모든 자연, 나라를 지켜준 영웅, 우리에게 덕을 끼친 외국의 신령, 조상들뿐만 아니라 잡귀마저 포함된다. 이처럼 무당에게 신이 내려 모셔지는 신령(몸주신)과 굿의 거리과장(본격적인 굿판)에서 놀려지는 신령은 무수히 많다. 무속은 많은 신들을 부담 없이 신앙 체계 속에 끌어들일 수 있기에 무속의 신들은 범신론적이고 무소부재한 것이다.

대다수의 무인巫人들은 특별한 기준으로 서열을 매기며 자신에게 영험을 주는 데 따라 신위神位를 써 붙일 뿐만 아니라 형상을 그린 무인도巫人圖를 붙이고 조형물巫神像까지 모신다. 원시적 샤머니즘 신앙이 그러하듯, 우리나라의 무인들은 갖가지 자연물과 인간의 상상과 사고에 의해 형성된 대상물에도 영혼이 있다고 믿는다. 무인들은 강신체험에서 보았던 신을 돈독하게 섬기는 경향이 강하다. 어떤 무인은 신 내림을 받아 몸이 매우 아플 때 꿈에 동진보살이 나타났다. 그는 도사의 말대로 어느 곳에 가서 선생을 찾아 내림굿을 하고 무당이 되었는데, 그때부터 지금껏 동진보살이 그에게 갖가지 신통력을 주고 있다는 것이다. 이처럼 대개 무인들은 자신의 무병을 치유할 때 엑스터시나 포제션의 상태에서 보았던 신을 지극히 숭상한다.

샤먼의 이니세이션 과정에서 트랜스trance(실신상태) 현상은 엑스터시ecstasy(脫魂)와 포제션possession(憑靈)의 기틀이 된다.[2] 무병 징후의 전제

---

2 사사키 고칸, 김영민 역, 『샤머니즘의 이해』, 박이정, 1999, pp.42~44 참조.

조건은 샤먼의 의식 변화 상태인 트랜스 현상에서 시작된다. 트랜스 상태에서 샤먼은 엑스터시나 포제션을 통해 영의 세계를 탐지하고 영과 대화하면서 그를 몸주로 받아들인다. 트랜스가 '신들림'으로 자신의 의지를 억제할 수 없이 몽롱한 상태에서 경련을 수반한다면, 엑스터시는 샤먼의 혼이 신체를 이탈해 타계를 여행하며 초자연적 존재와 접촉하고, 포제션은 실신상태에서 초자연적 존재인 신이나 정령이 샤먼에게 빙의되어 그대로 행동하고 역할을 하는 것이다. 이 상태에서 샤먼의 혼이 영과 대화하며 영의 세계를 탐지한다. 따라서 엑스터시는 다양한 포제션의 한 양상이라고 할 수 있다. 이 탈혼과 빙령은 샤먼이 초자연적 존재와 접촉하고 교류하는 유형으로 볼 수 있는데, 빙령형 샤먼은 자아가 부정되고 신이나 정령이 머무는 그릇으로 쓰인다.

무인들은 대체로 자신에게 굿과 점치는 능력을 주는 신을 우선시하는 것이 통례이다. 그런데도 수많은 신을 섬기는 것은 여러 신들이 각자 특유의 직능을 갖고 있다고 믿기 때문이다. 즉 산신産神은 아이 출산, 성주신은 가정의 행복과 평안, 당산신은 마을의 안녕, 용신은 해상 안전과 풍어에 능력을 발휘한다고 믿는다. 무신은 특정한 분야에서 무한한 능력을 갖고 전지전능한 존재로 군림한다. 그래서 무인들은 자신들이 가장 미더워하는 '몸주신' 외에도 많은 신을 섬긴다. 만일 소홀히 하면 무서운 고통과 대가를 치르기 때문에 무신들은 늘 공포의 대상이 된다. 무인들이 타 지역에 가서 굿을 할 때 그곳의 산신에게 먼저 제사를 드린다거나 굿의 끝 무렵 잡귀에게 먹을거리를 제공하고 가무로 즐겁게 해주는 것도 이런 까닭에서다.

무속세계에서 우주는 원래 혼돈 상태였다가 천지가 개벽되면서 지상에 인간과 갖가지 자연물이 생겨났고, 이를 바로 다스리기 위해 신이 생겨났다. 찰나적 존재인 사람 위에 갖가지 능력을 지닌 신이 내려다보고 있는 것이다. 무속에서는 인간을 육신과 영혼의 이원적 결합체로 본다. 영혼이 육체와 결합될 때 인간 생명체가 되고 분리되면 죽음인 것이다. 그래서 무속에서는 죽음이 닥치더라도 크게 두려워하거나 걱정하지 않는다. 죽음이란 단지 한 모퉁이로 사라지는 것처럼 영혼이 분리되어 제자리로 돌아가는 것이다. 기독교의 천당이나 불교의 극락처럼 위치도 명확히 제시되어 있지 않다. 무속적인 저승은 현생 이승과 조금 떨어진, 즉 이승과 이어져 이승 안에 담겨 있어 구분되지만 분리되지 않은 공간이다. 저승이 멀리 떨어진 초월적 영역이 아니라 현실의 내오內奧에 깃든 타계이므로 삶과 죽음의 거리가 여타 종교에 비해 매우 가깝다. 죽음은 '돌아가셨다'는 표현대로 본래의 자리로 돌아가는 것에 불과하다.

그러나 불교 유입 후 내세에도 극락과 지옥이 있고, 죽으면 일단 영혼의 명부에 가서 십대왕十大王에게 생전의 선악과 공과를 심판받는다는 식의 이데올로기가 만연되기 시작했다. 무속은 불교와 기독교처럼 믿음을 통해 구원을 받거나 공과에 따라 극락과 지옥을 가는 것과는 근본적으로 다르다. 고등종교의 경우 생전의 믿음이 내세를 결정하는데, 무속에서는 별다른 믿음이 없어도 자연적으로 저승에 가고, 그것이 안 되면 후손들의 도움으로 가능하다. 망자가 객사를 하거나 억울한 죽음으로 제자리로 돌아가지 못할 때는 망인의 후손들이 굿을 하여 저승에 다다르게 한다. 그만큼 인간적이고 원시적이라 할 수 있다. 그런 면에서 사제의 역할도 무속이 훨씬 강한 편이다. 사제인 무당은 신을 부르고 신과 교통하며 망자를 저승에 보낼 수도 있다. 이런 면은 고등종교의 사제가 단지 인간을 절대자에게 안내하는 매개자 역할을 하는 것과는 큰 차이가 있다.

2

굿이란 제재괴복除災拐福을 신에게 기원하는 것으로, 한 가정이나 마을
에 위험한 일이나 어려운 일이 생겼을 때 행해진다. 이런 굿은 치유적이
면서도 예방적인 측면이 있다. 이 치유적 의미는 집안의 평안과 복리를
위한 굿, 병을 치유하기 위한 병굿, 망자의 극락왕생을 비는 가제家祭와
마을의 안녕과 복을 비는 부락제, 무당이 되기 위한 내림굿인 강신제
등으로 나눌 수 있다. 굿을 하는 데에는 반드시 노래와 춤과 음악이 따른
다. 특히 춤은 무당이 엑스터시ecstasy(탈혼, 忘我) 상태에 몰입하여 접신
하는 데 주된 역할을 하는데, 그런 경우는 대개 질병·재난·치병 등과
같은 절박한 상태에 한한다.

무당굿은 신과 인간, 자연의 조화로운 상생의 질서를 회복하고 중재해
주는 의식행위이다. 굿은 신내림이 왕성하고 인간의 감정 표현이 직접적
이고 생생해 현장감이 있다. 사제인 무당의 주관 아래 신앙 대상인 신령
이 모셔지면 굿판에 참여한 이들은 신령과 조상에 대해 신앙심을 키운
다. 신은 인간과 조화와 균형을 이룰 때 복을 주지만, 조화가 깨져 불균형
을 이루면 인간에게 재앙과 탈을 가져다준다. 신의 원한은 대개 인간에
대한 분노의 감정에서 비롯되므로 이 상태를 울음이나 웃음의 신명(神
明, 神氣)풀이로 풀어주면 살 기운이 걷히고 복을 받게 된다. 신명풀이로
신을 해원시킨다는 것은 신의 원한으로 강화되고 탁해진 음기를 조절하
고 양기를 강화시켜 음양의 균형을 이루는 일이다. 인간과 신의 부조화
에 따른 살 기운은 개인에 끝나지 않고 가족, 또는 공동체 구성원에 이르
기까지 그 영향력이 미친다.

가령 집안에 원혼신이 있을 경우 집 주변을 떠돌며 가족에게 재액을

가져오고, 마을 공동체에 살 기운이 미쳤을 때 큰 인명사고나 재난을 불러온다. 아무리 인간이 천지의 기운과 유기적 관계를 형성하고 있다고 해도 살 기운이 뻗치면 신과 인간의 통로를 차단하므로 천지의 좋은 기운을 흡수할 수가 없다. 조상신이 후손에게 복을 주고 싶어도 인간과 원혼신 사이에 원한이 있으면 방해가 되어 제대로 복을 받을 수 없는 것이다. 따라서 잡신에 머물렀던 원혼신도 무당굿을 통해 저승 질서에 편입됨으로써 조상신으로 합류해 후손에게 복을 주는 복신으로 작용한다.

굿은 살아 있는 내가 잘 되자는 것이다. 망자를 제자리로 보내는 것도 중요하지만, 그 바탕에는 살아 있는 내가 복을 받고 부귀영화도 누리며 오래 살자는 바람이 깔려 있다. 죽은 자에 대한 산 자들의 보상심리로 그만큼 현세적이다. 따라서 죽은 자를 위해 행하는 굿도 해원의 기능이 있으면서도, 한편으로는 죽은 자에게 가지고 있던 산 자들의 어떤 앙금과 갈등을 씻어줌으로써 화해와 융합을 꾀하는 것이다. 그럼으로써 살아 있는 자들의 마음에 평안과 안정을 가져다준다. 이 굿에는 여러 종류가 있고, 같은 굿이라도 지역에 따라 특징을 지닌다. 가령 망자의 넋을 천도하는 망자 천도굿도 진오기(새남굿), 씻김굿, 오구굿, 시왕굿 등의 다양한 명칭과 방식을 나타낸다.

일반적으로 무당이 될 때는 신령의 소명을 받아 신병神病을 앓는다. 특히 강신무는 특별한 이유 없이 고통을 겪으면서 환청이나 환영에 시달린다. 식사를 제대로 하지 못하고 냉수만 마시며 정신착란 증세로 집을 뛰쳐나가 배회하기도 한다. 이러한 증상에는 의약 치료가 불가능하다. 이것은 정신의학에서 다루는 병과는 달리 일종의 신비적인 종교 체험이다. 이런 증상은 지금까지 살아온 현실의 모든 질서와 가치 체계를 거부하는 현상이다. 무당은 신병을 통해 신의 능력을 강렬히 체험할 수 있고,

여기서 체험한 신의 능력은 일생 동안 그 신을 신봉할 수 있는 계기가 된다. 이런 체험이 신령과 관계 있는 것으로 확인되면 한 무당을 구하고, 그 무당은 그를 위해 내림굿(강신굿)을 주관한다. 내림굿을 받은 무당은 병이 낫고, 오히려 다른 사람의 병을 치유하고, 앞일을 예측할 수 있는 사제자가 된다. 무당 후보자가 신부모를 만나 내림굿을 벌일 때 말문이 터지고 환희 속에서 공수를 받는다. 말문이 터지는 것은 강신무로서 가장 중요한 예언적 기능을 받는 것이다. 내림굿의 공수는 하나의 무당이 탄생하는 과정에서 내려지므로 매우 강렬하고 역동적이다. 신내림의 상황은 다양하면서도 그 강도 또한 천차만별이다. 그 후 무당은 갓 태어난 애기무당의 신아버지 또는 신어머니가 되며, 애기무당은 그에게서 신가, 춤, 장단, 상차림 등 무의 제관습을 포함하여 굿하는 법을 배우게 된다. 만일 굿의 무속의례를 학습하지 않으면 단지 점쟁이로 머물고 만다.

한편, 내림굿 중에 몇몇 신령이 무당 후보자의 입을 통해 확인되는데, 이들은 애기무당의 몸주로서 모셔진다. 애기무당은 내림굿 다음에 자신이 살고 있는 집의 방이나 어느 모퉁이에다 그의 몸주를 위해 신당神堂을 꾸미고 그 신령의 영험에 힘입어 점복을 행한다. 그러면 내림굿에서의 인연, 애기무당의 유명한 신점神占, 기타 다른 기회를 통해 이 무당의 단골이 형성된다. 애기무당은 몸주를 모시며 신부모로부터 굿하는 법을 배움으로써 신접할 수 있는 전문가가 되어 신내림에 점차 익숙해지게 된다. 그래서 무당은 사제, 치병자, 예언자로서 일정한 법도를 지키며 의례(굿)를 주관하는 역할을 담당한다. 그는 아침에 일어나면 목욕재계 하고 신당에 들어가 무신도 앞에서 신령께 향을 올린다.

무당은 사회와 신도들의 태평안덕과 소원성취를 위해 중재적인 역할을 담당한다. 그 역할은 사제, 점복자, 재판관, 치병자로서의 기능이다.

신도는 정기적으로 이들 신령들에게 제를 지내고, 문제가 발생하면 무당을 통해 신령을 만나 문제를 예방하거나 해결한다. 무당은 무(巫)의 분화와 더불어 한쪽에서는 왕권에 복속되어 국가를 위한 제의를 담당하였다. 그러나 민중의 사제가 된 무당은 신도들의 종교적 욕구를 충족시키면서 그들 삶의 애환에 위로자가 되었다.

단골의 종교적 행사로는, 집안의 안녕을 위해 단골무당이 정기적으로 행하는 것이 있고, 그 밖에 문제가 있을 때는 무당과 상의하여 부적, 치성, 굿 등의 처방을 결정한다. 작은 문제라면 무당의 처방에 따라 일을 해결하거나 부적을 받아 사용하지만, 문제가 심각할 경우는 치성이나 굿을 올리기도 한다. 단골은 신도로서 집안에다 신령을 모시고 개인적인 종교의식을 행한다. 이들 신령은 무당이 그의 신당에 모시는 신령과는 성격이 다르다. 무당은 그의 수호신인 몸주신(무당이 주로 받드는 신) 굿에서 등장하는 신령들, 그리고 신부모로부터 물려받은 신령들을 모신다.

반면 단골은 무巫의 신령들 가운데 집안과 관련된 신, 즉 조령祖靈·성주·터주·문신門神 등을 집안 곳곳에 모셔두고 때와 상황에 따라 의례를 행한다. 단골무당은 단골집에 와서 그 신령들을 일일이 받들어 즐겁게 해주고 공수神託를 내리는 경우가 있는가 하면, 무당의 처방에 의해 단골이 집에서 홀로 치성을 드리는 경우도 있다. 공수는 신령이 무당의 입을 통해 덕담을 제갓집에 주는 것이다. 공수에는 두 가지 유형이 있는데, 하나는 강렬한 신내림굿에서 몸주 신령이 애기무당에게 내려 모인 사람들에게 점복·예언을 주는 것과, 다른 하나는 일반적으로 정형화되어 있는 것이 있다. 정형화된 공수는 신령이 보여주고 알려주는 것을 무당이 반영하여 덕담을 내리는 것이다.

일반적으로 퍼져 있는 무속 신앙의 요소로 점복·부적·세시풍속·통과

의례·고사 등을 들 수 있다. 무속이란 인간과 신령과 무당이 함께 굿이라는 제의에서 만나 인간의 문제를 푸는 것이다. 무당은 의식이 진행되는 동안 온갖 신령들을 모셔 받들고 그들을 춤과 노래와 제물로써 기쁘게 해주며, 단골에게 신령의 말을 전해준 다음 신령을 돌려보낸다. 굿은 바로 이들의 만남이다. 굿에는 병굿이 있고, 그것의 약식인 치성의 규모로 치러지는 푸닥거리가 있다. 무속에는 온갖 병에 대한 처방이 있는데 제대로 전승되지 않고 있다. 치병의 병굿은 서양의학과는 달리 무당이 신령의 힘을 빌려 그 병의 원인으로 여겨지는 잡귀를 몰아내고 환자와의 조화를 회복시켜준다. 무당은 항상 신과 교제하기에 신령의 힘을 통해 인간의 일을 소상히 알아내고 그 앞일을 예측한다.

무속의 종합적 의례 형식인 굿의 목적은 단골이 무당의 도움으로써 신령을 만나 일그러진 집안의 조화를 회복시키는 데 있다. 굿은 보통 12거리科場로 이루어지는데, 굿들의 형태에 따라 차이가 있지만 대부분 3단계로 구성되어 있다. 무당은 굿을 할 때 먼저 제상, 음악, 춤으로 신령을 청해 모신 후 술잔을 올려 정성을 표한다. 즉 '부정不淨 – 가망(청배) – 진적進爵'은 굿 첫머리의 준비과장이다.[3] 굿판의 정화를 의미하는 부정거리에는 가망·호구·불사佛師·상산上山·대감·군웅·성중·걸립乞粒 등 각종 신령을 초대해 각자 기능에 걸맞은 일을 해줄 것을 기원하므로 굿하는 것을 신령에게 고하고 제갓집의 소원성취를 비는 거리이다. 가망거리는 제갓집이 향과 초를 신령에게 올리면 무당이 악사의 반주에 따라 장구를 치며 신가를 부른다. 진적은 청한 모든 신령들에게 술을 올리는 거리 순서이다.

---

3 조흥윤, 『한국의 샤머니즘』, 서울대출판부, 1999, p.15.

거리과장은 본 과장으로 성격이 다른 신령들을 차례로 맞아 그들의 거리에 모시고 환대한 후 공수를 전달한 후 다시 돌려보내는 굿의 중심 부분이다. 종결과장(뒷전거리)은 굿의 대단원으로 준비과장과 거리과장에서 제외되었던 잡귀잡신들을 위로하는 거리로써 그 유형에 따라 별의별 재담과 연행으로 오랜 시간에 걸쳐 행해진다. 이 뒷전거리에서 위로받는 잡귀잡신들(예, 걸립·터주·지신할머니·서낭·객귀·영산 등)은 하위신이지만 그 죽음의 형태에 상관없이 신령 중의 한 부류이다. 굿은 정화된 신성의 공간에 제상을 차려 음악과 춤으로 신령을 청한 후, 흥겨운 가무를 곁들여 놀고 대접하면서 각자의 소망을 빌거나 신령이 내린 공수를 단골에게 전한 뒤 감사한 마음으로 잡귀잡신마저 환대해 탈 없이 보내는 3부(준비과장 - 거리과장 - 종결과장)의 짜임새로 구성되어 있다.

이런 제의는 현세인 코스모스 세계에서 일어나는 불행한 요소들을 시공을 초월한 카오스 상태에 회귀시켜 전능자인 신으로부터 불행 인자들의 해소를 보장받기 위해 펼쳐진다. 굿의 궁극적 기능은 ① 집안 및 국가, 마을의 태평, ② 치병, ③ 영혼 천도, ④ 조상, 신령 접대라고 할 수 있다. 굿에 참여했던 신과 모든 인간은 대립 갈등을 해소함으로써 화합의 상태에 이른다. 무속은 현실적 삶의 복락과 내세의 영생을 기원하기 위해 행하지만, 굳이 현세의 인간적 행복을 포기하면서 내세의 구원과 복락을 추구하는 것은 의미가 없다고 본다.

| 현대문학과 종교 |

제 11장

민족 고유의 정신과 혼의 회복
— 김동리의 「무녀도」

1

김동리의 「무녀도」(1936)는 3회 정도의 개작 과정을 거쳐 장편 「을화乙火」[1](1978)로 다시 태어난다. 「을화」는 개작 과정을 통해 장편으로 발전했지만 별개의 작품으로 보아도 무리는 아닐 것이다. 작가가 한 번 발표한 작품을 여러 번 개작한다는 것은 그만큼 그 작품에 대해 사상적 가치 측면이나 문장 표현에 심혈을 기울이고 애착을 가지고 있다는 증거이다. 이런 점에서 김동리는 다양한 개작 과정(「무녀도」, 「사반의 십자가」 등)을 통해 나름대로 예술성을 심화시키는 데 비중을 많이 두고 있

---

1 작가는 샤머니즘적 분위기에 머물렀던 「무녀도」에서 한 단계 나아가 무속의 이승과 저승의 문제를 문학적으로 형상화하고자 「을화乙火」를 창작했다고 한다. 이런 점에서 훨씬 종교적·철학적인 생의 인식론적 접근이 이루어졌다고 볼 수 있다. 「乙火」에서는 기독교 신자인 영술이 죽지만 을화는 살고, 을화의 입무(신내림) 과정이 구체적으로 나타나고, 월희가 모자 간의 중재 역할을 하고, 영술이 생부를 만나 자신의 뿌리를 찾아가는 과정이 자세히 나타난다.

음을 알 수 있다. 그는 이 작품의 창작 동기를 민족 고유의 정신과 혼을 되살리고, 세계적인 추세에 도전하고 싶어서라고 밝힌다. 이것은 오늘날 현대 과학문명의 발달과 서구사상의 영향으로 인해 무속이 단지 미신으로 치부되는 상황에서 정신사적 측면에서 샤머니즘 속에 나타난 우리 문화나 민족의 고유한 정신을 되짚어 보고 싶은 동기에서 출발했다고 볼 수 있다. 이 세계적인 추세라는 것도 인간과 신, 자연과 초자연, 과학과 신비라는 대립적 상대성이 거의 서구의 가치관이나 과학, 종교에 의해 일방적으로 재단되기 때문이다.

김동리는 정신사적 관점에서 인간 문화의 발달 과정을 ① 르네상스 휴머니즘, ② 근대 휴머니즘, ③ 현대 휴머니즘 등 3단계로 나누고 있다. 휴머니즘이란 인간 중심으로서 그리스·로마 시대의 문학·수사학·철학 등의 연구를 바탕으로 처음에는 문화운동으로 전개되다가 르네상스 문예 부흥기에 개인의 해방이나 개성 존중을 중시하는 경향으로 흐르게 되었다. 인본주의의 중심인 휴머니즘은 이성과 과학 정신을 근거로, 신 없는 인간 중심의 지상낙원을 건설할 것을 목적으로 인간의 존엄성이나 가치성을 중시한다. 르네상스 휴머니즘이 그리스나 로마시대의 찬란한 문화에서 꽃을 피웠다면, 근대 휴머니즘은 18C 서구 산업혁명이나 계몽주의 사상이 중심을 이루었다. 현대 휴머니즘은 현대 과학문명의 노예가 된 인간성 상실에 따른 인간 구원에 중점을 둔다. 20C 이후 현대인은 문명의 이기에 의해 물질적 풍요와 윤택한 삶을 누려왔지만, 이에 반해 정신문명은 황폐화되어 불안과 허무 속에 휩싸여 있다.

인류 발달사에서 휴머니즘이 서구 중심의 가치관에 의해 발달해왔듯이, 그는 현대 휴머니즘이 서구 과학문명의 부작용에 따른 결과이므로 이제는 동양의 정신문화가 이런 늪에 빠진 인간성을 회복시켜야 한다는 입장이다. 그의 신인간주의 또는 생명주의는 현대 과학문명에서 인간성 회복을 추구한 것으로 절망 속에서 새로운 창조와 미래의 발전을 위해 조화의 관계를 형성해 거듭나야 한다는 것이다. 이 신비적·범신론적 생명주의는 인간과 신, 인간과 자연의 대립적 관계보다는 합일과 조화의 관계인 동양정신에서 그 기틀을 찾아야 한다는 관점이다. 이런 태도는 객관적·과학 분석적인 서구의 가치관과 별도로 예지와 직관 중심인 물아일체의 동양적 가치관에 기반을 둔 것으로, 인간의 실존을 자연의 조화와 질서의 원리 속에서 찾는 것이다.

그의 초기 작품에는 이러한 신비주의와 주술적인 소재가 많이 다뤄지고 있다. 신인간주의에 바탕을 둔 「무녀도」도 신비적 범신론의 차원에서 무속을 과학문명의 관점에서 미신으로 치부할 것이 아니라, 그 속에 담긴 우리의 전통 문화와 고유의 정신을 긍정적인 관점에서 접근하려는 태도이다. 액자소설 구조인 「무녀도」는 첫 단원이 도입부로서 제목의 소재 제시로 신비적이면서도 궁금증을 불러일으키는 복선을 깔고 있다. 이 작품은 '나'라는 1인칭 화자가 작품 전면에 나타나 관찰자 시점으로 무녀도의 내력을 통해 이야기의 실마리를 풀어 나가지만, 2장부터는 1인칭 화자는 숨어들고 3인칭 관찰자 시점으로 모화와 욱이의 갈등과 죽음이 구체적으로 전개된다. 이를테면 '이야기 도입 → 내부 이야기 → 후일담'으로 구성되어 있다.

작가는 도입부인 첫 장에서 '무녀도'라는 소재를 독자에게 제시함으로써 이 그림에 얽힌 사연이나 궁금증을 갖게 해 서사적 비극성을 회화적 이미지로 제시하고 있다. 이런 관심을 갖기 위해서는 무녀도 그림이 특별한 사연과 재능을 가진 인물이 그렸다는 복선적 기능의 감동성을 지녀야 한다. 바깥 이야기 틀이 수미쌍관식 구조인 이 작품은 서두에

한 오십 가량 되는 나그네가 열댓 살쯤 되는 농아 소녀(낭이)를 나귀에 태우고 왔다가 한 폭의 그림을 그려 놓고 떠나고, 마지막 장은 모화가 죽자 낭이 아버지가 딸을 데리고 간다는 내용이다. 서두는 액자 밖 화자가 할아버지 때부터 전해오는 '무녀도' 그림에 관련된 이야기이다. 즉, 할아버지는 집안이 기운 어려운 여건 속에서도 문예에 관심이 많아 지나가는 문인이나 화가들을 환대했다. 어느 날 한 남자가 자기 딸이 그림을 매우 잘 그린다며 잠시 묵기를 청하자 할아버지는 그들을 대접했고, 소녀는 그 보답으로 할아버지에게 그림을 그려주었다는 내용이다.

2장부터 7장까지는 액자식 속 그림인 모화의 가족사에 관계된 내용이다. 전체적인 내용을 요약하면, ① 조부로부터 전해들은 '무녀도' 그림의 사연 → ② 모화와 낭이의 일상성 묘사 → ③ 10년 전에 집을 떠났던 욱이 귀향 → ④ 모자지간의 종교적 갈등 → ⑤ 신기 쇠약한 모화의 기독교에 대한 부정적 태도 → ⑥ 교회 건립 소식을 듣고 욱이 죽음 → ⑦ 모화가 예기소에서 굿하다가 죽고, 낭이 아버지가 딸을 데려감 등으로 전개된다. 2장은 모화와 낭이가 흉물스런 폐가에서 살아가는 일상생활이 소개된다. 신기로 소문난 무당 모화가 술을 좋아하지만 혼자 집안에 박혀 있는 낭이를 극진히 사랑하고, 낭이 아버지는 멀리 떨어진 곳에서 해물 장사를 한다.

3장은 10년 전에 집을 떠났던 욱이가 기독교 신자가 되어 집에 돌아오게(원작에서는 살인범으로 죗값을 치르고 출옥) 됨으로써 모화의 일상적 삶에 전환적 계기를 맞는다. 무척 총명하지만 신분이 미천해 어렸을 때 절에 보내졌던 욱이는 그곳에서 생활하다가 선교사의 도움으로 기독교 신자가 되어 나타난다. 기독교는 그에게 신분적 한계를 탈피하여 새로운 삶으로 거듭나는 인자가 된 것이다. 욱이가 돌아옴으로써 도깨비 집 같은 흉가에 사람 사는 분위기가 감돈다. 욱이는 모화의 굿을 보면서 하나님께 죄가 된다고 하지만, 모화는 그런 아들이 잡귀신이 들렸다고 푸념을 한다. 무당인 모화와 기독교 신자인 욱이 사이에 점차 종교적 갈등이 생긴다. 욱이에게 무속은 신분적 한계와 비천함의 산물이기에 무당인 어머니와 결코 타협할 수 없는 것이다.

4장은 정신적 상승과 하강의 접점으로서 모자지간의 종교적 갈등이 극단에 이른다. 욱이는 어머니가 무당이 된 것이나 낭이가 농아가 된 것도 사탄 때문이라고 생각하며, 기도를 통해 어머니와 누이동생의 병을 고치려고 하고, 또한 평양의 현 목사에게 자신의 거주지인 경주에 교회를 세워줄 것을 간곡히 부탁한다. 이에 반해 모화는 욱이가 예수 귀신이 들렸다고 하여 성경을 불태우고, 무심결에 욱이를 칼로 찔러 치명상을 입힌다. 그가 욱이를 칼로 찌른 것은 아들을 죽이기 위해서가 아니라 예수 귀신을 죽임으로써 아들을 구하고자 한 것이다. 이처럼 중간 단락인 4장은 전후 대칭 구조의 중간점으로 모자지간의 종교적 대립이 정점에 이르는 부분이다.

5장은 모화가 굿을 하다가 자기 칼에 찔린 욱이의 상처를 돌보며 무당으로서 신기를 잃어가는 것도 기독교 영향 때문이라고 투정한다. 6장은 욱이가 평양에서 자신을 만나러 온 현 목사로부터 경주에 교회가 세워진다는 소식을 듣지만, 칼에 찔린 상처의 후유증으로 죽게 된다. 욱이는 죽었지만 교회가 세워지고, 신자가 늘어 더 부흥하게 된다. 7장은 모화가 부잣집 며느리가 자살한 '예기소'에서 혼신의 힘으로 혼백을 불러들이는 굿을 하다가 물에 잠겨 죽어간다. 후반은 도입부처럼 별도의 액자구조의 장이 없이 수미쌍관식 구조처럼 낭이 아버지가 찾아와 딸을 나귀에 태우고 집을 떠나가는 것으로 마무리된다.

이 작품에서 모화는 시종일관 무속의 신앙적 제의의식인 굿을 통해 문제를 해결하려고 한다. 이런 태도는 욱이가 예수교 귀신이 들렸다면서 자신만의 굿을 통해 악귀를 몰아내고, 칼에 찔린 욱이의 상처도 낫게 할 수 있다는 것을 확신하는 과정에서 확인할 수 있다. 과학적으로 불가능한 상황을 굿을 통해 해결할 수 있다는 논리이다. 모화의 이런 확신은 그가 몸주로 모시는 용신의 강신무로서 낭이가 출생했다고 믿는 신비성에 따른 결과이다. 낭이는 용왕의 예언에 따라 얻었기 때문에 자신의 정신적 일부라고 생각하는 것이다. 그가 술을 마시면서 남자 무당인 화랑이패들과 어울리는 것으로 보아 전통적 유교의 가치관에 얽매이지 않는 자유분방한 삶을 살아가고 있음을 알 수 있다. 그는 보통 사람에게는 불가능한 몸주신과 영매하는 능력이 뛰어난 신비적 인물이지만 신내림을 받는 과정은 드러나지 않는다.

이런 모화에게 10년 전 집을 나간 욱이가 기독교 신자가 되어 나타남으로써 애틋했던 모자지간에 갈등이 야기된다. 유일신이며 배타적인 기독교에 비해 포용적·합일적·다원적인 무속 신앙이 대척점에 서게 된 것이다. 그렇다고 혈육의 정을 끊을 수도 없다. 모화가 욱이를 칼로 찌른 것도 살인 의도가 없이 굿을 하다가 벌어진 일이기에 정성껏 간호를 한다. 그러나 욱이가 죽게 되자, 자신의 영매적 능력에 대해 초조해지면서 기독교에 대한 반감이 가중된다. 이처럼 난처한 상황에 직면한 그는 자신의 종교적 우월성을 증명하기 위해 '예기소'에서 혼신의 힘으로 굿의 효과를 보이려다가 죽어간다. 신분적으로는 주위의 천시를 받았지만, 자신만의 신기 능력을 발휘할 수 있다는 신념을 지닌 채 죽어가는 모습에서 아름다운 비장미마저 느껴진다. 이런 결말은 민족적 소재를 우리의 보편적 이야기로 이어가고자 한 작가의 의도가 빗나가고, 패배한 자의 숙명성과 결부되는 죽음의 결말 구조를 보여준다고 할 수 있다.

한편, 태어나면서 열병으로 농아가 된 낭이는 모자지간의 갈등과 대립의 중간지대에 놓인 인물이다. 전통문화와 토속 종교를 대변하는 모화와, 서구문화와 외래 종교를 대변하는 욱이 사이에서 중간자 역할을 하는 인물이 이복누이인 낭이이다. 그녀는 오빠의 성경책을 읽기도 하지만, 어머니의 굿장단에 본능적으로 춤을 추기도 한다. 그의 이런 모습은 자국문화와 토속종교에 외래문화와 종교가 흡입될 때 갈등 과정을 통해 생성, 발전, 퇴행하는 필연적 현상을 구체적으로 보여준다고 할 수 있다. 보수적인 전통문화와 토속종교는 제자리를 지키려고 한다면, 외래문화와 종교는 뿌리를 내리기 위해 밀고 밀리는 투쟁을 한다. 이런 변증법적 갈등 관계 속에서 새로운 문화 창조가 일어나는 것이다.

비록 두 사람의 신앙과 가치관은 대립하지만, 그들 나름대로의 신념과 신앙은 고유한 가치성을 지닌다. 모화는 전통적·토속적인 것을 지키려는 입장이지만, 욱이는 새로운 문화를 이식하려고 한다. 이러한 갈등 과정에서 모화가 굿을 하다가 욱이를 칼로 찌른 것이다. 그렇다고 욱이의 죽음이 전통문화와 토속종교의 승리를 뜻하는 것은 아니다. 전통문화와 외래문화의 대립은 어느 사회에서나 나타나며, 그런 과정을 거치면서 변화와 발전을 가져온다. 전통이 외부의 변화를 거부한다고 해도, 그 이후의 전통은 그러한 영향 관계에서 발전한 모습이다. 모자간의 갈등에서 욱이가 죽고, 다시 모화가 죽는 것도 문화의 갈등 관계에 머물지 않고, 더욱 발전·진보한다는 것을 암시한다,

이 작품은 전통문화나 그 속성, 토속종교 등 사라져가는 것에 대한

아름다움을 외래 종교인 기독교를 통해 역설적으로 보여준다고 할 수 있다. 이 작품의 비극미는 모화가 무당이라는 삶을 통해 신들린 경지에 도달할 수 있었고, 죽음에 직면해서도 그것을 지키려고 노력하는 모습에서 엿볼 수 있다. 또한 낭이가 신비적으로 보이는 것은, 듣지 못해 가족과 단절되는 불행한 상황을 '무녀도'라는 그림의 완성을 통해 극복하고, 소통하려는 모습을 보여주기 때문이다. 덧붙여 낭이가 용신님의 점지나 해물가게 남자와의 사이에서 태어났다는 출생 과정, 귀먹은 원인에 대한 이원적 정보는 낭이를 신비적으로 비추기 위한 의도적 장치이다. 모화에게 무속적 신앙이 절대적 경지라면, 낭이에게 그림 그리기는 운명 극복의 주요 인자이다. 낭이는 전통 소멸이라는 모화의 운명과, 욱이라는 외래문화의 갈등 속에서 살아갈 뿐 아니라, 무녀도 그림으로 자신의 운명을 승화시키는 아름다운 모습을 보여준다.

낭이는 간혹 신화적인 근친상간의 모습을 보이기도 한다. 차가운 손과 입술로 욱이의 목덜미에 뛰어드는 모습이나, 부엌에서 굿하고 있는 어머니와 함께 벌거벗고 장단에 맞추어 춤을 추다가 쓰러지는 모습 등은 신비를 자아낸다. 이런 신비적인 힘이 가족사적 한을 무녀도의 완성이라는 예술로 승화시킬 수 있었던 것이다. 낭이가 무녀도를 완성할 수 있었던 것은 모화와 욱이의 갈등 속에서 체험한 비극적 정신세계와 소멸의 아름다움을 표현할 수 있었기 때문이다. 영혼과의 치열한 싸움으로 얻어내는 예술가의 미학적 현현처럼 낭이는 가족의 불행과 한으로 무녀도를 완성할 수 있었던 것이다.

모화의 이름이 암시하듯, '불'의 원형적 상징은 남성적 속성으로써 생명력이나 열정을 뜻한다. 부잣집 며느리가 죽은 예기소 같은 '물'은 여성적 속성으로, 정화·재생·탄생 등의 상징성을 지닌다. 따라서 굿을 하다가 익사한 모화의 죽음은 정화와 재생을 위한 통과의례이다. 또한 그가 벌이는 굿은 예기소에서 혼백을 건져내는 것 외에 악귀나 불행을 몰아내고, 욱이의 병을 치유하고, 소원을 이루기 위해 비는 기도 등 다양한 초능력적 역할의 도구이다. 그가 몸주로 모시는 '용신'을 비롯해 모든 자연현상에 신령스런 존칭인 '님'을 붙이는 것은 무속에서 나타나는 애니미즘이나 범신론적 신앙관 때문이다. 무속은 몸주인 신령신을 중심으로 모시면서 다양한 시·공간에 존재하는 우주 삼라만상을 신격화해 경건의 대상으로 파악한다. 작품 내에서 강신무인 모화는 어떻게 무병을 앓고 접신했는지 구체적으로 서술되지 않은 채 단지 용왕을 몸주신으로 모시고 있는 것으로 그려지고 있다. 그가 굿을 할 때 신주상을 설치하지만 구체적인 굿당의 묘사가 없이 소복차림의 무복에 쾌자를 차고 방울과 장구 장단에 맞추어 접신한다는 추상적 묘사로만 그려지고 있다.

그러나 욱이가 어머니 집이라고 찾아온 곳은 지금까지 그가 살고 있던 현 목사나 이 장로의 집보다 너무나 딴 세상이었다. 그 명랑한 찬송가 소리와 풍금 소리와 성경 읽는 소리와 모여앉아 기도를 올리고 빛난 음식을 향해 즐겁게 웃음 웃는 얼굴 대신에, 군데군데 헐려가는 쓸쓸한 돌담과, 기와버섯이 퍼렇게 뻗어 오른 묵은 기와집과, 엉킨 잡초 속에 꾸물거리는 개구리 지렁이들과, 그 속에서 무당 귀신과 귀머거리 귀신이 각각 들린 어미 딸 두 여인을 보았을 때……

위 인용 부분에서 보듯, 어둡고 밝은 이미지로써 토속세계와 기독교 문화가 극명하게 대립되어 나타난다. 신비적인 무속적 세계는 인간문명과 단절된 황폐화된 공간으로 초라하고 퇴색한 자연의 모습으로 비쳐진다. 이에 반해 기독교적 분위기는 매우 밝고 즐거운 일상의 삶 속에서 모든 가치관과 목적이 초월자 중심이라는 것을 느낄 수 있다. '욱이旭伊'라는 이름 또한 밝은 빛을 의미하며 기독교의 신성성을 상징한다고 할 수 있다. 이 작품은 전통문화와 토속 종교 속에 외래문화와 기독교가 들어옴으로써 한국사회의 변화 속에 감춰진 갈등 양상을 보여줌과 동시에 자신의 운명을 철저하게 살아감으로써 아름다운 정신세계로 승화시키는 모습을 보여주고 있다.

제 12장

원시적 생명력과 자신의 뿌리 찾기
― 한승원의 「불의 딸」

___
1

    한승원의 『불의 딸』은 1980년대 초 2년여 동안 『문학사상』, 『한국문학』, 『현대문학』, 『문예중앙』 등에 발표한 5편의 중편 연작 (「불배」, 「불곰」, 「불의 딸」, 「불의 아들」, 「불의 문」)으로 구성된 작품으로, 낱낱이 떼어 놓으면 별개의 중편소설이지만, 한데 묶어 놓으면 장편소설의 형태를 취하고 있다. 이런 구성은 1970년대 조세희의 『난장이가 쏘아 올린 작은 공』의 옴니버스omnibus적 구조와 흡사하다. 이 작품은 1976년부터 2년여 동안 『문학사상』, 『문학과지성』, 『세대』 등의 문학지를 통해 연관된 스토리를 가진 12개의 연작 단편이 합쳐져 하나의 장편소설의 구조를 이루고 있다. 이처럼 연작 형태의 구조인 『불의 딸』도 창조적 에네르기이며 에로스적 원천인 '불'의 신화성을 공통인자로 하여 주인공의 성격이나 스토리 구조가 상호보완적일 뿐만 아니라 서로 연계되어 부연효과를 가져오므로 독서 과정에서 독자에게 정보 제공의 차원에 큰 도움을 주고 있다. 전반적인 문체도 남도 지방의 토속적인 어휘에다 감성적이며 시적 묘사의 비유적 표현이 주조를 이루면서 감칠맛 나는 효과를 자아낸다.

이 연작의 스토리 구조는 전직 신문기자이자 잡지사 편집장인 주인공이 30여 년 동안 연락을 끊고 지냈던 의붓아버지를 찾아 남해인 고향을 방문하고, 그곳에서 친아버지와 어머니의 정체와 삶의 흔적을 알아내고 유골을 찾아 합장한 후 자신과 신앙적 갈등을 겪었던 아내가 불구인 아들을 잃고 고통 속에서도 부부로서 각자의 길을 걷는 내용이다. 주인공은 의붓아비인 똘쇠를 통해 어머니가 무녀로서 숱한 남성을 편력했고, 아버지 역시 무당이었음을 알게 된다. 불은 작품 속 주인공들에게 한결같이 에로스적·에네르기적 생명력의 원소적 기능을 부여한다.

각 작품의 내용을 살펴보면, 「불배」에서는 멸치잡이 집어등의 불빛을 보며 미쳐가는 주인공의 어머니 이야기를, 「불곰」에서는 똘쇠의 과거 삶의 고백을, 「불의 아들」에서는 영등제 취재 차 진도에 들러 용례의 마지막 삶의 흔적을, 「불의 문」에서는 부모의 행적을 확인하고 유골을 합장한 후 집에 돌아오지만, 아이의 사고사로 인한 고통 속에서도 부부의 신앙적 갈등이 남아 있음을 각각 다루고 있다. 상호 연계되어 있는 이 연작들은 본고에서 다룰 「불의 딸」에 자세히 소개되지 않는 내용들, 가령 사내 무당인 아버지의 구체적인 행적, 대장장이 노인의 장인과 꾸실이의 인연, 똘쇠의 구체적인 삶의 이야기, 처가의 구체적인 가족사, 용례의 마지막 행적, 나의 유년시절과 이복형제 관계 등의 이야기가 구체적으로 언급되므로 본 작품을 이해하는 데 풍부한 정보와 상상력을 제공하고 있다.

액자소설 구조인 「불의 딸」은 1, 2, 9장이 뿌리 찾기의 동기와 어머니와 동거했던 대장장이 노인과의 만남, 마무리 등의 액자 밖 이야기이고, 3장부터 8장까지는 대화체와 작가 관찰자 시점으로 대장장이 노인과 주막집에서 술을 마시면서 어머니의 과거 행적이 밝혀지는 액자 속 이야기이다. 이 작품은 1980년대 혼란스런 정치적 상황에서 신문사에서 해직되어 무력증과 우울증에 시달리며 날씨 예측의 전조 현상으로 심장병 증상의 신기神氣를 느끼는 '나(이해동)'가 기독교 신앙을 강요하는 아내와 처가 식구를 피해 자신의 뿌리를 찾기 위해 대장장이 노인을 만나고자 어머니의 고향을 찾게 되는 내용이다. 그는 이런 신기의 증상이 근원적으로 자신의 핏줄과 관련되었을 것이라고 추측하면서 부모가 어떤 존재인가를 알아보기 위해 어머니의 고향을 찾아간다. 일반적으로 권태롭고 허전한 일상성을 벗어나려는 과정에서 자신을 성찰하고 돌아볼 수 있는 계기가 근원적 뿌리인 모태에 회귀하고자 하는 본질적 속성이기 때문이다.

어머니인 용례의 삶 추적은 여로형 형태의 신화 탐색 유형이자 '나'의 뿌리 찾기 작업의 일환이다. 심층적인 차원에서 부모의 한을 더듬어가며 자신의 정체성을 찾아가는 과정이 개인의 차원을 넘어 비극적인 역사적·사회적 맥락으로까지 확대되어 전개된다. 자신의 뿌리 찾기와 민족혼을 찾아가는 과정에서 운명에 맞서는 사람들의 이야기는 민족의 보편적 정서인 한적 요소를 지니고 있다. 따라서 이런 정서를 잘 담아내고 있는 무속은 전통적 종교로서 우리 민족의 문화와 정신의 뿌리임을 작가는 강조한다.

2

'나'의 어머니인 용례는 평생 불을 좇으며 물과 함께 살아간 여인이다. 그녀는 강신무인 어머니와 후에 남편이 되기도 한 똘쇠 사이에 태어나는데, 이 근친상간적 출생 과정은 부정적 인자로 작용하기보다 신비적인 무속세계의 신화적 인물로 부각된다. 용례는 어린 시절부터 밤바다에 떠 있는 불배의 불덩이에 이끌려 몽환 속에 빠져드는 신들림 현상을 체험한 후 점차 무병을 앓으면서 예언적 신기를 발휘한다. 이런 몽환적 삶을 살아간 그녀는 평범한 아낙네라기보다 신과 인간 사이의 중간자로 비쳐진다. 그녀의 어머니 꾸실이는 젊은 나이에 과부가 된 후 까닭 없이 시름시름 앓다가 신내림을 받은 강신무이다. 그런 그가 치성을 드리다가 용왕님이 점지해줘 자식을 얻었다 하여 용례를 신의 딸로 생각한다. 그러나 사실은 꾸실이가 무당이 되기 위해 '가막섬'에서 치성을 드리던 중 그물을 보러 가다가 불빛을 보고 찾아온 똘쇠에게 겁탈당해 낳은 자식이다.

가막섬은 내덕도 맞은편에 위치한 곳으로 신들이 산다는 신성한 공간이다. 꾸실이가 내림굿을 받기 전 이곳에 치성을 드리러 간 것도 영험한 무당이 되기 위한 신접 과정의 통과의례이다. 일상성의 공간을 벗어난 이곳은 숲속으로 우거진 세계의 중심축으로 무당이 될 여인이 백일기도하며 신접하는 신당 같은 신성한 장소이다. 그러기에 꾸실이는 똘쇠의 겁탈 행위도 엑스터시 상태에서 몸주신과 교접하는 의식으로 받아들인다.

머리 속에 발기한 남근을 움켜쥔 채 가막섬의 응승깊은 바위샘에다가 불비 같은 정액을 쏟아 넣는 똘쇠의 모습이 그려졌다. 「모든 것이 그 신내린 여자 건드린 죄를 받아서 그렇게 된 것만 같다」 똘쇠가 내뱉던 참회의 말도 생각났다. 그 죄와 벌로 그는 자기의 딸을 다시 범하면서 산 것일까. 나는 이를 물고 몸을 움츠렸다. 등줄기에 전류 같은 차가움이 흘렀다.

똘쇠는 신성한 공간에서 신내린 나무와 교접하는 여인을 범한 죄로 피할 수 없는 근친상간적 숙명의 굴레에 얽매인다. 가막섬의 숲을 이루는 당산나무는 천상과 지상의 연결 축으로 신적 에너지의 정령이 깃들어 있는 신나무이다. 용례는 이 신나무를 통해 새로운 열림의 세계로 향하고자 한다. 그런데 똘쇠는 이 신나무와 교접하는 무당을 범했으니 죄과를 피할 수 없는 것이다. 신접하는 여인을 범한 죄가 딸을 아내로 맞이해 살아야 하는 신화의 원초적 비극성을 보인다. 절제하지 못한 불 같은 원초적 본능이 불행한 운명을 불러온 것이다.

똘쇠는 불꽃 같은 욕망을 가막섬의 바위샘에 쏟아낸 것이다. 신성한 옹달샘에 오줌을 갈기는 행위는 신성모독이자 성적 결합을 의미한다. 이 바위샘의 역할을 하는 것이 용례 어머니 꾸실이이다. 이 샘물은 여성성인 생명의 탄생과 정화의 원형성을 지닌다. 피 끓는 울분과 젊음의 욕망은 '불비'같이 훨훨 타오르는 불꽃으로 남성성의 생명력을 뜻한다. 이러한 불과 물의 결합, 즉 똘쇠와 꾸실이의 결합으로 용례가 태어난 것이다. 신성한 가막섬에서 신접한 여인과의 결합은 단순한 남녀 차원을 떠나 신과의 결합으로 상징화되어 용례의 출생이 신화성을 지니는 것이다.

용례는 출생의 신화성 때문인지 항상 불을 좇는 부나비처럼 살았다. 그녀는 일찍부터 바다에 떠 있는 불덩이를 보고 미쳐갔다. 그래서인지 동거했던 사내가 일본 순사의 총에 맞아 죽었을 때도 실성하여 무심결에 쫓아간 곳이 불길이 타오르는 대장간이었다. 이런 행동은 자신의 내부에 타오르는 원시적 생명력의 욕망에 의한 결과이다. 내부의 강인한 역동성이 사내를 잃은 충격 속에서도 강한 원초적 생명력을 일으키는 것이다. 그녀는 항상 뜨거운 불을 찾았기에 상대 남성의 불길이 식으면 또 다른 남성 편력을 이어가곤 했다.

무속의 도화살桃花煞이 낀 듯, 용례는 한 곳에 정착하지 못한 채 남성 편력으로 항상 갈급함을 느낀다. 그의 주위를 맴도는 남성들은 용례가 싫건 좋건, 또는 어떤 연유에서인지 죽거나 떠돌이의 삶을 이어간다. 이런 부류가 똘쇠, 무당 사내, 오부잣집 큰아들, 최용호, 대장장이 노인, 판쇠 등이다. 그중에서도 두 해 동안 동거하며 떠돌이 생활을 했던 대장장이 노인이 용례의 고백이나 관심을 통해 불같이 치열했던 삶이었음을 엿볼 수 있다. 그렇지만 대장장이 일을 하는 자신도 용례의 욕망을 메우지 못해 그녀를 똘쇠에게 맡겨버린다. 그가 유독 밤에 대장간 일을 하는 것도 억울하게 죽은 꾸실이와 사내의 환영이 어른거려 울분의 한을 달구어진 쇳덩이에 씻어내고, 불을 좋아하는 용례의 환영을 만나기 위한 행위였다. 그래서인지 나중에는 이글거리는 화덕의 불을 껴안고 죽게 된다.

대장장이는 대장간에서 금속·불·물·공기 등의 원소를 결합해 생활에 필요한 금속도구를 만들어낸다. 훨훨 타오르는 불 속에 금속을 녹이고, 물의 담금질과 풀무질(공기)로 새로운 형태의 도구를 만든다. 이것은 마치 리비도적 욕망인 여성성의 물과 남성성의 불의 음양이 결합해 생명을 탄생시키는 이치와도 같다. 물과 불의 우주적 에너지가 인간 생명의 원초적 에너지인 성적 결합으로 비유되는 것이다.

「누가 너보고 물 떠다 달라고 했는데 그러고 서 있냐?」
그의 아내가 앙칼스럽게 소리쳤지만, 어머니는 아랑곳 않고 애원하듯이 그의 얼굴을 건너다보았다. 그는 고마운 생각이 들었다. 마침 목이 말라 있었다. 그걸 어떻게 짐작하고 물을 떠 왔을까. 쇠테를 불 속에 넣고 돌아서서, 그녀의 손에서 물 양푼을 받아들었다. 들이켰다. 그의 목줄에서 오르내리는 울대를 보면서 그녀는 받은 침을 삼켰다. 오줌을 절이면서 서 있는 계집아이처럼 진저리를 쳤다. 우는 듯한 웃음을 웃었다.

용례가 실성한 채 불꽃이 타오르는 대장간으로 발길을 옮기고, 좋아했던 사내에게 물바가지를 건네는 것은 통과의례적인 행위이다. 그녀는 불덩이를 지닌 남자를 볼 때마다 본능적으로 신비감을 지니며 다가간다. 용례는 자신이 건네는 물을 마시는 사내를 지켜볼 때 에로스적 황홀감을 느낀다. 자신의 내부에 타오르는 남성적 불이 소진하면 그 불을 다시 일으키기 위해 본능적으로 물을 준비한다. 상대의 불을 받기 위해 물을 건네는, 즉 남자의 생명력을 전이받기 위한 것이다. 두 원소인 물과 불의 변증법적 결합은 훨훨 타오르는 불을 팽창시키기 위해 여성적인 물에 생기를 부어넣는 작용이다. 불같이 타오르고 싶은 에너지의 내면적 표출 방법인 것이다.

그녀는 자신의 물로 뜨거운 불을 가진 남성을 찾고, 그런 남성을 만날 때 그의 물은 불로 훨훨 타오른다. 용례는 하루라도 불을 보지 못하면 견디지 못하므로 항상 불에 갈증을 느끼며 불을 좇는다. 불을 좇아 살아가다 스스로 불이 되어가는 것이다. 그래서 대장장이 노인은 용례가 어느 곳에 있든지 불에 타서 죽었을 것이라고 말한다. 그의 말대로 연작 「불의 문」에서 그릇 굽는 가마에 어른거리다가 부정 탄다고 쫓겨나 산불 속에서 죽어간 젊은 여인이 용례라는 것이 암시된다.

3

자신의 출생 배경에 심한 콤플렉스를 느끼면서도 어머니의 행적을 찾는 것은 뿌리 찾기를 통해 나의 정체성을 확인하는 작업이다. 이 뿌리 찾기 과정에서 드러나는 아버지의 정체는 자신의 민족적 주체성을 확인하는 계기가 된다. 의붓아비와 대장장이 노인으로부터 들은 나의 아버지는 노래와 춤을 좋아하고, 일찍부터 기생집을 드나들었던 건달이자 한량이었음을 알 수 있다. 무당의 아들인 그는 기생학교 선생 집에 들어가 소리와 춤을 본격적으로 배우며 무당이 되고자 한다. 이런 동기는 핏줄의 흐름도 있겠지만, 감수성이 예민한 청년기에 시대적 상황에 처한 울분과 억울하게 죽어 떠도는 원혼을 저승에 보내기 위한 요인이 작용하고 있는 것이다.

그는 일제강점기에 사람을 불러 모아 시위에 앞장섰고, 기생학교 선생을 덮치는 일제 순사를 때려 눕혀 도피했고, 나의 어머니인 용례와 동거 시 서낭당을 헐고 신사를 지으려는 순사와 친일 앞잡이들에게 저항하다가 총에 맞아 죽게 된다(연작 「불의 문」에서는 일제에 항거 운동을 하다가 신분이 탄로나 무당으로 위장한 것을 암시). 이처럼 그(나의 아버지)는 무속을 통해 식민지화된 민족의 한을 위로라도 하듯, 체제 비판적이며 저항적인 삶을 살았던 것이다. 아버지는 고난의 역사 속에서 전통화된 무속을 추종하면서, 신사를 습격하고 불을 지른 투사였고, 사회적 억압 속에서 억울하게 죽어간 원혼들을 위로하는 무당이었다.

무당 부모의 핏줄을 이어받은 나는 원인 모를 육신의 아픔으로 무당이 되고자 하지만, 기독교 집안인 처가 식구를 만나 갈등을 겪게 된다. 내가 뿌리를 찾기 위해 집을 나선 것은 출생 콤플렉스나 해직에 따른 우울증과 불면증의 정신적 불안감의 원인도 있었지만, 교회 출석을 강요하는 아내와 처가 식구의 극성스러움에서 해방되고 싶어서였다. 그만큼 무의식 중에도 내면에 자리 잡고 있는 무속적 삶과, 주위에서 강요하는 기독교적 삶이 대척점에 놓이고 있는 것이다.

나는 이미 그들이 받들어 모시는 신이 결코 우리가 받들어 모실 신은 아니라고 생각을 하여 오는 터였다. 그것은 밖에서 들어온 신이며, 무서운 침식력으로써 재래의 우리 신을 잡아먹거나 몰아내고 있는 것이라고 알고 있었다. 민속학자들과 무당들의 이야기를 중심으로 해서, 우리 선조들이 믿어 온 무신과 그 신들에 대한 것들을 신문에 6개월 가까이 써 오면서, 나는 우리 재래의 신들이 얼마나 인간적인 신들인가 하는 것을 잘 알고 있었다. 나는 밖에서 들어온 남의 신을 열심히 믿으면서도, 오래 전부터 있어 온 자기들의 신을 믿는 일을 미신이라고 경멸하거나 가엾게 여기는 사람들을 우습게 알고 있었다. 나는 나를 교회로 끌고 가려는 그 세 사람의 극성스러움을 속으로 코방귀 뀌어버리곤 했다.

나는 무속을 단지 미신으로 치부하기보다 우리 고유의 문화와 정신적 뿌리의 기반으로 보고 있다. 내가 어머니의 불춤을 배워 '불무당'이 되고자 하는 것은 역동적이고 생명력 있는 부모의 삶을 닮아가려고 하기 때문이다. 이 생명력은 다분히 무속의 기능적 속성으로 반영된다. 그리고 오랜 시련의 역사 속에서 억울하게 죽어 주변에 맴도는 원혼들을 위로하고 그 한을 풀어주기 위해서이다. 무당의 역할을 통해 화합과 화해의 장으로 이끌려고 하는 것이다.

우리의 전통문화와 무속 종교는 언제부터인지 외래문화와 외래종교에 의해 푸대접을 받고 있다. 그래서 작품 내에서도 무속과 기독교를 '어둠'과 '빛'으로 묘사한다. 나는 현재 빛 속에 살고 있지만, 근원적인 뿌리는 어둠 속에 있다고 본다. 이 빛은 자신이 어렸을 때 의붓아비의 학대를 피해 서울로 와서 기독교 집안인 처가의 도움으로 학업을 마치고 사위가 됨으로써 현실적으로 도움을 받았기 때문이다. 그것은 현실적으로 무속인 어둠이 비과학적이거나 사회적 천대로 떳떳하게 표출되지 못하는 탓도 있지만, 한편으로는 우리 민족의 오랜 역사의 삶과 문화 속에 내재된 정신적·내면적인 것을 뜻한다. 그런데도 오늘날 무속은 단지 미신으로 치부되어 천대받고 있는 상황이다. 이런 단면은 내가 어머니에 대한 기억들이 전부 어둡고 한스런 자취로 점철되어 있는 점과 상통한다. 이에 반해 빛인 기독교는 외래문화와 외래종교인데도 절대적인 신성과 위엄성으로 표출되고 있는 것이다.

이런 빛과 어둠의 관계는 무당의 핏줄을 이어받아 무당이 되고자 하는 나와 기독교 집안 출신으로 맹신적 신앙생활을 하려는 아내와의 갈등으로 나타난다. 나는 빛의 세계에 있기 때문에 어둠을 지향하고자 할 때 더 많은 번민과 갈등을 느낀다. 신실한 기독교 집안인 처가의 내력도 오욕으로 점철되어 있다. 장인은 창녀와 결혼해 그녀의 돈으로 음식점을 개업하고, 사업이 잘 되자 다른 여자를 취해 낳은 자식이 아내이다. 나는 그녀 부모의 가게에서 일하며 어렵게 공부하는 중에 아내를 만나 결혼한 것이다.

아내는 교회 일로 바쁘게 보내다가 아이를 돌보지 못해 차에 치여 뇌 손상으로 바보가 되자, 자책감에 젖어 아이를 자신의 믿음의 척도로 치유한다며 더욱 맹신적인 모습을 보인다. 그러던 중 아이가 사고로 죽게 되자, 아내는 인간의 모든 삶을 부정하고 신만이 무한한 영광의 존재라고 생각하는 왜곡된 신앙을 보인다. 장인의 비도덕적이고 위선적인 단면, 가정을 떠난 아내의 맹신적 신앙, 효력 없는 안수 기도, 아들의 사고사 등은 내가 빛의 허위성을 더욱 자각하는 요인이 된 것이다. 아내는 지금이라도 내가 회개하고 신학을 전공해 목회자가 되기를 바란다. 그러나 어둠 속에 뿌리를 두고 그 속에서 살고자 하는 내가 빛 속에 살고자 하는 아내의 바람대로 살아갈 수는 없는 것이다. 아내는 아내의 삶을 추구하듯, 나 또한 나대로의 삶이 있기에 집안에 갈등이 생긴다. 세상에는 어둠을 밝힐 빛도 필요하지만, 상대적으로 빛을 수용할 어둠도 필요하다. 그래서 나는 어둠을 지키는 무당이 되고자 한다.

빛 속에 살고 있는 아내도 궁극적으로 토종문화와 우리의 전통에 뿌리를 두고 있다. 이런 토종문화와 전통, 정신을 버리고 빛과 같은 외래적인 것을 추구한다 해도 무조건 우리 것이 될 수는 없다. 배가 균형을 잃으면 한쪽으로 기울듯 적절하게 균형 감각을 유지해야 한다는 태도이다. 그런데도 무속은 서구의 기독교에 밀려 균형을 잃어가고 있다. 오늘날 많은 이들이 기독교에 몰리듯 적절한 균형성 유지를 위해 무속에도 관심을 가져야 한다. 이것은 단지 무속을 장려하고 추종한다는 것이 아니라 우리의 정신과 문화의 정통성을 지녀야 한다는 논리이다. 모든 것이 균형을 이룰 때 조화롭듯이 가능한 한 문화식민주의를 경계해야 한다.

우리의 전통과 주체성을 망각하고 맹목적으로 외래문화와 종교를 이식하고 추종한다면, 머지않아 우리의 뿌리는 잊혀져갈 것이다. 내가 나답고 우리 민족이 민족답게 사는 것이 개성과 주체성을 지니는 일이다. 모든 현상이 동일화로 통일되고 강요된다면 고유의 개성과 주체성은 사라질 것이다. 따라서 나답게 살아가려면 우리의 문화와 토속 종교를 보호해야 한다. 무당을 접신자나 사제로 보는 것도 타 고등종교에서 사역자의 위치로 비유할 수 있다. 그런데도 무당을 미신 행위로 치부하고 천대하는 것은 그들의 굿 행위가 타 종교처럼 체계적·합리적으로 정리되지 못한 탓이다. 무속 그 자체의 문제라기보다 체계화되지 못한 까닭인 것이다.

이처럼 작가는 오늘날 우리 사회가 너무 서구화·외래화 되어가는 추세에서 배의 평행성 유지를 위해 우리 것을 찾고자 무속에 관심을 갖는다. 무속은 우리의 내면적 정신세계를 지배하고 영향을 미친 문화적 실체로서 존재의 뿌리 기반인 모태적 공간으로 인식된다. 더구나 오늘날 다종교적 사회에서 주인공들은 자신의 운명이 파멸과 추락에 직면하는 상황에서도 그 가치성을 지향하고자 강인한 의지를 존재론적 삶의 원리로 보여준다는 점에서 실존적 비극성을 나타내고 있다.

제 4부
도가적 이상향과 문학

—

제 13장

도교, 노장사상과 현대시

1

　중국의 토착종교인 도교는 노자와 장자를 중심으로 한 도가道家와 밀접한 관련이 있다. 노자의 『도덕경』이나 장자의 『장자』가 어느 한 개인의 저작으로 보기 어렵듯, 도가사상은 노자와 장자의 사상을 바탕으로 형성되어 온 넓은 의미의 도가철학이다. 도교가 종교라면, 노장사상은 도교의 교리적 원전으로서 노자와 장자의 철학적 사상을 뜻한다.

　도교는 후한시대에 장생도長生道를 배우고 금단법金丹法을 터득한 장도릉이 일으키고 구겸지가 교리를 체계화해 이론적으로 정착시켰는데, 전통 불교에 자극을 받아 의례나 의식적인 측면을 대폭적으로 채택하고 교리를 체계적으로 발전시켰다. 우리나라에서는 삼국시대에 노장사상이나 선도仙道가 소개된 이후 고려시대에 불교의 도참圖讖사상이나 다양한 민속신앙과 병존하면서 현세의 이익을 희구하는 기복신앙으로 정착하여 예종 때에는 크게 성행하였지만 점차 쇠퇴하여 그 명맥을 이어왔다.

　도교는 현세적·종교적 교리로서 유교의 도덕, 불교의 인과응보, 신선술 등이 종합되었을 뿐만 아니라 화를 피하고 복을 받기 위해 다양한 자연신이나 영혼을 숭배하며 제사를 지낸다. 그리고 장생불사를 갈망해 섭생, 복식호흡이나 정좌법의 수련법과 양생법 등을 체계화시켰고, 선과 덕을 쌓으면서 계율을 지켜 신선이 된다는 도덕적 측면을 강조하였다.

노장사상은 공자와 맹자의 유교적 가치 철학과 대립되면서 어떤 형식이나 제도, 가치 체계에 구속받지 않고 자연 무위의 경지에 이르는 데에 목적을 두면서 사물의 근원 탐구에 중점을 두었다. 서양적 사고인 분석적·과학적 태도에 비해, 동양적 사고는 심미적 관계 속에서 물아일체의 융합을 강조한다. 일체의 욕구를 거부하는 무욕의 경지에서 주체와 객체는 상호 공존할 수 있다. 동양의 노장사상은 자연을 정복의 대상으로 보는 서양의 이원적 사고에 비해 자연과 인간을 조화의 일원적 사고로 본다. 따라서 인위적인 정치제도나 문물제도가 지닌 구조적 모순과 허위성을 비판한다는 점에서 반문명적이다. 자연 질서를 위반하는 현대사회는 인간 문명의 노예화로 치닫고 위계질서를 형성하며 인간을 소외시킨다. 무욕의 상태에서 대상을 바라볼 때 근본적으로 인간의 문제가 해결된다. 어떤 대상을 소유욕에서 바라볼 때 욕심이 생겨 사물의 진정한 면을 인식하지 못한다. 이럴 때 대상인 사물은 본질로서의 기회를 상실하고 단지 욕망의 대상으로만 머물게 되는 것이다.

노장사상의 기본 틀을 이루는 『도덕경』은 4세기경에 이르러 체계적으로 정리되었다. 그 중심사상인 무위無爲는 인위성이 아닌 언제나 하늘의 본질, 즉 "있는 그대로 본받는다"는 의미이다. 유교적 유가사상이 현세적인 삶과 예학을 중시하여 인의예지의 예의범절, 언어에 대한 규정과 상생 대립을 강조한다면, 도가는 사물의 본질에 가치를 부여하며 대립 갈등이 없는 상생과 상대적 개념의 집합체인 언어에 대한 부정, 인위성을 극복하는 무위자연의 상태를 추구한다. 도는 인위적인 형식이나 도덕적 가치 체계를 벗어나 자연과 교감하며 반형식적·탈가치화를 지향하는 무위의 삶을 통해 이루어지는 것이다.

도교의 진리적 본질인 '道'는 우주만물의 생성과 변화의 본체로서 영원히 불변하는 진리이자 궁극적 실체의 존재 양식으로 현상 그 자체이다. 도는 인위성이나 왜곡이 없이 스스로 존재하는 자연, 무로서 언어에 의한 분별 이전의 직관적 인식 상태인 사물로서의 관계이다. 자연이란 '스스로 그냥 있는 것', 즉 어떤 목적이나 의식이 없이 일체 사물을 생성할 수 있는 기능이다. 이런 점은 초월적 존재에 대해 절대 복종하는 유대교·기독교·이슬람교 등의 이원론적 사고와 달리 일원론적 관점의 조화의 세계를 반영한다. 도교에서는 인간에게 닥치는 악이나 불행의 원인이 무지에서 기인하기 때문에 궁극적으로 깨달음에 이르러야 한다고 본다. 불교에서 깨달음의 경지인 해탈도 과거의 편협한 태도나 의식에서 탈피해 자신의 마음속에 스스로 자연의 이치를 깨닫는 것이다. 열반은 내면적인 마음의 평화와 즐거움의 상태로서 죽음도 삶의 한 부분에 지나지 않는 자연의 이치를 깨닫는 경지이다. 생사도 순환반복적인 자연의 섭리처럼 연속적이고 동일한 형태이다.

박이문은 서양의 분석철학적 입장에서 노장사상의 중심 개념을 '도道', '무위無爲', '소요逍遙'로 나누면서, 도는 노장사상의 이념과 행동을 뒷받침하는 철학적 측면을, 무위는 소요의 이념을 실천에 옮기는 행동의 원칙을, 소요는 이념적 측면을 각각 나타내는 개념으로 본다. 즉 도에서 노장철학, 무위에서 노장종교, 소요에서 노장이념을 상호 유기적 관계로 형성하여 노장사상을 대변한다는 것이다.[1]

첫째, '도'는 궁극적 존재인 만물의 근원으로 우주 만물을 생성하는 힘이며 부단히 변화하는 법칙이다. 도는 있는 그대로의 자연으로서 현상 세계와 분리하거나 관념적으로 볼 수 없는, 사물과 현상을 포함한 모든 것을 가리키며 동시에 그 자체이다. 세상의 모든 만물은 우리가 보고 느끼는 관점에 따라 천차만별이다. 이 모든 것들은 특정한 언어나 고정된 개념으로 파악하기 때문에 다양하게 구분된다. 그러나 노장의 관점에서 볼 때, 다양한 형상으로 존재하는 사물과 현상들은 고정되지 않고 끊임없이 변화하므로 서로 구분할 수 없다. 그렇다고 이것을 규정하기 위해 언어로 표현할 수 없다는 것이다.

둘째, 유위有爲의 반대어인 '무위'는 "전혀 행동하지 않는 것"이 아니라 인간의 욕망에 따라 인위적으로 행동하는 것을 벗어난다는 의미이다. 유위는 자연스런 행위와 대립되는 개념인데, 인간은 사회적 관계 속에서 주체적인 입장으로 자신의 욕망을 충족시키기 위해 자연이나 세계를 질서화, 대상화하므로 언제나 대립과 갈등을 불러온다. 자연과의 대립인 문화와 문명은 인위적이기 때문에 소외와 불행을 야기한다. 그래서 노자와 장자는 자연에서 벗어난 인간의 질서나 문명을 인위적으로 보아 비판하며 경계한다.

무위는 도의 원리에 따라 인간이 행동하고 따라야 하는 궁극적인 원칙으로, 인간이 어떻게 살아야 하는가의 삶의 방향 제시이다. 이 궁극적 가치는 차별성이 없이 자연과의 절대적 조화의 관계에 두고 있다. 노장은 자체에 내재된 법칙이 있는 자연 속에서 삶의 진정한 자유와 행복을 찾는다. 모든 만물이 스스로 지닌 본성과 조화를 이루는 일이 도의 질서에 순응하는 것이다. 편견과 소유욕에서 바라볼 때 본래의 가치는 상실

---

1 박이문, 『노장사상』, 문학과지성사, 1980, p.23 참조.

되고 진실은 왜곡되어 악순환에 빠지기 쉽다. 무욕의 관점에서 대상을 바라볼 때 충돌과 불화가 해소될 수 있다.

셋째, '소요'(한가하게 유희한다)는 정신적 자유함 속에서 느끼는 행복 감으로 무위적 삶을 지향할 때 가능하다. 인간의 고통은 외부적 요인으로 야기되는 것이 아니라 개인적 집착이나 욕망으로 인해 마음이 구속받거나, 사물과 현상에 대해 지적 인식이 따른 결과이다. 모든 사물과 현상은 단지 인간의 가치 판단과 감성적 욕구에 의해 차별화된다. 따라서 이런 의식 작용을 전제하지 않은 순수한 마음 상태에서 우주만물과 동화되고 생사에 대한 육체적 집착이나 근심을 버릴 때 정신적 자유로움을 누릴 수 있다. 모든 만물은 끊임없이 변화 지속되므로 인간 역시 현세적 집착에서 벗어나 변화하고 순환하는 자연의 섭리를 따를 때 생명의 근본적 가치인 삶의 즐거움을 누릴 수 있다. 집착을 버리고 삶의 조건을 있는 그대로 받아들일 때 행복이 느껴지는 것이다. 현실적 조건이나 환경에 구애받지 않고 삶을 어떤 목적이나 수단으로 여기지 않으며 그 자체를 즐길 때 '지락至樂'의 상태에 이른다. 이런 상태에 이를 수 있는 삶의 모습이 놀며 돌아다니는 소요의 경지이다.

2

도교와 노장사상은 중국의 고전문학에서 쉽게 접할 수 있는데, 도연명의 자연관이나 소동파·이백의 시에서 많이 볼 수 있다. 우리나라의 고전문학에서는 16, 7세기 유선문학遊仙文學에서 천상 및 신선세계를 소재화해 현실의 갈등이나 좌절을 극복하고 낭만적 이상향을 추구하는 양상으로 나타나고 있다. 그러나 시대적 상황에 따라 현대문학, 특히 소설에서는 거의 찾아볼 수 없고, 시에서나 단편적으로 접할 수 있다.

남으로 창을 내겠소.
밭이 한참갈이
괭이로 파고
호미론 풀을 매지오.

구름이 꼬인다 갈 리 있소.
새 노래는 공으로 들으랴오.
강냉이가 익걸랑
함께 와 자셔도 좋소.

왜 사냐건
웃지요.

– 김상용의 「남으로 창을 내겠소」 전문

시적 화자는 각박하고 번잡한 도시문명의 삶을 피해 평화롭고 조용한 전원 속에서 안분지족의 기쁨과 소박한 삶을 누리고자 한다. 시종일관 간결 단순한 2, 3음보의 호흡과 담담하고 소박한 대화체 어조가 중심을 이루고 있다. 특히 종지법 서술 형태인 '~오(소)'의 예사존대법은 반복적인 각운 리듬으로 확신에 찬 효과를 불러온다. 인간과 자연이 동화되는 물아일체의 시적 분위기가 관조와 무욕의 경지를 반영한다. 어떠한 굴레나 형식에 얽매이지 않고 절대적 자유로운 경지에서 목적과 수단을 배제한 삶 자체를 즐기는 태도이다. 이런 삶이 자연과 교감하며 순리에 따라 유유자적하면서 지락에 이를 수 있는 소요의 경지이다.

1, 2연에서 화자의 태도는 도가적 인생관을 나타내고, 3연에서는 웃음을 통해 인간의 판단이나 구속을 벗어난 달관의 모습을 보인다. 1연에서의 화자는 힘든 농사일을 감내하는 태도이다. 전통적인 농촌마을에서 남향에 집을 짓고 창을 내는 것은 햇볕이 따뜻하고 곡식이 잘 자라 생활하기에 편리하기 때문이다. '밭이 한참갈이'는 "한 차례의 밭갈이"나, 혹은 "밭갈이의 한참"으로 바쁜 농촌의 풍경이다. '괭이'나 '호미'는 농사일을 하는 도구의 제유법이며, '새 노래'와 '강냉이'는 자연의 축복과 오곡백과의 제유법 이미지이고, '구름'은 도시문명의 화려함이나 허황된 인간의 욕망을 뜻한다. 화자는 일시적인 안락함이나 허황된 가치체계에 유혹받지 않겠다는 태도이다. "새 노래는 공으로 들으랴오"는 자연이 주는 무한한 은혜의 축복으로 인간과 자연 관계에서 무위와 무상성을 반영한다. 따라서 인간관계에서 이런 무상성은 아무런 대가 없이 '강냉이'가 익거든 함께 먹어도 좋다는 후한 인심으로 대변된다.

마지막 연은 평화롭고 아름다운 전원생활에 안착하는 필연적 이유를 설명할 필요 없는 유구무언적 침묵의 태도이다. 웃음 띤 미소에는 구태여 부연하지 않더라도 다 통할 수 있다는 긍정적인 삶을 반영한다. 또한 문명의 혜택과 명리名利를 누리는 도시생활보다 전원생활이 가치 있다는 묵언적 암시이기도 하다.

숲속의 샘물을 들여다본다
물속에 하늘이 있고 흰 구름이 떠가고 바람이 지나가고

조그마한 샘물은 바다같이 넓어진다
나는 조그마한 샘물을 들여다보며
동그란 지구의 섬 우에 앉았다.

　　　　　　　　　　　－ 김달진의 「샘물」 전문

　시적 화자는 우연히 숲속 샘물을 응시하면서 자아의 내면적 성찰을
통한 깨달음의 과정을 우주적 상상력으로 형상화한다. 번잡한 현실생활
을 탈피해 소박하고 평온한 무위의 자연 속에 젖어 있다. '조그마한 샘
물'에서 시작한 화자의 상상력은 '하늘', '흰구름', '바람'으로 확대되어,
그 샘물은 '바다'같이 넓어지고 주위는 '섬'으로 변화되면서 모든 공간은
점차 '지구'로 확장된다. 작은 샘물이 무한한 우주가 되는 것이다. 화자
는 이런 우주적 상상력을 통해 마침내 '동그란 지구의 섬' 위에 앉았다는
귀결점에 이른다. '구름', '바람'은 물질이나 육신과 같은 세상의 가시적
형상의 덧없음에 비유된다.

　현상계에서 모든 사물들은 끊임없이 변화하고 천차만별이지만, 도의
관점에서 보면 그 형상은 모두 동일하다. 단지 세상의 가치 판단에 따라
차별화될 뿐이다. 크고 작다는 것도 본질적으로 존재하는 것이 아니라,
오직 비교되는 것이 상대적으로 존재할 때 가능하다. 크다는 것도 더
큰 것에 비교하면 작게 판단되므로, 크고 작음은 도의 일원론적 세계에
서는 동일한 것이다.

　　　고인 물 밑
　　　해금 속에

꼬물거리는 빨간

실낱같은 벌레를 들여다보며

머리 위

등 뒤의

나를 바라보는 어떤 큰 눈을 생각하다가

나는 그만

그 실낱같은 빨간 벌레가 되다.

- 김달진의 「벌레」 전문

　장자의 「제물론齊物論」 중 '호접몽胡蝶夢 설화'에서 장자(장주)는 자신이 나비가 되는 꿈을 꾼다. 이는 참된 도를 터득하면 꿈이 현실이요 인간도 나비로 물화되듯, 모든 만물은 차별 없는 절대적 입장에 서면 피차 구별이 없어지고 모든 것이 하나로 통한다는 물화의 진리를 대변한다.[2] 그가 꿈속에서 나비가 되어 즐거운 마음으로 날아다닌 것은 자신을 망각했으니 죽은 거와 같다. 그렇지만 그 순간 만족할 뿐 자신을 미물로 열등시하지 않고 어떠한 것도 갈망하지 않는다. 이처럼 만물이 하나의 형체이며 축으로 되어 있어 시비나 우열의 차이가 필요 없는데도 형이하학적 현실에서는 차별화하는 것이다.

　시적 화자는 고여 있는 물밑의 찌꺼기 속에서 움직이는 미물을 바라보면서 자신의 존재 가치에 대해 물음을 던지고 있다. '고인 물'은 자신의 모습을 비춰볼 수 있는 거울 같은 이미지이고, '해감'의 방언인 '해금'은

---

2 老子·莊子, 이원섭 역, 『중국사상대계 2』, 신화사, 1983, p.188.

악취 나는 찌꺼기로 물속에 유기물이 썩어 생기는 것인데, 즉 혼탁한 세상을 뜻한다. 화자는 이 혼탁한 세상에서 자신을 들여다보며 자아의 존재를 인식하는데, '머리 위'와 '등 뒤'에서 자기를 바라보는 '어떤 큰 눈'을 의식하면서 자신이 '실낱같은 빨간 벌레'가 된 것을 발견한다. '어떤 큰 눈'은 화자의 내면의식이나 혹은 우주 섭리를 주관하는 절대자, 우주만물의 근원인 도의 진리 등을 내포한다. 도는 우주만물의 창조의 원리이자 힘의 원동력이다.

화자가 자신을 바라보는 '큰 눈'을 통해 인식하는 것은 도를 성찰함으로써 자연계를 운행하는 우주적 원리를 발견하는 일이다. 현상계에서는 '나'와 '벌레'가 일치할 수 없는 이질적 존재이지만, 도의 인식세계에서는 물아일체가 되는 것이다. '벌레'는 고등동물인 나에 비해 하찮은 미물에 불과하지만, '나' 역시 나를 바라보는 '어떤 큰 눈'에게는 벌레같이 보잘 것 없는 존재에 불과하다. 도의 인식세계에서 모든 만물은 우열을 두거나 크고 작음을 구분할 수 없다. 벌레보다 우위에 비쳐지는 나도 더 '큰 눈' 아래에서는 하찮은 존재로 머물기 때문이다. '나'와 '벌레'는 현상계에서 존재의 형상이 다를 뿐이지 도의 인식세계에서는 동일하다.

> 대숲에
> 자취 없이
> 바람이 쉬어 가고
>
> 구름도 흔적 없이
> 하늘을 지나가듯

어둡고
흐린 날에도
흔들리지 않도록 받들어

그 마음에는
한 마리 작은 나비도
너그럽게 쉬어가게 하라.

- 신석정의 「그 마음에는」 부분

이 시는 '대숲', '바람', '구름', '나비' 등의 자연 이미지와 '자취 없이', '흔적 없이', '쉬어가고', '지나가듯' 등의 어떤 상태와 행위의 서술적 이미지가 인위성이 가미되지 않은 채 순수한 자연 그대로의 모습을 반영하고 있다. '바람'이 '대숲'을 지나가고 '구름'이 '하늘'을 지나가는 것은 자연스러운 모습이기에, 화자 역시 '흐린 날에도 흔들리지 않도록' 어떠한 동요도 없이 그대로 순리에 순응하는 무위의 삶을 추구한다. 그래서 '그 마음'은 '작은 나비'가 되어 너그럽게 쉬어가듯 편안함을 누릴 수 있다.

한 그루 나무의 수백 가지에 매달린 수만의 나뭇잎들이 모두 나무를 떠나간다.

수만의 나뭇잎들이 떠나가는 그 길을 나도 한 줄기 바람으로 따라 나선다.

때에 절은 살의 무게 허욕에 부풀은 마음의 무게로 뒤처져서 허둥거
린다.

앞장서던 나뭇잎들은 어디론가 사라지고 어쩌다 웅덩이에 처박힌 나
뭇잎 하나 달을 싣고 있다.

에라 어차피 놓친 길 잡초더미도 기웃거리고 슬그머니 웅덩이도 흔들
어 놀 밖에

죽음 또한 별 것인가 서로 가는 길을 모를 밖에

　　　　　　　　　　　　　　　 - 박제천의 「월명月明」 전문

　이 작품은 박제천 시인의 연작시 「달은 즈문 가람」 중의 일부로서
고승 월명사가 지은 「제망매가祭亡妹歌」를 소재화하고 있다. 그는 과거의
전통을 현대적 감성으로 수용하려는 차원에서 신라 향가나 고대 설화를
시적으로 차용하여 형상화하였다. 「제망매가」는 누이의 명복을 빌기 위
해 쓴 것으로, 오누이를 한 나뭇가지에 비유해 삶의 덧없음을 인식하면
서 허무감을 극복하는 내용이다. 그 내용을 현대어로 소개하면, "생사
길은/ 예 있으매 머뭇거리고/ 나는 간다는 말고/ 못다 이르고 어찌 갑니
까./ 어느 가을 이른 바람에/ 이에 저에 떨어질 잎처럼,/ 한 가지에 나고/
가는 곳 모르온저,/ 아아, 미타찰彌陀刹에서 만날 나/ 도 닦아 기다리겠노
라.[3]
　「월명」은 시적 소재나 주제적 차원에서 「제망매가」와 흡사한 분위기

를 자아내고 있다. 서두부터 인간 개체를 '나뭇잎'에 비유하며 죽음을 '수만의 나뭇잎들'이 나무를 떠나가는 것으로 묘사한다. 한때 무성했던 나뭇잎들이 힘없이 떨어지듯, 함께 삶을 누렸던 사람들과의 이별과 죽음을 피할 수 없다. '나' 또한 많은 나뭇잎처럼 '한줄기 바람' 되어 그 길을 따라나서듯 보편적 죽음을 인식한다. '바람'은 개체로서의 인간적 삶의 모습을, '길'은 죽음에 다가서는 인생의 행로를 뜻한다. 이미지가 '나뭇잎'에서 '바람'으로 전이되면서 보편적인 삶의 문제가 구체화되고 있다.

화자는 인생의 덧없음을 느끼면서도 무지하게 현세적 욕망을 떨쳐버리지 못한다. 온갖 인간의 욕망이 '살의 무게', '마음의 무게'를 통해 짓누른다. 4연에서는 앞 연에서 보인 온갖 미망과 집착에서 벗어나 점차 삶의 덧없음을 깨달아가는 모습이다. 이런 인식 상태는 웅덩이 속 나뭇잎에 비친 '달'로 표상된다. 인생의 덧없음이 자연현상을 통해, 즉 인간과 달이 물아일체의 경지에서 깨달음으로 인식된다. 이런 인식의 구체화는 마지막 두 연에서 보편적 진리로 대변되는데, 죽음 또한 삶과 다를 것이 없으며, 이런 깨달음을 통해 인생의 덧없음을 초극하는 것이다. 현세적 삶을 누리면서 덤덤하게 죽음을 관조하고 맞이하는 경지이다.

---

3 김완진, 『향가해독법연구』, 서울대출판부, 1980 참조.

| 현대문학과 종교 |

제 14장

대중문학론
— 최인호의 『별들의 고향』과 조해일의 『겨울여자』

1

본래 대중문학은 서구사회가 산업화·도시화되면서 광범위하게 대중적 독자층이 형성되자 이들을 대상으로 성립되었다. 이 개념은 19~20세기쯤 엘리트 계층의 고급·귀족문학에 대립하여 대중의 시대적 요구에 부응하는 데 사용되었다. 우리나라에서 대중문학의 개념은 서구의 영향에 따른 것이라기보다는 일본에서 사용된 순수와 통속 개념의 구분에 따른 영향이라고 할 수 있다.

우리의 대중문학은 근대화 시기 신문 발행과 더불어 신문 연재소설에서 시작되었다. 초기에는 대중문학에 대한 뚜렷한 인식이 없이 순수문학으로 연재되다가 점차 신문의 상업성에 병행하여 대중이 형성되었다. 1910년대에 방각본 고소설이 대량 생산되고, 신소설, 이광수 소설이 연재되면서 문학의 대중성에 많은 관심을 갖게 되었다. 특히 1930년대 이데올로기의 쇠퇴에 편승하여 활발히 나타난 통속화 경향은 무단정치에 따른 일제의 탄압을 회피하고, 신문 구독자의 증가에 따라 상업성과 결탁하면서 독자의 취미에 영합한 것에서 기인한다. 대중소설은 독자가 문학을 쉽게 접할 수 있다는 점에서 인기를 끌었지만, 한편으로는 질적 하락을 가져와 신문소설은 통속소설이라는 인식을 갖게 되었다. 1930년대의 대표적인 대중소설은 김말봉의 『찔레꽃』과 『밀림』, 김래성의 『청춘극장』, 최독견의 『승방비곡』과 『난영亂影』, 박계주의 『순애보』 등이 있다.

1950년대 이후는 상업성에 편승하여 대중적 인기가 확보됨으로써 신문소설은 통속소설이라는 인식이 확대되어 순수작품을 쓰는 작가는 연재를 기피하는 경향이 있었다. 이 당시 대표적인 대중소설은 정비석의 『자유부인』이라고 할 수 있다. 작가는 이 작품의 창작 동기로 전후 사회를 봉건주의 사회에서 민주사회로 넘어가는 과도기로 규정하고, 그 과도기적 증상을 형상화할 배경으로 가정의 혼란상과 사회의 부패상에 주목했다고 한다. 이 작품은 전후 사회의 정치적·사회적 혼란상과 윤리적 타락상을 상류층의 주인공들의 행위를 통해 선정적이면서도 감각적인 묘사로써 생생히 구현하고 있다. 즉, 유한부인의 춤바람, 모리배의 사기 행각, 정치인의 비합리적 행태, 사업가의 정경 유착 등 혼란된 가치관과 물질적 욕망에 따른 성적 방종을 대담하게 묘사함으로써 선정성을 부각시켰다고 할 수 있다.

1970년대는 급격한 산업화와 물질문명의 혜택으로 경제적 풍요로움을 누리지만, 빈부 격차에 따라 사회적 갈등이 야기되면서 인간성은 물질문명의 노예화로 상실되어갔다. 정치적으로는 유신 치하에서 인권이 유린되고 자유가 구속되는 상황이었지만, 물질적 소비문화가 유행하면서 상업주의와 오락문화가 팽배하여 비판적 기능이 축소되었다. 특히 상업주의의 온상은 저널리즘인데, 유신시대의 정치적 탄압으로 언론이 통제되면서 정확한 보도 대신 상업주의 소설이 자리를 대신하는 경향이 있었다. 또한 대중매체의 활발한 팽창과 신진작가들의 감각적 문학 경향으로 인해 신문 연재가 활성화되면서 단행본이 다량으로 출판되었다. 이 당시 인기를 누렸던 작품으로는 최인호의 『별들의 고향』, 『도시의 사냥꾼』, 『내 마음의 풍차』, 『바보들의 행진』, 조해일의 『겨울여자』, 한수산의 『부초』, 『해빙기의 아침』, 『바다로 간 목마』, 조선작의 『미스양의 모험』, 『초토』 등이 있다. 1970년대 대중소설은 시대 감각적인 감수성이 대중에게 무의식적으로 자리 잡으면서 남성 편력의 인물로 여대생, 직업여성 등이 등장하며, 자유연애란 구실 하에 주인공의 대담한 성적 욕망의 토로와 물질 지향적 가치관이 상승적으로 작용하면서 성적 방종을 허용하는 경향이 농후하였다.

1980년대의 대중소설은 추리, 미스테리, 무협지, 복고적 역사물 등 여러 장르의 특성을 혼합하거나 변용시킨 형태로 나타난다. 이 시기는 군부 파시즘과 경제적 발전이라는 이중적인 사회구조 속에서 현실의 부조리와 대중의 욕망에 맞추어 다양한 소재들이 다루어짐으로써 산업화된 문학이라는 특징을 나타내었다. 이 당시 대중소설은 일부 민중문학에 대비하여 정치적 억압 상황에 편승해 지배계층의 논리를 전파하기 위한 수단으로 사용되기도 하였다. 작품으로는 박범신의 『죽음보다 깊은 잠』, 『풀잎처럼 눕다』, 『돌아눕는 혼』, 김홍신의 『인간시장』, 『바람개비』, 『바람 바람 바람』 등이 있다.

2

대중소설은 순수문학인 본격소설과 대립되는 개념으로써 예술성이 미진하고 일반대중에 의해 읽히는 작품을 뜻한다. 대중소설은 현대 자본주의 사회에서 상업적 속성이 강하므로 독자의 요구에 영합하고자 흥미에 중점을 둔다. 따라서 소비자인 독자를 확보하기 위해서는 말초 감각적이고도 재치 있는 표현으로 성과 폭력을 중심 소재로 하는 선정성과 통속성을 수반할 수밖에 없다. 여기서 성性은 원시적 생명력의 진지한 탐구나 사회적 비리를 비판하기 위해 다루어지기보다는 흥미 거리를 전시하기 위한 전략으로써 감각적·소비적 쾌락의 욕구 충족을 위해 다루어진다. 대중소설의 상업성은 사회와 인물이 맺고 있는 갈등의 해결을 지향하는 것이 아니라, 운명에 따른 만남과 이별을 각 시대마다 유행하는 디테일로 재구성해낸다. 이와 같이 대중소설이 퇴폐적 삶의 경향을 띠고 인기에 영합하여 상업적으로 성공했을 때 통속소설이라고 지칭한다.

대중소설에 대한 시각은 긍정적인 측면과 부정적인 측면으로 나눌 수 있는데, 긍정적인 관점에서 보면 다원화된 현대사회에서 대중은 예술 및 문화를 향유할 수 있는 특권이 있는 만큼 대중문학의 대량 보급을 통해 다양하게 문학작품을 감상하고 식별할 수 있는 안목을 기를 수 있다는 것이다. 이에 반해 비판적인 관점은, 대중은 미적 감수성이나 심미적인 판단력이 미숙하므로 저급한 문학의 오락성에 함몰되어 순수한 본격 소설의 예술적 가치 추구에 무관심해질 수 있다는 데 있다. 대중소설은 연애·추리·무협적인 내용 등 매우 다양하지만, 그중 연애소설이 중심을 이룬다. 대중소설을 한 마디로 정의하기는 어렵지만, 일반적인 특징은 현실도피성이 강한 오락성과 천편일률적인 도식성, 성과 폭력의 관능성과 선정성, 주인공의 몰개성성과 감상성 등이 주류를 이룬다는 점이다. 대중소설의 특징을 더욱 구체화하면 다음과 같다.

첫째, 대중소설은 흥미 본위의 통속적 소재에 관심을 두므로 평이한 내용을 사건의 전개 중심으로 이끌어간다. 인물의 성격 창조나 주제의식, 언어 탐구에 중점을 두지 않기 때문에 자기 인식의 과정에 대한 진지성이 없다. 구성은 내적 갈등에 따른 심리적 상황 묘사보다 우연성과 비현실성을 바탕으로 복잡한 사건의 뒤엉킴으로 이루어진다. 대중은 반복되는 것에 쉽게 싫증을 느끼므로 호기심과 신기성을 자극하는 사건을 끊임없이 모색하는 것이다. 이처럼 연속적인 사건은 비판적 창조성이나 삶의 고뇌, 갈등이 없이 상품의 포장만 바꾸는 소비문화의 한 양상으로 나타난다. 독자의 흥미를 끌기 위해서 사실적 묘사보다는 충동적이고 인상적인 기술로 감성을 자극하면서 긴장감을 자아낸다. 사건 전개도 일상적 관습의 굴레에서 크게 벗어나지 않으며, 예상했던 바대로 끝난다. 독자는 사건 해결에만 초점을 맞추는데, 사건 해결 역시 악과의 갈등을 통한 문제 해결이 아니라 소비문화와 욕망을 충족시키기 위한 것이다.

둘째, 독자에게 자기만족과 환상을 심어주며 감상성에 사로잡히도록 한다. 순수문학은 우리의 삶에 끊임없이 질문을 던지면서 삶을 반성하고 현실세계를 새롭게 인식하도록 도움을 준다. 따라서 작가의 진지한 고뇌와 치열한 갈등이 따르고, 인간성 창조에 중점을 둔다. 그러나 대중소설은 대중의 기분 전환과 만족의 수단으로 사용되므로, 일상적 괴로움을 잊고 현실에 안주할 수 있는 소비 지향적 경향을 띨 수밖에 없다. 이런 경향은 탐욕스런 욕망에 젖은 사람에게는 자기 합리화의 우월의식을 갖게 하고, 부당한 피해를 입은 사람에게는 무능하다는 자책감에 빠지게 하거나 자기 연민의 감상성에 빠지도록 한다.

대중은 현실의 불만과 욕구를 해소하기 위해 끊임없이 새로운 자극을 필요로 한다. 대중은 무미건조한 일상의 삶 속에서 자신의 나약함을 극복하기 위해 영웅적인 인물 혹은 우월감에 젖은 주인공과의 동일시를 통해 무력감을 해소하고, 억눌린 자아로부터 해방감을 찾는다. 특히 피카레스크 소설에서는 왕자 같은 남자 주인공이 등장하고, 여주인공은 시련과 고통 속에서도 여러 남성의 헌신적인 사랑을 받는다. 따라서 여성 독자는 주인공이 이상적인 남성의 사랑을 독차지하므로 자신을 주인공과 동일시한다. 이런 낭만적인 사랑은 현실의 갈등과 괴리감을 아름답게 승화시키므로, 여성 독자는 결혼 신화에 젖어 대리욕망을 충족시킨다.

독자는 작품 속의 주인공을 통해 좌절된 욕망을 대리만족함으로써 현실의 억압과 갈등, 불안을 해소하고 위로를 받는다. 무력한 개인이 즐거움을 느끼면서 자기 존재를 확인하는 것이다. 즉 작품 속의 사건 전개는 실제 현실과 상반적이므로 현실의 복잡한 문제를 잠시 잊고 거짓된 만족에 심취하는 것이다. 그러나 이런 도피책은 근원적인 문제를 해결하는 것이 아니라 소시민적 감상성을 합리화하는 데 지나지 않는다. 진정한 가치관과 문제의식을 깨닫지 못하고 자기 연민에 빠지기 때문이다. 이런 점에서 대중문학은 사회로부터 소외된 계층이 사회 권력에 도달하고자 하는 욕망과 사회적 자기 동일성을 성취하려는 욕망을 이야기 속에 드러내는 것이라고 할 수 있다.

셋째, 여주인공은 스토리가 전개되면서 시련과 고통에 직면한다. 그는 피치 못할 사정으로 인해 사랑하는 사람과 결실을 맺지 못하고 헤어지거나, 또는 해악자의 음모와 오해로 인해 시련에 직면한다. 그러나 자신의 불행을 거부하거나 남의 탓으로 돌리지 않고 모든 것을 운명으로 받아들이며 체념한다. 여주인공의 순진하면서도 소극적인 행동은 사건 해결에 도움이 되는 것이 아니라, 오히려 불행을 자초한다. 이러한 운명론은 남성에 의해 좌우되므로 여주인공은 나약한 의지와 헌신적 삶을 선한 가치 기준으로 삼는 것이다. 여주인공의 불행에 비해 다른 주인공들은 쾌락을 만끽하며 행복한 삶을 추구한다. 독자는 여주인공이 불행으로 추락하는 것에 마음 졸이고 눈물을 흘리면서 카타르시스를 느끼는 것이다.

3

『별들의 고향』의 주인공 경아는 아버지를 일찍 여의고 어렵게 대학에 진학하지만, 가정 형편상 중퇴하고 무역회사에 취직한다. 그곳에서 허풍스럽고 객기 있는 강영석을 만나 교제하지만, 영석 어머니의 반대로 임신 중절 수술을 한 채 헤어진다. 실의에 차 있던 경아는 어머니의 강요로 상처한 후 딸을 두고 있는 이만준과 결혼한다. 하지만 전처의 환영을 경아에게서 찾고자 하는 그와 갈등이 잦았고, 그녀의 가상 임신을 확인하던 중 중절 수술을 받았다는 사실이 밝혀져 가정파탄을 맞는다. 그녀는 자포자기 상태에서 술을 마시게 되고, 호스티스 생활을 하던 중 동혁이라는 기둥서방의 굴레에 얽매이게 된다. 그녀는 방탕한 생활 속에서 화가 지망생인 김문오를 만나 동거한다. 젊고 싱싱하던 경아는 알코올 중독자로 전락하여 몸과 마음에 병이 들고, 동혁의 출현으로 문오는 서울을 떠난다. 도시생활에 환멸을 느낀 문오는 낙향하여 그림을 그리던 중 은사에게서 대학 강사로 나와 달라는 부탁을 받고 1년 만에 서울로 돌아와 우연히 경아를 만난다. 그는 알코올 중독자로 추해진 그녀에게 연민의 정을 느끼지만 헤어진다. 그 후 동혁이 문오에게 나타나 경아를 책임질 수 없다면서 그녀의 거처를 알려주고 떠난다. 문오는 미아리 근처의 싸구려 선술집에서 경아를 만나지만, 그녀는 몹시 황폐해진 모습이었다. 1년여 후 경아는 술을 마시다가 한 노동자와 여관에 투숙하고, 사내의 주머니에서 돈을 훔쳐 밤늦은 시간에 혼자 술을 마신 경아는 눈 내리는 거리에서 수면제를 먹고 죽는다. 경찰로부터 연락을 받은 김문오는 경아의 시체를 화장한 후 한강에 뿌리고 오다가 그녀의 환영에 사로잡혀 술을 마신다.

이 작품은 나약한 여주인공의 삶을 통해 산업자본주의사회의 성 가치관에 대한 붕괴를 일인칭 작중 화자와 삼인칭 전지적 관찰자 시점으로 형상화하고 있다. 김문오 시점에서 서두와 말미가 서술되고, 문오와 경아의 동거생활을 제외한 전반적인 내용은 전지적 시점에서 묘사된다. 따라서 독자들은 영화처럼 폭넓게 작품을 감상할 수 있다. 사건 전개나 대화가 단순하면서도 직선적인 서술 형태로 구성됨으로써 의미가 쉽게 전달되는 것이다.

하나는 소설을 읽을 재미를 하루하루의 신문을 통해서 철저히 느끼도록 할 것. 그러기 위해서는 문장이 새롭고 독특해야 할 것이며, 스토리를 통해서 연재소설의 호흡을 조절할 것이 아니라, 주인공의 생명력에 의해 독자들을 사로잡을 것. 나머지 하나는 주인공의 이름이 기억되어 마치 자신의 첫사랑이나 친근하게 느껴져 이름을 부를 수 있을 만큼 자연스럽게 기억되어질 것을 염두에 둘 것.

위 작가의 창작의도에서 볼 수 있듯이, 이 작품은 에세이풍의 감각적인 문체에다가 분위기에 걸맞은 동요나 시를 인용함으로써 독자로 하여

금 시적 분위기에 젖어들게 하고, 줄거리가 자신의 첫사랑 이야기처럼 전기적 요소가 강하며, 주인공이 누구에게나 평범하게 인식될 수 있는 보편적 성격을 갖추었기 때문에 신문소설로써 처음 썼는데도 인기를 끌었다.

경아는 자기 욕망을 억제하며 희생하는 모성적 인물로서 그녀의 파멸을 통해 전근대적 가부장제의 이데올로기와 횡포를 잘 보여주고 있다. 그녀는 낙천적이며 활달하여 어떤 시련과 고통을 당해도 쉽게 잊기 때문에 여러 남자로부터 버림받지만, 절망하지 않고 순간과 현실에 집착한다. 사랑에 약하여 자아 주체성과 존재가치를 인식하지 못한 채 쉽게 대상에 예속되는 것이다. 어떤 슬픔이나 시련을 극복한 후 굳게 일어서는 것이 아니라, 일상적 생활의 반복성에 쉽게 익숙해짐으로써 환경에 대처할 능력을 잃고, 수동적으로 순응할 뿐이다. 여러 남성들과 관계를 유지하지만, 그들과 구체적인 일상생활의 모습이 없이 부분적인 단면만이 나타난다. 진지한 성찰과 반성적인 태도, 건강성이 없이 동정적인 감상과 눈물만 자아낼 뿐이다.

경아는 인생 파멸의 후회나 자기 인식, 각성이 없이 순간에 집착하여 소비적인 남성 편력만 반복할 뿐 아니라 생산노동에 참여하는 치열성도 없다. 작가는 당대 사회의 부조리나 불합리한 모순을 진지하게 포착하지 못함으로써 전형적 성격 창조에 실패했다는 느낌이 든다. 이런 점에서 그녀는 1970년대 남성들의 소유 욕망 대상자로서 대리만족할 수 있는 무의식적 대중심리의 그림자라고 할 수 있다. 이렇게 현실성이 결핍된 '평범한 여성상'은 독자의 환상에 존재하고 있을 뿐이다.

경아가 상대하는 남성들은 한결같이 순간적·감상적 성격의 소유자로 비정상적인 인물들이다. 첫 번째 남자인 강영석은 경아를 노리갯감으로 농락한 후 어머니의 결혼 반대를 구실로 그녀와 헤어진다. 경아는 영석의 내심도 모르고, 사랑한다는 말 한 마디에 모든 것을 맡길 정도로 어리석다. 그녀는 사랑의 실패로 인해 며칠 동안 앓아눕지만, 다시 일어난다. 영석과 헤어진 것이 자신의 부도덕과 잘못에서 기인한 것이라고 생각하면서 상처 입은 남성과 결혼하리라 다짐한다.

두 번째, 만준과의 사랑에서 경아는 가정의 행복을 추구하는 전형적인 여인상으로 나타난다. 만준을 만날 때 그녀는 자신의 과거 때문에 두려워하면서도 행복한 가정을 이루어 사랑받는 아내가 되기를 꿈꾼다. 남편이랑 밖에서 열심히 일하고, 집안을 꾸미면서 자녀를 양육하는 것이 최대의 행복이라고 생각한다. 여성에게는 사랑이 인생의 전부이며, 최대 목표라고 생각하는 사랑의 신비주의에 젖는다.

그녀는 만준과의 사랑에서 전처의 자리를 차지하려고 하다가 갈등을 겪는다. 소유의 관계가 아닌 수평적 관계를 추구하지만, 만준은 허락하지 않는다. 그는 의처증이 심한 결벽주의자로서 자기로 인해 아내가 자살하게 된 것에 대해 죄의식에 사로잡혀 있기 때문에 전처의 환영을 집안에 남기고자 하였다. 뿐만 아니라 경아에게서 전처의 환영을 찾으려고 한다. 경아를 동등한 부부관계로 생각하기보다는 전처의 빈자리와 죄책감에 대한 보상으로 생각한다. 경아는 자식을 가짐으로써 갈등을 벗어나려고 하지만, 병원에서 가임신으로 판명되고, 오히려 진찰 과정에서 중절 수술한 과거가 탄로나 가정 파탄에 이른다. 결벽주의자인 만준으로부터 순결을 의심받아 외면당한 것이다. 만준은 점잖고 예의바르지만, 때로는 허세와 기만으로 위장된 냉소적 성격의 소유자이기도 하다. 그는 아내의 죽음에 대한 적개심을 딸 명혜에게 느끼는 것인지, 자녀에게 차가우면서도 잔인할 만큼 엄격한 모습을 보인다. 경아는 두 남성, 즉 파렴

치한 영석과 결벽주의자인 만준과의 사랑을 실패함으로써 가부장적 사회로부터 끈질기게 보복을 당한다.

여성은 한 남성을 위해 존재하는 소유물이라고 생각하기 때문에 그녀는 자괴감에 젖어 도피책으로 알코올 중독자가 된다. 이런 소유 관계는 그녀가 호스티스 생활 속에서 기둥서방인 동혁의 소유물로 인식되는 점과 일치한다. 그즈음 그녀는 술집에서 우연히 화가 지망생인 김문오를 만나 동거하면서 마음의 상처를 위로받고자 한다. 문오는 무기력하고 나약한 1970년대 지식인으로서, 그녀에게 일시적인 애정을 느껴서 동거할 뿐이다. 알코올 중독자가 된 경아는 술집을 전전하는데, 이것은 자신의 사랑과 인간애가 남성에게 짓밟힘으로써 나온 자학적 행동이라고 할 수 있다.

그녀는 상대방이 싫어하는 기색이 있으면 쉽게 짐을 꾸려서 떠난다. 이런 행동은 상처를 최소화하면서 상대방의 부담을 덜어주자는 것으로, 모든 고통을 자신이 짊어지겠다는 삶의 방식이다. 그녀는 이성보다 감성의 소유자로서 뭇 남성의 사디즘적인 학대조차 낙천적으로 수용하였다. 이런 자포자기식 운명관과 감상성은 현실의 부조리한 제도와 굴레에 저항할 수 없는 자신을 합리화하기 위한 태도라고 할 수 있다. 그녀는 뚜렷한 희망이나 의지도 없이 눈물과 술에 젖은 채 소녀적인 감상성과 바보스러움에서 헤어나지 못하였다. 주체적인 입장에서 사랑을 주고 찾는 것이 아니라, 사랑을 주는 상대방만을 좇을 뿐이다.

꿈이라도 아름다운 꿈이에요. 내겐 소중해요. 소중한 꿈이에요. 또 내 몸을 스쳐간 모든 사람이 차라리 사랑스러워요. 내 몸엔 그들의 흔적이 남아 있어요. 그들이 한때는 날 사랑하고, 그들이 한때는 슬퍼하던 그림자가 내 살 어딘가에 박혀 있어요.

　그녀는 10여 년 동안 세파에 시달리며 밑바닥 생활을 경험했지만, 그
것은 남성의 노리갯감에 지나지 않은 것이었다. 그녀의 불행이 더욱 비
극미를 자아내는 것은, 가부장제의 이념에 순종했음에도 불구하고 사회
는 그녀를 희생물로 삼았고, 그녀 자신은 그 사실을 깨닫지 못했다는
것이다. 따라서 '경아'라는 주인공은 인간의 마음속에 자리 잡고 있는
순수성의 상징이라고 할 수 있다. 그녀가 하얀 눈 위에서 죽어가는 모습
은 현실사회의 비정한 단면을 나타낸다. '흰눈'은 추악한 현실을 가려주
는 매개체이기 때문이다. 따라서 그녀의 비극적 죽음은 타락한 삶을 정
화시키는 장치로써 순수에 대한 옹호를 의미한다고 할 수 있다.

　이 작품은 원제목이 『별들의 무덤』이었는데, 조간신문의 특성상 신문
사 요청으로 『별들의 고향』으로 바꾸었다고 한다. 지나가버린 것은 꿈에
불과하지만, '별'은 젊음·사랑·순결·추억 등을 상징한다. 또한 '무덤'이
절망과 상실을 의미한다면, '고향'은 영원한 안식처로서 동경의 대상이
며 희망을 뜻한다. 그러나 이 작품에서의 '고향'은 영원한 동경의 대상이
면서 한편으로는 시대 상황과 관련지어, 어둔 그림자처럼 절망적 현실이
라고 할 수 있다. 작품의 배경인 1970년대 정치 상황은 인권 유린과 권위
주의적 억압이 자행되고, 물질주의적 산업화에 따른 사회의 부조리, 가
치관의 혼란이 팽배하던 시기였다. 이처럼 공허하고 어두운 시대 상황에
서, 해방을 갈구하고 현실을 도피하려는 대중적 낭만주의는 술과 성이라
는 매체로써 현실 도피 의식을 위장시켜놓은 것이다. 즉, 대중의 심리적
절망을 희망으로 바꾸어 놓았다고 할 수 있다. 이 점은 이 소설이 지닌
양면적 성격, 즉 초월에의 지향과 현실적 억압에 대한 도피 그리고 두려

움에 대한 반응에서 확인된다.

『겨울여자』의 주인공 이화는 얼굴이 예쁘고 청순한 소녀로서 대학입시 합격자 발표일에 1년여 동안 자신을 지켜본 민요섭을 만나 교제한다. 그는 귀공자 타입의 나약한 모습으로, 이화가 모성애적 동정심을 느낄 무렵에 바다의 요트 위에서 자살한다. 이화는 대학생활에 익숙해지면서 학생운동을 하는 석기, 수환과 사귀며 깊은 관계를 맺는다. 또한 이혼한 허민 교수의 위선을 벗기기 위해 그에게 몸을 맡기기도 하고, 미국 유학을 다녀온 장로의 아들 안세혁과 관계를 맺은 후 결혼을 거부한다. 그리고는 광준과 함께 불우아동을 도우면서 야학에 나가는 여성해방주의자의 길을 걷는다.

이 작품은 이화가 여러 명의 남자를 차례로 만나는 내용을 서사구조상 네 부분의 이야기로 구성하고 있다. 스토리의 구성은 등장인물이 중복되지 않으면서 별개의 장으로 전개된다.

첫 번째 남자인 민요섭은 부유한 집안 출신의 귀공자형으로 나약한 성격의 소유자이다. 그는 가정에서의 애정 결핍과 정치가인 아버지의 부도덕성 때문에 사회에 제대로 적응하지 못한 채 사람들을 기피하는 정신적 외상을 지니고 있다. 이화는 이런 민요섭에게 모성애적 동정심을 느낀 나머지 그와 함께 외딴 섬으로 여행을 떠난다. 하지만 이런 이화의 행동은 당혹감을 자아내기에 충분하다. 그것은 낯선 남자와 바로 여행을 간다는 것 자체가 무모하고 비현실적이기 때문이다. 그 후 민요섭은 부도덕한 아버지와의 갈등 때문인지 혹은 이화에게 육체적 접근을 완강히 거부한 죄책감 때문인지 자살해버린다.

두 번째 남자는 학보사 기자로서 학교재단의 횡포와 현실 정치의 부조리에 비판적 태도를 취하는 우석기이다. 그는 학생운동에 가담한 탓으로 군대에 강제로 징집된다. 이화는 민요섭의 죽음에 대한 죄책감과 석기에 대한 호감으로 그와 쉽게 관계를 맺는다. 그러나 석기가 군대에서 의문사를 당하자 평생을 독신으로 살면서 남에게 헌신할 것을 다짐한다. 그녀는 석기를 만남으로써 이성관이나 가치관에 변화를 가져와 이기적인 사랑을 거부하고 타인에 대한 사랑과 아픔을 인식하는 사회애로 발전한다. 석기와의 깊은 관계를 통해 세상을 새롭게 바라보면서, 무엇이든지 관심을 가지면 새롭게 보인다는 평범한 진리를 깨닫는다. 그리고 사회제도의 부조리와 불합리성, 정치적 폭력 등을 깨달으며 많은 사람과 함께 기쁨과 슬픔을 공유하는 삶을 영위한다. 이화는 통과의례를 거치듯 석기의 죽음을 통해 자유분방한 성 가치관과 이웃에 대한 관심을 가지는 성숙한 모습을 지니게 된 것이다.

세 번째 남자는 석기의 친구인 오수환이다. 그는 이화를 연모하지만 그녀가 친구의 애인이라는 사실 때문에 괴로워하면서 죄책감을 느낀다. 그러나 이화는 당돌하게 이런 구속에서 자유로워야 한다면서 그와 깊은 관계를 맺는다.

네 번째 남자는 스승인 허민 교수이다. 허민 교수 부부는 외형적으로는 교양을 갖추고 원만한 관계처럼 보이지만 애정 결핍으로 이혼한 사이이다. 그는 가정의 불행을 잊고자 학문 연구에 전념하지만, 이화를 만남으로써 삶에 신선한 충격을 느낀다. 그는 외로움을 벗어나고 싶기도 하고, 자료 정리에 도움을 받고자 이화를 은근히 기다리지만 사제지간이라는 굴레 때문에 감정을 표현하지 못하는 우유부단함을 보인다. 이화는 허민 교수의 윤리적 벽을 허무는 것이 가식과 위선으로부터 벗어나는 데 도움을 주는 것이라고 생각한다. 그녀는 허 교수에게 자신을 연인으로 생각해달라면서 아파트를 드나들며 식사를 준비하기도 한다.

그녀에게 윤리제도란 사람다움을 보호하고 지키기 위해 필요한 것이지 진실을 가로막기 위한 것이 아니라는 것이다. 그러나 정작 자신은 결혼을 거부하며 구세주인 양 자만심을 가지고 허 교수 부부의 결합에 주도적 역할을 한다. 이럴수록 허 교수는 그녀에게 연민과 도덕적 자책감을 느끼며 괴로워한다. 이화는 허 교수 부부의 재결합에 헌신하고 다시 장로의 아들인 안세혁과 사귄다. 이화는 청혼하지 않는다는 조건으로 그와 육체적 관계를 맺지만, 순결한 여인으로 생각했던 이화의 자유분방한 행동에 안세혁은 부끄러움과 자괴감을 갖는다.

잡지사 기자로 공단 주변 사람들의 삶을 취재하던 이화는 그들의 열악한 작업 환경과 비참한 생활을 보고 사회의식에 눈을 뜬다. 그녀는 불우청소년들을 위해 야학을 운영하며 헌신하는 김광준의 삶에 공감을 갖는다. 광준은 제대한 후 아버지의 물질적 가치관과 도덕관에 따른 갈등 때문에 집을 나와 천막촌에서 불우청소년을 가르치며 용기 있게 살아가는 젊은이다. 이화는 그의 삶에 공동 책임감을 느끼며 그를 돕기 위해 잡지사 기자직을 그만둔다. 광준은 동반자의 길을 걷는 이화에게 연정을 느끼지만 동지라는 이유 때문에 솔직한 감정을 표현하지 못한다. 하지만 이화는 결혼하지 않는다는 전제하에 그와 관계를 맺는다.

그녀는 지금 자신이 하는 일보다 더 중요하고 보람된 일이 생기면 그곳을 떠나겠다면서 단지 친구의 자격으로 그를 돕겠다고 하였다. 그들의 헌신적인 봉사에도 불구하고 광준 아버지가 보낸 폭력배에 의해 천막촌은 철거되고, 원인 모를 화재까지 일어나 인명이 희생되는 불행한 사건이 발생한다. 그렇지만 광준과 이화는 절망하지 않고 꿋꿋이 재기하려는 신념을 가진다. 그녀는 여러 남성들을 통해 허위의식과 굴레를 비판하고, 정치적·사회적·윤리적·성적 해방을 추구했다고 볼 수 있다.

이처럼 이화는 급진주의적 여성해방주의자처럼 '가정과 성'이라는 굴레의 금기를 깨뜨리는 자유분방한 여성관을 가지고 있다. 그녀는 가정에 얽매이면 자기를 필요로 하는 사람들과 자유로운 관계를 유지할 수 없다고 생각하기에 결혼을 거부한 것이다. 그리고 남들의 고통과 불행을 방관한 채 자기 가족만의 행복을 추구하는 가족 이기주의에 사로잡힐 수 없다고 생각한다. 자유분방한 딸을 걱정하는 부모에게는 불가피한 상황에서는 어쩔 수 없다고 자신의 외도를 합리화한다.

그녀는 여러 남성과 성적 관계를 맺음으로써 관습적이면서도 윤리적인 허위의식과 제도의 굴레를 벗어나고자 한다. 한 사람에게 얽매이지 않은 채 모든 남성의 욕망에 헌신한다고 생각하면서 자신의 성적 욕망과 무관하게 상처받은 남성을 감싸 안아주는 모성애적 태도를 보여준다. 그러나 이런 그녀의 행동은 이율배반적이지 않을 수 없다. 남성의 욕망을 채워주면서 본인은 한 번도 성적 욕망이나 만족을 느끼지 못하는 위선적인 모습을 보이기 때문이다. 이런 이화의 무갈등과 욕망 부재는 가족 이기주의의 비판에 대한 뚜렷한 계기가 되지 못한다. 그녀는 존재론적인 성차 문제나 남녀 차별성에 대해 치열한 고뇌나 갈등이 없이 성개방주의자로 보수적인 가족관을 거부하는 입장이기 때문이다. 상처 입은 뭇 남성에게 자신의 성을 시혜자로서 베푸는 구원적 애정관을 가진 것으로 착각하고 있을 뿐이다. 그녀는 성도덕관이나 윤리적 가치관이 정립되지 않은 감상주의자로 냉정한 주체성을 가지지 못한 일면이 있다.

알 수 없는 크나큰 슬픔 같은 감정이 다시 그녀의 몸 안을 가득 채웠다. 살갗 속이 모두 환하게 열리는 것 같은 슬픔이었다. 몸의 일부가 닿아 있는 걸상이나 책상이 모두 조그맣게 용해되어 그녀의 살갗 속으로 스며들고 있는 것만 같은 그리고 햇빛처럼 환하고 강렬한 슬픔이었다.

온화한 가정에서 성장한 이화는 작품 도처에서 잔잔한 슬픔을 느끼거나 눈물을 흘림으로써 유아적인 감상성을 벗어나지 못하고 있다. 그녀는 자신의 뜻대로 되지 않거나 상대방에게 거부당할 때, 상대방을 연민의 정으로 바라볼 때 슬픔에 젖는다. 이런 감상성은 동정심과 순수성의 상실에 대한 표피적인 감정 표현이라고 할 수 있지만, 자신의 삶에 대해 방황이나 번민 같은 진지한 성찰이 없어서 안일한 느낌을 지울 수 없다.

작품 『겨울여자』의 상징성은 이화 자신이 남에게 시혜자로서 베풀어주면서도 자신은 무갈등과 욕망 부재의 차가운 이미지를 지닌다는 것이다. '이화'는 황량하고 추운 겨울날 방황하는 남성에게 따뜻한 사랑을 베풀면서, 물질적으로 타락한 시대에 순수성을 지켜주는 자화상이라 할 수 있다.

4

일반적으로 1970년대 대중소설은 여성에 대한 남성의 소유욕을 감상적으로 위장함으로써 현실에 대한 도피의식이 통속화되어 나타난다. 술과 여자에 대한 탐닉은 가부장제의 남성 중심적인 오락문화로써 시대적 암울을 위장하려는 대중의 심리 현상이라고 할 수 있다. 두 작품 모두 여주인공이 여러 남자를 만나고 쉽게 헤어지는 통속적 멜로드라마의 서사구조를 지니면서 진부한 이야기 혹은 직설적인 대화 중심으로 감정 표현이 전개된다. 이 개개의 독립된 이야기는 필연성이 미약하지만, 구체적 사건으로 전개되면서 흥미를 자아낸다. 특히 여주인공의 자유분방하면서도 대담한 성 가치관은 1970년대 산업사회의 소비적 애정관이면서, 유신 시대의 억압 하에서 자유롭게 분출할 수 있는 개인적 욕구의 단면이라고 할 수 있다.

보수적인 성격의 경아는 현실의 불행과 억압에 낙관적이기 때문에 사랑한다는 말을 들을 때마다 아픔의 통과의례를 거친다. 이에 반해 이화는 진보적인 성격의 소유자로서 여러 남성과 이별의 경험을 통해 서서히 자아가 성숙해간다. 그러나 두 주인공 모두 현실과 이상, 감성과 이성 사이의 갈등이나 고뇌의 치열성이 없이 현실에 쉽게 순응하고 체념하는 삶을 보여준다.

『별들의 고향』이 감상적인 사랑의 신화를 다루고 있다면, 『겨울여자』는 1970년대의 부패한 정치나 학생운동, 강제 징집 등 시대 상황의 현실성 있는 소재를 과감히 끌어들이고 있다. 이화는 여러 남성들과의 자유분방한 관계를 통해 경제적·사회적·성적 억압과 굴레에서 벗어남으로써 진정한 여성해방을 추구한다. 즉 사랑의 신화 속에 희생을 강요하는 가부장제 이데올로기를 거부한 것이다.

두 작품 속의 여주인공들은 많은 남성을 편력하면서도 탕녀라 생각하지 않고, 자신들은 단지 순진무구하며 아름다운데 사회와 남성의 폭력에 의해 희생당하고 순결성이 짓밟힌다고 생각한다. 즉, 남성의 학대와 제도적인 굴레의 억압에 희생당하는 고뇌의 화신이라고 생각하는 것이다. 이에 반해 남성들은 동물적 감각만 지닌 채 현실의 불의와 쾌락을 탐닉하면서 자신의 위선과 추악한 모습을 깨닫지 못하고 순진한 여인들을 희생물로 삼아 즐길 뿐이다.

제 15장

대전 수필문학의 회고와 전망

1 수필문학의 특성

수필은 "붓 가는 대로 쓴 글"로서 어떤 형식에도 구애받지 않고 자유롭게 써 가는 글이다. 이런 수필 형식의 글은 역사적으로 볼 때 오래전부터 있어 왔지만, 예술성을 갖추어 문학 장르로 정착된 것은 그렇게 오래되지 않는다. 동양에서는 12C 남송 때 홍매洪邁가 수필이란 용어를 처음 사용한 것으로 나타나는데, 그는 "뜻한 바를 수시로 기록하여 앞뒤 차례를 가려 챙길 것도 없이 적어 놓은 것"을 수필이라고 명명했다. 우리나라에서는 수필의 형태를 고대 '시화집詩話集'이나 '패관잡기(稗說)', 조선조의 궁중 내간체, 박지원의 '열하일기', 유길준의 '서유견문' 같은 기행문 등에서 엿볼 수 있다. 이런 기행문이나 설익은 잡문은 1920년대 문예지에 부분적으로 소개되다가 1930년대 이후에는 외국문학 전공자들에 의해 이론적 틀이 잡히는데, 김진섭의 「생활인의 철학」이 본격적인 수필로 정착되었다. 이후 1970년대에 『한국수필』, 『수필문학』 등의 수필 전문 문예지가 간행되면서 현대 수필 문학 발전에 큰 전환기가 되었다.

서양에서는 16C 프랑스 몽테뉴M. Montaigne의 『수상록』에서 "내가 묘사하는 것은 나 자신이다."라는 명제에 의해 수필이 개성적인 고백 문학 장르로 정착하게 된다. 고백이란 자신의 모든 것을 숨기지 않고 진솔하게 표현하는 것을 뜻한다. 그러나 수필의 고백성이란 자기의 경험이나 생각을 장황하게 설명하거나 나열하는 것이 아니라, 이야기를 압축하여 정서와 상상, 사상과 어우러지게 나타내야 한다. 그리고 체험은 감정을 여과시켜 함축적인 주제를 은은하게 암시해야 한다. 훌륭한 수필가란 풍부한 상상력과 깊은 통찰력을 통해 방관자적 태도로써 우주 삼라만상과 인생사를 관찰하여 거기서 느낀 감흥과 경험을 지성과 감성으로 조화시켜 표현해야 한다. 아울러 냉철한 비판과 번득이는 지적 감각이 뒷받침됨으로써 자아를 반성하고 비판하는 실존적 조명이 병행될 때, 독자는 미적 감동과 깨달음을 느낄 수 있는 것이다.

__2 대전 수필문단의 형성 과정

2.1. 한얼문우회

대전·충남 문단에서 수필 영역의 활동은 다른 분야에 비해 매우 미약하다. 이런 점은 수필 문학의 성격상 피할 수 없는 상황이지만, 양적·질적인 측면에서 활발한 시 분야에 비해 매우 초라하다고 할 수 있다. 그런 가운데 이 지역에서 수필에 관심을 갖고 작품 활동에 활력소가 될 수 있도록 자양분을 제공한 것은 '한얼문우회'라는 교사 중심의 수필 동호인들이라고 할 수 있다.

이 모임의 목적은 1969년 충남교육위원회 장학사인 권양원이 교육 현장에서 국어교육의 글쓰기에 새로운 바람을 불어넣고자 교사가 중심이 되어 교단생활의 생생한 체험이나 보람을 글로 옮기는 데 중점을 두었다. '한얼'이란 "하나의 정신", "큰 영혼"의 뜻을 내포한다. 이 교단수필의 동호인으로 참가한 발기인은 권양원·김영배·김용복·김학응·김행정·남철희·이정웅·이정희·임종학·정수건·최송춘·최형도 등 16명이었다. 그 후 모임이 이루어진 것은 1970년 12월말이었다. 이들은 수필의 질적 향상을 위해 합평회도 가지면서 '교단의 미소', '교단의 여백', '교단의 메아리'라는 제호를 붙여 동인지를 간행하였다. 이 동인지는 1집(1971, 12)·2집(1972, 12)·3집(1974, 6)까지 1인당 서너 편씩의 작품을 실어 간행하였으나, 동인들이 근무 순환제에 따라 다른 지역으로 전출해 가면서 활동이 중지되었다.

2.2. 대전·충남 수필문학회

'한얼문우회'는 『교단수필』을 3호까지 내고 해체되었으나, 김영배·이병남은 월간 『수필문학』에 작품을 투고하면서 꾸준히 작품 활동을 전개하였다. 김영배는 오완영과 같이 5인 수필집 『소부리의 대화들』(1975, 9)을 펴내고, 10인 수필집 『등 너머 푸른 숲엔』(1976)을 윤재철·김정오·정정원·심창화·박석홍·김영배·김용복·오완영·이금준·송기수 등과 함께 전국 규모로 확대 발전시켰다. 그 후 1978년 8월, 김영배·오완영이 이 지방 수필 동인들을 모아 조직한 '충남수필예술동인회'는 오늘의 '대전·충남수필문학회'의 전신으로 발전하였다.

이때 발기인으로 김영배·홍재헌·오완영·안명호·조남익·강현서 등이 참여했는데, 이들은 회장에 김영배, 부회장에 홍재헌, 주간에 오완영을 선출하고, '충남수필예술동인회'를 발족시켰다. 창간호는 『수필예술』이라는 명칭으로 1981년 3월에 간행되었다.

김영배는 창간호 서문에서 이 지역 수필문학 발전을 위해 동인회를 조직했고, 제호를 『수필예술』이라고 칭한 것은 수필이 신변잡기에 머물 것이 아니라 문학성·예술성의 경지에 이르러야 한다는 취지에서였다고 술회하고 있다. 창간호 참여자는 김영배·홍재헌·강나루·이정웅·최중호·박동규·박권하·오완영·유동삼·권양원·안명호·유병학 등 30여 명이다.

『수필예술』은 경제적으로 어려운 여건에도 중단하지 않고 최근 17호까지 간행되었고, 회원수도 40여 명에 이른다. 특히 1989년 행정구역 개편에 따라 다른 문학회는 대전과 충남으로 분리되었지만, '대전·충남수필문학회'는 그대로 존속되었다. 그동안 주제수필, 초대수필, 자유수필로 분류하여 매년마다 다양하게 실었고, 전국규모의 세미나도 개최하였다. 2호, 4호에는 문호를 개방하여 다른 지방 수필가들의 작품을 초대석에 실었고(김시헌·정재호·정주환·이재인·오동춘·강석호·김어수 등), 주제수필로 5호에 "내가 가장 부르고 싶은 노래", 6호에는 "한밤에 띄우는 사연", 7호에는 "사랑 그리고 이별", 8호에는 "부모님 전상서", 9호에는 "고향의 모든 것" 등 다양한 내용을 실었다. 1986년 7월에는 KBS 대전방송국 라디오 프로그램 <보문산 로터리>에 수필문학동인회의 활동상이 자세히 소개되었는데, 이때 김영배·홍재헌·강나루·지희순 회원이 참여하여 수필 한 편씩을 낭독하였다.

그동안 개최한 세미나로는

① 수필문학세미나(1990, 1, 14)

　주　제: 김영배 - 나의 수필 작법

　　　　홍재헌 - 수필문학의 문제점과 과제

② 제9회 한국수필가협회 세미나(유성관광호텔, 250여명 참석)

　주제: 21C 수필의 주제와 전망

　발표자: 이보식 - 21C 사회변동과 그 주체적 전망

　　　　윤모초 - 내가 다루는 수필 주제

　　　　김영배 - 내가 쓰고 싶은 수필의 주제

　그동안 강나루·조종국·우옥순·문향원·조규옥 등이 『한국수필』에, 이영하·최중호는 『수필문학』에, 문희봉은 『월간 에세이』에, 최병호·정신자·류재춘·남상숙·신동균 등은 기타 문예지에서 추천을 받았다.

___3 대전 수필문예지 작품 경향
　　　－『수필예술』·『대전문학』을 중심으로

3.1. 『수필예술』

　'대전·충남수필문학회'에서 발간하는 『수필예술』을 10집부터 18집까지 살펴보았다. 그 이유는 1990년대 이후 대전을 중심으로 활동하는 수필가들에 대한 작품을 다뤄 보려는 의도에서였다. 이 문예지에 참여하는 문인의 수는 방대하였다. 기타 동인 활동을 하는 문인들도 많이 있겠지만, 대부분의 수필 문예잡지가 종합 동인지이며, 수필 전문지로서 오롯이 발행되기는 드문 현실이다. 척박한 수필예술의 풍토에도 불구하고 오랜 시간을 끌어온 저력에 찬사를 보낸다. 시와 소설 그리고 평론으로 구분되는 문학 장르 사이에서 당당히 제몫을 찾으려는 작가정신이 신선했다.

작가의 구성은 시와 시조를 겸해 쓰는 문인과 수필만 전문으로 창작하는 문인으로 크게 나누어 볼 수 있었다. 대부분의 필자가 기성작가로서 지면 활동과 문단 활동을 하는 이들이었다. 연령층도 30대 이상으로 구성되었음을 알 수 있었다. 이는 습작기를 지나고 일군의 작가의식을 지닌 회원들로 구성되었음을 말해 주는 것이다. 문장력이 시나 수필에 고르게 표현되는 작가도 있었으나, '역시 시가 낫다' 하는 느낌을 지워버릴 수 없는 글들도 눈에 띄었다. 개인에 따라서 작품성이 굴곡을 보이는 현상도 많았다.

10집을 기점으로, 꾸준히 참여한 작가들의 작품을 개괄할 때 작품의 수준과 격이 점점 발전되는 양상이 뚜렷했다. 한편으로는 수필의 기본 개념과 이론에 미치지 못하는 작품도 있었고, 콩트와 수필의 구분이 가지 않는 작품을 대할 때는 약간의 당혹감도 있었다. 수필은 수필의 맛과 향이 있음을 염두에 둘 필요가 있다. 본 대로 느낀 대로 표현하는 것이 수필의 정의라는 오류는 우리가 이미 오래 전 반성하고 있는 사실이다. 소재와 주제의 다양성 속에서 끝까지 놓치지 말고 추구해야 하는 과제는 '예술성'이라는 명제이다. 예술성의 결여 다음으로 나타나는 문제가 주제의식이 뚜렷하지 못하다는 점이다. 어떤 소재를 택하든 작가가 피력하고자 하는 의식이 결여된 글은 생명력이 없다.

『수필예술』의 소재로 가장 많이 등장하는 것은 어머니에 대한 사모의 정이었다. 이는 감정에 호소하는 글들이 많음을 의미하기도 한다. 어머니가 지닌 정서가 모두 다르기에 작품을 읽는 재미가 다르기도 하지만, 한편으로는 소재의 빈곤을 반영하는 현상이기도 하다. 아홉 권의 『수필예술』을 살펴볼 때, 어머니를 소재로 한 작품이 열대여섯 편을 웃돌았다. 이것은 주제수필을 떠나 자유수필 중심으로 분석한 것이다. 대전 지역 수필 분야의 척도는 아직 유아기라는 인상이 짙다. 이제 어머니에게서 분리되어 성인으로 발돋움이 필요한 시기가 되었음을 알아야 한다.

『수필예술』 전반에 걸쳐 여성작가의 글이 우수하였다. 섬세하고 단정한 문체, 주제를 끌어 나가는 구성력에서 고른 작품성을 보여주었다. 특히 주목되던 강봄내의 타계는 커다란 손실이라고 본다. 봄내음처럼 상큼하고 시냇물처럼 맑은 글솜씨를 보여주던 고인의 작품이었다. 문장력과 좋은 감성을 표현하는 여성작가의 경우, 글의 표현 양식을 편지 형식으로 처리한 것은 아쉬움을 남긴다. 서간체 형식을 빌리지 않고 글감들을 처리했더라면 수필의 격이 훨씬 상승되었을 것이다.

남성작가들의 글은 선이 굵고 시원한 일면이 있으나 정돈이 덜된 분위기를 떨칠 수 없었다. 김영배·홍재헌·강나루의 글에서는 인생의 연륜이 던져주는 중후하고 그윽한 멋을 읽을 수 있었다. 그런 측면에서 글은 독자로 하여금 읽는 재미와 교훈을 주는 매력이 있어야 한다는 부담을 작가는 의무적으로 안아야 한다.

최중호의 1990년대 초반 작품은 역사물 해석이 주종을 이루고 있다. 재미와 교훈은 충분히 발휘되었으나 너무 도식화되고, 주제가 무겁다는 감상을 떨칠 수 없었다. 그 후 다른 소재로 쓰인 작품이 한층 발전한 작품으로 읽혀졌다. 자유스러운 소재가 주는 작가의 다른 면모를 보여주었다. 유동삼의 글은 대부분이 계도성을 지닌 내용이었다. 시종일관된 주관으로 점철되는 교훈을 읽을 수 있었다. 수필이 인생의 관조나 삶의 진지함을 엮어내는 마당이라고 하지만, 자신의 주장을 강렬히 관철시키는 도구로 사용되는 인상은 부담감을 준다. 교직에 재직하는 작가들의 진지한 자세도 편편에 엿보였다. 미술가이며 수필을 쓰는 정명희의 글에 대한 애정도 크게 엿보였다. 좀 더 다양한 직업을 지닌 회원들이었다면 폭넓은 주제의 표현이 있었을 것으로 짐작된다. 문희봉·박권하·이정웅·신동군의 꾸준한 작품 발표는 괄목할 만한 사항이었다.

『수필예술』10집부터 18집까지 살펴 볼 때, 대부분이 이야기식(플롯)의 수필이었다. 플롯 수필은 한 편의 수필 속에 이야기가 들어 있거나, 이야기로 짜인 수필을 통틀어 말한다. 문제는 이 플롯 에세이가 우리가 기대하는 문학성을 얼마나 얻어내는가이다. 즉, 카타르시스를 얼마나 산출할 수 있을까 하는 문제가 제기된다. 소설이나 희곡에서는 플롯의 정서가 카타르시스 산출의 원천이 된다. 작가가 플롯을 짤 때 플롯의 정서로 쾌락과 긴장감이라는 두 가지 요소를 검토하기 때문이다. 긴장감은 쾌락에 강렬성을 제공하는 요소이다. 과연 『수필예술』에 발표된 플롯 에세이(이야기식)에서 그런 긴장감을 얼마나 얻어낼 수 있을까.

소설과 희곡, 또는 긴 서사시에서는 사건과 사건들 사이의 충돌에서 서스펜스를 일으킨다. 그러나 『수필예술』의 글들에는 사건들의 충돌이 거의 없다. 대개 단일 줄거리이다. 작가 자신이 직접 체험했거나 또는 직·간접적으로 느낀 이야기를 수필화한 것이다. 일반적인 생활의 체험을 이야기로 짠 수필, 즉 플롯 수필에서 독자가 얼마만큼의 감흥을 얻어낼까를 생각해볼 일이다. 그 이야기가 흥미 없고, 한낱 잡기로 전락할 수도 있기 때문이다.

소수자가 쓴 사고수필thought-essays의 정의를 잠시 짚어 보면, 사고수필은 작품 속에 서사적인 스토리가 없이 단순히 사고를 통한 문장들로 구성된 수필을 말한다. 사고수필의 문학성은 어떻게 보아야 하는가? 작가의 두뇌로 만들어낸 생각들이 독자가 공감하는 진리가 되어야 한다. 글의 내용이 진실하다면 플롯 수필 못지않게 큰 감동을 줄 수 있다. 독자가 만족을 얻을 수 있는 지식은 무궁하기 때문이다. 그를 충족하는 쾌락이 깊을수록 여운도 오래 갈 것이다. 그러나 사고수필의 내용이 보잘 것 없고 평범하다면, 독자의 만족과 공감 또한 얻을 수 없다. 사고수필이 창작성이 높다는 것은 작가의 두뇌에서 캐낸 문장들이 얼마만큼 진리와 진실에 가까워졌는가가 관건이 된다.

『수필예술』을 전체적으로 볼 때 아쉬움을 던져주는 문제는 제목의 선정이다. 작품의 주제와 걸맞으면서 문학성을 표현하는 제목을 붙이는 기술이 부족하였다. 사물을 주의 깊게 관찰하고, 삶의 면면을 진지하게 고뇌하는 흔적이 더 많이 엿보이길 갈망한다. 쓰기 위해 쓰는 글, 의무감에 쫓기는 글이 아니라, 작가의 정리된 의식이 반영된 향기 있는 수필로 발전하기를 바란다. 인간에 대한 따뜻한 시선과 세계와 우주 질서에 대한 끊임없는 성찰이 작가의 숙제로 남아 있다. 눈에 보이는 현상을 직접 담아내는, 카메라 앵글에서 탄생한 사진보다는 마음의 눈을 통해 재창조되는 사물이 감동을 준다. 수필가는 수필 장르의 발전을 위해 부단한 노력을 기울여야 한다. 손끝의 감각이 아닌, 깊은 내면을 적시는 글을 기대하고 싶다.

피천득의 글이나 김진섭의 수필이 갈수록 빛나는 것은 그들 작품이 지니는 격 때문이다. 일상사의 자잘한 사연들을 소재로 쓸지라도, 예술이라는 옷을 입히면 그 글이 품는 주제는 향기를 뿜을 수 있다.

3.2. 『대전문학』

『대전문학』 창간호(1989)부터 16호(1997)까지 1회 이상 작품을 발표한 필자는 30여 명이고, 총 작품 수는 160여 편이었다. 그중 1회 정도 발표한 필자는 15명, 나머지 15명 정도는 대전문협 수필분과에 소속된 회원들로서, 김영배·홍재헌·강나루·이정웅·최일순·최중호·이지윤·남상숙·이윤희 등은 초창기부터 꾸준히 작품을 발표하였다. 중반 이후에 참여한 회원은 류재춘·박노선·문희봉·윤승원·이득우·이행수·강봄내·이광렬 등인데, 그중 강봄내와 이광렬은 이미 고인이 되어 안타까운 마음이다.

필자들의 직업은 서예가 조종국, 경찰공무원 윤승원, 정신과 의사 오세원, 회사 이사 신동군, 해직기자 이정구 등을 제외하면 절대 다수가 초·중·고 교단에 몸담고 있거나, 이미 정년퇴임한 교직자가 주류를 이룬다. 교직자가 절대 다수를 차지하는 것은 시간과 직업 성격상 마음의 여유를 가질 수 있기 때문일 것이다.

발표된 작품의 내용은 거의 현대수필의 주류를 이루는 교훈적·서정적 경향을 띠고 있었다. 진술방법에 따라 수필의 분류는 교훈적 수필, 서정적 수필, 서사적 수필, 극적 수필로 나눌 수 있다. 교훈적 수필은 필자의 오랜 체험이나 사색을 통해 인도주의와 계몽주의적 색채를 지니며, 진지한 삶의 태도와 신념이 주류를 이루어 공리성에 중점을 둔다. 서정적 수필은 일상 삶에서 보고 느낀 바를 솔직담백하게 묘사하는 것으로, 인간과 자연의 교감을 그려내며 예술성 강조에 중점을 둔다. 서사적 수필은 스토리 구성의 서사형식으로 객관적 시점에서 현실세계를 서술하는데, 내용의 사실성·현실성·정확성을 중시해 날카로운 관찰과 세밀한 조사, 올바른 지식을 바탕으로 한다(예: 백두산 기행, 심춘순례). 극적 수필은 작품의 전개가 희극적으로 흐르고, 현재시제와 대화문을 사용하여 극적 반전을 나타내기도 한다.

필자 중 윤승원·이정웅·이광렬·류재춘·홍재헌 등의 글에서는 사회부조리와 불합리성, 사회·문화적인 제도의 모순, 물질만능주의에 따른 인간성 상실과 소외감을 비판하는 내용이 많았다. 이처럼 사회적 문제를 비판하는 글은 흔히 베이컨의 에세이류로 포함시키는데, 지적·논리적으로 전개되므로 비교적 중후하고 딱딱한 느낌이 든다. 따라서 이런 글은 주제가 복잡하지 않고 단일하여 선명한 경우가 많다. 그러나 너무 교훈적인 내용을 신념으로 나타내다 보니 잘못하면 예술성이 결핍되어 생경한 분위기로 흐르기 쉽다.

수필이란 허구가 아니다. 그러나 허구가 아니라고 해서 사실 그대로 적는 것도 아니다. 수필은 다른 문학보다 심경적·경험적이므로 문학적인 결정체가 되기 위해서는 직선적인 비판이나 주장이 아닌 경험에 따른 상상의 미적 창조 과정이 여과되어 재구성될 때 예술적 진실성을 느낀다. 특히 홍재헌의 글은 위인들의 말씀이나 격언·명언을 인용하여 인생 경험에서 얻은 체험과 사색의 편린을 교훈적인 내용에 담아 잘 묘사하였다. 이런 에세이 풍은 예술성과 철학적인 사상성을 가미시켜 냉철한 비판과 지성의 번득임으로 논리를 전개시킬 때 훨씬 돋보인다.

서정적 수필은 주로 여성작가의 글이 중심을 이루었다. 『대전문학』에 실린 여성작가의 글들은 전반적으로 고르고 어느 정도 수준에 다다랐다고 볼 수 있는데, 짜임새 있는 구성을 바탕으로 한 섬세한 감각과 풍부한 어휘 구사가 돋보였다. 그러나 일부 글들은 미문적인 문장에 치우쳐 내용 전달이 모호하였다. 그만큼 미문에 치중하다보면 내용의 본질과 거리가 멀어지고, 현학적·관념적이기 쉽다. 가식적인 꾸밈없이 필자의 의견은 가능한 한 억제하고, 상황 묘사를 실감 있게 표현해 독자의 상상력을 이끌어내야 한다.

여성작가의 작품 중 강봄내의 「바위를 녹이는 소나무」, 「두 비둘기」, 「초가집」, 이행수의 「긴장의 아름다움」, 「사이버 페트」, 남상숙의 「가로등」, 「독자의 눈」, 이윤희의 「찌」, 「할머니와 묵」, 최일순의 「새신」, 「우리 엄마의 추석빔」 등은 수준작이었다. 일반적으로 여성작가의 글들은 여성 특유의 감각적인 문체로 가정사에 얽힌 이야기나 유년의 추억 등을 표현하는데, 소재의 범위가 한정되어 아쉬운 감이 있었다.

이 외 대부분의 서정적 수필 내용은 자연의 계절 감각, 가족과 이웃의 인간관계에 얽힌 사랑과 그리움, 고향과 유년 시대의 추억, 음식문화와 세태, 여행담을 다룬 기행문 등의 신변잡기가 중심을 이루었다. 수필은 거창한 주제가 아니라 일상생활 속에서 경험하는 사회현상, 자연의 관찰, 인간사의 문제 등을 새롭게 느끼고 발견할 때 글감이 되는 것이다. 글감이 주제와 보편성을 가지지 못할 때는 잡담이 되고 만다. 보편적인 주제란 자기 혼자만의 정취와 감흥이 아니라, 밖으로 시선을 확대시켜 독자의 공감을 얻는 것이다. 주제는 생경하게 직정적으로 나타내기보다는 실제적 대상에 심상으로 확대시킬 때 분명하게 된다.

이런 점에서, 다음 글들은 신선한 느낌을 준다. 이진우의 「소들도 머리를 숙이건만」은 소싸움을 통해 패배자의 용기와 승자의 도량을, 강돈묵의 「수필작법」은 수필작법의 딱딱한 이론을 흥미 있게 수필 식으로 묘사했다. 홍재헌의 "글 쓰는 마음 글 쓰는 보람"은 교육자와 글 쓰는 이의 마음은 사랑과 아름다움, 성실하고 정직한 마음에서 우러나온다는 점을, 윤승원의 「말의 천국」은 PC통신에 나타난 말의 횡포를, 남상숙의

「독사의 눈」은 독사의 눈을 두려워하는 작가의 진지함을, 최중호의 「주례견학」은 겸손한 태도와 솔직 담백성을 재치 있게 표현하였다.

__4 수필가의 활동현황과 작품세계

김영배는 40여 년간 교직에 몸담았다. 논산고등학교장을 끝으로 정년 퇴임한 교육자로서 한국신문예문학상, 한국수필문학대상, 대전시민의 상(문학부문), 대일비호대상(대전일보사 문화교육부문) 등 화려한 수상 경력을 지니고 있다. 그는 『수필문학』(1972)과 『현대시조』(1985)에 각 각 수필과 시조가 추천됨으로써 문단활동을 시작하였고, 현재 수필집으로 『정한 나무의 연륜』, 『비둘기 하늘에 날을 때』, 『정과 한을 다듬는 소리』, 『사랑이 맞닿은 지평』, 『강촌에서 띄우는 사연』, 시조집으로 『출항의 아침』, 『산울음 담은 강물』, 『아, 나의 산하여』 등이 있다.

그는 초창기부터 '충남수필예술동인회'를 창립하여 다년간 회장직을 맡아오면서 대전·충남지역의 수필문학 발전에 공헌하였고, 또한 시조시 인협회장을 맡아 시조 발전에도 일익을 담당하였다.

그의 전반적인 작품 경향은 서정과 인간의 조화, 관조와 달관의 미학, 동양의 유현사상幽玄思想, 인간 탐구적 휴머니즘이 본질을 이룬다. 즉 고요한 사색으로 먼저 자기를 성찰하고, 자연과 인생 그리고 사물을 서정과 인정의 물감으로 용해시켜 깊은 심안으로 통찰한다. 또한 도타운 불심佛心으로 마음을 비우고 헌신봉사의 삶을 열망하여 괴로움 속에서 행복을 찾는 진지함이 서려 있다.

김영배의 『강촌에서 띄우는 사연』(1995)은 회갑을 지낸 인생의 뒤안

길에서 자신의 모습과 삶을 돌아보고 반성하는 겸손한 자세로 일관한다. 아울러 현대사회에 나타나는 갖은 사건과 사고들을 접하면서 현대인들의 사욕과 이기심에 안타까움을 나타내고 있다. 그는 자신의 인생 역시 사욕이 명령하는 대로 복종만 하고 살아온 감정의 노예였다는 인식을 통하여 이제는 빈곤한 심서의 곳간에서 사색의 부를 축적하고 하루하루를 참되게 살고 싶다고 소망을 피력한다.

인생에 대해 깊은 애정을 지닌 사람들이 그러하듯이, 그의 글에는 사물에 대한 지나친 편견이나 애정이 없고, 날카로운 비판과 큰 구호도 눈에 띄지 않는다. 그보다는 따뜻함으로 감싸 안고 다독이는 데 노력한다. 그러기에 그가 현실을 향해 말하고자 하는 문제들은 부드럽고 다감하기만 하다. 이처럼 은근한 현실 비판과 인간에 대한 반성은 그가 비교적 온건한 인생관과 인성을 가지고 있다는 증거이기도 하다. 따라서 커다란 목소리로 구호만을 남발하고 감정의 절제나 사색의 과정 없이 섣부른 판단에 흔들리는 현대인들에게 생각할 수 있는 여유를 제공할 것이라고 믿는다. 매끈하고 야무진 조약돌에서 고귀한 생애를 배운다는 그의 말이 새삼 소중하고 귀하게 느껴진다.

홍재헌은 대전백운초등학교장으로 재직한 후 정년퇴임하였다. 조치원의 '백수문학'과 '충남수필예술동인회'의 창립 회원으로 참여한 후 다년간 회장직을 맡으며 이 지역 수필문학 발전에 공헌한 바가 크다. 그는 젊은 시절부터 지방신문과 교육잡지에 수필·콩트·논문·교재 해설 등을 활발히 발표하면서 어린이 독서 지도와 글쓰기 지도에 헌신하였다. 수필집으로 『교사의 시선』, 『이유 있는 항변』, 『기뻐하며 사랑하며』, 『사랑이 있는 풍경』 등이 있다. 그는 9개 문학단체에 가입하여 활동 중이며, 현재까지 1천여 편을 발표할 정도로 집필 활동을 왕성하게 하고 있다.

그의 전반적인 작품 소재는 교육자·천주교 신자로서 교육 현장과 신앙생활에서 찾고 있는데, 작품의 밑바탕에는 가르침의 외경스러움, 자기 회개와 성찰, 사랑과 감사의 정신이 깔려 있다. 그는 문학 활동과 신앙생활을 자랑과 보람으로 여기면서, 가르치고, 글을 쓰고, 교회를 찾는 마음이 모두 사랑에 바탕을 두어야 한다고 주장한다. 사랑과 감사의 마음으로 자연과 사물을 대하면서 글을 쓰다보면 대상 하나하나가 소중하게 여겨지고, 사랑스런 존재로 생각되어 의미 있는 삶을 살고 있다는 느낌을 받게 된다는 것이다. 그의 수필은 때로 철학자, 종교인, 성현들의 말씀이나 격언 등이 주제를 뒷받침하므로 독자는 귀중한 교양과 지식을 습득하게 된다. 그는 사회적인 문제에서 소재를 찾아 사회 규범이나 본인의 인생관·철학관을 내세워 날카롭게 비판하면서, 천주교 교리와 교육자적 철학을 바탕으로 교훈적인 내용을 내포한 칼럼 형태의 글을 즐겨 쓴다.

강나루(본명 강현서)는 교육자로서 시·소설·수필·서예·그림 등 다양한 예술 분야에 재능을 갖고 있다. 그는 유주현에게서 소설을, 이동주 시인에게 시를 추천받았고, 『신동아』(1975) 논픽션 공모에 「일식 4년」이 당선된 경력이 있다. 수필은 『한국수필』(1990)에서 「음수사원」과 「소녀의 차가운 볼」이 추천된 이후, 『수필문학』, 『한국수필』 등 중앙 및 지방 문예지에서 왕성한 작품 활동을 벌이고 있다.

그는 대학시절부터 고학생으로서 노동판에 뛰어들어 온갖 고통과 시련을 경험했기 때문에 그의 작품에는 짓눌린 현실을 벗어나려는 의지가 승화되어 나타나는 일면이 있다. 그는 인간애에 대한 열정과 예술적 감성이 풍부하여 예사로운 사물이라도 예리한 통찰력으로써 섬세하게 묘사한다. 고난을 극복한 고귀한 체험을 바탕으로, 자신이 받은 은혜에 감사하면서 그 보답을 세상에 베풀고자 이웃사랑과 봉사의 정신을 펼치는 훈훈한 정서가 담겨 있다.

아무리 힘들고 어려웠더라도 과거의 일들은 그립고 정겹게 그리고 아름답게 다가서게 마련이다. 그래서 사람들은 과거를 추억하며 향수에 젖는 것이다. 아련한 향수처럼 느껴지는 화문집畵文集이 『정표장情表狀을 쓰면서』(1996)이다. 강나루의 화문집은 일평생을 교직에 몸담은 채 여기 저기 옮겨 다닌 경험이 고스란히 녹아 있다. 작가와 마주치는 현재의 사건이나 사물들은 반드시 과거를 회억하게 만드는 동인이 된다. 작품집에 '화문집'이라는 이름을 붙이고 있듯이, 작품 중간 중간에는 '풍경'이라는 연작의 유채 그림이 곁들여 있다. 자작의 유채 화보들은 산이나 강, 바닷가 등을 배경으로 한 풍경화들로서, 글이나 화보를 통해 작가의 자연친화적 세계관을 엿볼 수 있다. 그의 작품들은 대개 현실생활과 삶 속에서 체험하는 일들을 과거와 대비시켜 회상하는 특색을 지니는데, 그러한 회상은 일방적인 회고담이나 후일담에 그치지 않고, 현재와의 연대 속에서 새로운 의미로 부조되어 현재성을 담보해낸다. 그리하여 과거의 추억과 현재의 시간이 모두 자신의 존재를 확인시켜주는 정표와 같다는 노 교육자로서의 심미안이 깃들어 있다.

이정웅은 교육자로서 '한얼문우회' 창립 회원이며, 세 권의 교단수필집을 낼 정도로 꾸준하게 작품 활동을 하고 있다. 그는 문단의 절차나 형식에 구애받지 않은 채 일상사에서 보고 느낀 사실을 예리한 시각으로 포착한 후 삶의 방식으로 소화시킨다.

이정웅은 현대를 불안과 환멸의 시대, 불신과 모략의 시대로 본다. 그러한 불안과 환멸은 이정웅의 눈에는 작은 곳에서부터 시작되는 것으로 보인다. 현실의 곤경에 허우적거리며 삶의 본능까지도 죽음의 신에게 매도하려고 할 때, 한 마디의 조언과 용기를 불어넣어주는 벗, 참다운 심성, 소박하며 진실한 우정이 이제는 존재하지 않을 것만 같아 암담하기만 하다. 그는 지리산 깊은 골짜기 구석구석에 숨어 있는 쓰레기 더미를 보며 현대의 이기심에 안타까워한다.

이정웅의 글에는 커다란 사건이나 귀를 솔깃하게 하는 자극적인 소재가 존재하지 않는다. 역사에 대한 비판도, 질타도 보이지 않는다. 그러나 그의 글에는 삶을 반추하게 만드는 마력이 있다. 그것은 세속의 작은 일들이 때론 역사적 인물들에게서나 찾을 수 있다는 지혜를 주고, 참다운 길을 깨닫게 해주기 때문이다. 그는 우리가 어깨를 스치며 만났을 수많은 사람들의 작은 이야기를 절대로 지나치지 않는다. 이제 불혹을 넘기고 또 다른 인생을 세우려는 그에게 지난 시간들의 작은 편린들은 무엇이든 교훈이 되고, 새롭게 생각되기 때문이다. 그런 것들을 통찰하는 그의 본성은 누구에게든 따뜻하고 여유롭다. 이것은 비록 현대를 불안과 모략의 시대로 인식하고 있다 하더라도, 그것들을 이겨내는 방법은 여유와 아량이라는 것을 알고 있기 때문이다. 아내와 같이 시장바구니를 들고 이 골목 저 골목을 샅샅이 훑는 그의 모습은 그런 여유를 충분히 느끼게 해준다.

최중호는 교육자로서 『수필문학』(1991)에 「매월당의 자화상」이 추천되어 문단에 데뷔하였다. 수필집으로 『가슴에 새겨둔 사랑의 심비心碑』, 『혼으로 흐르는 순금의 징 하나』 등이 있다. 그는 틈만 나면 유적지 나들이를 떠나 문화의 조각들을 찾아 소일하면서 역사의 현장을 생생히 경험한다. 이런 역사 기행 수필은 「백마를 탄 단종」을 비롯해 30여 편에 이른다.

그는 우리의 역사에 실존했던 인물들의 자취를 더듬고, 알려지지 않은 사실이나 전설을 토대로, 역사적 사실을 의미화해 수필을 쓴다. 역사사

전에서 흔히 볼 수 있는 출생 연대와 관직, 삶에 대한 것을 쓰는 것이 아니라, 하나의 특징적 요소를 소재로 하여 깊이 있게 탐구하는 형식이다. 누구나 알고 있는 것을 쓰는 것은 역사적 사실의 기록이기 때문에, 그런 것을 지양하기 위해 많은 노력을 하고 있다. 그러기 위해서는 관련 서적을 많이 섭렵하고, 현장을 답사하여 발견한 소재를 자신의 경험이나 생활에 맞게 의미화해 작품을 쓰는 것이다. 그러므로 한 작품이 완성되기 위해서는 길게는 몇 년 짧게는 몇 개월이 소요된다.

작품은 주로 선열들의 묘소를 참배한 후 그곳에서 보고 느낀 것을 소재로 하고 있다. 그는 소재를 구체화하기 위해 전국을 발로 뛰며 관련 자료를 찾기도 하고, 후손들을 찾아 이야기를 듣기도 하며, 족보를 빌려 읽는 등 많은 노력 끝에 하나의 작품을 완성하는 것이다. 묘소를 참배하고도 새로운 의미를 깨닫지 못할 때는 두 번 세 번, 혹은 그 이상을 참배하는 경우도 있다.

박동규는 교단에서 40여 년 동안 헌신한 교육자로서 문단의 절차와 형식에 구애받지 않은 채 시와 수필을 병행하고 있다. 그는 '충남수필예술동인회'의 창립 회원으로서 회장을 역임하였고, 철학적 명상을 바탕으로 교훈적 내용을 담은 수필집 『당신이 고독할 때』를 펴냈다.

그의 수필은 깊이 있는 불교 철학적 생활 속에서 값지고 올바르게 살아가는 자신의 삶을 솔직담백하게 피력한 것이 주류를 이룬다. 작품의 중심 소재는 자연친화적인 생활과 교육적 내용이 중심을 이룬다. 자연과의 만남은 수석 수집과 난 재배에서 엿볼 수 있는데, 난을 기르며 감상하는 마음, 돌을 모으며 사랑하는 마음, 우리의 산하자연을 바라보는 아름다운 마음 등을 섬세하면서도 아름답게 묘사하고 있다. 이 묘사에는 유년기의 추억과 고향의 정겨움, 풀 한 포기에 대한 열성이 어려 있다. 아울러 교단의 추억을 바탕으로 교훈적인 내용도 아름답게 조화를 이룬다.

박권하는 교육자로서 현재 '대전·충남수필문학회' 회장을 맡고 있으면서 활발하게 창작활동을 펼치고 있다. 2권의 소설집을 낸 후 『오늘의 문학』(1994)에 「바람은 불어도 여자는 울지 않는다」를 발표하면서 본격적인 수필을 쓰기 시작했다. 수필집으로 『꿈꾸는 발레리나』, 『윤회의 계절』, 『침묵의 겨울바다』, 『새벽의 강』, 『라일락 꽃가지에 초승달은 잠을 깨고』 등이 있다.

초기 작품은 계몽적이며 고발 문학적 성격으로 주변에서 일어나는 일에 날카로운 비평과 함께 건설적인 의견을 제시하는 경향을 나타냈다. 그는 여린 감성과 날카로운 시각으로 인간사회의 부조리와 불합리한 단면을 사실적 표현으로 비판하는데, 직정적이면서 정확한 서술문장이 특징을 이룬다. 하지만 현재는 은둔적이면서도 사색적인 경향으로 흐른 느낌이다. 여행을 좋아하는 그는 세계 도처를 다녀온 후 기행수필과 장편소설의 중심 소재로써 다양한 체험을 다루고 있다.

박노선은 충남대학교에서 국문학을 전공하였고, 현재 오늘의문학회, 대전불교문인협회 회원으로 활동 중이며, 『문학공간』 수필 부문 신인상에 당선된 경력이 있다. 그의 수필집 『반딧불이의 노래』(1996)는 세상의 가장자리에 위치한 것들을 사랑하며, 하찮은 일상에서 경험하는 것들을 새롭고 따뜻한 눈으로 바라보는 시선이 전편에 깔려 있다.

작품집의 첫머리에서 밝히고 있듯이, 그는 눈비가 내리는 날에 새로움을 느끼며 민감한 반응을 보인다. 남들이 마땅찮게 여기는 일과, 우습게 여기는 것들을 사랑하고, 소중하게 생각하는 미덕이 있다. 사람은 누구나 제도화되고 관습화된 삶을 살아간다. 이처럼 일상화된 삶은 지극히 무미건조하고 반복적이며, 지루하고 따분하며 무의미하다. 박노선은 무의미한 일상성을 넘어서기 위해 작고 하찮은 사물이나 경험들을 가치 있는 것들로 의미화하고자 노력한다. 그는 일상적이고 무미건조한 삶을 풍요롭고 향기 나는 것으로 인식하기를 원하기 때문이다. 세인들이 충격적으로 받아들일 수 있는 것에서 소재를 찾기보다는 작고 미미한 세목들에서 찾는다. 예를 들어 산과 등산, 여행과 여행지의 풍물, 유년과 청년기의 회상, 사계의 변화에 관계되는 소감, 자연친화적 경험 등에서 수필의 소재를 취함으로써 일상의 무미건조함에 매몰되기를 거부하는 것이다.

류재춘은 일제강점기 독학으로 중등과정을 마치고, 보통문관 시험에 합격해 공직에 근무한 입지적 인물로서, 험난한 인생체험과 일상사의 소재거리를 집대성해보겠다는 취지로 수필을 쓰기 시작했다. 일찍이 아내와 사별한 그는 고적한 삶을 잊기 위해 라디오 청취와 독서에 관심을 갖게 되었고, 여러 차례 KBS <오늘은 생각한다> 프로에 수필을 응모해 낭송한 경력을 가지고 있다.

수필집으로 『태양을 보고 어둠을 헤치고』가 있는데, 후기에서 그는 사물에 대해 사색을 넓혀 삶의 의미를 되새겨보고, 방황하는 이들은 투철한 신념을 찾으며, 고난의 길을 간 인생들의 역경을 더듬어 우러러보고, 일상의 생활철학을 익혀 규범 있는 삶을 체득함으로써 가치 왜곡과 허상의 탈을 벗자는 데 목적이 있다고 술회한다. 암흑 속에서 불행과 싸우며 빛을 찾는 끈질긴 모습을 그리며, 흔적 없는 자신의 삶을 흐르는 물과 떠도는 구름에 비유해 스스로 자책하면서, 여생을 알차게 살기 위해 글을 쓴다는 것이다. 그는 노장철학적인 자연의 순리와 아름다움만이 현대사회의 각박함과 물질만능주의를 정화시킬 수 있다고 역설한다.

이윤희는 교육자로서 『한국수필』(1991) 여름호에 「차와 음미」로 추천받은 후 꾸준히 작품 활동을 이어오고 있다. 수필집으로 『그리움이

감도는 계절』이 있는데, 제목이 암시하듯 평범한 일상에서 진리를 깨닫고, 그립고 아쉬운 마음을 자연의 오묘함 속에서 치유하고 있다. 때로는 권태로운 생활에서 활력을 찾고자 여행과 산행을 즐기며, 생활인으로서의 느낌을 계절 감각과 조화시켜 서정적 필치로 아름답게 묘사한다.

초기 작품에는 어린 시절의 체험을 바탕으로 돌아가신 부모님과의 정을 그리워하는 내용이 중심을 이룬다. 그는 수필의 생명은 잔잔한 감동에 있다고 말하며, 한번 읽고 마는 것이 아니라, 죽 읽어가다가 첫머리로 다시 가서 찬찬히 읽어보는, 즉 입가에 웃음이 번지고 고개가 끄덕여지며 가슴이 찡해 오는 글을 쓰려고 한다. 최근작에서 보여주듯이, 간결하면서도 상징적인 표현, 단순하면서도 여운을 진하게 담고 있는 함축적인 문장을 쓰려고 고심한다. 또한 글을 읽은 후 허전한 느낌이 들지 않도록 하기 위해 신경을 쓰기도 한다. 그는 일상적이고 평범한 생활주변의 주제를 벗어나, 좀 더 넓은 세계, 인생, 자연, 우리의 멋 등을 찾아 독자에게 감동을 주는 글을 쓰고자 한다. 그러나 평범하고 성실한 사람들이 일상사의 사색이나 인생관까지 간과하지 못하듯, 그러한 흔적은 그의 수필에서 지울 수 없는 요소이다.

최일순은 초등학교에 재직하면서 한국방송통신대학교에서 국문학을 전공한 학구파이다.『아동문학』동화부문 신인상 당선,『현대문학』25주년 기념 지상백일장 수필 입상,『현대문학』(1991)에 수필이 추천되는 등 화려한 수상 경력을 갖고 있다. 수필집으로『지워질 발자국이라도』,『시인의 눈』이 있고, 대표작으로는「정을 파는 집」,「어른 노릇하기」,「행복의 주소」등이 있다. 이들 작품 속에는 비정한 세태에 훈훈한 정을 주며, 매사에 감사하고 타인을 사랑하는 마음에 행복이 있다는 소박한 사람들의 삶이 진솔하게 담겨 있다.

그의 작품 경향은 고향에 대한 향수와 교육자로서의 체험담, 그리고 일상사에서 느끼는 행복감을 감사한 마음으로 솔직담백하게 나타낸다. 수필의 소재가 신변잡기에 머무는데도 독자의 가슴을 울리는 것은 언어 기법에서 찾을 수 있다. 그는 군더더기 없이 정확·간결한 문체로 하나의 이야기를 흘려버리지 않은 채 의미를 부여함으로써 독자를 사로잡는 것이다. 싱그러운 자연에서 보냈던 유년 시절의 아픔과 추억을 되새기며, 고향의 순박함과 너그러움을 가슴속 그리움으로 담아 놓는다.

남상숙은 『흙빛문학』 동인으로 출발하여 『시와의식』(1988)에 「호리병」, 「감과 어린 시절」로 신인상을 받은 후 본격적인 작품 활동을 시작하였다. 그의 글은 독실한 가톨릭 신앙을 바탕으로 다정다감한 설득력과 교화력을 지니며, 거침없이 흐르는 필력과 감성적인 언어 구사가 특징을 이룬다. 작품 「모시적삼」과 「길벗」에서는 우리의 전통의상에 대한 관심과 긍지를, 「달빛유정」에서는 간결하면서도 감각적인 문체로써 달빛 넘나드는 서정성의 아름다움을, 「씀바귀」에서는 엄동설한을 지나는 식물을 통해 역경과 고난을 극복하는 삶의 진리를 묘사하고 있다.

이지윤은 지방방송 아나운서 출신으로, 예림유치원장을 맡아 사랑의 교육을 실천하고 있다. 그는 『문학과 의식』(1989)에 「목포」와 「재발부再發符」로 추천을 받았으며, 시집으로 『사랑을 끝낸 여자는 이제 울지 않는다』, 『모든 것이 수평으로 보인다』, 수필집으로 『사랑하기 위하여 아름답게 산다』, 『혼자 있는 시간』, 『둘이 있는 시간』 등이 있다. 그의 작품 경향은 생동감 있는 감성적 문체로써 상상의 폭을 확대시켜 사색적 관점을 통해 진솔한 비판을 담아낸다. 「억지 춘향이는 없다」에서는 소박하고 진실하며, 분수에 알맞은 삶을, 「정이 보약이다」에서는 사랑의 중요성을, 「열쇠」에서는 가슴의 문을 열 수 있는 진실을, 「수도修道·살물죄殺物

罪」에서는 검소하고 겸손하며 질서 있는 삶 등을 다루고 있다.

문희봉은 교육자로서 월간 『에세이』, 『농민문학』에 각각 「독백」과 「해진 손수건」으로 등단했다. 수필집으로 『작은 기쁨 큰 행복』, 『속살 같은 눈빛으로』(공저), 『생각하는 사람』(공저) 등이 있다. 제목 『작은 기쁨 큰 행복』이 암시하듯이, 그에게 행복이란 평범한 일상생활 속에서 땀을 흘리며 욕심 없이 살아가는 가운데 마음먹기에 달려 있는 것이다. 따라서 그의 작품은 안빈낙도하는 선비의 생활 편린 속에서 인도주의적 사랑, 연민과 자비, 아량과 용서가 따스한 서정과 계절 감각에 어우러져 섬세하게 용해되어 있다. 한 폭의 풍경화처럼 독자로 하여금 호기심을 자아내게 한다. 세련된 기법으로 호기심을 자아내면서 재미있게 펼쳐진다. 그의 글은 오랜 교단생활을 체험으로 교육에 대한 새로운 인식과 인생에 대한 안목을 갖게 한다. 「아름다운 사랑」은 물질만능주의에 찌든 현대인의 사고방식을 비판하며, 따스한 인간애를 통해 냉엄한 현실을 훈훈히 녹여주고, 「계룡산을 넘으며」는 넉넉하고 포용력 있는 계룡산의 정경을 선명히 묘사하고 있다. 이런 자연관은 그의 취미인 수석 모으기와 분재 가꾸기로 이어진다.

그의 수필 작법 지론은, 내용이 지나치게 지성에 빠지면 무미건조한 철학서가 되기 쉽고, 지나치게 정서에 빠지면 감상주의에서 헤어나지 못하기 때문에 지성과 정서가 적절히 조화를 이루어야 한다는 것이다. 평범한 듯한 소재는 다른 사람들이 발견하지 못하는 특성을 갖고 있기 때문에 읽는 이로 하여금 지은이의 혼을 그대로 받아들이게 하는 마력을 지닌다.

윤승원은 경찰관 출신으로 수상 경력이 화려하다. 『한국문학』(1990) 지령 200호 기념백일장에 「구식남자」로 장원, KBS와 『한국수필』(1991)

이 공동 주최한 공모 수필에 「만원 버스에서」가 당선되었다. 수필집으로 『삶을 가슴으로 느끼며』, 『어떤 선물』(공동방송수필집), 『덕담만 하고 살 수만 있다면』(1997) 등이 있고, 주요 작품으로 「어떤 선물」, 「우리 동네 교장선생님」, 「구식남자」, 「만원 버스에서」 등이 있다. 「어떤 선물」은 막내 동생이 준비한 작은 선물 속에 은은하게 담겨 있는 사랑의 이야기가, 「우리 동네 교장선생님」에는 평범한 생활 속에서 느끼는 삶의 지혜와 진실성이 담겨 있고, 「구식남자」, 「자업자득」에는 사물을 관찰하는 문장이 물이 흐르는 듯 유연함을 돋보인다.

그의 작품 경향은 법과 제도만으로 치유할 수 없는 부조리한 사회의 제 현상과 인간성 상실에 대한 내적 갈등이 주류를 이룬다. 즉 경직된 조직세계와 각박한 현실 속에서 느끼는 삶의 진선미를 마치 숨은 그림 찾기처럼 묘사한다. 그동안 고향, 어머니, 가정생활의 애환, 청소년 문제 등을 주요 소재로 다루었으나 최근에는 컴퓨터 통신을 통한 다양한 주제를 작품으로 다루면서 경찰과 국민과의 거리감을 좁히기 위해 노력하고 있다.

남계南溪 조종국은 동국대학교 출신의 저명한 서예가로서 현재 한국예총 부회장과 대전예총지회장을 맡고 있다. 그는 『수필문학』(1990)에 「고향에 살어리랏다」, 「별을 바라보는 마음」이 추천되어 작품 활동을 시작하였고, '한국예총예술문화대상'과 '충남문화상(예술부문)'을 수상하였다. 수상집으로 『별을 바라보는 마음으로』, 『계룡로의 아침』(1994) 등이 있다.

그의 수상집 『계룡로의 아침』은 대전·충남지역의 문화에 대한 발전 방향을 제시하고 있다. 그것은 첫째, 전통적 인간형을 되살리자는 것이다. 이 글에서 제시하는 전통정신이라 함은 물질적인 면보다는 정신적인

면을 중시하는 정신을 가리킨다. 다시 말해서 그는 과소비, 향락, 퇴폐풍
조로 오염된 현실을 타개하고, 도덕성을 회복하여 건전한 국민정신을
길러야 한다고 주장한다. 둘째, 대전지역의 문화예술의 활성화 방안을
역설한다. 지역문화예술 공간의 필요성, 문화예술인들의 화합과 창작 의
욕 고취의 계기 마련 등을 강조한다. 이것이야말로 지역문화 수준을 한
차원 끌어올리는 길이란 점을 지적한다. 셋째로, 대전·충남의 아름다운
정신을 유지, 보존하자는 것이다. 물과 같이 지극한 도리에 따라 행했던
도량과 의로움과 진실을 위해서는 목숨까지 내놓는 선비정신을 계승하
자는 것이다. 그는 요즈음 세속의 경박스러움과는 대조되는 우직하고
성실한 인물상을 제시하고 있다.

　이행수는 ≪조선일보≫ 신춘문예에 수필 「강가에서」(1976)가 당선되
어 문단활동을 시작한 여류문인으로서 현재 대전대학교 영문과에 재직
중이다. 그의 수필집 『내 영혼 속의 장미』(1996)에 실려 있는 작품들은
한결같이 여성화자의 결 고운 감성과 사랑, 여림, 그러면서 인생을 통찰
해 나가는 지혜로운 모성적 풍부함과 깊이 있는 사유를 갖추고 있다.
때문에 내면을 마치 우물 속에 비친 자신의 모습을 깊이 있게 바라보듯
성찰하면서 자신의 내면 풍경을 사랑과 희망으로 노래한다. 자신의 내면
에 대한 응시는 자연히 인간존재의 본질과 삶의 숨겨진 의미 찾기로 이
어진다. 이러한 인간존재에 대한 물음과 생의 비의를 탐구해나가는 테마
는 작품 전편을 관통하는 한결같은 주제로서 여성화자의 부드럽고 유려
한 문체로 때로는 진지하게, 때로는 한 폭의 담채화처럼 가식 없이 펼쳐
지고 있다.

　그는 개인적인 아픔, 생명체에 대한 사랑과, 경험하는 무엇 하나도 소
홀히 여기지 않는 여성 특유의 세심한 태도로서 담백하고 잔잔하게 자신

의 사유를 표현한다. 그러면서 사람이라면 누구나 지니고 있는 "나는 누구인가?", "인생은 무엇인가?"라는 존재론적 물음에 대하여 자신 스스로 답을 풀이해 나간다. 인간이라는 개체는 근원적으로 고독할 수밖에 없는 존재다. 이런 고독한 영혼은 「내 영혼 속의 장미」라는 표제가 암시하고 있듯 인간과 인간의 관계, 인간과 우주의 관계로 확산되면서 보다 폭넓은 삶에 대한 인식과 사랑, 그리고 희망의 세계를 확보한다. 결국 인간의 삶은 사랑과 희망으로 채워져야 하며, 동시에 인간은 광막한 시간과 공간 앞에 홀로 선 존재라는 사실을 일깨워준다.

강봄내는 일찍 요절한 여류수필가로서 짧은 작품 활동 기간이었지만 「초가집」, 「두 비둘기」, 「바위를 녹이는 소나무」 등과 같은 좋은 작품을 남겼다. 그는 『한국수필』(1990)에 「그 깊은 바닷속」이 추천 완료되면서 본격적인 작품 활동을 하였다. 섬세하면서도 예리한 시각으로 사물과 대상을 꿰뚫어보며, 풍부하면서도 감칠맛 나는 어휘 구사로써 주제를 탄탄한 구성으로 치밀하게 묘사해내는 재주가 있다. 따라서 값진 체험을 바탕으로 평범한 일상의 소재거리를 의미 있게 소화해낸다. 「초가집」에서는 유년 시대의 아름다운 추억과 아버지에 대한 그리움을, 「두 비둘기」에서는 동물을 소재로 하여 핵가족 시대의 고부간의 애틋한 정을, 「바위를 녹이는 소나무」에서는 고향에서의 투병생활 중 느낀 아픔과, 생의 외경심을 각각 애틋하면서도 정감 있게 묘사했다.

이정구는 1980년대 강제 해직된 《동아일보》 기자 출신으로, '한밭 시정소식' 편집위원(대전시청)을 맡기도 하였다. 그는 『신동아』(1983) 논픽션 모집에 입상 경력이 있으며, 칼럼집인 『돌이 되어 풀이 되어』는 한 인간의 삶을 추적하는 데 그치지 않고, 질곡의 역사를 현장에서 부딪치며 살아온 증인으로서, 그의 시선을 통해 우리의 현대사를 통찰할 수 있다.

역사는 어떤 위치에서 어떻게 바라보느냐에 따라 다르게 해석되게 마련이다. 그간의 역사가 집권 세력에 의하여 왜곡되고 잘못 이해되어 왔으며, 역사의 현장에서 민중들이 소외되어 왔음을 상기한다면, 이 글은 단순히 해직 기자의 넋두리가 아니라, 그의 체험을 통하여 소외의 역사, 왜곡된 역사를 생생하게 더듬어내고, 다시 쓰는 일이 될 것이다. 그가 역사를 바라보는 관점은 싸구려 감상이나 무조건적인 비난만은 아닐 터이다. 현장에 남아 몸을 사리지 않고 진실을 전하려고 했던 기자로서의 사명감을 아무런 이유도 모른 채 박탈당해야 했던 현실은 그에게 예리한 현실 비판과 아울러 부당한 권력의 힘에 제대로 저항하지 못하고 삶을 유린당한 한 인간으로서의 애환을 심어주었다. 그의 글에 소외당한 민중에 대한 애정과 권력층에 대한 질타가 함께 할 수 있는 것도 특수한 체험으로 인해 역사를 보는 줄기가 생성되었기 때문일 것이다.

이득우는 20여 년 동안 외국어학원장 및 강사, 통역의 경력을 가진 원로로서 늦게 작품 활동을 시작하였다. 작품집 『풍류천리』는 역사 기행문의 성격으로 풍류적인 사상에 젖어 무위자연을 즐기고 싶은 열망이 담겨 있다. 대표작으로 「꼬마대장」, 「손자에게 물려준 유산」, 「어두일미」 등이 있다. 「꼬마대장」에서는 누구나 경험할 수 있는 시골 소년 시절의 정겨운 추억을, 「어두일미」에서는 가난했던 시절 시누이와 올케 사이의 생선에 얽힌 추억담을 나타내었다.

신동군은 현재 동아기네스타워 이사로 재직하면서 『수필과 비평』에서 추천 받은 후 ≪대전일보≫, ≪보훈신문≫ 등 각종 일간지에 꾸준히 작품을 발표하였다. 그는 『비우고 버릴 수만 있다면』, 『있는 그대로의 아름다움』 등의 공저 작품집이 있고, 대표작으로는 「고향유정」, 「몽당

연필로 그린 세월」, 「잘 부탁합니다」 등이 있다. 「고향유정」에서는 추석 날 고향을 찾아 느꼈던 유년 시절의 추억과 아름다움을, 「내 놀던 옛 동산」에서는 현대인의 비극이, 지친 몸을 편안히 쉴 곳 없는 고향 상실에 서 기인한다고 피력하고 있다.

박경순의 수필집 『마음의 둥지』에는 깊은 사랑으로 세상을 바라보는 영혼의 눈이 있다. 그의 눈에 비친 삶은 괴로움과 고통의 진원지이다. 그러나 그의 작품은 주어진 삶을 온몸으로 끌어안고 가려는 운명애, 인 인애의 정신을 바탕으로 한다. 흙 속에 묻혀 있는 옥과 같이 주어진 상황 을 거부할 것이 아니라, 사랑과 긍정의 철학을 기저로 슬픔과 고통으로 점철된 우리의 삶을 내면적으로 승화하려는 따스한 정신의 힘이 그의 작품을 관통하는 지배적 요소이다. 그래서 그는 부모님, 스승, 노인 등의 삶 속에서 인생의 깨달음과 진리를 발견하기도 하고, 자연 속에서 우주 의 이법에 순응하는 것이야말로 참다운 삶의 길이란 것을 깨닫기도 한 다. 그는 진실로 아름다운 삶이란 자연과 하늘의 뜻에 순응하며, 서로 어울려 조화롭게 살아가는 운명주의적 인인애란 점을 누구보다도 잘 알 고 있다.

천영숙은 가정주부로서 『흙빛문학』, 『시도』 동인으로 활동하고 있으 며, 『시와의식』(1988)으로 등단하였다. 대표작으로 「가을빛」, 「여름 이 야기」, 「그 명징함 속에서」 등이 있다.

작품 경향은 사람과 자연에 대한 진지한 탐구를 대상으로, 삶의 감동 을 통해 존재에 대한 근원을 캐내는 작업에 몰두하고 있다. 그는 사물을 통해 자신을 반성하고, 더불어 살아가야 하는 사람살이의 기본 틀을 함 께 고민하려는 몸짓으로 작품에 매달린다. 초기의 직관과 감성에만 의존 하던 경향을 벗어나 사물을 담담히 관조하는 훈련과 자기한계의 극복으로 글쓰기를 시도한다. 또한 아름다운 한국의 전통예술 발굴과 그 표현에도 관심과 노력을 기울이며, 건강한 자기절제와 생활의 성실함이 작품에 녹아들 수 있기를 희망한다.

오세원은 정신과 의사로서 현대인의 정신건강을 소재로 한『질투하는 남자』,『날마다 고독한 여자』,『여자는 사랑 남자는 질투』(19197) 등의 작품집을 냈다. 정신과 의사로서 많은 환자를 상담하면서 경험하는 희로애락을 글쓰기를 통해 카타르시스하고 있다.『여자는 사랑 남자는 질투』는 최근 지역일간지 및 방송에 소개했던 글을 모은 것으로, 여성심리, 남성심리, 사회심리, 부부심리 등 다양한 관점에서 현대인의 정신 건강 문제를 다루고 있다.

백용덕은 대전시청에 근무하며『오늘의 문학』,『현대수필』과 인연을 맺으면서 작품 활동을 시작하였다. 그동안 지역일간지 및 문예지에 실린 글들을 모은『때때로 생각나면』은 논단 제언이나 생활 주변 이야기로, 자신이 살아온 과정에서 느낀 단편들을 자화상처럼 꾸밈없이 그리고 있다.

___5 마무리

대전에 거주하며 지역문단의 발전을 바라는 비평가의 한 사람으로서 좋은 작품의 발표가 왕성하길 바라며 몇 가지를 제언하고자 한다.

수필문학 동인들은 자체의 비평회를 자주 가지기를 권한다. 비평회의 흐름은, 첫째 주제는 분명하게 나타나 있는가, 둘째 문장의 흐름이 정확하며, 문장은 바르고 정확하게 쓰였는가, 셋째 내용이 정확하며 논리적 모순이나 잘못된 부분은 없는가, 넷째 단락의 구분은 정확하며 단락과 단락의 용어, 문장 부호나 표기는 정확한가, 또 맞춤법은 정확하며 잘못 알고 쓴 글자나 틀린 글자는 없는가에 중점을 두어야 한다.

그리고 무엇보다 중요한 것은 작품성과 예술성을 여럿이서 비평해줌으로써 완결성을 지닌 작품으로 거듭나야 한다는 것이다. 편집회의를 운영하여 작품성이 결여된 작품은 냉정히 배제하는 시도가 필요하다.

수필가는 철학, 역사 등 인생을 달관하고 통찰할 수 있는 식견을 갖추어야 한다. 감각적·서정적으로만 세상을 바라보거나 과시적인 자랑을 늘어놓는 것은 수기에 지나지 않는다. 일상생활은 글의 주제를 표현하기 위한 제재에 그칠 뿐이며, 그 자체만으로는 수필이라고 할 수 없다. 즉 개성의 향기를 풍기면서도 의미를 창조하는 작업이 수반되어야만 진정으로 아름다운 수필이 탄생할 수 있을 것이다.

❙ 단행본

권택영 편, 『자크 라캉 욕망이론』, 문예출판사, 1994.

고만송, 『포사이스의 신정론』, 기독교연합신문사, 2007.

김경순, 『라캉의 질서론과 실재의 텍스트적 재현』, 한국학술정보, 2009.

김균진, 『종말론』, 민음사, 1998.

김봉군 외 2人, 「한국 현대작가론」, 민지사, 1984.

김성동, 『만다라』, 청년사, 2005.

김영동 외, 『불교문학연구입문』, 동화출판공사, 1991.

김용성, 『하나님, 이성의 법정에 서다 – 신정론』, 한들출판사, 2010.

김진국, 『한국문학과 존재론』, 예림기획, 1998.

김치수, 「지라르의 욕망의 이론」, 『구조주의와 문학비평』, 홍성사, 1980.

김태준 외, 『불교문학이란 무엇인가』, 동화출판공사, 1991.

동국대 불교교재편찬위원회, 『불교사상의 이해』, 불교시대사, 2007.

마광수, 『윤동주 연구』, 정음사, 1984.

목창균, 『현대신학 논쟁』, 두란노, 1995.

박두진, 『시와 사랑』, 신흥출판사, 1960.

박상률 편, 『불교문학평론선』, 민족사, 1990.

법성 외 6人, 『민중불교의 탐구』, 민족사, 1989.

서경보, 『불교와 선』, 호암문화사, 1983.

서남동, 『민중신학의 탐구』, 한길사, 1983.

송우혜, 『고양이는 부르지 않을 때 온다』, 생각의 나무, 2001.

손호현, 『하나님, 왜 세상에 악이 존재합니까? - 화이트헤드의 신정론』, 열린서
　　　원, 2005.

신동욱, 『우리시의 짜임과 역사적 인식』, 서광학술자료사, 1993.

신동춘, 「만다라에 나타난 방황의 의미」, 『종교와 문학』, 소나무, 1991.

안병무, 『민중신학 이야기』, 한국신학연구소, 1987.

문학과영상서사연구회, 『영화? 영화! - 문학의 시각으로 본 영화』, 글누림,
　　　2006.

왕대일, 『묵시문학 연구』, 대한기독교서회, 1994.

오형근, 『불교의 영혼과 윤회관』, 새터, 1995.

이동하, 『신의 침묵에 대한 질문』, 세계사, 1992.

이문열, 『사람의 아들』, 민음사, 1988.

이인복, 『한국문학과 기독교사상』, 우신사, 1987.

이종성, 『종말론』Ⅰ, 대한기독교출판사, 1990.

이청준, 『밀양, 원제 벌레이야기』, 열림원, 2007.

임영천, 『한국 현대문학과 기독교』, 태학사, 1995.

임영천 외, 『기독교 문학과 실천비평』, 푸른사상, 2003.

임영환, 『한국현대소설연구』, 태학사, 1995.

정승석, 『불교의 이해』, 대원정사, 1989.

정　찬, 「종이날개」, 『아득한 길』, 문학과지성사, 1995.

정찬주 편, 『현대불교소설선』1·2, 민족사, 1990.

정행업·오성춘 편, 『시한부 종말론 과연 성경적인가』, 대한예수장로회출판국,
　　　1991.

종교교육위원회 편, 『현대인과 기독교』, 연세대 출판부, 1991.

최동호, 『한국 현대시의 의식현상학적 연구』, 고대 민족문화연구소, 1989.

최상식, 『영상으로 말하기』, 시각과 언어, 2001.

최인훈, 「라울전」, 『우상의 집』(최인훈 전집 8), 문학과지성사, 1995.

한승원, 『불의 딸』, 문학과지성사, 1983.

한종만 편, 『한국 근대 민중불교의 이념과 전개』, 한길사, 1980.

현길언, 『한국소설의 분석적 이해』, 문학과비평사, 1990.

한국교회사연구소, 『현대가톨릭대사전』, 2001.

데이빗 그리핀, 이세형 역, 『과정신정론』, 이문출판사, 2007.

R. 야콥슨 외, 오종우 역, 『영화의 형식과 기호』, 열린책들, 1995.

브루스 핑크, 맹정현 역, 『라캉과 정신의학』, 민음사, 2004.

빅토르 어얼리치, 박거용 역, 『러시아 형식주의』, 문학과지성사, 1993.

쓰까모또 게이쇼 외, 박태원·이영근 역, 『불교의 역사와 기본사상』, 대원정사, 1989.

아니카 르메르, 이미선 역, 『자크 라캉』, 문예출판사, 1994.

알리스터 맥그라스, 홍병룡 역, 『그들은 어떻게 이단이 되었는가』, 포이에마, 2011.

켈빈 S. 홀, 황문수 역, 『프로이트 심리학 입문』, 범우사, 1993.

호레이스 O. 듀크, 김영호·호소훈 역, 『그때 하나님은 어디 계셨을까?』, 쿰란출판사, 2003.

Wilfred L. Guerin et al., *A Handbook of Critical Approaches to Literature*, Harper & Row Publishers, 1966.

■ 논문

고재석, 「한국현대문학사와 불교소설」, 『한국문학연구』 제 19집, 동국대한국문학연구소, 1997.

김경애, 「<밀양>의 영상언어, 내러티브, 주제의식의 상호작용」, 『문학과영상』 제 9권 3호, 문학과영상학회, 2008.

김인숙, 「이문열의 '사람의 아들'에 대한 연구」, 『울산대 연구 논문집(인문·사회 과학)』 제 20권, 울산대학교, 1989.

김희선, 「용서와 인간 실존의 문제에 대한 두 태도」, 『문학과 종교』 제 14권 2호, 문학과종교학회, 2009.

나소정, 「다매체시대의 문학비평」, 『한국문예창작』 제 8권 제2호, 한국문예창작학회, 2009.

박상익, 「이청준 소설의 매체 수사학적 특성 연구」, 『이화어문논집』 제 33집, 2014.

박태일, 「윤동주 시와 공간 인식의 문제」, 『심상』, 1986. 11.

이수형, 「신과 대면한 인간의 한계와 가능성」, 『인문과학연구논총』 제 31호, 명지대인문과학연구소, 2010.

이유식, 「아웃사이더적 人間像」, 『현대문학』, 1964. 10.

장원철, 「사람의 아들」, 액자와 그림의 간텍스트적 영향관계, 『典農語文硏究』 제 17집, 서울시립대국어국문학과, 2005.

정혜선, 「현대문학의 영상이미지 연구」, 충남대석사논문, 2005.

차봉준, 「현대소설에 형상화된 신의 공의와 섭리」, 『문학과 종교』 제 14권 2호, 한국문학과종교학회, 2009.

최재선, 「한국 현대소설에 나타난 신정론」, 『한국문학과종교학회 겨울학술대회』, 한국문학과종교학회, 2008.

_____, 「현대소설에 나타난 신정론 연구」, 『문학과 종교』 제 13권 2호, 한국문학과종교학회, 2008.

한승옥, 「불교 구도소설의 몽환 구조와 탐색구조」, 『문화전통논집』 창간호, 경성대 향토문화연구소, 1993.

허만욱, 「소설<벌레 이야기>와 영화 <밀양>의 모티프 변환 연구」, 『한국문예비평연구』 vol. 26, 한국현대문예비평학회, 2008.